BESTSELLER

Nora Roberts es una de las escritoras estadounidenses de mayor éxito en la actualidad. Cada novela que publica encabeza rápidamente los primeros puestos en las listas de best sellers de Estados Unidos y del Reino Unido; más de cuatrocientos millones de ejemplares impresos en el mundo avalan su maestría. Sus últimas obras publicadas en España son la trilogía de los O'Dwyer (formada por *Bruja Oscura*, *Hechizo en la niebla* y *Legado mágico*), *El coleccionista*, *La testigo*, *La casa de la playa*, el dúo de novelas *Polos opuestos* y *Atrapada*, la trilogía Hotel Boonsboro (*Siempre hay un mañana*, *El primer y último amor* y *La esperanza perfecta*), *Llamaradas*, *Emboscada* y la tetralogía Cuatro bodas (*Álbum de boda*, *Rosas sin espinas*, *Sabor a ti* y *Para siempre*). Actualmente, Nora Roberts reside en Maryland con su marido.

Para más información, visite la página web de la autora: www.noraroberts.com

Biblioteca

NORA ROBERTS

Nacida de la vergüenza

Traducción de
Adriana Delgado Escrucería

DEBOLS!LLO

Título original: *Born in Shame*
Primera edición en Debolsillo: julio, 2016

© 1996, Nora Roberts
© 2016, Penguin Random House Grupo Editorial, S. A. U.
Travessera de Gràcia, 47-49. 08021 Barcelona
© Adriana Delgado Escrucería, por la traducción

Printed in Spain – Impreso en España

ISBN: 978-84-663-3570-6 (vol. 561/61)
Depósito legal: B-9.008-2016

Impreso en Novoprint
Sant Andreu de la Barca (Barcelona)

P 3 3 5 7 0 6

Penguin
Random House
Grupo Editorial

Queridos lectores:

Había soñado con Irlanda. Había soñado con una tierra mágica de montañas brumosas, oscuras e imponentes que guardan secretos y dan paso a campos verdes que se extienden hasta el infinito. Y eso fue lo que encontré cuando llegué.

He conversado con muchos amigos y familiares que han estado en Irlanda. Sin excepción, todos los que tienen raíces irlandesas que fueron trasplantadas a otro país en el pasado sienten un pálpito cuando pisan suelo irlandés. A mí me pasó. Tuve la sensación de conocerlo todo, la certeza de saber a qué sabría el aire allí incluso antes de aspirarlo por primera vez.

Hay tanta belleza en los pueblecitos, con su taberna y sus calles tortuosas, en el bullicio de ciudades como Galway, en los acantilados que se levantan sobre el océano y en los campos que duermen bajo la niebla... Hay cosas sencillas, como el granjero que guía a sus vacas por un sendero, y cosas extraordinarias, como las ruinas de un castillo que ha estado en pie durante siglos junto a la ribera serpenteante de un río.

Uno puede encontrar círculos de piedras bailando en el campo de un granjero y colinas encantadas sobre las que surgen bosques. E igualmente mágicas son las flores que se abren en un jardín bien cuidado o el sabor de los panecillos recién hechos a la hora del té. Cosas sencillas y cosas extraordinarias. Eso fue lo que encontré en Irlanda.

Para Nacida de la vergüenza, *el último libro de mi trilogía de las hermanas Concannon, quise llevar por primera vez a una mujer norteamericana a Irlanda. Quise darle a Shannon Bodine sus raíces, su familia y un romance que estuviera a la par de los contrastes y la fortaleza de Irlanda. Quise darle la magia de las cosas sencillas y de las cosas extraordinarias.*

Y espero dároslas también a vosotros.

Slainté,
NORA ROBERTS

*Para todos mis amigos irlandeses que están
a ambos lados del Atlántico.*

*Reconozco a mi amor por su manera de caminar
y reconozco a mi amor por su manera de hablar.*

BALADA IRLANDESA

Prólogo

Amanda tuvo sueños espantosos. Colin estaba allí, con su dulce y amada cara transida de dolor. «Mandy», le decía. Siempre la llamaba Mandy. Su Mandy, mi Mandy, querida Mandy. Pero no había risa en su voz ni en sus ojos.

«Mandy, no podemos evitarlo. Desearía que pudiéramos. Mandy, mi Mandy, te echo tanto de menos… Nunca pensé que tendrías que venir tras de mí tan pronto. Es tan duro para nuestra niña… Y va a serlo aún más. Tienes que hablar con ella, lo sabes».

Entonces sonrió, pero fue una sonrisa triste, muy triste, y su cuerpo y su rostro, que habían parecido tan sólidos, tan cercanos que ella había levantado la mano durante el sueño para tocarlos, se empezaron a desvanecer y a titilar en la lejanía.

«Tienes que hablar con ella —le repitió—. Siempre supimos que lo harías. Ella tiene que saber de dónde viene, quién es. Pero dile, Mandy, dile que nunca se olvide de que la amé. Que amé a mi pequeña».

«Ay, no te vayas, Colin —se quejó en el sueño, añorándolo—. Quédate conmigo. Te amo, Colin. Mi dulce Colin. Te amo por todo lo que eres».

Pero no pudo traerlo de vuelta. Y no pudo detener el sueño.

Ah, qué belleza ver de nuevo Irlanda, pensó, flotando como neblina sobre las verdes colinas que recordaba desde hacía tanto tiempo. Ver resplandecer el río como una cinta de plata brillante que envuelve un regalo invaluable. Y allí estaba Tommy, el amoroso Tommy, esperándola. Se giró y le sonrió, para darle la bienvenida.

¿Por qué sentía tal dolor, si estaba de regreso y se sentía tan joven, tan vivaz, tan enamorada?

«Pensé que nunca volvería a verte. —Su voz sonó ahogada, una risa empezó a emerger de su garganta—. Tommy, he regresado a ti».

Al parecer él la miraba fijamente. Sin importar con cuánto empeño lo intentara, no podía acercarse a él más que a un brazo de distancia, aunque oía su voz, tan clara y dulce como siempre.

«Te amo, Amanda. Siempre. No ha pasado un día en el que no haya pensado en ti ni haya recordado lo que encontramos aquí. —En el sueño, él se daba la vuelta para mirar hacia el río, donde las orillas eran verdes y suaves, y el agua tranquila—. La bautizaste en honor al río, en honor al recuerdo de los días que pasamos juntos».

«Es tan hermosa, Tommy. Tan brillante, tan fuerte. Estarías orgulloso».

«Estoy orgulloso. Y cómo quisiera… Pero no pudo ser. Lo sabíamos. —Suspiró y se dio la vuelta—. Hiciste lo mejor para ella, Amanda, nunca te olvides de eso, pero ahora la estás dejando. El dolor que eso te causa y el dolor que has guardado todos estos años lo hacen muy difícil. Tienes que hablar con ella, tienes que darle su derecho de nacimiento. Y tienes que hacerle saber, de alguna manera tienes que hacerle saber que la amé y que se lo habría demostrado si hubiera podido».

«No puedo hacerlo sola —pensó mientras luchaba por salir del sueño y la imagen de Tom se desvanecía—. Ay, Dios santo, no me obligues a hacerlo sola».

—Mamá. —Shannon acarició con delicadeza la cara sudorosa de su madre, a pesar de que le temblaban las manos—. Mamá, despierta. Sólo es un sueño, un mal sueño. —Entendía lo que era sentirse torturada por los sueños y sabía lo que era temer despertarse, pues ahora se despertaba cada mañana temiendo que su madre se hubiera ido. Se adivinaba la desesperación en su voz. «Ahora no, todavía no», rezó—. Necesitas despertarte, mamá.

—Shannon, se fueron. Ambos se fueron. Se los llevaron lejos de mí.

—Shh. No llores. Por favor, no llores. Abre los ojos y mírame.

Amanda pestañeó y abrió unos ojos colmados de dolor.

—Lo siento. Lo siento tanto… Sólo hice lo que creí que era mejor para ti.

—Ya lo sé. Por supuesto que lo hiciste. —Shannon se preguntó frenéticamente si el delirio significaba que el cáncer se había extendido hasta el cerebro. ¿No era suficiente que hubiera acaparado los huesos de su madre? Maldijo la ambiciosa enfermedad y maldijo a Dios, pero su voz sonó tranquilizadora cuando habló—. Todo va bien. Estoy aquí, estoy a tu lado.

Con esfuerzo, Amanda exhaló un largo suspiro para tratar de estabilizarse. En la cabeza le daban vueltas algunas imágenes: Colin, Tommy, su querida niña… Cuán angustiados estaban los ojos de Shannon, cuán desolados estaban cuando regresó a Columbus por primera vez.

—Todo va bien. —Amanda habría hecho cualquier cosa por aplacar el miedo que se leía en los ojos de su hija—. Por supuesto que estás aquí. Me alegra tanto que estés conmigo… —«Y siento tanto, tanto, cariño, tener que dejarte…»—. Te he asustado. Lamento haberte asustado.

Era cierto. El miedo era un sabor metálico en el paladar, pero Shannon negó con la cabeza. Ya estaba casi acostumbrada al miedo. Había sido una presencia constante para ella desde que había cogido el teléfono de su oficina en Nueva York y una voz al otro lado de la línea le había dicho que su madre estaba muriendo.

—¿Te duele?

—No, no. No te preocupes. —Amanda suspiró de nuevo. A pesar de que sí le dolía, de que el dolor era espantoso, se sentía más fuerte. Necesitaba serlo por lo que estaba a punto de afrontar. En las pocas semanas que Shannon había estado con ella, había mantenido enterrado el secreto, como lo había mantenido toda la vida de su hija. Pero tendría que desenterrarlo y no quedaba mucho tiempo—. ¿Podrías traerme un poco de agua, cariño?

—Por supuesto.

Shannon cogió la jarra que estaba sobre una mesa cerca de la cama, llenó un vaso de plástico y después se lo ofreció a su madre con una pajita.

Luego levantó con cuidado el respaldo de la cama de hospital para que Amanda estuviera más cómoda. La sala de la encantadora casa de Columbus había sido modificada como habitación de hospital. Había sido el deseo de Amanda, y de Shannon, volver a casa para el final.

La música sonaba suavemente en el estéreo. El libro que Shannon había llevado a la sala para leer en voz alta estaba donde ella lo había soltado cuando se había asustado tanto. Se agachó para recogerlo, tratando de contenerse.

Cuando estaba sola, Shannon se decía que su madre estaba mejorando, que se podía ver día a día. Pero sólo tenía que echarle un vistazo a Amanda, a su piel grisácea, a las arrugas de dolor, a su pérdida gradual, para saber que en realidad no era así.

No había nada que pudiera hacer salvo procurar que su madre estuviera cómoda, que no le faltara la morfina para menguar el dolor, aunque nunca lo calmara del todo.

Shannon se dio cuenta de que necesitaba un minuto, pues el pánico había empezado a burbujearle en la garganta. Sólo un minuto a solas para poder hacer acopio de toda su valentía agotada.

—Voy a traer una toalla húmeda para refrescarte la cara.

—Gracias —replicó Amanda; eso, pensó mientras su hija salía de la habitación, le concedería el tiempo suficiente para escoger las palabras correctas.

1

Amanda había estado preparándose para ese momento durante años, pues sabía que le llegaría la hora, aunque no quería que fuera así. Lo que era justo y correcto para uno de los hombres que amaba sería injusto para el otro, sin importar qué camino escogiera.

Pero ninguno de los dos hombres podía ser su preocupación en ese momento, ni tampoco podía regodearse en su propia vergüenza. Lo único en lo que podía pensar era en Shannon, sólo ella podía dolerle.

Su hermosa y brillante hija, que no había sido para ella nada más que un motivo de alegría y de orgullo. El dolor la recorrió como una corriente venenosa, pero apretó los dientes. La lastimaría con lo que iba a decirle pronto, y lo que había pasado en Irlanda hacía tantísimos años le causaría congoja. Deseó con toda el alma poder encontrar una manera de aplacarla.

Vio que su hija entraba de nuevo en la sala. Se movía con rapidez y gracia, con una energía nerviosa subyacente. Se movía como su padre, pensó Amanda. No Colin. Dios, el dulce Colin daba traspiés, era torpe como un cachorro demasiado grande.

Pero Tommy era ligero de pies.

Shannon también tenía los ojos de Tommy. Del vivaz color verde del musgo, tan claros como un lago bajo el sol. El intenso color castaño del cabello que le caía sedosamente sobre los hombros también era un legado de Irlanda. Sin embargo, a Amanda le gustaba pensar que la forma de la cara de su hija, su piel cremosa y su suave y generosa boca eran herencia suya.

Pero había sido Colin, Dios lo bendijera, quien le había inculcado determinación, ambición y un sentido estable de su propia identidad.

—Creo que no te he dicho suficientes veces lo orgullosa que estoy de ti, Shannon —le dijo a su hija mientras ella le limpiaba el sudor de la cara.

—Por supuesto que me lo has dicho.

—No. Te dejé creer que estaba decepcionada porque no quisiste seguir pintando. Eso fue muy egoísta por mi parte. Sé mejor que la mayoría de la gente que el camino de una mujer es el que ella escoja.

—Nunca trataste de convencerme de que no me fuera a Nueva York o de que no me dedicara al arte comercial. Además, todavía sigo pintando —añadió con una sonrisa forzada—. Casi he terminado de construirme una vida estable que creo que te gustaría.

¿Por qué no había llevado unos lienzos? Maldición, ¿por qué no se le había ocurrido coger algunas pinturas o incluso un cuaderno de dibujo para poder sentarse junto a su madre y darle el placer de verla pintando?

—Ése es uno de mis favoritos. —Amanda señaló el retrato que colgaba de la pared de la sala—; el de tu padre durmiendo en la tumbona del jardín.

—Preparándose para cortar el césped —dijo Shannon con una risita. Puso a un lado la toalla y se sentó junto a la cama—. Y cada vez que le preguntábamos por qué no contrataba a alguien que lo cortara, respondía que no quería porque le gustaba el ejercicio. Pero entonces salía al jardín y se quedaba dormido.

—Colin nunca dejó de hacerme reír. Echo de menos eso. —Le acarició a Shannon una muñeca—. Sé que también tú lo echas de menos.

—Todavía creo que va a entrar de sopetón por la puerta principal y nos va a decir: «Mandy, Shannon, poneos vuestras mejores galas. Acabo de hacer que uno de mis clientes gane diez mil en la bolsa, así que vamos a celebrarlo».

—Le encantaba ganar dinero —comentó Amanda—. Era un juego tan divertido para él... No se trataba de dólares o centavos, ni de avaricia o egoísmo, sólo de diversión. Igual que le divertía mudarse de un lugar a otro cada par de años. «Vamos a hacer temblar este lugar, Mandy. ¿Qué tal si probamos en Colorado? ¿O en Memphis?». —Sacudió la cabeza de la risa. Qué bueno era reírse, fingir aunque fuera por un instante que estaban conversando como solían hacerlo—. Finalmente, cuando nos mudamos aquí, le dije que ya habíamos sido nómadas durante suficiente tiempo. Éste era nuestro hogar. Y él se estableció aquí como si hubiera estado esperando el sitio y el momento correctos.

—Papá amaba esta casa —murmuró Shannon—, igual que yo. Nunca me importó que nos mudáramos de un lugar a otro. Papá siempre lo hizo parecer una aventura. Pero recuerdo que una vez, como una semana después de que nos mudáramos aquí, estaba sentada en mi habitación pensando, y sentí que me quería quedar. —Sonrió a su madre—. Supongo que todos sentimos lo mismo.

—Él habría movido montañas por ti, se habría enfrentado a tigres. —A Amanda le tembló la voz, aunque después de unos segundos pudo estabilizarla de nuevo—. Shannon, ¿sabes de verdad cuánto te quiso tu padre?

—Sí —contestó, levantando la mano de su madre y presionándola contra su mejilla—. Sí que lo sé.

—Recuérdalo. Acuérdate siempre de todo lo que te quiso. Tengo cosas que decirte, Shannon, que pueden hacerte daño, que pueden enfurecerte o confundirte. Lo siento tanto… —dijo, y exhaló un suspiro.

En el sueño había habido más que amor y dolor. También había estado presente la urgencia. Amanda sabía que no dispondría de las tres míseras semanas que el médico le había prometido.

—Mamá, lo entiendo, pero todavía tenemos esperanzas. Siempre quedan esperanzas.

—No tiene nada que ver con esto —le respondió, y levantó una mano para abarcar la zona temporal de cuidados intensivos—. Es algo que viene de atrás, cariño, de muy atrás. De algo que sucedió cuando fui con una amiga a Irlanda y nos quedamos en el condado de Clare.

—No sabía que hubieras estado en Irlanda. —A Shannon le pareció extraño—. Con todo lo que viajamos siempre me pregunté por qué nunca fuimos a Irlanda, y más teniendo en cuenta que tanto tú como papá tenéis raíces irlandesas. Yo siempre he sentido una especie de conexión con ese país, como una extraña atracción.

—¿En serio? —preguntó Amanda con suavidad.

—Es difícil de explicar —murmuró Shannon. Se sintió un poco tonta, pues no era una mujer dada a hablar de sueños, y entonces sonrió—. Siempre me he dicho que si alguna vez decido tomarme unas vacaciones largas, allá es adonde voy a ir. Pero con el ascenso y la cuenta nueva... —Se sacudió la idea del lujo de unas vacaciones—. En cualquier caso, recuerdo que cada vez que sugería que fuéramos a Irlanda, siempre movías la cabeza y decías que había muchos otros sitios que ver.

—No podía soportar la idea de volver, y tu padre lo entendía. —Amanda apretó los labios y examinó el rostro de su hija—. ¿Te sentarías aquí a mi lado a escucharme? Y, por favor, ¿podrías tratar de entender?

Shannon sintió un nuevo estremecimiento de miedo que le subía por la columna. ¿Qué podía ser peor que la muerte?, se preguntó. ¿Y por qué tenía tanto miedo de escucharlo? Sin embargo, se sentó junto a su madre y sostuvo su mano entre las suyas.

—Estás inquieta —empezó a decirle—. Sabes lo importante que es que estés tranquila.

—Y que haga ejercicios de visualización —dijo Amanda con una sonrisa débil.

—Puede funcionar. La mente triunfa sobre la materia. Mucho de lo que he estado leyendo...

—Ya lo sé. —Incluso aquel mínimo vestigio de sonrisa desapareció—. Cuando yo era unos pocos años mayor que tú, viajé a Irlanda con una amiga muy querida, llamada Kathleen Reilly. Fue una gran aventura para las dos. Éramos adultas, pero ambas veníamos de familias muy estrictas. Tan sumamente estrictas que tuve que esperar hasta tener más de treinta años para tomar la iniciativa de hacer semejante cosa. —Amanda volvió la cabeza para poder mirar a su hija a la cara mientras le hablaba—. Sé que no lo entiendes. Siempre has sido tan segura de ti misma y tan valiente… Pero cuando yo tenía tu edad, ni siquiera había empezado a luchar por deshacerme de la cobardía.

—Nunca has sido una cobarde, mamá.

—Pero lo fui —contestó Amanda con suavidad—. Lo fui. Mis padres eran irlandeses tradicionales, más correctos que el Papa. Una de sus mayores decepciones, más por razones de prestigio que por la religión, fue que ninguno de sus hijos nació con vocación religiosa.

—Pero si eres hija única —la interrumpió Shannon.

—Ésa es una de las verdades a las cuales falté. Te dije que no tenía familia y te dejé creer que no había nadie más que yo. Pero la verdad es que tengo dos hermanos y una hermana, pero no hemos cruzado ni una palabra desde antes de que nacieras.

—Pero ¿por qué? —Shannon se contuvo—. Perdona. Continúa.

—Siempre has sido buena escuchando. Tu padre te enseñó. —Amanda hizo una pausa y pensó en Colin. Rezó por que lo que estaba a punto de hacer fuera lo correcto para todos—. No éramos una familia cercana, Shannon. Nuestra casa era tan… estirada. Las reglas y las costumbres eran muy rígidas. Cuando decidí ir a Irlanda con Kate, tuve que afrontar fieras objeciones por parte de mi familia. Pero fuimos, y estábamos tan emocionadas como colegialas en un día de excursión. Primero estuvimos en Dublín y de allí continuamos siguiendo un mapa y nuestro olfato. Me sentí libre por primera vez en la vida. —Era tan fácil traer a la memoria todo aquello, notó Amanda. Incluso después de tantos años de contener esos recuerdos, le llegaban de nuevo a la cabeza tan claros y puros como el agua. La risa aguda de Kate, las protestas del pequeño coche que habían alquilado, los caminos equivocados que habían tomado, así como los correctos. Y el sobrecogimiento que sintió la primera vez que vio la extensión de las colinas y las puntas de los acantilados del Oeste. Esa sensación de haber llegado a casa que no se esperaba y que no había vuelto a sentir nunca más—. Queríamos ver lo más posible, y cuando llegamos al Oeste, encontramos un hotelito precioso que miraba hacia el río Shannon. Nos quedamos allí y decidimos que podíamos convertirlo en una especie de base, para conducir desde allí a varios lugares y hacer viajes de un día. Los acantilados de Mohr, Galway, la playa de Ballybunnion y todos esos lugares fascinantes que se encuentra uno por el camino cuando menos se lo espera. —Entonces Amanda miró a su hija y vio que tenía los ojos brillantes y expectantes—. Cómo quisiera que pudieras ir y ver, sentir por ti misma la magia de ese lugar, el mar chocando como el trueno contra las rocas, el verde de los campos, la manera en que se siente el viento cuando llueve suave y ligeramente, o cuando el viento sopla con fuerza desde el Atlántico… Y la luz, es como una perla apenas rozada con oro.

Allí había amor, pensó Shannon con un poco de desconcierto y un anhelo que nunca había sospechado.

—Pero nunca volviste.

—No —repuso Amanda con un suspiro—. Nunca volví. ¿Alguna vez te has preguntado cómo es posible que una persona planee todo con sumo cuidado, anticipe cómo serán las cosas al día siguiente y al siguiente, pero entonces algo ocurre, algo que puede parecer insignificante y sin embargo hace que todo el plan se vea trastornado? Nunca vuelve a ser lo mismo.

Más que una pregunta era una afirmación. En ese momento Shannon sencillamente esperó a que su madre continuara y se preguntó qué sería lo que había cambiado sus planes.

El dolor estaba tratando de apoderarse de ella de nuevo, con astucia. Amanda cerró los ojos un instante y se concentró en vencerlo. Lo mantendría a raya, se prometió, hasta que hubiera terminado lo que había empezado.

—Una mañana, era el final del verano y la lluvia iba y venía con irregularidad. Kate amaneció sintiéndose mal, así que decidió pasar el resto del día en la cama y descansar, leer un poco y mimarse. Yo estaba inquieta, tenía la sensación de que había lugares adonde tenía que ir. Entonces me subí al coche y conduje. Sin planearlo llegué a Loop Head. Oía el estruendo de las olas mientras me apeaba y caminaba hacia el acantilado. El viento soplaba y cantaba entre la hierba. Olía el océano y la lluvia. Había allí un poder que golpeaba el aire al igual que las olas golpeaban las rocas.

»Vi a un hombre —continuó Amanda, pero más despacio— de pie en el punto donde la tierra llega a su fin y da paso a la inmensidad del océano. Estaba mirando hacia el infinito, bajo la lluvia, hacia el Oeste, donde está América. No había nadie más allí aparte de él, que estaba enfundado en una chamarra impermeable y tenía una gorra calada hasta los ojos. Entonces se volvió, me miró y sonrió, como si hubiera estado esperándome.

De repente, Shannon sintió ganas de ponerse de pie, de decirle a su madre que debía detenerse, descansar, hacer cualquier cosa salvo continuar. Había convertido sus manos en puños sin siquiera darse cuenta y sentía como si algo le atenazara con fuerza el estómago.

—No era joven —continuó Amanda con suavidad—, pero era guapo. Y tenía una tristeza enorme en los ojos, como si estuviera un poco perdido. Sonrió y me dijo buenos días y que qué día tan espléndido hacía mientras la lluvia nos caía sobre la cabeza y el viento nos abofeteaba la cara. Me reí, porque de alguna manera era cierto que era un día espléndido. Y pensé que me había acostumbrado a la musicalidad del acento del Oeste de Irlanda. Su voz era encantadora, y supe que podría pasar muchas horas escuchándola. Así que nos quedamos allí, conversando sobre mis viajes, sobre Estados Unidos. Me dijo que era granjero, aunque muy malo, lo cual lamentaba, porque tenía dos hijas pequeñas por quienes tenía que velar. Pero su rostro no reflejó tristeza cuando habló de ellas; en cambio, se le iluminó. Su Maggie Mae y su Brie, así las llamó. Sobre su esposa dijo muy poco.

»Entonces salió el sol. —Amanda suspiró—. Salió despacio y precioso mientras estábamos allí, como escabulléndose entre las nubes con raudales de oro. Caminamos por los senderos, hablando, como si nos conociéramos de toda la vida. Y me enamoré de él en esos empinados y estruendosos acantilados. Debería haberme asustado. —Miró a Shannon y levantó una mano con vacilación—. Sí, me produjo vergüenza, porque él era un hombre casado y tenía hijas. Pero pensé que era sólo yo quien lo sentía, así que ¿realmente cuánto pecado podía haber en el alma de una vieja solterona deslumbrada por un hombre apuesto? —Sintió con alivio que su hija entrelazaba sus dedos con los de ella—. Pero no era sólo yo quien lo sentía. Nos vimos otras veces, ay, todo con mucha inocencia. En una taberna, en el acantilado de nuevo y en una ocasión nos llevó a Kate y a mí a una feria en las afueras de Ennis. No podía seguir siendo inocente. No éramos niños, ninguno de los dos, y lo que sentíamos el uno por el otro era tan grande, tan importante y, tienes que creerme, tan correcto... Kate lo sabía, cualquier persona que nos viera podía saberlo, y me habló como lo haría una amiga. Pero yo lo amaba y nunca había sido tan feliz como cuando estaba con él. Ni una vez me hizo promesas. Teníamos sueños, pero nunca nos prometimos nada. Estaba atado a su esposa, que no lo amaba, y a las hijas que adoraba. —Se humedeció los labios y bebió de la pajita que sin palabras le ofreció Shannon. Hizo una pausa de nuevo, pues lo que se venía iba a ser aún más difícil—. Sabía lo que estaba haciendo, Shannon. De hecho, que nos convirtiéramos en amantes fue más obra mía que de él. Él fue el primer hombre que me tocó, y cuando lo hizo, finalmente, fue con tanta ternura, con tanto cuidado, con tanto amor, que después lloramos juntos. Lloramos porque sabíamos que nos habíamos conocido demasiado tarde y que no había esperanza para nosotros.

»Sin embargo, hicimos planes absurdos. Encontraríamos una manera de que pudiera dejarle a su esposa lo que necesitara y nos iríamos con sus hijas a Estados Unidos, donde podríamos ser una familia. Él quería con desesperación tener una familia, al igual que yo. Conversamos en esa habitación que miraba sobre el río Shannon y fingimos que sería para siempre. Teníamos tres semanas, y cada día fue más maravilloso que el anterior, y más desgarrador. Debía dejarlo y dejar Irlanda. Me dijo que iría a Loop Head, donde nos habíamos conocido, y que miraría por encima del mar en dirección a Nueva York, hacia mí.

»Se llamaba Thomas Concannon, y era un granjero que quería ser poeta.

—¿Volviste…? —A Shannon la voz le sonó áspera e inestable—. ¿Volviste a verlo alguna vez?

—No. Le escribí durante un tiempo y él contestó. —Amanda apretó los labios y fijó la mirada en los ojos de su hija—. Al poco tiempo de volver a Nueva York supe que estaba embarazada de él.

Shannon sacudió la cabeza de inmediato; la negación fue instintiva y el miedo, enorme.

—¿Embarazada? —El corazón empezó a latirle a toda prisa y con fuerza. Sacudió la cabeza de nuevo y trató de alejar la mano de su madre. Lo supo, sin que se hubiera pronunciado ninguna otra palabra, lo supo. Pero rehusó saber—. No.

—Me emocionó tanto… —Amanda apretó la mano de Shannon, aunque le costó trabajo—. Desde el primer momento estuve segura. Me puse tan contenta… Nunca pensé que tendría un hijo, que encontraría a alguien que me amara lo suficiente como para darme ese regalo. Ay, quería a ese bebé, lo amaba y le di las gracias a Dios por llevarlo en mi vientre. Cuánta tristeza y dolor sentí al saber que nunca podría compartir con Tommy la belleza que había concebido nuestro amor. La carta que me mandó era frenética. Iba a dejar su hogar y vendría a buscarme. Temía por mí, por lo que me estaba tocando afrontar sola. Yo sabía que era cierto que vendría y me sentí tentada de aceptar, pero estaba mal, Shannon, aunque amarlo nunca estuvo mal. Entonces le escribí una última carta y le mentí por primera vez: le dije que no estaba asustada ni sola y que me iba a ir de Nueva York.

—Estás cansada. —Shannon estaba desesperada por detener las palabras. Su mundo se estaba desmoronando y tenía que luchar por estabilizarlo de nuevo—. Has hablado demasiado. Es hora de que te tomes las medicinas.

—Tommy te habría amado —dijo Amanda fieramente— si hubiera tenido la oportunidad. En mi corazón sé que te amó aunque nunca posó los ojos sobre ti.

—¡Basta! —exclamó Shannon, poniéndose de pie y alejándose de la cama. Se mareó y sintió como si la piel se le hubiera vuelto helada y extremadamente fina—. No quiero escuchar esto. No necesito escucharlo.

—Sí necesitas escucharlo. Lamento el dolor que te pueda causar, pero necesitas saber toda la verdad. Sí, me fui de Nueva York —continuó sin perder un minuto—. Mi familia se escandalizó, todos se pusieron furiosos cuando les conté que estaba embarazada. Querían que me fuera durante un tiempo y que te diera en adopción, discretamente, sin que nadie se enterara, para que no se desatara un escándalo que los avergonzara. Pero yo habría entregado mi vida antes que renunciar a ti. Eras mía y de Tommy. Se dijeron palabras horribles en esa casa, hubo amenazas y ultimátums. Me desheredaron y mi padre, que era un hombre de negocios astuto, me bloqueó la cuenta bancaria para que no pudiera tocar el dinero que mi abuela me había dejado como herencia. Verás, el dinero nunca fue un juego para él. Era poder. Entonces me fui de esa casa con el dinero que tenía en el monedero y una maleta.

Shannon sintió como si estuviera bajo el agua, luchando por respirar. Pero pudo imaginarse con toda claridad la escena: su madre, joven, embarazada, casi sin un centavo, cargando una maleta.

—¿No había nadie que pudiera ayudarte?

—Kate me habría ayudado, y sé que sufrió por lo que me estaba pasando. Pero ésas eran las consecuencias de mis actos. La vergüenza que pudiera haber era mía. La alegría que pudiera haber era mía. Tomé un tren hacia el Norte y conseguí trabajo como camarera en un hotel de los Catskills. Y allí conocí a Colin Bodine.

Amanda esperó mientras Shannon se daba la vuelta y caminaba hacia la chimenea, que ya estaba apagándose. La habitación estaba silenciosa, sólo se oía el crujir de las brasas y el viento que soplaba contra la ventana haciéndola estremecer. Pero bajo el silencio, Amanda podía percibir la tormenta que se había desatado dentro de esa niña que ella amaba más que a su propia vida. Ya estaba sufriendo por anticipar que esa tormenta estallaría sobre ambas.

—Estaba de vacaciones con sus padres. Le presté poca atención. Era sólo uno más de los huéspedes ricos y privilegiados a los que tenía que atender. Colin me gastaba una broma de cuando en cuando y yo sonreía, como él esperaba que hiciera. Tenía la mente en mi trabajo y en mi sueldo, y en el bebé que crecía dentro de mí. Entonces una tarde hubo una tormenta, una fortísima. Muchos de los huéspedes decidieron quedarse en sus habitaciones y pidieron que les llevaran el almuerzo, en lugar de salir. Yo iba a toda prisa cargando una bandeja para una de las cabañas, pues hubiera tenido problemas si la comida se enfriaba por el camino y los huéspedes se quejaban. Y Colin surgió corriendo por una esquina, mojado como un perro, y me arrolló. Qué torpe que era, que Dios lo bendiga.

Las lágrimas contenidas le hirvieron a Shannon mientras miraba fijamente las brasas que ardían en la chimenea.

—Siempre contaba que así era como te había conocido: que te había tumbado.

—Así es. Y siempre te dijimos las verdades que sentimos que podíamos decirte. Me arrolló y caí en un barrizal, con bandeja y todo, la comida se manchó y se echó a perder. Él empezó a disculparse y trató de ayudarme. Yo sólo podía ver la comida tirada en el barro; me dolía la espalda de cargar esas bandejas tan pesadas y tenía las piernas cansadas de sostenerme. Empecé a llorar. Me quedé sentada en el barro y lloré y lloré y lloré. No pude parar. Colin me cogió en brazos y me llevó a su habitación, pero no pude parar de llorar ni un momento.

»Fue muy dulce; me sentó en una silla, a pesar de que yo estaba toda embarrada, y me cubrió con una manta. Se sentó a mi lado y me dio palmaditas en la mano hasta que dejé de llorar. Me sentí tan avergonzada y él fue tan amable… Y no consintió que me fuera hasta que le prometí que cenaría con él.

Debía sonar romántico y dulce, pensó Shannon al tiempo que le empezó a faltar el aire. Pero no lo era. Era espantoso.

—No sabía que estabas embarazada.

Amanda hizo una mueca, no sólo por la acusación que implicaban las palabras de Shannon, sino también porque sintió una nueva punzada de dolor.

—No, en ese momento no sabía que estaba embarazada. Casi no se me notaba y tuve cuidado de esconder mi estado para no perder mi trabajo. Los tiempos eran diferentes por aquel entonces; una camarera soltera y embarazada no habría durado ni cinco minutos en el patio de recreo de un hombre rico.

—Permitiste que se enamorara de ti —dijo Shannon con voz fría, tan fría como el hielo que parecía haberle recubierto la piel— a pesar de que llevabas en el vientre al hijo de otro hombre.

«Y ese hijo era yo», pensó con tristeza.

—Yo era una mujer adulta —contestó con cautela Amanda, al tiempo que buscaba el rostro de su hija. Y lloró por dentro al ver lo que éste expresaba—. Y nadie me había amado de verdad. Con Tommy todo fue tan rápido y tan deslumbrante como un rayo. Todavía estaba cegada por él cuando conocí a Colin. Todavía me dolía, todavía estaba aferrada a él. Había volcado todo lo que sentía por Tommy en el bebé que habíamos concebido juntos. Puedo decirte que pensé que Colin sólo estaba siendo amable. Y la verdad es que al principio pensé que era así. Pero pronto me di cuenta de que sus intenciones eran más que las de ser amable.

—Y se lo permitiste.

—Tal vez podría haberlo detenido —respondió Amanda con un largo, larguísimo suspiro—. No lo sé. Todos los días de la semana siguiente hubo flores en mi habitación y todas esas cosas bonitas e inútiles que le encantaba regalar. Encontró la manera de estar cerca de mí. Si tenía un descanso de diez minutos, allí estaba. Sin embargo, me costó días entender que me estaba cortejando. Me sentí aterrorizada. Ahí estaba ese hombre encantador que no había sido sino gentil conmigo y no sabía que yo llevaba en mi vientre el hijo de otro hombre. Se lo dije, le conté todo con la certeza de que se terminaría nuestra amistad, y sentí pena, porque Colin era el primer amigo que tenía desde que había dejado a Kate en Nueva York. Él me escuchó, del modo en que solía hacerlo, sin interrumpirme, sin preguntarme nada, sin condenarme. Cuando terminé y empecé a llorar de nuevo, me tomó de la mano. «Lo mejor es que te cases conmigo, Mandy. Yo os cuidaré a ti y al bebé», me dijo.

Shannon se dio la vuelta y miró a su madre. Las lágrimas rodaban por sus mejillas, al igual que por las mejillas de Amanda, pero no iba a dejar que la ahogaran. Su mundo ya no se estaba tambaleando, sencillamente se había derrumbado de sopetón.

—¿Así de sencillo? ¿Cómo pudo ser tan fácil?

—Colin estaba enamorado de mí. Me sentí honrada cuando me di cuenta de que de verdad me amaba. Lo rechacé, por supuesto. ¿Qué más podía hacer? Pensé que estaba siendo absurdamente galante, o simplemente tonto de remate. Pero insistió. Incluso cuando me enfurecí y le dije que me dejara en paz siguió insistiendo. —Una sonrisa empezó a curvarle los labios al recordarlo—. Era como si yo fuera una roca y él, la ola que paciente y constantemente la bate hasta que desgasta toda la resistencia que puede oponer. Me trajo cosas para ti. ¿Te imaginas a un hombre que corteja a una mujer regalándole cosas para su hijo que no ha nacido todavía? Un día vino a mi habitación y me dijo que íbamos a conseguir la licencia de inmediato y que cogiera mi bolso. Y lo hice. Sencillamente lo hice, y me encontré casada con él dos días después. —Amanda miró con dureza y anticipándose a la pregunta que Shannon iba a hacer—. No te voy a mentir y decir que lo amaba. Le tenía cariño. Era imposible no encariñarse con un hombre como él. Y estaba muy agradecida. Sus padres estaban muy contrariados, y era bastante comprensible, pero me dijo que él los haría cambiar de opinión. Y conociendo a Colin, lo habría logrado, pero se mataron en un accidente cuando iban de regreso a casa. Así que sólo quedamos los dos, y tú. Me prometí que sería una buena esposa para él, que construiría un hogar y lo aceptaría en la cama. Hice el juramento de no volver a pensar en Tommy nunca más, pero eso fue imposible. Me costó años entender que no era pecado ni una vergüenza recordar al primer hombre que había amado, y que no era una deslealtad para con mi marido.

—Que no era mi padre —dijo Shannon a través de unos labios de hielo—. Él fue tu marido pero no mi padre.

—Pues claro que fue tu padre. —Por primera vez se escuchó un tono de furia en la voz de Amanda—. Nunca digas lo contrario.

—Pero si acabas de decirme lo contrario, ¿no es cierto? —replicó Shannon con amargura.

—Colin te amó desde que estabas en mi vientre y nos acogió a las dos sin vacilación y sin falso orgullo. —Amanda habló lo más rápidamente que el dolor le permitió—. Te digo que me avergonzaba anhelar a un hombre que no podía tener cuando uno tan maravilloso estaba a mi lado. Me enamoré de él el día en que naciste y lo vi tomarte entre sus enormes y torpes manos, con esa expresión maravillada y orgullosa en el rostro, con todo el amor del mundo reflejado en sus ojos mientras te acunaba contra él tan delicadamente como si fueras de cristal. Lo amé tanto como cualquier mujer puede amar a un hombre desde ese día hasta hoy. Y él es tu padre, así como Tommy quiso y no pudo serlo. Si alguno de los dos tuvo algún arrepentimiento, fue el de no haber podido tener más hijos para repartir la felicidad que compartíamos contigo.

—¿Quieres que acepte esto sin más? —Aferrarse a la ira la torturaba menos que aferrarse al dolor. Shannon miró fijamente a Amanda. La mujer que yacía en la cama era ahora una extraña para ella, así como ella era una extraña para sí misma—. ¿Quieres que continúe con mi vida como si nada hubiera cambiado?

—Quiero que te des tiempo para aceptar y entender. Y quiero que creas que te amamos, todos nosotros.

Su mundo estaba hecho pedazos, los fragmentos esparcidos a sus pies; cada recuerdo que tenía, cada creencia que abrigaba estaban ahora hechos polvo.

—¿Aceptar? Que te acostaste con un hombre casado y te quedaste embarazada, y que después te casaste con el primero que se ofreció a salvarte. Aceptar todas las mentiras que me has dicho toda la vida, aceptar el engaño.

—Tienes derecho a estar enfadada —repuso Amanda tratando de contener el dolor físico y emocional.

—¿Enfadada? ¿Crees que lo que estoy sintiendo es tan poca cosa? Dios, ¿cómo has podido hacerme esto? —Se dio la vuelta sintiendo que la amargura y el horror le pisaban los talones—. ¿Cómo has podido no decirme nada durante todos estos años y dejarme creer que era alguien que no soy?

—La persona que eres no ha cambiado —le contestó Amanda con desesperación—. Colin y yo hicimos lo que pensamos que era mejor para ti. Nunca estuvimos seguros de cómo o cuándo decírtelo. Nosotros...

—¿Lo discutisteis? —Ahogada por sus descontroladas emociones, Shannon se giró hacia la frágil mujer que estaba en la cama. Sentía una horrible e intensa urgencia de coger ese cuerpo marchito y sacudirlo—. «¿Hoy será un buen día para decirle a Shannon que fue un pequeño error que cometiste en la costa Oeste de Irlanda? ¿O mejor se lo decimos mañana?».

—No fuiste un error. Nunca te consideramos un error. Un milagro. Maldita sea, Shannon...

Amanda se interrumpió, jadeando mientras el dolor se abría paso dentro de su cuerpo, robándole el aliento y desgarrándola. Se le nubló la mirada. Sintió una mano que le levantaba la cabeza y que le ponía una pastilla entre los labios, y escuchó la voz de su hija tranquilizándola.

—Bebe un poco de agua. Un poco más, así está muy bien. Ahora acuéstate y cierra los ojos.

—Shannon...

La mano de su hija estaba allí cuando extendió la suya buscándola.

—Estoy aquí, justo aquí. El dolor pasará en un momento. Se irá y podrás descansar.

El dolor ya estaba empezando a ceder y el cansancio la estaba invadiendo como bruma. «No ha habido suficiente tiempo —fue todo lo que pudo pensar Amanda—. ¿Por qué nunca hay suficiente tiempo?».

—No me odies —murmuró Amanda mientras se escabullía entre la bruma—. Por favor, no me odies.

Shannon se sentó, pues le pesaba su propio dolor, y se quedó allí mucho después de que su madre se durmiese.

No volvió a despertarse.

2

A un océano de distancia de donde una de las hijas de Tom Concannon lidiaba con el dolor de la muerte, otras celebraban las alegrías de una nueva vida.

Brianna Concannon Thane acunó a su hija entre los brazos y la examinó: los hermosos ojos azules de pestañas increíblemente largas, los pequeñísimos dedos con pequeñísimas y perfectas uñas y el capullito que tenía por boca, que nadie en el Cielo o en la Tierra se atrevería a decir que no había curvado en una sonrisa.

Después de menos de una hora ya se le habían olvidado el esfuerzo y el cansancio del parto. El sudor e incluso los momentos de temor.

Tenía una hija.

—Es de verdad —dijo Grayson Thane reverentemente, mientras le acariciaba la mejilla a la niña con un dedo vacilante—. Y es nuestra —añadió, tragando saliva. Kayla, pensó. Su hija Kayla. Era tan pequeña, tan frágil, tan indefensa—. ¿Crees que le voy a caer bien?

Su cuñada se asomó sobre su hombro y se rio.

—A nosotros nos caes bien..., al menos la mayor parte del tiempo. Se parece a ti, Brie —decidió Maggie, y le puso una mano en la cintura a Gray para sostenerse—. Va a tener el pelo de tu color. Ahora lo tiene más rojizo, pero apuesto a que va a ir cambiando a tu dorado en poco tiempo.

Brianna sonrió, sintiéndose encantada con la idea. Acarició la pelusa de la cabeza de su hija y le pareció tan suave como el agua.

—¿De verdad lo crees?

—Tal vez haya sacado mi barbilla —dijo Gray esperanzado.

—Típico de un hombre. —Maggie le guiñó un ojo a su marido, que estaba al otro lado de la cama de hospital de Brie, y él le devolvió una sonrisa—. Una mujer tiene que pasar por el embarazo, las náuseas y los tobillos hinchados. Además, le toca caminar como un pato durante meses pero pareciendo una vaca y, para completar, después le toca vivir los horrores del parto...

—Ni me lo recuerdes —dijo Gray, que no se molestó en disimular un estremecimiento.

Puede que Brianna ya hubiera dejado atrás ese aspecto del acontecimiento, pero él no había podido. Seguiría apareciendo en sus sueños durante años, estaba seguro.

Transición, recordó con horror. Al ser escritor, siempre la había considerado un paso sencillo de una escena a otra. Nunca volvería a pensar en esa palabra de la misma manera.

Maggie no pudo contenerse, así que presionó la lengua contra la mejilla. El afecto que sentía por Gray la obligaba por honor a tomarle el pelo cada vez que se le presentaba la ocasión.

—¿Cuántas horas duró? Veamos... Dieciocho. Tuviste dieciocho horas de parto, Brie.

Brianna no pudo contener del todo una sonrisa cuando Gray empezó a ponerse pálido.

—Más o menos. Aunque en ese momento me pareció más largo aún, con toda esa gente diciéndome que respirara y el pobre Gray casi hiperventilando al mostrarme cómo tenía que hacerlo.

—Un hombre no sabe más que lloriquear después de estar tras un escritorio ocho horas —dijo Maggie, mientras se quitaba de la cara un mechón de su pelo color fuego—. Y, sin embargo, insisten en llamarnos el sexo débil.

—Eso es algo que no vas a oír de mis labios —repuso Rogan con una sonrisa. El estar presente en el nacimiento de Kayla le había recordado el nacimiento de su hijo y cómo Maggie había luchado como un guerrero para traer a Liam al mundo. Pero nadie piensa en lo que tiene que pasar un padre—. ¿Cómo va la mano, Grayson?

Frunciendo el ceño, Gray dobló los dedos, los que su esposa le había apretado con fuerza durante una contracción especialmente dolorosa.

—No creo que la tenga rota.

—Contuviste el aullido con mucha hombría —le recordó Maggie—, pero los ojos te bizquearon cuando Brie te la apretó.

—Por lo menos Brianna no te maldijo —añadió Rogan, levántandole una elegante y oscura ceja a su esposa—. Los insultos que Margaret Mary me dirigió cuando Liam nació fueron bastante creativos. E irrepetibles.

—Intenta que salgan de ti cuatro kilos, Sweeney, y dime qué insultos se te vienen a la cabeza. Y todo lo que dice, cuando mira a Liam, es que el chico tiene su nariz...

—Y así es.

—Pero ya estás bien, ¿no?

Con un repentino ataque de pánico, Gray volvió a mirar a su esposa. Todavía estaba un poco pálida, notó él, pero tenía los ojos claros otra vez y se había desvanecido esa aterradora expresión de concentración.

—Estoy bien. —Para reconfortarlo, le acarició la mejilla. Cómo amaba esa cara, con su boca de poeta y sus ojos salpicados de oro—. Y no voy a dejar que cumplas la promesa de no volverme a tocar, ya que la hiciste al calor del momento —se rio y olisqueó a su hija—. ¿Lo oíste, Maggie, cuando le gritó al médico? «Hemos cambiado de opinión. Después de todo no vamos a tener al niño. Salga de mi camino, que me voy a llevar a mi mujer de regreso a casa», le dijo.

—Bien por ti —empezó Gray, que se arriesgó de nuevo y le acarició la cabeza a la niña con un dedo—, que no tuviste que ver nada de nada. Todas esas cosas del parto resultan violentas para un hombre.

—Y lo más importante es considerar que somos los menos apreciados —añadió Rogan. Cuando Maggie bufó, le ofreció la mano—. Tenemos llamadas que hacer, Maggie.

—Sí, es cierto. Volveremos pronto.

Cuando se quedaron solos, Brianna le sonrió a Grayson y le dijo:

—Tenemos una familia, Gray.

Una hora más tarde Grayson se puso nervioso y empezó a sospechar cuando una enfermera llegó a la habitación y se llevó a la niña.

—Voy a ir a echar un vistazo. No confío en la expresión de los ojos de esa enfermera.

—No te preocupes tanto, pa.

—Pa. —Sonriendo de oreja a oreja, Gray fijó la mirada en Brie—. ¿Así me llamará? Es fácil. Probablemente podría llamarme así desde ya, ¿no te parece?

—Sí, claro, estoy segura. —Sonriendo, Brianna le puso las manos a los lados de la cara a su marido cuando él se inclinó para besarla—. Nuestra Kayla es tan resplandeciente como el sol.

—Kayla Thane. —Gray probó a ver cómo sonaba y después sonrió—. Kayla Margaret Thane, la primera presidenta de Estados Unidos. Ya tuvimos una presidenta en Irlanda —añadió—. Pero Kayla podrá escoger lo que quiera. Estás preciosa, Brianna. —La besó de nuevo, sorprendido del todo de que fuera verdad. A Brie los ojos le brillaban, y tenía el cabello suelto a ambos lados de la cara. Todavía estaba un poco pálida, pero ya se podía ver que las rosas de sus mejillas estaban empezando a florecer de nuevo—. Y estarás exhausta. Debería dejarte dormir.

—¿Dormir? —Entornó los ojos y tiró a Gray de las solapas para que le diera otro beso—. Estarás bromeando, ¿no? No creo que pueda dormir en días de tanta energía que tengo. Lo que sí estoy es muerta del hambre. Daría cualquier cosa por un sándwich y unas patatas fritas.

—¿Quieres comer? —Gray pestañeó sorprendido—. Qué mujer. Tal vez después quieras salir a arar un campo.

—Creo que de eso puedo pasar —contestó con aire serio—. Pero te recuerdo que no he comido nada en más de veinticuatro horas. ¿Podrías pedir que me traigan algo?

—Ni hablar de comida de hospital. Sólo faltaba que la madre de mi hija tuviera que comer aquí. —Era fantástico, notó Gray. A duras penas se había acostumbrado a decir «mi mujer» y ahora estaba diciendo «mi hija». «Mi hija»—. Voy a conseguirte el mejor sándwich que exista en toda la costa Oeste de Irlanda.

Brianna se recostó en la almohada riéndose mientras Gray salía de la habitación. Qué año tan agitado había tenido, pensó. Apenas hacía poco más de un año que había conocido a Gray, y hacía menos tiempo aún que se había enamorado de él. Y ahora eran una familia.

A pesar de que había dicho lo contrario, los párpados se le pusieron pesados, se le cerraron los ojos y se durmió con facilidad. Cuando se despertó, emergiendo de la bruma de los sueños, vio a Gray, que estaba sentado en el borde de la cama mirándola.

—Kayla también está durmiendo —le dijo al tiempo que la tomaba de la mano y se la llevaba a los labios—. Me han permitido cogerla otra vez después de que haya estado dándoles la lata. Han dicho cosas interesantes sobre los yanquis, pero al final han sido indulgentes conmigo. Me ha mirado, Brie. Me ha mirado directamente a la cara. Me ha reconocido, y ha puesto los dedos, unos dedos preciosos, por cierto, alrededor del mío y ha apretado... —Se interrumpió y una expresión de pánico reemplazó la de gozo deslumbrado—. Estás llorando. ¿Por qué estás llorando? Algo te duele. Voy a por el médico. Voy a traer a alguien que te ayude.

—No. —Sorbiéndose la nariz, Brie se inclinó hacia delante y presionó la cara contra el hombro de su marido—. No me duele nada. Es sólo que te amo tanto, Grayson... Cómo me conmueves. Me conmueve profundamente verte hablar de ella.

—No sabía que podía ser así —murmuró Gray mientras le acariciaba el pelo a Brianna con una mano y la abrazaba con el otro brazo—. No sabía que esto iba a ser tan grande, tan increíblemente grande. Voy a ser un buen padre.

Lo dijo con tal fervor, y tan dulce asomo de miedo, que Brianna se rio.

—Lo sé.

Cómo podía fracasar, se preguntó Gray, cuando Brianna creía tanto en él.

—Te he traído el sándwich y otras cosas.

—Gracias. —Se sentó derecha, sollozó otra vez y se secó las lágrimas de los ojos. Cuando éstos se le aclararon, pestañeó de nuevo y lloriqueó otra vez—. Ay, Grayson, qué tonto y qué maravilloso eres.

Grayson había llenado la habitación de flores, en macetas, en floreros y en cestas, con globos que atestaban el techo de colores vivos y alegres formas. Un enorme perro morado sonreía al pie de la cama.

—El perro es para Kayla —le dijo Gray mientras sacaba pañuelos de papel de una caja y se los ponía en la mano—, así que no te hagas ideas extrañas. Probablemente el sándwich ya se te haya enfriado y me he comido algunas patatas, pero también te he traído una ración de tarta de chocolate, que te puedo dar si no te portas mal.

—Quiero la tarta primero —le dijo Brianna tras haberse secado las lágrimas.

—Muy bien.

—¿Qué es esto? ¿Ya estamos de fiesta? —Maggie entró a la habitación con un ramo de narcisos entre los brazos. Su marido entró tras ella, con la cara oculta por un enorme oso de peluche.

—Hola, mamá. —Rogan se inclinó sobre la cama y le dio un beso a su cuñada; después le guiñó el ojo a Gray—. Pa…

—Tenía hambre —dijo Gray con una sonrisa.

—Y me siento demasiado tacaña como para compartir mi tarta —dijo Brianna llevándose un trozo a la boca.

—Acabamos de ir a echar un vistazo al nido. —Maggie se desplomó en una silla—. Y puedo decir, sin subjetividad alguna, que Kayla es la más bonita entre todos los bebés. Tiene tu pelo, Brie, de un rosa dorado, y la bonita boca de Gray.

—Murphy te manda todo su cariño y sus mejores deseos —dijo Rogan poniendo al oso junto al perro—. Lo hemos llamado hace unos momentos para darle las noticias. Él y Liam están celebrándolo con las pastas de té que horneaste justo antes de ponerte de parto.

—Es muy amable por su parte cuidar a Liam mientras vosotros estáis aquí.

Maggie desestimó la gratitud de Brianna.

—La amabilidad no tiene nada que ver. Murphy se quedaría con el niño desde el amanecer hasta el anochecer si se lo permitieras. Están pasándoselo de lo lindo, y, antes de que preguntes, las cosas van bien en el hotel. La señora O'Malley está atendiendo a tus huéspedes. Aunque es difícil entender por qué aceptaste reservas si sabías que ibas a tener un bebé.

—Me imagino que por la misma razón por la cual tú seguiste trabajando en tu taller hasta que nos tocó arrastrarte para que fueras a dar a luz a Liam —contestó Brianna secamente—. Así es como me gano la vida. ¿Madre y Lottie se han ido a casa ya?

—Hace un rato. —Para no mortificar a su hermana, Maggie siguió sonriendo. Su madre había estado quejándose y preocupándose por los gérmenes que podrían pegársele en el hospital, pero no era nada nuevo—. Se asomaron, pero como te vieron dormida, Lottie dijo que mejor se llevaba de regreso a madre a casa y volvían a veros mañana. —Maggie hizo una pausa y se volvió para mirar a Rogan. El casi imperceptible movimiento de cabeza de su marido le indicó que le estaba dejando a ella la decisión de compartir o no con su hermana el resto de las noticias que le concernían. Y puesto que Maggie entendía a su hermana y sus necesidades, se levantó y fue a sentarse en el borde de la cama, al otro lado de Gray; entonces tomó una de las manos de Brianna—. Mejor que se haya ido. No, no me mires así, no lo digo con mala intención. Es sólo que tenemos noticias que ella no debe escuchar todavía. El hombre que contrató Rogan, el detective, cree que ha encontrado a Amanda. Pero espera, no te hagas muchas ilusiones todavía. Ya hemos pasado por esto.

—Pero esta vez puede ser en serio.

Brianna cerró los ojos un momento. Más de un año atrás había encontrado tres cartas que le había escrito

Amanda Dougherty a su padre. Cartas de amor que la habían sorprendido y desconsolado. En una de ellas había descubierto que había tenido un hijo de su padre, y entonces la familia había empezado una larga y frustrante búsqueda de la mujer de la cual se había enamorado su padre y del hijo que él nunca había conocido.

—Puede ser. —Gray no quería ver decepcionada a su mujer de nuevo, de modo que habló con cautela—. Pero conoces bien, Brie, todos los callejones sin salida con los cuales nos hemos topado desde que el detective encontró el certificado de nacimiento.

—Sabemos que tenemos una hermana —contestó Brianna con obstinación—. Sabemos cuál es su nombre, sabemos que Amanda se casó y que se mudaron muchas veces. Esas mudanzas han sido el problema, pero tarde o temprano las vamos a encontrar. —Le apretó la mano a Maggie—. Y podría ser ahora.

—Tal vez. —Maggie todavía tenía que resignarse a que podía ser una posibilidad real. No estaba completamente segura de querer encontrar a esa mujer que era su media hermana—. El detective va de camino a Columbus, Ohio. En uno y otro sentido, pronto tendremos noticias.

—Pa habría querido que hiciéramos esto —dijo Brianna tranquilamente—. Se habría puesto contento al saber que al menos tratamos de encontrarlas.

Maggie asintió con la cabeza y se levantó de la cama.

—Pues ya hemos echado a rodar la bola, así que no intentaremos detenerla. —Sólo esperaba que nadie saliera lastimado por las vueltas—. Mientras tanto deberías estar dando gracias por tu nueva familia y no preocupándote por lo que pueda o no encontrar el detective.

—Pero dame noticias en cuanto sepas algo —insistió Brianna.

—Sea lo que sea te lo diré, así que no te pongas nerviosa hasta que pase algo. —Maggie echó otro vistazo a la habitación y sonrió—. Brie, ¿quieres que nos llevemos algunas de estas flores a casa y te las arreglemos allá para que te estén esperando cuando llegues con la niña?

A Brianna le costó un gran esfuerzo contener el resto de las preguntas que le rondaban por la cabeza, pero todavía no había respuesta para ellas.

—Te lo agradecería. Gray se ha dejado llevar por la emoción.

—¿Quieres algo más, Brianna? —Rogan aceptó de muy buena gana las flores que Maggie empezó a apilarle en los brazos—. ¿Más tarta?

Brianna miró hacia el plato vacío y se sonrojó.

—Creo que ya me he comido hasta la última migaja. Gracias, pero creo que así está bien. Marchaos a casa los dos y descansad.

—Así lo haremos. Te llamo mañana —le prometió Maggie. La preocupación volvió a adivinarse en sus ojos al salir de la habitación con Rogan—. Quisiera que no albergara tantas esperanzas y que no tuviera la certeza de que esa hermana nuestra perdida por tanto tiempo vaya a querer ser bienvenida en nuestra familia.

—Ése es su temperamento, Maggie.

—Santa Brianna —dijo Maggie con un suspiro—. No podría soportar que saliera lastimada por esto, Rogan. Sólo tienes que echarle un vistazo para darte cuenta de cómo le está creciendo la idea dentro de la cabeza y del corazón. Sin importar lo malo que sea por mi parte, desearía con toda mi alma que nunca hubiera encontrado esas cartas.

—No te mortifiques, Maggie —repuso Rogan, y puesto que su mujer estaba ocupada haciendo precisamente eso, Rogan apretó el botón del ascensor con un codo.

—El problema no es que yo me mortifique —murmuró Maggie—. Brie no debería estar preocupándose por esto en este preciso momento. Tiene que pensar en la niña, y puede que Gray tenga que irse dentro de pocos meses de gira por su libro nuevo.

—Pensaba que la había suspendido. —Rogan se acomodó las flores en los brazos para que no se le cayeran.

—Quiere suspenderla, pero Brie le ha estado dando la lata para que vaya, porque no quiere que nada interfiera en su trabajo. —Maggie les frunció el ceño a las puertas del ascensor con impaciencia y enfado—. Está tan segura de que puede hacerse cargo de la niña, el hotel, todos esos malditos huéspedes y, encima, ese asunto de Amanda Dougherty Bodine…

—Ambos sabemos que Brianna es lo suficientemente fuerte como para lidiar con cualquier cosa que se le presente. Igual que tú.

Maggie levantó la mirada, preparada para discutir, pero la sonrisa divertida de Rogan le apaciguó el mal humor.

—Puede que tengas razón —dijo, y le lanzó una mirada provocadora—, por una vez en la vida. —Más tranquila, le quitó algunas flores de los brazos—. Y es un día demasiado maravilloso como para estar preocupándose por algo que tal vez nunca suceda. Tenemos una hermosa sobrina, Sweeney.

—Es cierto. Y me parece que tal vez tenga tu barbilla, Margaret Mary.

—Sí, yo he pensado lo mismo. —Se subieron al ascensor cuando se abrieron las puertas. Reflexionó sobre lo fácil que era olvidarse del dolor y recordar solamente la alegría—. Y también he pensado que ahora que Liam está empezando a andar podríamos plantearnos darle un hermano o una hermana.

Rogan sonrió y se las arregló para darle un beso a través de los narcisos.

—Yo también estaba considerando esa posibilidad.

3

«Yo soy la resurrección y la luz».

Shannon sabía que todas las palabras que estaba diciendo el sacerdote, tenían como objetivo reconfortar, tranquilizar y hasta tal vez inspirar. Las escuchó entonces, en ese esplendoroso día de primavera, al pie de la tumba de su madre. Ya las había escuchado en la misa del funeral, que se había llevado a cabo en una iglesia bañada de sol y llena de gente. Todas esas palabras le resultaban familiares desde su juventud. Y se había arrodillado, se había puesto de pie y se había sentado, incluso había respondido, pues alguna parte de su cerebro había sido capaz de seguir el ritual.

Pero no se sentía ni reconfortada, ni tranquila, ni inspirada.

La escena no era como un sueño, era demasiado real. El sacerdote vestido de negro, con una hermosa voz de barítono, las docenas de dolientes, los brillantes rayos de sol que hacían resplandecer las asas de cobre del ataúd, cubierto de flores. El sonido de los sollozos, el gorjeo de los pájaros.

Estaba enterrando a su madre.

Junto a la tumba abierta se encontraba el montículo pulcramente cuidado de otra, y en la lápida, todavía brutalmente nueva, se leía el nombre del hombre que ella había creído su padre.

Se suponía que tenía que llorar, pero ya lo había hecho.

Se suponía que tenía que rezar, pero las oraciones no tomaban forma en su cabeza.

Estando allí de pie, con la voz del sacerdote resonando en el claro aire de primavera, Shannon sólo pudo verse de nuevo a sí misma, cuando había entrado en la sala con la ira todavía hirviendo dentro de su cuerpo.

Había pensado que su madre estaría durmiendo, pero tenía demasiadas preguntas, demasiadas exigencias rondándole la cabeza, así que había decidido despertarla. Recordó que había sido con suavidad. Gracias a Dios, al menos lo había hecho suavemente. Sin embargo, su madre no se había despertado, no había reaccionado.

El resto había sido pánico. Empezó a sacudirla, ya no tan suavemente, y tampoco los gritos y las súplicas fueron suaves. Durante unos minutos, afortunadamente breves, incluso se había quedado en blanco; ahora sabía que había sido presa de una desesperada histeria.

Llamó a la ambulancia, frenética, y después vino el eterno y terrorífico viaje al hospital. Y la espera, siempre la espera. Pero la espera ya había terminado. Amanda había entrado en coma y del coma se había deslizado hacia la muerte.

Y de la muerte, según dijo el sacerdote, había pasado a la vida eterna.

Le dijeron que era una bendición. El médico se lo había dicho, al igual que las enfermeras, que habían sido más que amables todo el tiempo. Los amigos y vecinos que la llamaron también le dijeron que había sido una bendición. No había habido dolor ni sufrimiento en esas últimas cuarenta y ocho horas. Amanda sencillamente había dormido mientras su cuerpo y su cerebro se apagaban.

Sólo los vivos sufrían, pensó Shannon en ese instante. Sólo ellos se quedaban con todo el peso de la culpa y del dolor y con tantas preguntas sin respuesta.

—Ahora está con Colin —murmuró alguien.

Shannon hizo un esfuerzo por volver a la realidad y vio que ya había acabado el rito. La gente se disponía a ir hacia ella. Tendría que aceptar sus condolencias, sus palabras de consuelo, su dolor, como lo había hecho en el velatorio.

Muchos irían a casa con ella, por supuesto. Se había preparado para ello y se había hecho cargo de los detalles. Después de todo, pensó mientras aceptaba y respondía mecánicamente al pésame de quienes se acercaban a ella, los detalles eran su especialidad.

Se había encargado de los arreglos del funeral eficazmente y sin aspavientos. Sabía que su madre habría querido que todo fuera sencillo, de modo que había hecho su mejor esfuerzo para darle gusto a Amanda en esa última tarea. El ataúd era sencillo, había escogido las flores y la música correctas y había organizado una solemne ceremonia católica.

Y la comida, por supuesto. Le parecía espantoso encargarla, pero Shannon no había tenido ni el tiempo ni el aliento para preparar ella misma la comida para los vecinos y los amigos que irían a la casa con ella después de salir del cementerio.

Así pues, finalmente, se encontró sola. Por un momento no pudo pensar. ¿Qué quería? ¿Qué era lo correcto? Sin embargo, ni las lágrimas ni las oraciones parecían sobrevenirle. Shannon probó a poner una mano vacilante sobre el ataúd, pero sólo encontró la madera calentada por el sol y el fuerte olor de las rosas.

—Lo siento —murmuró—. Las cosas no debieron desarrollarse así entre nosotras al final, pero no sé cómo mejorar o cambiar la situación. Y ahora no sé cómo deciros adiós a ninguno de los dos.

Shannon caminó hacia la tumba de la izquierda.

Colin Alan Bodine
Amante, marido y padre

Incluso esas últimas palabras grabadas en el granito, pensó llena de tristeza, eran una gran mentira.

Y estando allí de pie frente a las tumbas de esas dos personas que había querido toda su vida, sintió que lo único que deseaba era no haber sabido nunca la verdad. Y ese deseo obstinado y egoísta era el causante de la culpa con la cual tendría que vivir.

Se dio la vuelta y caminó sola hacia el coche que la esperaba.

El tiempo que transcurrió hasta que la multitud empezó a dispersarse y la casa quedó en silencio otra vez le pareció una eternidad. Mucha gente quería a Amanda y se había reunido en su casa tras el entierro. Shannon dijo su último adiós, dio sus últimas gracias, aceptó las últimas condolencias y finalmente cerró la puerta y se quedó a solas. Entonces el cansancio empezó a apoderarse de ella mientras entraba en el despacho de su padre.

Amanda había cambiado muy poco del despacho en esos once meses que habían pasado desde la repentina muerte de su marido. El enorme y antiguo escritorio ya no estaba atestado de cosas, pero todavía tenía que usar el ordenador, el fax y otros equipos que Colin usaba en su trabajo como corredor de bolsa y asesor financiero. Sus juguetes, los llamaba, y su esposa se había quedado con ellos, a pesar de que no le había costado donar su ropa, sus zapatos y sus absurdas corbatas.

Todos los libros seguían estando en los estantes: libros sobre impuestos, propiedades y contabilidad.

Cansada, Shannon se sentó en el gran sillón de cuero que ella misma le había regalado a Colin en el día del padre de hacía cinco años. Le había encantado, recordó mientras pasaba una mano sobre el suave cuero color burdeos. Tan grande como para un caballo, le había dicho él, y se había reído y la había sentado sobre su regazo.

Shannon deseaba poder convencerse de que todavía lo sentía allí. Pero no era así. No sentía nada. Y eso, más que el funeral, más que el cementerio, le hizo comprender que estaba sola. Realmente sola.

No había habido suficiente tiempo para nada, pensó Shannon sombríamente. Si lo hubiera sabido antes… No estaba segura de a qué se refería, si a la enfermedad de su madre o a las mentiras. Si lo hubiera sabido, pensó de nuevo, pensando esta vez en la enfermedad. Habrían intentado otras cosas, tratamientos alternativos, concentrados de vitaminas, todas las pequeñas esperanzas sobre las cuales había leído en los libros de medicina homeopática que había recopilado. No había habido tiempo de darles la oportunidad de funcionar.

Sólo habían tenido unas pocas semanas. Su madre no le había dicho que estaba enferma, así como tampoco le había dicho otras cosas. No las había compartido con ella, pensó Shannon mientras la amargura luchaba con el dolor. No había querido compartirlas con su propia hija.

Por eso las últimas palabras que le había dirigido a su madre habían estado cargadas de rabia y desprecio. Y no podía cambiar esa realidad.

Con los puños apretados, como dispuesta a enfrentarse con un enemigo que no podía ver, Shannon se puso de pie y se alejó del escritorio. Necesitaba tiempo, maldita sea. Necesitaba tiempo para tratar de entender o, al menos, para tratar de aprender a vivir con la revelación que le había hecho su madre antes de morir.

Entonces los ojos se le llenaron de lágrimas que le corrieron tibias e impotentes por las mejillas, porque sabía, en el fondo de su corazón, que desearía que su madre hubiera muerto antes de decirle nada. Y se odiaba por ello.

Una vez que no le quedó ni una lágrima en el cuerpo, supo que tenía que dormir. Subió las escaleras mecánicamente, se lavó las mejillas calientes con agua fría y se acostó, con toda la ropa puesta, sobre la cama.

Tendría que vender la casa, pensó. Y los muebles. Tendría que hacerse cargo del papeleo.

No le había dicho a su madre que la quería.

Y con ese enorme peso en el corazón, Shannon cayó en un exhausto sueño.

Las siestas siempre dejaban a Shannon un poco atontada, así que sólo se las echaba cuando estaba enferma, aunque era muy raro que enfermara. La casa estaba silenciosa cuando se levantó de la cama. Un vistazo al reloj le dijo que había dormido menos de una hora, pero se sentía confundida y entumecida a pesar de que había sido un sueño corto.

Se dijo que prepararía café y después se sentaría a planear la mejor manera de proceder con las pertenencias de su madre y la casa que tanto había amado. El timbre sonó antes de que hubiera terminado de bajar las escaleras. Sólo pudo rezar para que no fuera un vecino bienintencionado que viniera a ofrecer ayuda o compañía, porque en ese momento no quería ninguna de las dos cosas.

Cuando abrió la puerta vio que era un extraño. El hombre era de estatura media y se le adivinaba una barriga ligeramente protuberante debajo del traje oscuro. El pelo se le estaba encaneciendo. Shannon tuvo una sensación extraña e incómoda cuando los ojos del hombre se clavaron en su cara.

—Estoy buscando a Amanda Dougherty Bodine.

—Ésta es la casa de los Bodine —contestó Shannon, tratando de adivinar quién era. ¿Sería un vendedor? No se lo pareció—. Soy su hija. ¿Qué se le ofrece?

Nada cambió en la expresión del hombre, pero Shannon notó que había extremado su atención.

—Unos pocos minutos del tiempo de la señora Bodine, si le viene bien. Me llamo John Hobbs.

—Lo siento, señor Hobbs, pero no le viene bien. He enterrado a mi madre esta misma mañana, así que si me disculpa…

—Lo siento —dijo él, y puso la mano en la puerta para mantenerla abierta, pues Shannon se disponía a cerrarla—. Acabo de llegar de Nueva York, de modo que no sabía que su madre había muerto. —Hobbs tuvo que pensar el asunto un momento y reorganizarse deprisa. Estaba demasiado cerca como para irse sin más—. ¿Usted es Shannon Bodine?

—Así es. Dígame de una vez qué es lo que quiere, señor Hobbs.

—Unos minutos de su tiempo —dijo con suficiente cortesía—, cuando sea más conveniente para usted. Quisiera pedirle una cita para verla dentro de unos días.

—Dentro de unos días volveré a Nueva York —le contestó tras retirarse un mechón de pelo de la cara.

—Entonces podremos vernos allí.

Shannon entrecerró los ojos al tiempo que hacía un esfuerzo por deshacerse de la confusión que le había dejado la siesta.

—¿Mi madre lo conocía, señor Hobbs?

—No, no me conocía, señorita Bodine.

—Entonces no creo que tengamos nada más que hablar, de modo que, por favor, discúlpeme…

—Mis clientes me han autorizado a discutir cierta información con la señora Amanda Dougherty Bodine —añadió Hobbs dejando la mano en la puerta para mantenerla abierta mientras medía a Shannon con la mirada.

—¿Clientes? —A pesar de sí misma, aquel hombre había logrado intrigarla—. ¿Esto tiene algo que ver con mi padre?

Hobbs vaciló brevemente pero ella lo notó, y entonces el corazón empezó a galoparle.

—Es algo que tiene que ver con su familia, sí. Si pudiéramos concertar una cita, tendría tiempo de informar a mis clientes sobre la muerte de la señora Bodine.

—¿Quiénes son sus clientes, señor Hobbs? No, no me venga con que es información confidencial —le espetó—. Viene a llamar a mi puerta para preguntar por mi madre en el día de su entierro porque quiere discutir algo con ella que tiene que ver con mi familia. Pues ahora yo soy la única familia, señor Hobbs, de modo que es obvio que su información tiene que ver conmigo. ¿Quiénes son sus clientes?

—Necesito hacer una llamada… desde mi coche. ¿Le importaría esperar un momento?

—Está bien —repuso Shannon, más por un impulso que por paciencia—. Lo espero.

Pero cerró la puerta y el hombre se dirigió hacia el sedán oscuro que estaba aparcado en la acera. Shannon tuvo la sensación de que iba a necesitar ese café.

Hobbs no se demoró mucho. El timbre volvió a sonar cuando Shannon le estaba dando el primer sorbo a su taza de café. Entonces fue a abrir la puerta con la taza en la mano.

—Señorita Bodine, mis clientes me han autorizado a llevar el asunto como me parezca más conveniente —anunció, y se metió una mano en el bolsillo, sacó una tarjeta de presentación y se la ofreció.

—Investigaciones Doubleday —leyó Shannon en voz alta—. Nueva York. —Levantó una ceja—. Está bastante lejos de casa, señor Hobbs.

—Con frecuencia mi trabajo me obliga a viajar, y este caso en particular me ha hecho moverme bastante. Me gustaría pasar y hablar con usted, señorita Bodine. O si prefiere, podemos reunirnos en el lugar que quiera.

Shannon sintió la urgencia de cerrarle la puerta en las narices. No era que le inspirara miedo, no; la cobardía que sentía provenía de algo más profundo, y puesto que lo reconocía, hizo caso omiso de ello.

—Pase. Acabo de hacer café.

—Muchas gracias. —Como era una de sus costumbres más arraigadas, Hobbs echó un vistazo a toda la casa mientras seguía a Shannon. Tomó nota de la discreta riqueza y el sutil buen gusto. Todo lo que había aprendido sobre los Bodine durante los últimos meses se veía reflejado en la casa. Eran, habían sido, una familia unida de buenos ingresos pero sin ninguna pretensión—. Éste es un momento difícil para usted, señorita Bodine —empezó a decir Hobbs al tiempo que se sentaba en la silla que le señaló Shannon—. Espero no empeorarlo.

—Mi madre murió hace dos días, señor Hobbs. No creo que usted pueda empeorar más la situación. ¿Leche, azúcar?

—Solo está bien, gracias. —Hobbs examinó a Shannon mientras ella le servía el café. Le pareció serena, lo que le haría más fácil el trabajo—. ¿Estaba enferma su madre, señorita Bodine?

—Tenía cáncer —contestó Shannon concisamente.

No quería compasión, decidió Hobbs, de manera que no se la ofreció.

—Represento a Rogan Sweeney —continuó Hobbs—, a su esposa y a su familia.

—¿Rogan Sweeney? —Con cautela, Shannon se sentó a la mesa frente a Hobbs—. Conozco el nombre, por supuesto. La Galería Worldwide tiene una sucursal en Nueva York. La principal está en… —Entonces se interrumpió y puso la taza sobre la mesa antes de que le temblaran las manos. Irlanda, pensó—. En Irlanda.

—Entonces ya lo sabe. —Hobbs leyó en los ojos de Shannon que lo sabía. Eso también le facilitaría el trabajo—. Mis clientes estaban preocupados por que usted no estuviera al tanto de las circunstancias.

Decidida a que no le temblara la voz, Shannon continuó:

—¿Y qué tiene que ver Rogan Sweeney conmigo?

—El señor Sweeney está casado con Margaret Mary Concannon, la hija mayor del fallecido Thomas Concannon, del condado de Clare, Irlanda.

—Concannon. —Shannon cerró los ojos hasta que la necesidad de estremecerse hubo pasado—. Ya lo entiendo. —Cuando abrió los ojos de nuevo, éstos expresaron entre amargura y diversión—. Supongo que lo contrataron para que me buscara. Me parece extraño que les interese, teniendo en cuenta todos los años que han pasado.

—Inicialmente me contrataron para encontrar a su madre, señorita Bodine. Le puedo decir que el año pasado mis clientes descubrieron la existencia de ustedes dos, y que la investigación empezó en ese momento. Sin embargo, fue difícil localizar a Amanda Dougherty. Como es posible que ya sepa, dejó de improviso su hogar en Nueva York y no le dijo a nadie hacia dónde se dirigía.

—Supongo que por aquel entonces no sabía todavía adónde iba a ir, puesto que la echaron de su casa por estar embarazada. —Hizo a un lado la taza de café y cruzó los brazos—. ¿Qué quieren sus clientes?

—El objetivo principal era localizar a su madre y hacerle saber que las hijas que sobreviven a Thomas Concannon encontraron unas cartas que ella le escribió a él, y después pedirle autorización para ponerse en contacto con usted.

—¿Que le sobreviven? Entonces está muerto... —Se frotó la sien con la mano—. Sí, ya me lo había dicho. Está muerto. Entonces todos están muertos. Pues bien, señor Hobbs, ya me ha encontrado, así que su trabajo ha llegado a su fin. Puede informar a sus clientes de que habló conmigo y de que no tengo ningún interés en ampliar el contacto.

—Sus hermanas...

—No las considero mis hermanas —le dijo con una mirada gélida.

Hobbs simplemente inclinó la cabeza.

—La señora Sweeney y la señora Thane pueden querer contactarla personalmente.

—No puedo detenerlas, ¿no?, pero usted puede hacerles saber que no estoy interesada en reunirme con mujeres que no conozco. Lo que pasó entre su padre y mi madre hace algo así como veintiocho años no cambia nada. Entonces... —Se interrumpió y entornó los ojos—. ¿Ha dicho usted Margaret Mary Concannon? ¿La artista?

—Sí. Es bien conocida por su trabajo en vidrio.

—Ésa es una gran simplificación —murmuró Shannon. Había estado en una exposición de M. M. Concannon en la Galería Worldwide de Nueva York hacía un tiempo y había considerado invertir en una pieza. La idea le pareció risible—. Pues me parece divertido, ¿no cree? Puede decirles a Margaret Mary Concannon y a su hermana…

—Brianna. Brianna Concannon Thane. Tiene un hotel rural en Clare. Puede que también haya oído hablar de su marido, que es un renombrado escritor de novelas de misterio.

—¿Grayson Thane? —Cuando Hobbs asintió con la cabeza, Shannon casi se echó a reír—. Por lo visto se casaron bien. Me alegro por ellas. Dígales que pueden continuar con su vida, que es lo que yo pretendo hacer. —Se puso de pie—. ¿Algo más, señor Hobbs?

—Mis clientes me pidieron que le preguntara si le gustaría quedarse con las cartas de su madre, y si es así, si le importa que hagan fotocopias.

—No quiero las cartas, no quiero nada. —Se contuvo de hacer un comentario venenoso y suspiró mientras el impulso se desvanecía—. Lo que pasó no es ni culpa mía ni suya. No sé qué opinan de todo esto, señor Hobbs, y la verdad es que no me importa. Si la motivación para buscarme es curiosidad, una culpa fuera de lugar o un sentido de la obligación familiar, puede decirles que no hay necesidad.

—Teniendo en cuenta el tiempo, el esfuerzo y el dinero que han invertido en buscarla, yo diría que es una mezcla de todo lo que ha mencionado —contestó Hobbs poniéndose de pie también—, o tal vez más. Pero les transmitiré su opinión. —Le ofreció la mano y Shannon la tomó, un poco sorprendida—. Si cambia de parecer o si se le ocurre alguna pregunta, puede encontrarme en el número que figura en mi tarjeta. Esta noche tomaré un avión de regreso a Nueva York.

Sin saber por qué, el frío tono de Hobbs le escoció.

—Tengo derecho a mi privacidad —respondió ella.

—Así es —contestó él, y asintió con la cabeza—. Muchas gracias por su tiempo y por el café, señorita Bodine. Ya conozco la salida.

Maldito hombre, fue lo único que pudo pensar Shannon mientras el detective salía tranquilamente de la cocina. Maldito sea por desapasionado, por juzgarla tan sutilmente. Y malditas ellas. Malditas las hijas de Thomas Concannon por buscarla, por pedirle que colmara su curiosidad y por ofrecerle colmar la que sentía ella.

No las quería en su vida. No las necesitaba. Quería dejarlas con su cómoda vida en Irlanda junto a sus brillantes maridos. Ella tenía su propia vida, y había que recoger rápido los pedazos que quedaban de ella.

Se secó las lágrimas que le rodaban por las mejillas y de las cuales no se había percatado, se dirigió al mueble y sacó la guía de teléfonos. Buscó entre las páginas con rapidez, pasó el dedo deprisa sobre una página y marcó un número.

—Sí. Necesito vender una casa. De inmediato.

Una semana después Shannon estaba de regreso en Nueva York. Había fijado precio para la casa, la había puesto en venta y ahora esperaba poder cerrar la transacción lo más rápido posible. Ciertamente el dinero no importaba. Había descubierto que era una mujer rica; la muerte le había dado casi medio millón de dólares, por las inversiones que su padre había hecho a lo largo de los años. Gracias a su reciente herencia nunca más tendría que preocuparse por algo tan trivial como el dinero.

Ese beneficio sólo le había costado convertirse en huérfana.

Sin embargo, Shannon era lo suficientemente hija de Colin Bodine para saber que había que vender la casa, lo que le produciría una ganancia adicional considerable. Algunos de los muebles que no había sido capaz de vender o regalar estaban guardados en un almacén. Y con seguridad podía esperar un poco más antes de tener que decidir qué hacer con cada vaso y cada lámpara. Había llevado a Nueva York sólo algunas de sus cosas favoritas, entre otras, todos los cuadros que había pintado para sus padres a lo largo de los años.

No había podido irse sin ellos.

A pesar de que su jefe le ofreció una semana libre, Shannon volvió a la oficina al día siguiente de haber llegado de Columbus. Estaba segura de que la ayudaría, de que el trabajo era la respuesta que necesitaba.

La cuenta nueva requería su atención. A duras penas había empezado a trabajar en ella cuando había tenido que irse. No había dispuesto más que de un par de semanas para acostumbrarse a su ascenso, a las nuevas responsabilidades y a su recién estrenado cargo.

Había trabajado la mayor parte de su vida adulta para conseguir ese cargo y tener esas responsabilidades.

Ahora estaba subiendo los peldaños de esa escalera con el paso vigoroso y constante que había planeado. El despacho del rincón era suyo y los días laborables estaban atestados de reuniones y presentaciones. El presidente de la empresa sabía su nombre, respetaba su trabajo y, lo sabía, la tenía en mente para cosas grandes.

Era todo lo que siempre había querido, necesitado y planeado.

¿Cómo iba a saber antes que nada en su oficina parecía tener importancia? Nada con respecto a la oficina importaba lo más mínimo. Ni su mesa de dibujo ni sus herramientas. Ni siquiera la prestigiosa cuenta que había conseguido el mismo día en que había recibido la llamada de Columbus y que le había tocado ceder a un colega. Sencillamente no importaba. El ascenso por el cual se había partido el lomo tanto tiempo parecía tan nimio en ese momento… Del mismo modo, la vida que había llevado hasta entonces, con toda su pulcritud y su milimetrado cálculo, parecía haberle pertenecido todo este tiempo a otra persona.

Shannon se sorprendió a sí misma observando el cuadro de su padre durmiendo en el jardín. Todavía estaba apoyado en la pared en lugar de colgado. Por razones que no pudo entender, decidió que después de todo no lo quería tener en la oficina.

—¿Shannon? —La mujer que asomó la cabeza por la puerta era atractiva y estaba vestida impecablemente. Lily era su ayudante, una amiga esporádica dentro de lo que Shannon había empezado a comprender que era toda una vida de amigos esporádicos—. Pensaba que tal vez querrías un descanso.

—No he estado haciendo nada de lo cual necesite descansar.

—Eh... —Lily entró en el despacho, caminó hacia el escritorio y le dio a Shannon un vigoroso masaje en los hombros—. Concédete un poco de tiempo. Sólo has regresado hace unos días.

—No debí molestarme en volver. —Con un movimiento de irritación, Shannon se levantó del escritorio—. No estoy consiguiendo nada.

—Estás pasando por un momento difícil.

—Sí.

—¿Quieres que te anule las citas de esta tarde?

—En algún momento tengo que volver a trabajar —contestó, y miró por la ventana hacia el Nueva York que había soñado con hacer suyo algún día—. Pero anula el almuerzo con Tod. No estoy con ánimo para ser sociable.

—¿Problemas en el paraíso? —preguntó Lily frunciendo los labios después de tomar nota.

—Sólo digamos que estoy pensando que esa relación no es productiva. Además, creo que tengo demasiado trabajo atrasado como para salir a almorzar con alguien.

—Considera hecha la llamada, entonces.

—Bien. —Shannon se dio la vuelta—. No te he agradecido apropiadamente que te hayas hecho cargo de gran parte de mi trabajo mientras he estado fuera. He revisado algunas cosas y quiero decirte que has hecho un trabajo estupendo.

—Para eso me pagan. —Lily pasó una página de su agenda—. La cuenta Mincko necesita los toques finales y nada parece satisfacer a Rightway. Tilghmanton cree que tú podrías darle lo que quiere. Esta mañana ha mandado a un memo pidiendo que mires los bocetos y que propongas algo nuevo para finales de semana.

—De acuerdo. —Shannon asintió y se sentó de nuevo tras su escritorio—. Un reto como ése puede ser justamente lo que necesito. Veamos lo de Rightway primero, Lily. Después puedes ponerme al día con lo de Mincko.

—Como prefieras. —Lily se dirigió hacia la puerta—. Ah, debería decirte que Rightway quiere algo tradicional pero diferente; sutil pero atrevido; sexy pero sobrio.

—Por supuesto que eso es lo que quieren. Voy a sacar mi varita mágica de la cartera.

—Qué maravilla tenerte de vuelta, Shannon.

Cuando se cerró la puerta, Shannon exhaló un largo suspiro. Era bueno estar de vuelta, ¿no?

Tenía que serlo.

La lluvia azotaba las calles. Después de un penoso día de diez horas de trabajo que había concluido con un enfrentamiento con un hombre del cual había tratado de convencerse de estar enamorada, Shannon finalmente lo veía terminar por la ventanilla del taxi en el cual se dirigía de regreso a su apartamento.

Tal vez había sido una decisión correcta volver tan pronto a trabajar. La rutina, las exigencias y la concentración la ayudaban un poco a sacarse del cuerpo el dolor. Por lo menos temporalmente. Necesitaba la rutina, se recordó a sí misma. Necesitaba el horario imposible que la había hecho acreedora del cargo que tenía en Ry-Tilghmanton.

Su trabajo, la carrera que había construido a pulso, era todo lo que tenía, pues ya ni siquiera le quedaba la ilusión de una relación satisfactoria con la que llenar un rincón de su vida.

Pero había hecho lo correcto al terminar con Tod. Cada uno había sido para el otro nada más que un atractivo punto de apoyo. Y la vida, acababa de descubrir, era demasiado corta como para escoger opciones tontas.

Pagó el taxi en la esquina, corrió hacia su edificio y saludó con una ligera sonrisa al portero. Como era su costumbre, cogió el correo y empezó a pasar los sobres mientras subía en el ascensor hacia su piso.

El que tenía un sello de Irlanda la dejó paralizada. En un impulso, lo colocó al final, detrás de los otros sobres, abrió la puerta de su apartamento y soltó el correo sobre la mesita de la entrada. A pesar de que el corazón le galopaba dentro del pecho, siguió su rutina como de costumbre: colgó el abrigo, se quitó los zapatos y se sirvió una copa de vino. Luego se sentó a la mesa frente a la ventana que miraba hacia la Avenida Madison y se dispuso a leer su correspondencia.

Sólo le costó un momento ceder y abrir de buenas a primeras la carta cuya remitente era Brianna Concannon Thane.

Querida Shannon:
Lamento muchísimo la muerte de tu madre. Todavía debes de estar terriblemente compungida y dudo que

nada de lo que yo te pueda decir aplaque el dolor de tu corazón. Sé por las cartas que le escribió a mi padre que ella era una mujer amorosa y muy especial, y siento mucho no haber tenido la oportunidad de conocerla y decírselo yo misma.

Ya conociste al detective que contrató Rogan, el señor Hobbs. Según su informe, entiendo que ya estabas al tanto de la relación que existió entre tu madre y mi padre. Creo que esto puede causarte daño, y lo siento mucho. También entiendo que es posible que no te apetezca saber nada de mí, pero tenía que escribirte aunque fuera una sola vez.

Seguro que tu padre, el marido de tu madre, te amó profundamente. No quiero interferir en esos sentimientos ni en tus recuerdos, que seguramente son muy preciados para ti. Yo sólo quiero ofrecerte la oportunidad de conocer a esta otra parte de tu familia y de tu herencia. Mi padre no era un hombre fácil, pero era bueno y nunca olvidó a tu madre. Encontré mucho tiempo después de que muriese las cartas que ella le escribió, todavía atadas con la cinta que él les puso alrededor.

Quisiera compartir a mi padre contigo o, si no es esto lo que quieres, te ofrezco la posibilidad de ver la Irlanda donde fuiste concebida. Si tu corazón te lo dicta así, me gustaría mucho que vinieras a quedarte conmigo y los míos una temporada. Aunque no te sirva de nada más, por lo menos la campiña irlandesa es un buen lugar para mitigar el dolor.

No me debes nada, Shannon, y es probable que sientas que tampoco yo te debo nada a ti. Pero si quisiste a tu madre como yo quise a mi padre, sabes que se lo debemos a ellos. Tal vez al hacernos amigas, si no hermanas, les devolvamos algo de aquello a lo que tuvieron que renunciar por nosotras.

La invitación está ahí. Si alguna vez quieres venir, te esperamos con los brazos abiertos.

Afectuosamente,

Brianna

Shannon leyó la carta dos veces. Después la apartó, pero se arrepintió y entonces la tomó de nuevo y la releyó una vez más. ¿Acaso aquella mujer era así de sencilla, así de generosa y estaba tan dispuesta a abrir su corazón y su hogar?

No quería el corazón de Brianna, ni su hogar, se dijo Shannon.

Y sin embargo… Sin embargo… ¿Se iba a negar incluso a sí misma que precisamente estaba considerando un viaje a Irlanda? Quería echarle un vistazo al pasado. Había considerado la idea de ir, pero sin contactar con ninguna de las Concannon. ¿Porque la asustaba?, se preguntó. Sí, tal vez porque la asustaba. Pero también porque no quería ninguna presión, ninguna pregunta, ninguna exigencia.

La mujer que le había escrito no le prometía nada de eso. Y le ofrecía bastante más.

«Quizá acepte la oferta —pensó Shannon—. O tal vez no».

4

—No entiendo por qué estás armando tanto alboroto —se quejó Maggie—. Cualquiera pensaría que estás esperando a un miembro de la familia real.

—Quiero que esté cómoda. —Brianna centró el florero con tulipanes sobre el tocador, cambió de opinión y lo puso sobre la mesa rectangular que estaba delante de la ventana—. Va a hacer un viaje tan largo sólo para conocernos. Quiero que se sienta como en casa.

—Por lo que podemos ver, has limpiado la casa de arriba abajo dos veces, has comprado suficientes flores como para cinco bodas y has hecho tantos bizcochos que vamos a necesitar un ejército para que se los coma todos. —Mientras hablaba, Maggie caminó hacia la ventana, corrió la cortina de encaje y miró hacia las colinas—. Estás preparándote para una decepción, Brie.

—Y tú estás decidida a no sacar ninguna alegría de su visita.

—La carta en la que aceptaba tu invitación no estaba llena de emoción y alegría, ¿o acaso te lo pareció?

Brianna dejó de sacudir las almohadas que ya había sacudido y examinó la rígida espalda de su hermana.

—Ella es la extraña aquí, Maggie. Tú y yo siempre nos hemos tenido y va a seguir siendo así cuando ella se haya ido de nuevo. Además, hay que tener en cuenta que su madre murió hace menos de un mes. La verdad, no esperaba una respuesta demasiado florida. En cualquier caso, me alegra lo suficiente que se haya decidido a venir.

—Le dijo al detective Hobbs que no quería tener nada que ver con nosotros.

—Ah, y tú nunca has dicho algo que has reconsiderado después, ¿no?

—No que pueda recordar en este momento —contestó Maggie mientras se le dibujaba una sonrisa en los labios. Cuando se dio la vuelta para mirar a su hermana de frente, todavía estaba sonriendo—. ¿Cuánto tiempo nos queda antes de tener que ir a recoger a Shannon al aeropuerto?

—Nos queda un rato todavía. Tengo que darle el pecho a Kayla y quiero cambiarme. —Brianna exhaló un suspiro ante la expresión de Maggie—. No voy a conocer a la hermana que nunca he visto con mi delantal y unos pantalones sucios...

—Pues yo no pienso cambiarme —repuso Maggie encogiéndose de hombros en su enorme camisa de algodón, que llevaba metida en unos vaqueros viejos.

—Como quieras —dijo suavemente Brianna mientras salía de la habitación—. Pero puede que te apetezca peinar ese nido de ratas que tienes sobre la cabeza.

Aunque Maggie miró con desprecio, se echó un vistazo en el espejo del tocador. Pensó divertida que Brianna había hecho una buena descripción. Sus rizos de fuego se le arremolinaban sobre la cabeza de una manera bastante desordenada.

—He estado trabajando —contestó Maggie en voz alta mientras apresuraba el paso para alcanzar a Brianna en el último escalón de la escalera—. A mis cañas no les importa si estoy bien o mal peinada. Yo no tengo que ver a gente día y noche, como tú.

—Y esa gente agradece mucho que no te toque atenderla. Prepárate un sándwich o algo, Margaret Mary —añadió mientras entraba deprisa en la cocina—. Pareces rendida.

—No lo estoy —gruñó Maggie, pero la verdad era que tenía hambre. Entonces se dirigió hacia el cajón donde Brianna guardaba el pan—. Lo que parezco es un poco embarazada.

Brianna se quedó paralizada en medio de su carrera.

—¿Qué? ¡Ay, Maggie!

—Y si lo estoy es culpa tuya —murmuró Maggie con las cejas fruncidas mientras cortaba una gruesa rebanada de pan integral fresco.

Riéndose, Brianna corrió hasta su hermana y le dio un fuerte abrazo.

—Pues ésa es una afirmación bastante intrigante, y estoy segura de que las autoridades médicas estarían interesadas en ella.

Maggie inclinó la cabeza; la expresión de sus ojos era risueña.

—Te pregunto: ¿quién acaba de dar a luz? ¿Y quién me hizo coger a esa hermosa niña apenas minutos después de que naciera y con ello me hizo perder la cabeza?

—¿De verdad estás molesta por la posibilidad de tener otro bebé? —Brianna dio un paso atrás con expresión preocupada—. Rogan está encantado, ¿no?

—No le he dicho nada todavía. Primero quiero saber si de verdad estoy embarazada, pero lo siento —afirmó, y se puso una mano en el estómago por puro instinto—. Y no, no estoy molesta. Sólo te estoy tomando el pelo. Lo cierto es que espero que así sea. —Le dio a Brianna una palmadita en la mejilla y devolvió su atención a la preparación de su sándwich—. Esta mañana me ha dado un mareo.

—¡Ay! —A Brianna se le llenaron de lágrimas los ojos—. Es maravilloso.

Maggie soltó un gruñido y se dirigió a la nevera.

—En este momento estoy lo suficientemente chalada como para estar de acuerdo contigo. No digas nada, ni siquiera a Gray, hasta que esté segura, ¿vale?

—No le diré nada... si te comes ese sándwich sentada y lo acompañas de una taza de té.

—No está mal el trato. Anda, alimenta a mi sobrina y cámbiate, o llegaremos tarde al aeropuerto a recoger a la reina.

Brianna iba a empezar a responder, pero en cambio suspiró y salió por la puerta que comunicaba sus habitaciones con la cocina. Después de su boda, un año antes, habían ampliado esas habitaciones. El segundo piso de la casa principal, al igual que el desván, estaban destinados a albergar a los huéspedes que iban y venían a Blackthorn Cottage. Pero esa zona, fuera de la cocina, era para la familia.

La pequeña sala y la habitación habían sido suficientes para Brianna cuando estaba soltera. Pero ahora habían añadido una segunda habitación, una hermosa y bien iluminada habitación para la niña con enormes ventanales que dejaban entrar los rayos del sol y ver las colinas y el joven almendro que Murphy había plantado para Kayla el día de su nacimiento.

Sobre la cuna colgaba un móvil que lanzaba destellos de colores al atrapar la luz. Maggie se lo había hecho de vidrio y era una colección de animales fantásticos como unicornios, pegasos y sirenas. Bajo el baile, y mirando los destellos y los movimientos, la niña estaba desperezándose.

—Aquí está mi amor —murmuró Brianna. Todavía sentía el torrente, la avalancha de emociones y sorpresa. Su hija. Por fin su hija—. ¿Estás mirando las luces, cariño? Qué bonitos son los animales. Y qué lista es tu tía Maggie. —Levantó a Kayla de la cuna y se embriagó con el olor de su hija, absorbió el ambiente de bebé—. Hoy vas a conocer a otra tía. Tu tía Shannon, que viene de Estados Unidos. ¿No es fantástico?

Brianna se sentó en la mecedora mientras se desabotonaba la blusa con una mano y acunaba a Kayla en el otro brazo. Levantó la mirada hacia el techo y sonrió al pensar que Gray estaba arriba, en su estudio. Escribiendo, pensó, sobre asesinatos y crímenes.

—Ahí tienes. —La arrulló y se emocionó cuando la boca de Kayla buscó el pezón del pecho y empezó a succionar—. Y cuando estés satisfecha y te haya cambiado, te vas a portar bien con papá mientras no estoy, sólo un ratito. Has crecido mucho, ¿sabes? Apenas ha pasado un mes. Hoy cumples un mes.

Gray se quedó mirándolas desde el umbral de la puerta, sintiéndose abrumado y humilde al mismo tiempo. Nadie habría podido decirle, nadie habría podido explicarle cómo se sentiría al ver a su mujer, a su hija. Tener una mujer y una hija... El puño de Kayla descansaba sobre la curva del pecho de su madre, marfil sobre marfil. El sol jugaba con delicadeza sobre el cabello de ambas, de tono casi idéntico. Se miraban una a la otra, unidas de una manera que él sólo habría podido imaginarse. Entonces Brianna levantó la cara y sonrió al verlo.

—Pensaba que estabas trabajando.

—Te he oído por el intercomunicador —dijo, señalando el aparatito. Gray había insistido en que pusieran intercomunicadores en toda la casa. Se dirigió hacia ellas y se acuclilló junto a la mecedora—. Mis dos mujeres son tan hermosas...

Brianna dejó escapar una ligera risita y entonces se inclinó hacia su marido.

—Dame un beso, Grayson.

La besó sin prisa y largamente, y después le dio un beso en la cabeza a Kayla.

—Tiene hambre.

—Tiene el mismo apetito de su papá —afirmó Brie, lo que hizo que pensara en temas más prácticos—. Te he dejado carne fría en la nevera y hay pan fresco de esta mañana. Si tengo tiempo, te prepararé algo más antes de irme.

—No te preocupes. Y si alguno de los huéspedes regresa de su paseo antes que tú, me pondré a hacer té y se lo serviré con los panecillos que has dejado.

—Te estás volviendo muy buen hostelero, Grayson. Sin embargo, no quiero que interrumpas tu trabajo.

—El trabajo va bien.

—Ya lo noto. No estás frunciendo el ceño y no te he oído caminar de un lado a otro de tu estudio en días.

—Hay un asesinato-suicidio —le dijo guiñándole un ojo—. O por lo menos eso parece. Me ha subido el ánimo. —Con lentitud, le pasó un dedo sobre los senos, justo por encima de la cabeza de su hija, y como tenía los ojos fijos en los de Brianna, Gray tuvo la satisfacción de ver reflejada en los de su mujer la expresión de placer—. Cuando pueda hacerte el amor otra vez, Brianna, va a ser como la primera.

Brianna exhaló un suspiro.

—No creo que sea justo que trates de seducirme cuando estoy dándole el pecho a nuestra hija.

—Es justo seducirte a cualquier hora. —Gray levantó la mano y dejó que el sol hiciera resplandecer el oro de su alianza—. Estamos casados.

—Pon tus hormonas en remojo, Grayson Thane —dijo Maggie en voz alta desde la cocina—. Tenemos menos de veinte minutos antes de irnos al aeropuerto.

—Aguafiestas —murmuró Gray, pero sonrió al ponerse de pie—. Supongo que ahora voy a tener a dos hermanas tuyas acosándome.

Pero Gray era lo último que Shannon tenía en la cabeza. Podía ver Irlanda por la ventanilla del avión, el verde de sus praderas, el negro de sus acantilados. Era hermosa, increíblemente hermosa, y le era tan extrañamente familiar…

Ya estaba deseando no haber ido. Pero no había marcha atrás, se recordó. Era absurdo considerarlo siquiera.

Podía ser cierto que había tomado la decisión de ir a Irlanda en un impulso, influenciada por el peso de su propia culpa y del dolor que sentía, además de la sencilla comprensión que había percibido en la carta de Brianna. Pero había seguido el impulso hasta el final: había pedido unos días en su trabajo, había cerrado su apartamento y había abordado un avión que la llevaría a cinco mil kilómetros de casa en un viaje que estaba a minutos de concluir.

Dejó de preguntarse qué esperaba encontrar o qué quería alcanzar. No tenía las respuestas. Lo único que sabía era que necesitaba ir. De ver, tal vez, lo que su madre había visto hacía tanto tiempo. Las dudas la invadían: la preocupación de serle desleal al único padre que había conocido, el miedo de encontrarse rodeada de repente de familiares que no tenía deseos de conocer.

Sacudió la cabeza y sacó de su bolso los polvos compactos. Había sido suficientemente clara en su carta, se recordó Shannon mientras trataba de retocarse el maquillaje. La había corregido y revisado tres veces antes de sentirse tan satisfecha como para enviársela a Brianna. El texto era cortés, ligeramente frío y desapasionado.

Y exactamente así era como pretendía comportarse todo el tiempo.

Trató de no hacer una mueca cuando las ruedas tocaron tierra. Se dijo a sí misma que todavía había tiempo para lograr estar serena. Los años de viajes con sus padres la habían familiarizado con la rutina de la llegada, el pasar la aduana, el mostrar el pasaporte… Cubrió todas las etapas automáticamente mientras luchaba por calmar su mente.

Se sintió confiada, segura de sentirse de nuevo ligeramente lejana de las circunstancias, y entonces se unió a la muchedumbre que se dirigía a la terminal principal.

Shannon, sin embargo, no se esperaba la sacudida del reconocimiento. La absoluta certeza de que las dos mujeres que esperaban junto al resto de la gente eran las Concannon. Podría haberse dicho que era la contextura, la piel clara color crema, los ojos verdes, el pelo rojo. Ambas compartían algunos rasgos, aunque la más alta de las dos tenía una apariencia más suave y su cabello era más dorado, mientras que el de la otra era puro fuego.

Pero no fue la contextura o el aire de familia lo que hizo que Shannon fijara toda su atención sólo en esas dos personas cuando había tantas otras riéndose y llorando y apresurándose a abrazar a alguien, sino una certeza profunda y visceral que le pareció dolorosamente sorprendente.

Shannon sólo tuvo un instante para hacerse una idea de ellas. La más alta estaba impecablemente vestida con un sencillo vestido azul, la otra resultaba extrañamente moderna con una camisa holgada y unos vaqueros desgastados. Y vio que ellas también la reconocieron. Una le sonrió ampliamente y la otra la midió con frialdad.

—Shannon. Shannon Bodine. —Sin vacilación ni plan, Brianna caminó deprisa hacia ella y le dio un ligero beso en la mejilla—. Bienvenida a Irlanda. Yo soy Brianna.

—¿Cómo estás? —Shannon agradeció tener las manos ocupadas con su equipaje, pero Brianna ya estaba apartándola para tomar las maletas ella misma.

—Ella es Maggie. Nos alegra tanto que hayas venido...

—Me imagino que quieres salir de la multitud. —Maggie se reservó el juicio sobre aquella mujer distante que vestía un caro traje de chaqueta e inclinó la cabeza—. Es un largo viaje.

—Estoy acostumbrada a viajar.

—Siempre es emocionante, ¿no? —A pesar de que estaba nerviosa, Brianna habló tranquilamente mientras arrastraba la maleta—. Maggie ha viajado mucho más que yo y conoce mucho más. Cada vez que me subo a un avión siento como si fuera otra persona. ¿Has tenido un buen viaje?

—Ha sido tranquilo.

Brianna empezó a sentirse un poco desesperada, pues al parecer no iba a lograr sacarle a Shannon más que respuestas cortas, de modo que empezó a hablar del tiempo, que era bastante bueno, y la distancia que había hasta el hotel, afortunadamente corta. A cada lado de Brianna, Maggie y Shannon se lanzaban mutuas miradas desconfiadas.

—Te podemos servir la cena —prosiguió Brianna mientras metían el equipaje de Shannon en el coche—. O puedes descansar un poco antes si te sientes cansada.

—No quiero causaros ninguna molestia —contestó Shannon tan determinantemente que Maggie gruñó.

—Tomarse molestias es lo que mejor se le da a Brie. Siéntate delante —añadió fríamente—, como todos los invitados.

Shannon decidió que Maggie era la bruja. Levantó la barbilla en un gesto muy parecido al que Maggie solía hacer y se sentó en el asiento del copiloto.

Brianna apretó los dientes. Estaba acostumbrada, demasiado acostumbrada a las discordias familiares. Sin embargo, todavía seguían doliéndole.

—¿Entonces nunca habías venido a Irlanda, Shannon?

—No. —Debido a que la palabra había sonado cortante y había hecho que se sintiera tan cabrona como había concluido que era Maggie, deliberadamente relajó los hombros—. Lo que he visto desde el avión me ha parecido precioso.

—Mi marido se pasa la vida viajando, pero dice que este lugar es el más bello de todos los que ha visto —comentó Brie, y sonrió a Shannon mientras maniobraba para salir del aeropuerto—. Pero no es muy objetivo, porque ahora éste es su hogar.

—Tu marido es Grayson Thane.

—Sí. A finales de junio cumplimos un año. Vino a Irlanda, a Clare, a hacer una investigación para un libro que van a publicar pronto. Por supuesto, ya está trabajando en otro y se lo pasa de lo lindo asesinando a gente a diestro y siniestro.

—Me gustan sus libros. —Ése era un tema seguro, decidió Shannon. Uno sencillo—. Mi padre era un gran admirador suyo.

Sin embargo, ese comentario trajo consigo un momento de silencio pesado e incómodo.

—Ha debido de ser duro para ti —dijo Brianna con cautela— perder a tus padres con tan poca diferencia de tiempo. Espero que la temporada que pases aquí te ayude a aliviar un poco el dolor del corazón.

—Gracias —replicó Shannon volviendo la cabeza y observando el paisaje, que era hermoso, no se podía negar. Así como tampoco se podía negar que había algo especial en cómo el sol se escabullía entre las nubes y doraba el ambiente.

—El detective Hobbs nos dijo que haces ilustración publicitaria —empezó Maggie, más por curiosidad que por buenas maneras.

—Así es.

—Entonces lo que haces es vender cosas, mercadear con ellas.

Shannon levantó una ceja. Reconocía con facilidad el desdén, por ligero que fuera.

—Por decirlo de alguna manera... —Entonces Shannon se volvió y miró fijamente a los ojos a Maggie—. Tú vendes... cosas. Mercadeas con ellas.

—No —contestó Maggie con una sonrisa sosa—. Yo las creo. Otros se encargan de las ventas.

—¿No creéis que es interesante —intervino Brianna rápidamente— que las dos seáis artistas?

—Extraño, más bien —murmuró Maggie, y se encogió de hombros cuando Brianna le lanzó una mirada de advertencia por el espejo retrovisor.

Shannon se limitó a cruzar las manos sobre el regazo. Ella, al menos, había tenido la suerte de que la criaran con buenas maneras.

—¿Tu casa queda cerca de una ciudad, Brianna? Estaba pensando en alquilar un coche.

—Estamos más o menos cerca del pueblo, pero allí no vas a encontrar un coche de alquiler. Puedes usar éste siempre que quieras.

—No quiero usar tu coche.

—La mayor parte del tiempo se queda sin usar. Y Gray tiene otro, así que... Me imagino que querrás hacer turismo. Alguno de nosotros estará encantado de guiarte, si te apetece. A veces hay gente que prefiere vagar por ahí por su cuenta. Éste es nuestro pueblo —añadió.

No había más que eso, pensó Shannon, el pueblo no era más que una cosita de nada. Un lugar diminuto con angostas calles empinadas, tiendas y casas apiñadas. Encantador, ciertamente, y pintoresco. Y, pensó con un suspiro interno, incómodo. Sin teatro, sin galerías, sin comida rápida… Sin muchedumbres.

Un hombre se giró al oír el sonido del coche; entonces se le dibujó una sonrisa alrededor del cigarrillo que le colgaba del labio inferior y levantó una mano a modo de saludo mientras continuaba caminando. Brianna levantó la mano a su vez y gritó por la ventanilla abierta:

—Buen día, Matthew Feeney.

—Por Dios santo, no te detengas, Brie —le ordenó Maggie mientras saludaba también con la mano—. Si te detienes, estará hablando hasta la semana que viene.

—No me voy a detener. Shannon quiere descansar, no escuchar chismes del pueblo. Sin embargo, me pregunto si su hermana Colleen se va a casar por fin con el vendedor inglés.

—Pues por lo que he oído, más vale que lo haga —contestó Maggie poniendo las manos sobre el respaldo del asiento delantero—, porque al parecer él le ha vendido algo que ella tendrá que pagar en nueve meses.

—¿Colleen está embarazada?

—El inglés le plantó la semilla y ahora su padre le tiene agarrado por el cuello con una mano y con la otra se está asegurando de que se lean los votos en la iglesia.

Murphy me lo contó todo hace un par de noches en el pub.

A pesar de sí misma, Shannon sintió que le picaba la curiosidad.

—¿Estáis diciendo que van a obligar a ese hombre a que se case con ella?

—Obligar es una palabra demasiado fuerte —respondió Maggie con la lengua entre los dientes—. Digamos mejor que lo están motivando a que lo haga. Y la motivación básica es indicarle las muy razonables opciones: votos matrimoniales o cara partida.

—Es una solución arcaica, ¿no os parece? Después de todo, la mujer tuvo tanto que ver en el asunto como el hombre.

—Y se va a quedar con él tanto como él con ella. Y a lo mejor están destinados a estar juntos.

—Hasta que tengan seis hijos más y después se divorcien —dijo Shannon.

—Pues todos corremos riesgos en esos asuntos, ¿no? —Maggie se recostó hacia atrás de nuevo—. Y nosotros los irlandeses nos enorgullecemos de arriesgarnos más que la mayoría.

Shannon pensó que sí mientras levantaba la barbilla otra vez. Con el IRA y la falta de control de la natalidad, el alcoholismo y los matrimonios obligados.

Gracias a Dios ella no era más que una turista.

El corazón le dio un vuelco cuando el camino se hizo más angosto. La sinuosa aguja se enhebraba a través de un grueso túnel de setos plantados tan cerca del borde del camino que el coche rozaba la vegetación de cuando en cuando. Ocasionalmente se veía un hueco en la pared verde que dejaba al descubierto alguna casa o cobertizo.

Shannon trató de no pensar qué pasaría si otro coche viniera en sentido contrario. Entonces Brianna tomó una curva y el mundo se abrió.

Sin ser muy consciente de ello, Shannon se inclinó hacia delante, abrió los ojos de par en par y la mandíbula se le descolgó por la deliciosa sorpresa.

El valle era como un cuadro. No podía ser real. Una verde colina tras otra se extendían ante sus ojos y aquí y allá se veían interrumpidas por muros de piedra, retazos oscuros de tierra o repentinos prados coloreados de flores silvestres.

Casas y graneros de juguete se hallaban ubicados en puntos perfectos y alrededor de ellos se veían manchitas, que eran las cabezas de ganado pastando y las ropas ondeando alegremente en las cuerdas.

Ruinas de castillos, rocas caídas y un enorme y reluciente muro se alzaba en el campo como si ese lugar estuviera detenido en el tiempo. El sol lo iluminaba todo como si fuera de oro y hacía centellear la delgada cinta que era el río de plata. Y todo, hasta la última brizna de hierba, estaba cubierto por un cielo tan dolorosamente azul que parecía palpitar.

Por primera vez en días Shannon pudo olvidar el dolor, la culpa y la preocupación. Sólo podía mirar y mirar con una sonrisa congelada en el rostro y con la extraña sensación de que ya conocía eso, todo eso, y que siempre había estado allí.

—Es hermoso, ¿no? —murmuró Brianna, y disminuyó la velocidad para darle a Shannon la oportunidad de disfrutar del paisaje otro momento.

—Sí. Nunca había visto nada más bello. Ya entiendo por qué a mi madre le encantó.

Y ese pensamiento le trajo de nuevo un dolor intenso, por lo que desvió la mirada hacia el otro lado. Pero la otra vista no fue menos hermosa. Blackthorn Cottage la aguardaba para darle la bienvenida con sus ventanas resplandecientes, su roca jaspeada de mica que lanzaba destellos y un jardín glorioso que se extendía más allá de los setos, listos para florecer en un estallido de color.

Un perro empezó a ladrar en señal de bienvenida en cuanto Brianna detuvo el coche detrás de un espléndido Mercedes descapotable.

—Ése es *Concobar*, mi perro —dijo Brie, y se rio cuando Shannon abrió los ojos de par en par al ver a *Con* correr a un lado de la casa—. *Con* es grande pero inofensivo. No les tendrás miedo a los perros, espero.

—Por lo general no.

—Siéntate —le ordenó Brianna a *Con* cuando ella se apeó del coche— y demuestra tus buenos modales.

El perro obedeció de inmediato y se dedicó a batir su gruesa cola gris contra el suelo en señal de placer y para demostrar el control que tenía de sí mismo. Miró hacia Shannon mientras ella se bajaba del coche y levantó una pata.

—Muy bien. —Shannon respiró profundamente y aceptó el saludo canino—. Sí que eres guapo, ¿no? —Con un poco más de confianza, le dio unas palmaditas en la cabeza. Se giró y vio que Brianna y Maggie ya estaban bajando sus maletas del coche—. Yo las llevo.

—No es problema, para nada. —Con sorprendente facilidad para una mujer tan delgada, Brianna levantó las maletas y empezó a dirigirse hacia la puerta de la casa—. Bienvenida a Blackthorn Cottage, Shannon. Espero que estés cómoda aquí.

Tras pronunciar esas palabras abrió la puerta y se encontró con un tremendo alboroto.

—¡Vuelve aquí, pequeño diablillo! Es en serio, Liam. ¡Tu tía me va a degollar!

Shannon vio a un chiquillo de pelo negro corriendo con cortas pero increíblemente rápidas piernas que iba dejando tras de sí un caminito de migas de galleta. Sus carcajadas hacían eco contra las paredes. No muy lejos iba un hombre con expresión azarada que llevaba en un brazo a un bebé que se bamboleaba al ritmo de los pasos.

Al darse cuenta de que había llegado compañía, el niño sonrió y dejó ver una cara angelical llena de comida. Levantó sus brazos regordetes y exclamó:

—¡Ma!

—Claro, ma. —Con un movimiento experto, Maggie cogió a su hijo con un brazo—. Mira cómo estás, Liam Sweeney, no tienes ni un milímetro de piel limpio en todo el cuerpo. Y estás comiendo galletas antes de la hora del té.

—Beso —dijo el niño, sonriendo y con unos ojos azules y bailarines.

—Igual a tu papá. Los besos lo arreglan todo —comentó, pero lo complació antes de volverse y lanzarle una mirada asesina a Gray—. ¿Qué tienes que decir en tu defensa, Grayson Thane?

—Alego locura —respondió, y levantó a Kayla contra el hombro y le empezó a dar palmaditas tranquilizadoras en la espalda después de quitarse un mechón de pelo de la cara—. No es culpa mía. Llamaron a Rogan de la galería y tuvo que marcharse. Y Murphy está sembrando no sé qué cosa, así que me ha tocado hacerme cargo de estos diez kilos de desastre. Y después la niña empezó a llorar y Liam metió la mano en la lata de galletas. Ah, la cocina… Brie, no vas a querer entrar en la cocina.

—¿De verdad?

—Confía en mí. Y la sala está… Hummm… Estábamos jugando un poco. Te voy a comprar un florero nuevo.

Brie entrecerró los ojos peligrosamente.

—Espero que no haya sido mi Waterford.

—Eh… —Echando mano de la ayuda que pudiera encontrar, Gray volcó su atención sobre Shannon—. Hola. Lamento este recibimiento. Yo soy Gray.

—Encantada de conocerte.

Shannon dio un traspié cuando *Con* pasó a su lado rozándole las piernas para ir a lamer las migas del suelo. Después dio otro traspié cuando Liam se inclinó hacia ella y le cogió un mechón de pelo.

—Beso —le ordenó.

—¡Ay! —exclamó Shannon, a quien el corazón se le atenazó un poquito. Con cautela, le dio al niño un besito en los fruncidos y embadurnados labios—. Pepitas de chocolate.

—Las horneé ayer —dijo Brie, que sintió un poco de pena de su marido y entonces le cogió a Kayla—. Y por lo que parece, no quedan más que las migas.

—Sólo estaba tratando de distraer al chico —repuso Gray para defenderse—. Tenía que cambiarle el pañal a Kayla y el teléfono estaba sonando. Dios santo, Brie,

¿cómo es posible que dos niños puedan ser más del doble de trabajo que uno solo?

—Es uno de los insondables misterios de la vida. Grayson, redímete llevando las maletas de Shannon a su habitación, por favor.

—Sin problema. Es un lugar bastante tranquilo —le aseguró a Shannon—. Por lo general. Ah, Brie, después te explico lo de la mancha que hay en la alfombra del salón.

Con el ceño fruncido, Brie dio unos pasos adelante para encontrarse con el caos del salón, que había arreglado tan meticulosamente.

—Espero que así sea. Shannon, lo lamento.

—No te preocupes. —De hecho, estaba más que bien. La bulliciosa bienvenida la había relajado más que los modales más refinados—. ¿Ésta es tu hija?

—Sí, nuestra hija Kayla. —Brianna dio un paso atrás para que Shannon pudiera verla mejor—. Hoy cumple un mes.

—Es preciosa. —Un poco más rígida, se dirigió a Maggie—. ¿Y éste es tu hijo?

—Así es. Liam, saluda a… —se interrumpió, dudó y decidió finalmente— la señorita Bodine.

—Shannon. —Dispuesta a no sentirse rara, Shannon sonrió—. Buenos días, Liam.

El chico respondió con algo que hubiera requerido de un intérprete, pero la sonrisa que le dedicó no necesitaba traducción.

—Voy a bañarlo, Brie. Pero dame a Kayla; puedo hacerme cargo de los dos un momento mientras le muestras a Shannon su habitación.

—Te lo agradezco —replicó, y le dio a Kayla; entonces Maggie se dirigió a la cocina con un niño en cada brazo.

—Chocolate —exigió Liam con bastante claridad.

—Ni lo sueñes, muchacho —le respondió su madre.

—Bueno —intervino Brianna llevándose una mano a la cabeza para recogerse el pelo que se le estaba saliendo de las horquillas—, vamos a acomodarte. Te he puesto en la habitación del desván, que queda dos pisos más arriba. Es la más privada y la más especial. —Se volvió para mirarla mientras subían las escaleras—. Si prefieres no tener que subir y bajar tantas escaleras, puedo darte otra habitación sin ningún problema.

—No me molestan las escaleras —replicó Shannon, que se sintió incómoda otra vez. Pensó que era extraño que fuera más fácil lidiar con el reto abrasivo de Maggie que con la bienvenida abierta de Brianna.

—La habitación lleva en funcionamiento sólo un par de meses. Está recién remodelada, porque era el desván, claro.

—Es una casa preciosa.

—Gracias. Algunos de los cambios los hice después de que mi padre muriera y me la dejara. Entonces fue cuando empecé con el hotel. Y después, cuando me casé con Grayson, necesitábamos más espacio, un estudio donde él pudiera trabajar y una habitación para la niña. Nuestras habitaciones están en la planta baja, al otro lado de la cocina.

—¿Dónde está Kayla? —quiso saber Gray cuando se encontró con las dos mujeres en la escalera en su camino de regreso hacia abajo.

—Está con Maggie. —En un gesto ya tan natural para ella y tan arraigado en la costumbre que a duras penas lo notaba, Brianna levantó una mano y le acarició la mejilla a su marido—. Deberías ir a dar un paseo, Grayson, para aclararte un poco la mente.

—Creo que voy a dar una caminata, sí. Me alegro de que estés aquí, Shannon.

—Gracias. —Shannon levantó una ceja cuando Gray besó a Brie. No parecía en absoluto el beso informal que un marido le da a su mujer antes de irse a pasear.

—Vuelvo a la hora del té —le prometió Gray, y prosiguió su camino hacia abajo.

Brianna guió a Shannon hasta el piso siguiente, donde una puerta ya estaba abierta en señal de invitación.

La habitación era mucho más de lo que Shannon hubiera podido esperar. Era amplia y bien ventilada, con un bonito asiento en la repisa de la ventana y una gran cama de bronce. Un tragaluz y bonitas ventanas en forma de arco dejaban entrar la luz del sol y el aire de primavera, que hacía ondear las cortinas de encaje a juego con el cubrecama color crema. Todas las superficies resplandecían y en el florero perfumaba el ambiente un ramillete de flores frescas.

Shannon sonrió de la misma manera que lo había hecho cuando vio el valle.

—Es preciosa, Brianna, absolutamente preciosa.

—Tenía en mente que fuera un lugar especial. Desde esta ventana puedes ver hasta las tierras de Murphy y más allá.

—¿Murphy?

—Sí, es un amigo nuestro. Un vecino. Murphy Muldoon. Sus tierras empiezan justo donde termina el muro de mi jardín. Ya lo conocerás, pues viene con frecuencia. —Brianna caminó por la habitación mientras hablaba, arreglando las pantallas de las lámparas, alisando el cubrecama—. Esta habitación es más privada que las otras, también es un poco más grande que la mayoría. El baño está allí. Gray leyó algunos libros y lo diseñaron entre él y Murphy.

—Pensaba que ese tal Murphy era un granjero.

—Así es, pero es muy hábil en muchas cosas.

—Ah… —La sonrisa de Shannon se amplió al ver el pequeño y reluciente cuarto de baño con su bañera de patas y su lavabo de pedestal, de cuyas barras de bronce colgaban primorosas toallas—. Es como una casa de muñecas.

—Sí, es cierto. —Tan nerviosa como no habría estado con ningún otro huésped, Brianna entrelazó los dedos de las manos—. ¿Quieres que te ayude a deshacer la maleta o prefieres descansar un poco antes?

—No necesito ayuda, gracias. Creo que voy a usar esa bañera antes de nada.

—Siéntete como en casa. Hay más toallas en ese pequeño baúl de allá. Y creo que tienes aquí todo lo que puedas necesitar —vaciló de nuevo—. ¿Quieres que te suba una bandeja a la hora del té?

Habría sido más fácil acceder, pensó Shannon. Podía quedarse sola en la habitación y no pensar en nada más.

—No. Yo bajo.

—Tómate todo el tiempo que necesites. —Brianna le puso una mano sobre el brazo para hacerle saber que no se refería sólo a la hora del té—. Estaré abajo si quieres algo más.

—Gracias.

Cuando la puerta se cerró detrás de Brianna, Shannon se sentó en el borde de la cama. Estando a solas podía dejar caer los hombros y cerrar los ojos.

Estaba en Irlanda y no tenía ni la más mínima idea de qué era lo que debía hacer a continuación.

5

—Entonces, ¿cómo es esa hermana yanqui tuya?
—Como si estuviera en su propia cocina, Murphy Muldoon cogió una de las tartaletas de crema que Brianna estaba poniendo en una bandeja.

Murphy era un hombre alto y un poco desaliñado. Se había quitado la gorra al entrar en la cocina, como le había enseñado su madre, pero se había despeinado al pasarse los dedos por la cabeza, y además había dejado al descubierto un pelo negro que necesitaba un buen corte.

—¡Quita las manos! —le ordenó Brianna, pegándole en ellas—. Espera hasta que sirva.

—Puede que entonces no me pongas todo lo que quiero —replicó, y le sonrió con sus ojos azul oscuro antes de meterse la tartaleta entre la boca—. ¿Es tu hermana tan bonita como tú, Brie?

—Los halagos no te harán conseguir otra tartaleta antes de la hora del té —dijo ella, pero su voz sonó risueña—. Bonita no es la palabra que la describe. Es guapísima. Tiene el pelo más apagado que el de Maggie, más como el color castaño del pelo de esa yegua a la que quieres tanto. Tiene los ojos como los de Pa, aunque no le gustaría oírlo, del más claro de los verdes. Es como de mi estatura, es delgada y... elegante, supongo que ése sería el adjetivo para ella. Ni siquiera después de un viaje tan largo se la veía desarreglada.

—Maggie me ha dicho que es muy fría. —Puesto que Brianna estaba custodiando las tartaletas como una gallina con un pollito, Murphy se sentó y se dispuso a tomar un té.

—Es reservada —lo corrigió Brianna—. Lo que pasa es que Maggie no quiere que le caiga bien. Tiene un aire de tristeza que oculta con frialdad —afirmó, pues eso era algo que ella entendía a la perfección—. Pero sonrió, realmente sonrió cuando llegamos al punto del camino en que el valle se abre.

—Ésa es una vista muy bonita. —Murphy movió los hombros mientras se servía el té. La espalda le dolía un poco, pues había estado sembrando desde el amanecer. Pero era un buen dolor, el dolor causado por un productivo día de trabajo—. No creo que pueda ver algo ni remotamente parecido en Nueva York.

—Siempre hablas de Nueva York como si fuera otro planeta en lugar de una ciudad que está al otro lado del océano.

—En lo que a mí concierne está tan lejos como la luna.

Brianna se rio y se giró para mirarlo por encima del hombro. Era más guapo de lo que había sido nunca de niño. Y ya en esa época las mujeres del pueblo hablaban de su cara de ángel. Ahora se adivinaba en ella algo de diablo también, lo que intensificaba la expresión de esos vivaces ojos azules y de esa sonrisa rápida y pícara.

La vida al aire libre le sentaba bien, y a lo largo de los años su rostro se había afinado hasta alcanzar una especie de delgadez esculpida que atraía las miradas de las mujeres, hecho que lo traía sin cuidado. Los bucles negros que le cubrían desordenadamente la cabeza desafiaban cualquier buen peinado. Su cuerpo era recio, tenía brazos musculosos, hombros anchos y caderas estrechas. Brianna sabía de primera mano que Murphy era tan fuerte como cualquiera de sus amados caballos, y mucho, mucho más gentil.

A pesar de la fortaleza y aspereza que lo caracterizaban, había algo poético en su naturaleza. Un aire soñador en los ojos, pensó Brianna con afecto.

—¿Qué estás mirando? —le preguntó Murphy pasándose una mano por la barbilla—. ¿Me he manchado la cara de crema?

—No. Estaba pensando que es una lástima que no hayas encontrado a una mujer con quien compartir tu cara bonita.

Murphy sonrió, pero desvió la mirada con un poco de vergüenza.

—¿Por qué cada vez que una mujer se casa piensa que todo el mundo debería hacer lo mismo?

—Porque está feliz. —Brianna bajó la mirada hacia donde Kayla dormitaba en su moisés—. ¿No crees que cada día se parece más a Grayson?

—Pero si es tu viva imagen… ¿No es cierto, Kayla bonita? —Murphy se inclinó para acariciarle la barbilla a la niña—. ¿Qué vas a hacer con respecto a tu madre, Brie?

—Por el momento, nada. —Deseando no tener que pensar en ello, apretó una mano contra la otra—. Tendremos que contárselo, por supuesto, pero quiero darle a Shannon tiempo para que se relaje antes de que se desate la tormenta.

—Va a ser un vendaval de proporciones considerables, creo yo. ¿Estás segura de que no sabe nada? ¿Que nunca supo que hubo otra mujer y que nació una hija de esa relación?

—Tan segura como de mi nombre. —Brianna suspiró y volvió su atención a preparar el té para la familia—. Tú sabes cómo estaban las cosas entre ellos. Si mi madre hubiera sabido algo, lo habría acosado hasta la muerte con el tema.

—Sí, bastante cierto, Brie. —Murphy le pasó los nudillos por la mejilla hasta que ella se giró a mirarlo de nuevo—. No cargues con todo por tu cuenta, no estás sola en esto.

—Ya lo sé, pero es preocupante, Murphy. Las cosas todavía están tirantes entre mi madre y yo y nunca han sido fáciles entre ella y Maggie. No sé si empeorarán con todo este asunto. Sin embargo, no hay nada más que podamos hacer. Pa hubiera querido que Shannon viniera y tuviera la oportunidad de conocer a su familia.

—Entonces descansa tranquila durante un tiempo —le recomendó, y con una taza en una mano, Murphy acunó a Brianna con la otra y se inclinó para darle un beso en la mejilla.

Entonces su mundo se puso patas arriba.

La visión estaba de pie en el umbral de la puerta mirándolos con fríos y gloriosos ojos verdes. Su piel era como el alabastro sobre el cual había leído y parecía tan suave como la leche fresca. El pelo le resplandecía y le caía con suavidad siguiendo las líneas del rostro hasta la barbilla, que tenía levantada.

La reina de las hadas, fue lo único que pudo pensar Murphy. Y el embrujo se apoderó de él.

—Ah, Shannon… —El sonrojo le calentó las mejillas a Brianna al ver a su hermanastra. ¿Cuánto había oído?, se preguntó. ¿Y cómo tendría que manejarlo?—. El té ya casi está listo. He pensado que podríamos tomarlo aquí, así puedo servir a los huéspedes en la sala.

—La cocina está bien por mí —dijo Shannon, que había escuchado bastante y tendría que tomarse un tiempo para decidir cómo enfocar las cosas. Justo en ese momento su atención estaba concentrada en el hombre que la estaba mirando como si nunca hubiera visto a una mujer.

—Shannon Bodine, éste es nuestro buen amigo y vecino Murphy Muldoon.

—¿Cómo estás?

Cualquier vestigio de discurso coherente estuvo fuera del alcance de Murphy, que sólo pudo asentir con la cabeza mientras tomaba ligera conciencia de que probablemente parecía un idiota.

—Murphy, ¿podrías decirles a los demás que el té ya está servido? —Como no obtuvo respuesta, Brianna se volvió a mirarlo—. ¿Murphy?

—¿Qué? —Murphy pestañeó, se aclaró la garganta, se movió nerviosamente—. ¿Que le diga qué a quién?

Brianna se rio y le dio un empujón hacia la puerta.

—No puedes quedarte dormido de pie como uno de tus caballos, Murphy. Ve y diles a Grayson, Maggie y Liam que el té ya está listo —añadió, propinándole un último empujón que lo sacó de la cocina y cerrando la puerta detrás de él—. Apuesto a que ha estado trabajando desde el amanecer y debe de estar molido, porque por lo general es bastante más agudo.

Shannon vaciló un momento.

—¿Es granjero?

—Es un granjero estupendo y ahora también está criando caballos. Es como un hermano para Maggie y para mí. —De nuevo miró a Shannon a los ojos—. No hay nada que no pueda compartir con él y confío plenamente en que lo que le digo no sale de él.

—Ya veo… —Shannon se quedó donde estaba, en la puerta de la cocina—. Entonces has pensado que podías hablarle de esta situación.

Brianna suspiró quedamente y llevó la tetera a la mesa.

—Tú no me conoces, Shannon, ni a Murphy ni a ninguno de nosotros. No es justo pedirte que confíes en gente que acabas de conocer, así que no lo haré. En cambio, te pediré que te sientes y disfrutes de tu té.

Intrigada, Shannon inclinó la cabeza.

—Eres de las frías…

—Maggie heredó todo el fuego.

—No le caigo bien a tu hermana.

—No de momento.

Shannon sintió la extraña urgencia de reírse, pero se contuvo.

—No pasa nada. A mí tampoco me cae bien ella. ¿Con qué vamos a acompañar el té?

—Sándwiches, queso y un poco de paté, galletas, panecillos, tartaletas de crema y pastel de manzana.

Shannon dio un paso adelante para examinar la variedad desplegada sobre la mesa.

—¿Preparas todo esto cada tarde?

—Me gusta cocinar. —Sonriendo de nuevo, Brianna se limpió las manos en su delantal—. Y además quería que tu primer día aquí fuera especial.

—Eres una persona decidida, ¿no?

—En la familia hay una vena de obstinación. Ah, aquí vienen. Maggie, haz que los muchachos se laven las manos, por favor. Tengo que servir el té a los huéspedes.

—¡Tartaletas de crema! —exclamó Gray mientras intentaba abalanzarse sobre la bandeja—. ¿Dónde las habías escondido?

—No vas a probar mis tartaletas con las manos sucias —le dijo Brianna con calma mientras terminaba de poner las bandejas en el carrito para llevarlas a la sala—. Sírvete, Shannon. Vuelvo tan pronto me cerciore de que los huéspedes se han servido.

—Siéntate —le ordenó Maggie señalando la mesa en cuanto terminó de lavarle las manos a su hijo en el fregadero. Sentó a Liam en su silla alta y le dio una galleta para que mordisqueara—. ¿Quieres azúcar con el té?

—No, gracias —le contestó Shannon igualmente parca—. Lo tomo sin nada.

—Estás a punto de participar en un festín —le dijo Gray a Shannon mientras se llenaba el plato—. En Nueva York puedes encontrar algunos de los mejores restaurantes del mundo, pero estoy seguro de que nunca has probado nada como la cocina de Brianna. ¿Trabajas en Ry-Tilghmanton? —le preguntó, mientras le llenaba el plato él mismo.

—Sí, pero no desde hace mucho. Llevo allí unos cinco años.

—Tiene unas cuentas bastante buenas. Lo mejor de lo mejor. —Feliz, Gray le dio un mordisco a un sándwich—. ¿Dónde estudiaste?

—En Carnegie Mellon.

—Mmm. No podía ser mejor. Hay una pastelería en Pittsburgh, tal vez como a un kilómetro de tu universidad. Es de una pareja de judíos. Tienen unos pasteles de ron deliciosos.

—La conozco —dijo, y sonrió al pensar en ella. Era fácil hablar con otro estadounidense—. He desayunado allí todos los domingos por la mañana durante cuatro años.

Puesto que Maggie estaba ocupada con Liam y al parecer lo único que Murphy era capaz de hacer era mirarla, Shannon no tuvo reparos en prescindir de ellos y concentrarse en Gray.

—Brianna me dijo que viniste aquí para hacer una investigación para un libro. ¿Significa que el próximo transcurre aquí?

—Sí. Lo van a publicar en un par de meses.

—Estoy ansiosa por leerlo. Me gustan mucho tus libros.

—Pues pediré un ejemplar anticipado para ti —afirmó, y cuando la niña empezó a lloriquear, Gray la cogió y la acomodó en la curva de su brazo, donde se quedó en silencio de nuevo.

Shannon mordisqueó un sándwich, que ciertamente estaba bueno y le llenaba el hueco que imperceptiblemente el hambre le había hecho en el estómago. Satisfecha, pero no demasiado impresionada, le dio un mordisco a una tartaleta. Todo su sistema se puso en alerta ante el más agudo y pecaminoso de los placeres.

Gray sonrió cuando Shannon entrecerró los ojos.

—Quién necesita el Cielo, ¿eh?

—No me interrumpas —le contestó Shannon—. Estoy viviendo una revelación.

—Sí, los dulces de Brie tienen algo de religioso, sin lugar a dudas —repuso Gray extendiendo la mano y cogiendo otra tartaleta de la bandeja.

—Gordo... —dijo entonces Maggie arrugando la nariz—. Al menos deja algo que le pueda llevar a Rogan.

—¿Por qué no aprendes a hornear tus propios pasteles?

—¿Por qué habría de hacerlo? —Con engreimiento, Maggie se lamió la crema que tenía en el pulgar—. Sólo tengo que andar hasta aquí para comerme los tuyos.

—¿Vives cerca? —Shannon sintió que el placer que la invadía menguaba ante la idea.

—Sí, camino abajo —contestó con una tenue sonrisa que indicaba que entendía completamente los sentimientos de Shannon.

—Rogan se la lleva a rastras periódicamente —añadió Gray—. A Dublín o a alguna de sus galerías. El ambiente se pone más tranquilo entonces —bromeó, y en un descuido de Liam le robó una galleta.

—Pero estoy aquí lo suficiente como para asegurarme de que todo vaya bien y de que Brianna no trabaje más de la cuenta.

—Brianna puede cuidarse sola —contestó la mujer en cuestión mientras entraba de nuevo en la cocina—. Gray, déjale un par de tartaletas a Rogan.

—¿Ves? —terció Maggie; Gray sonrió con una mueca y tiró de su mujer para que se sentara en una silla junto a él.

—¿No tienes hambre, Murphy?

Shannon empezó a tamborilear con los dedos sobre la mesa; esa mirada intensa sin pestañeos estaba empezando a hacer que se sintiera incómoda.

—El señor Muldoon está demasiado ocupado mirándome como para molestarse en comer.

—Bobo —murmuró Maggie, y le dio un codazo a Murphy.

—Lo siento mucho. —Murphy levantó la taza del té con tanta brusquedad que casi lo derramó—. Es que estoy un poco distraído. Debo volver a casa —dijo, y tal vez en sus campos encontraría su cordura.

—Gracias por el té, Brie. Bienvenida a Irlanda, señorita Bodine.

Murphy se levantó, tomó su gorra, se la caló en la cabeza y salió deprisa.

—Pues nunca me imaginé que llegaría el día en que Murphy Muldoon dejara su plato lleno. —Desconcertada, Maggie se levantó y puso el plato de Murphy sobre la mesa—. Le voy a llevar esto a Rogan.

—Muy bien —contestó Brianna con aire ausente—. ¿Crees que le pasa algo? No parecía él mismo.

Shannon pensó que tenía un aspecto saludable, así que se encogió de hombros y se olvidó del extraño señor Muldoon mientras se terminaba su té.

Más tarde, cuando el cielo estaba perdiendo su intenso color azul y tendía más y más hacia el gris, Shannon decidió dar un paseo por el jardín trasero de Brianna. Su anfitriona le había hecho saber con bastante claridad que quería que abandonara la cocina después del té. Como Shannon no era especialmente aficionada a lavar platos, había aceptado la sugerencia de respirar aire puro y disfrutar de la tranquilidad del atardecer.

Ciertamente era un lugar para no hacer nada, decidió Shannon mientras rodeaba con curiosidad el exterior de un invernadero. Sin embargo, parecía que no era habitual que Brianna ejerciera la pereza.

¿Qué no hacía aquella mujer?, se preguntó Shannon. Cocinaba, administraba el equivalente de un pequeño y exclusivo hotel, cuidaba a una hija, hacía jardinería, seducía a un hombre muy atractivo y se las arreglaba para que todo pareciera una foto de revista de diseño.

Después de darle la vuelta al invernadero, localizó un punto pintoresco para sentarse al borde de un lecho de alegrías y violetas. Se acomodó en la silla de madera y la encontró tan cómoda como parecía. Estando allí decidió que no iba a seguir pensando en Brianna, ni en Maggie, ni en el hogar del cual estaba formando parte temporalmente. Lo que haría, aunque fuera sólo durante un rato, sería no pensar en nada en absoluto.

El aire era suave y perfumado, y se oía el bonito repiquetear de un móvil de hadas de cobre que estaba colgado en una ventana cercana. Shannon creyó escuchar el mugido de una vaca en la distancia, un sonido tan ajeno a su mundo como las leyendas de los duendes y las hadas.

La granja de Murphy, supuso Shannon. Esperaba que por su bien aquel hombre fuera mejor granjero que conversador.

Una oleada de cansancio le recorrió el cuerpo, el desfase horario que sus nervios habían mantenido a raya durante horas. Entonces dejó que todo fluyera, la cubriera y desdibujara el contorno de sus demasiadas preocupaciones.

Entonces soñó con un hombre montado en un corcel blanco. Tenía el cabello negro y le ondeaba al viento, al igual que la capa oscura que llevaba puesta y que se perlaba con las gotas de lluvia que escupía con furia un cielo gris como el hierro.

Un rayo dividió el firmamento como una lanza y su resplandor le iluminó el rostro al hombre y le resaltó los huesos celtas, los ojos color cobalto y los rasgos oscuros de guerrero. El cuello de la capa estaba cerrado con un broche de cobre. Era un intrincado juego de metal realizado alrededor de la cabeza de un semental.

Como en un acto de compasión, el animal piafaba en el caótico aire para luego aporrear el césped. Entonces galoparon directamente hacia ella, hombre y bestia, ambos igualmente peligrosos, igualmente imponentes. Alcanzó a vislumbrar el resplandor de una espada, el brillo apagado de la armadura se salpicó de barro…

Su corazón respondió al rugido del trueno y la lluvia la golpeó gélidamente en la cara. Pero no tenía miedo. Tenía la barbilla levantada mientras los observaba aproximarse hacia ella; entonces entrecerró los ojos contra la lluvia y le brillaron, verdes.

Salpicando agua y barro el caballo se detuvo a unos centímetros de ella. El hombre, sentado a horcajadas sobre el animal miró hacia abajo, hacia donde estaba ella, con una expresión de triunfo y lujuria.

—Bueno... —se escuchó a sí misma decir con una voz que no era exactamente la suya—. Parece que has regresado.

Shannon se despertó sobresaltada; estaba temblando y se sintió confundida por la extrañeza del sueño y su increíble claridad. Había sido como si no hubiera estado dormida, pensó Shannon mientras se retiraba el pelo de la cara. Era más como si hubiera estado recordando.

A duras penas tuvo la oportunidad de reírse ante la idea cuando el corazón se le desbocó. Había un hombre de pie a pocos centímetros de ella, mirándola.

—Le pido disculpas. —Murphy dio un paso adelante y emergió de las sombras que lo cubrían todo—. No era mi intención asustarla. Pensé que no estaba dormida.

Horriblemente avergonzada, Shannon se sentó recta y trató de recobrar la compostura.

—¿Ha venido a mirarme otra vez, señor Muldoon?

—No..., es que... —Murphy exhaló un suspiro de frustración. ¿Acaso no había hablado severamente consigo mismo sobre ese comportamiento? Maldición, si se encontraba con la lengua enredada y la cabeza nublada por segunda vez al estar cerca de ella—. No quería molestarla —empezó de nuevo—. Por un momento pensé que estaba despierta y que me había hablado, pero no fue así. —Trató de sonreír; se había dado cuenta de que por lo general su sonrisa encantaba a las mujeres—. La verdad, señorita Bodine, es que he vuelto para disculparme por quedarme mirándola durante la hora del té. Ha sido muy grosero por mi parte.

—Está bien. Olvidemos el asunto... —«Y váyase ya», pensó con irritación.

—Creo que son sus ojos. —Murphy sabía que era más que eso. Supo exactamente qué había sido en el mismo momento en que la vio. Ella era la mujer que había estado esperando.

Shannon suspiró con impaciencia.

—¿Mis ojos?

—Tiene ojos de hada. Tan claros como el agua, verdes como el musgo y colmados de magia.

—Eso es muy interesante, señor Muldoon…

—Murphy, si no te importa. Estamos en vías de convertirnos en vecinos.

—No, no es así. Pero Murphy está bien para mí. Ahora, si me disculpas… —En lugar de ponerse de pie, como tenía la intención de hacer, se echó hacia atrás y dejó escapar un grito ahogado. Algo veloz y reluciente había salido corriendo de entre las sombras. Y había aullado.

—*Con*. —Murphy no tuvo más que pronunciar esa sencilla sílaba para que el perro se detuviera y empezara a menear la cola—. No ha querido asustarla. —Murphy puso una mano sobre la cabeza de *Concobar*—. Ésta es la hora de su correría nocturna y algunas veces, cuando se encuentra conmigo, le dan ganas de jugar. No estaba aullando, sino más bien hablando.

—Hablando… —Shannon cerró los ojos y esperó un momento a que el corazón aminorara la velocidad de sus palpitaciones—. Perros que hablan, eso era justo lo que necesitaba esta tarde. —Entonces *Con* caminó hacia ella, le puso la cabeza sobre el regazo y la miró conmovedoramente a la cara. Hasta un iceberg se habría derretido—. Supongo que ahora te estás disculpando por casi matarme del susto. —Levantó la mirada hacia Murphy—. Vosotros dos sí que formáis una buena pareja.

—Los dos podemos ser torpes a veces. —En un movimiento lleno de gracia que contradecía sus palabras, sacó un ramillete de flores silvestres de detrás de la espalda—. Bienvenida al condado de Clare, Shannon Bodine. Que tu estancia sea tan dulce y colorida como estas flores, y que dure más que ellas.

Atónita y, maldita sea, encantada, Shannon recibió las flores de la mano de Murphy.

—Pensaba que eras un hombre extraño, Murphy —murmuró ella—, y parece que tengo razón. —Pero los labios se le curvaron en una sonrisa mientras se ponía de pie—. Gracias.

—Bien, eso ya es algo. Estaba esperándola. Tu sonrisa. —Entonces añadió, cuando ella sólo levantó las cejas en desconcierto—: Es algo por lo cual vale la pena esperar. Buenas noches, Shannon. Que duermas bien.

Murphy se alejó y se convirtió de nuevo en una sombra. Cuando el perro empezó a seguirlo, le dijo algo con voz suave que hizo que *Con* se volviera y se sentara junto a Shannon.

Al tiempo que el perfume de las flores empezó a estimularle los sentidos, ese hombre llamado Murphy se desvaneció en la noche.

—Demasiado para una primera impresión —le dijo Shannon al perro, y después sacudió la cabeza—. Creo que es hora de entrar. Debo de estar más cansada de lo que pensaba.

6

Tormentas y caballos blancos. Hombres brutalmente apuestos y un círculo de rocas verticales. Atormentada por su sueño, Shannon no había pasado una noche tranquila.

Y se había despertado congelada, lo que era muy extraño, pensó, teniendo en cuenta que el carbón de la pequeña chimenea que había al otro lado de la habitación todavía estaba prendido y ella misma estaba hundida hasta la barbilla bajo un mullido edredón de plumas. Sin embargo, tenía la piel helada hasta el punto de que estaba tiritando para lograr recuperar el calor.

Pero lo más extraño de todo era que no sólo estaba fría. Cuando se llevó una mano a la cara, Shannon habría podido jurar que estaba húmeda, como si hubiera estado a la intemperie en mitad de una tormenta.

Se sentó en la cama y se pasó las manos por el pelo. Nunca había soñado con tal claridad y no estaba segura de querer que se convirtiera en hábito.

Pero ahora estaba despierta, apartando los sueños y las noches intranquilas. Por experiencia sabía que no había manera de volverse a acurrucar bajo el edredón, poner la cabeza en la almohada y dejarse llevar por el sueño. Si estuviera en casa, en Nueva York, no habría sido tan frustrante, pues había miles de cosas que hacer. Por lo general se despertaba muy temprano para aprovechar el día.

Siempre había alguna cuenta por revisar, papeles que organizar o sencillas tareas domésticas que había que realizar antes de salir para la oficina. Después de verificar que todo estuviera a punto, revisaba su agenda electrónica para ver qué reuniones y cosas tenía planeadas para ese día y qué entretenimiento social seguiría al día laboral. En el telediario matinal veía el pronóstico del tiempo y las últimas noticias antes de coger su cartera y su bolsa del gimnasio, dependiendo del día de la semana, y salir a dar la vigorosa caminata de seis manzanas que la separaba de su oficina.

La organizada y satisfactoria vida de una joven profesional en ascenso hacia la cúspide de la escalera empresarial… Había mantenido exactamente la misma rutina durante los últimos cinco años.

Pero en Irlanda… Con un suspiro, Shannon miró hacia la ventana, por donde todavía se veía oscuro el cielo hacia occidente. No tenía fechas de entrega, ni reuniones, ni presentaciones. Se había tomado un receso de esa estructura que le resultaba tan familiar y, por tanto, tan reconfortante.

¿Qué hacía una persona en la campiña irlandesa de madrugada? Después de salir de la cama, removió el carbón de la chimenea, se dirigió al sillón que había bajo la ventana y se arrellanó entre los cojines.

Pudo adivinar los campos, las sombras de los muros de piedra, los contornos de una casa y su cobertizo, mientras el cielo se iba aclarando gradualmente de azul índigo a uno más tenue. Entonces escuchó el canto de un gallo, y le pareció de lo más divertido.

Tal vez aceptara la oferta de Brianna de prestarle el coche y conduciría por ahí, a cualquier lugar. Esa parte de Irlanda era famosa por sus paisajes. Shannon pensó que aprovecharía su estancia allí para conocer el lugar. Quizá las vacaciones le sirvieran para pintar, si sentía que le apetecía.

En el baño, corrió la cortina circular que rodeaba la bañera de patas y, al abrir el grifo, descubrió con placer que el agua estaba caliente y que el chorro salía con bastante presión. Se puso unos vaqueros y un jersey oscuro de cuello alto y por poco cogió su bolso antes de darse cuenta de que no lo iba a necesitar hasta que arreglara el asunto del transporte.

Decidida a aceptar la invitación de Brianna de sentirse como en su casa, decidió bajar a la cocina y preparar café.

La casa estaba tan tranquila que casi le parecía estar sola. Sabía que había huéspedes en el segundo piso, pero no oyó ningún sonido mientras bajaba al primer piso, salvo la madera que crujía bajo sus pies a cada paso que daba.

La vista que asomaba por la ventana del primer piso, que daba al Este, la hizo detenerse. El marco encuadraba un sorprendente amanecer. La capa de nubes en el horizonte era gruesa y estaba teñida de una espiral de rojo. El intenso color se esparcía por el cielo haciendo retroceder los azules más tranquilos y los rosas más mansos con pinceladas de fuego. Mientras Shannon observaba, las nubes se movieron, flotando como un barco en llamas mientras el cielo se iba aclarando lentamente.

Por primera vez en meses Shannon se encontró a sí misma queriendo pintar. Se había llevado parte de sus útiles de pintura más por hábito que por ganas. Pero en ese momento se sintió agradecida por haberlo hecho y se preguntó si tendría que conducir mucho para poder comprar otros materiales que pudiera necesitar.

Complacida con la idea y con la perspectiva de una actividad real, caminó hacia la cocina, donde encontró a Brianna, que ya estaba allí con las manos hasta las muñecas sumergidas en masa de pan. Este hecho sorprendió a Shannon más de lo que se hubiera imaginado.

—Pensaba que sería la primera en levantarme.

—Buenos días, Shannon; has madrugado, ¿eh? —Brianna le sonrió mientras continuaba amasando—. Igual que Kayla, que además se despierta con hambre. Hay café o té, si quieres, que ya he preparado para Grayson.

—¿También se ha levantado ya? —Demasiados, pensó Shannon, como para una mañana solitaria.

—Se ha levantado hace horas a trabajar. A veces madruga así, cuando le preocupa la historia. Te preparo el desayuno tan pronto como ponga a crecer la masa, ¿vale?

—Sólo voy a tomar café —contestó; después de servirse una taza, Shannon se quedó de pie sintiéndose incómoda y preguntándose qué debía hacer—. ¿Siempre haces tu propio pan?

—Sí, así es. Es un proceso tranquilizador. Al menos te comerás una tostada, ¿no? Queda un trozo de pan de ayer en el cajón.

—Más tarde. Estaba pensando que podría conducir un poco por los alrededores, ir a ver los acantilados o algo.

—Claro. Seguro que te apetece ver paisajes. —Brianna palmeó hábilmente la masa y formó una bola que puso dentro de un cuenco grande—. Las llaves están colgadas en ese gancho. Puedes coger el coche cada vez que quieras ir a pasear. ¿Has pasado buena noche?

—De hecho, yo… —Se interrumpió, sorprendida de haber estado a punto de contarle a Brianna su sueño—. Sí, la habitación es muy cómoda. —Sintiéndose intranquila de nuevo, le dio otro sorbo al café—. ¿Hay algún gimnasio por aquí cerca?

Brianna cubrió el tazón con un paño y se dirigió hacia el fregadero para lavarse las manos.

—¿Un gimnasio?

—Sí, un gimnasio, un lugar al que vas a hacer ejercicio. Ya sabes, con cosas como cintas para andar, bicicletas estáticas y pesas. Voy tres o cuatro veces por semana.

—Ah… —Brianna puso una sartén metálica en el fuego mientras consideraba la pregunta de Shannon—. No, no hay nada parecido por aquí. ¿Las cintas son para andar?

—Sí.

—Aquí tenemos campo para andar. Puedes dar una caminata estupenda. Y el aire fresco es muy bueno para el ejercicio. Hace una preciosa mañana, aunque va a llover esta tarde. Tendrás que ponerte una chaqueta —continuó Brianna al tiempo que señalaba con la cabeza una ligera cazadora vaquera que estaba colgada de la percha, en la parte de atrás de la puerta.

—¿Una chaqueta?

—Hace un poquito de frío. —Brianna puso beicon a freír en la sartén—. El ejercicio te va a dar hambre. Cuando vuelvas, te tendré listo el desayuno.

Frunciendo el ceño, Shannon examinó la espalda de Brianna. Todo parecía indicar que iría a dar una caminata. Ligeramente divertida, dejó su taza de café sobre la mesa y se puso la chaqueta.

—Creo que no tardaré mucho.

—Tómate tu tiempo —le contestó Brianna alegremente, tras lo cual Shannon salió.

Shannon nunca se había considerado una persona a la que le gustara el aire libre. No era aficionada a andar y con mucho prefería el ambiente civilizado de un gimnasio bien equipado: con agua embotellada, el telediario matinal en la televisión, máquinas que indican el progreso… Hacía cincuenta minutos de ejercicio tres veces por semana y la complacía considerarse fuerte, saludable y bien tonificada. Nunca había entendido a la gente que se ponía botas pesadas y subía montañas o se abría paso entre senderos cargando a la espalda un morral.

Sin embargo, tenía la disciplina demasiado arraigada dentro de sí como para permitirse el lujo de no hacer nada de ejercicio. Y un día en Blackthorn le había demostrado que la cocina de Brianna bien podía ser un problema.

Así que caminaría. Se metió las manos en los bolsillos de la chaqueta prestada, puesto que el aire estaba helado. En esa mañana había algo vigorizante que le sacudió todos los residuos que le quedaban del desfase horario.

Pasó el jardín, en donde las primaveras todavía estaban bañadas de rocío, y el invernadero, que le dio ganas de pegar la cara contra el vidrio y ahuecar las manos a los lados de los ojos para echar un vistazo. Y lo que vio a continuación la dejó con la boca abierta: había visitado guarderías profesionales con su madre que eran menos organizadas y tenían menos cosas.

Impresionada, se dio la vuelta. Todo era tan grande, pensó mientras observaba el terreno ondulante. Tan vacío. Sin darse cuenta, encogió los hombros defensivamente. Pensó que no tenía nada que ver con una caminata por una acera neoyorquina, esquivando peatones, cuidando el espacio personal. El estruendo del tráfico, la explosión de cláxones y las voces airadas eran muy familiares para ella, no algo extraño como ese asombroso silencio.

—Esto no es exactamente como andar por Central Park —murmuró, y se sintió reconfortada por el sonido de su propia voz. Pero como era menos intimidante proseguir que volver a la cocina, empezó a caminar de nuevo.

Se dio cuenta de que sí había sonidos: pájaros, el zumbido lejano de alguna máquina, el eco de los ladridos de un perro... Sin embargo, resultaba espeluznante estar tan sola, aunque en lugar de concentrarse en eso, apretó el paso. Ir despacio no tonificaba los músculos.

Cuando llegó a la primera cerca de piedra, dudó entre treparla y saltar al otro lado o caminar junto a ella. Se encogió de hombros y decidió treparla.

Reconoció que era trigo lo que estaba sembrada, apenas tan alto como para poder mecerse al viento, y, en medio del sembrado, vio un árbol solitario. A pesar de que le pareció increíblemente viejo, sus hojas todavía tenían el color verde tierno de la primavera. Un pájaro, posado sobre una de sus retorcidas ramas más altas, cantaba con todo el corazón.

Shannon se detuvo a mirar, a escuchar, deseando haber llevado su cuaderno de dibujo. Tendría que volver con él; había pasado demasiado tiempo desde que había tenido la oportunidad de pintar un paisaje real.

Qué extraño, pensó mientras reanudaba la marcha. No había notado que quería hacerlo. Cualquier persona, incluso una con habilidades rudimentarias para pintar, estaría muerta de ganas de pintar allí, se dijo: los colores, las formas y la magnífica luz. Se dio la vuelta y empezó a caminar de espaldas mientras estudiaba el árbol desde un ángulo diferente.

La primera hora de la mañana sería la mejor, reflexionó, y trepó sobre la siguiente cerca de piedra con la atención todavía concentrada tras de sí.

Sólo la suerte evitó que se girara y se diera de bruces con una vaca.

—¡Dios santo! —Shannon se tambaleó hacia atrás, se subió de nuevo a la cerca y se puso de pie sobre ella. La vaca miró a la intrusa sin la más mínima emoción y sacudió la cola—. ¡Qué grande es! —Desde donde estaba, Shannon dejó escapar un suspiro nervioso—. No tenía ni idea de que fueran tan grandes.

Con cautela levantó la mirada y descubrió que la vaca no estaba sola. El campo estaba lleno de vacas pastando, damas enormes de ojos plácidos y pelo blanco y negro. Y puesto que no parecían especialmente interesadas en ella, Shannon decidió agacharse y se sentó sobre la cerca.

—Supongo que el paseo termina aquí. ¿No vais a mugir o algo?

En lugar de complacerla, la vaca que estaba más cerca de ella se dio la vuelta y siguió pastando. A Shannon le pareció divertido, finalmente, de modo que se relajó y echó un vistazo más largo y detenido a su alrededor. Lo que vio hizo que se le abriera la boca de par en par.

—Bebés… —Riéndose, Shannon se estiró y observó con atención para registrar hasta el más mínimo detalle de los terneros que retozaban entre sus más tranquilos mayores. Después, para no perder la costumbre de la cautela, miró de nuevo a los ojos a su vecina más cercana. No estaba segura de si las vacas tendían a morder o no—. Supongo que los veré desde aquí.

Entonces, cediendo a la curiosidad y con bastante recelo, estiró la mano sin quitarle los ojos de encima a la vaca. Sólo quería tocarla. A pesar de que estaba inclinada hacia delante, Shannon mantuvo el trasero firmemente asentado sobre el muro. Supuso que si a la vaca no le gustaba que la tocara, podía saltar al otro lado. Cualquier mujer que hiciera ejercicio tres veces a la semana seguramente sería capaz de correr más rápido que una vaca.

Cuando sus dedos rozaron el animal, Shannon descubrió que tenía el pelo duro y áspero y que al parecer no le importaba que lo tocara. Con más confianza entonces acercó la mano un poco más y la extendió sobre uno de los costados.

—A ésta no le importa que la toquen —dijo Murphy desde detrás de Shannon.

El grito que lanzó Shannon hizo que varias vacas se movieran pesadamente. Después de mugir con molestia, finalmente se aquietaron de nuevo. Pero para ese momento Murphy se seguía riendo, con la mano sobre el hombro de Shannon, para evitar que cayera de narices contra el suelo.

—Tranquilízate, mujer. Estás hecha un manojo de nervios.

—Pensé que estaba sola —repuso Shannon, que no logró decidir si estaba más mortificada por haber gritado o por que Murphy la hubiera encontrado acariciando un animal de granja.

—Venía de regreso de dejar pastando a mis caballos cuando te he visto. —Con un movimiento fácil, Murphy se sentó sobre el muro mirando hacia el lado contrario de Shannon y encendió un cigarrillo—. Es una mañana bonita.

La opinión de ella al respecto fue un gruñido. No se le había ocurrido que ésa fuera la tierra de Murphy. Y ahora parecía que estaba atascada de nuevo.

—¿Tú solo te haces cargo de todas estas vacas?

—De vez en cuando cuento con algo de ayuda, cuando la necesito. Anda, sigue consintiéndola, si quieres, que a ella no le importa.

—No la estaba consintiendo. —Era un poco tarde para tener dignidad, pero Shannon lo intentó—. Sólo me produjo curiosidad saber cómo se sentía.

—¿Nunca habías tocado a una vaca? —La mera idea lo hizo sonreír—. Me han dicho que en Estados Unidos también hay.

—Por supuesto que hay vacas en Estados Unidos, pero no las vemos caminar por la Quinta Avenida con mucha frecuencia —replicó, y le lanzó una mirada a Murphy, que todavía tenía una sonrisa en los labios y miraba hacia el árbol que había iniciado todo el asunto—. ¿Por qué no lo has talado? Está en medio del trigo.

—No me causa problema sembrar y cosechar a su alrededor —contestó con naturalidad—. Además, ha estado aquí desde mucho antes que yo. —En ese momento estaba más interesado en ella, que olía ligeramente a pecado. Era un sutil perfume femenino que hacía que un hombre pensara. ¿Y no había sido fantástico que estuviera pensando en ella mientras volvía a casa? Y allí estaba ella, como esperando—. Te ha tocado una primera mañana en Clare muy bonita, Shannon. Aunque lloverá más tarde.

Shannon recordó que Brianna le había dicho lo mismo y frunció el ceño hacia el claro cielo azul.

—¿Cómo lo sabes?

—¿No has visto el amanecer? —Mientras Shannon pensaba qué tenía eso que ver con nada, Murphy la tomó de la barbilla y le volvió la cara hacia el Oeste—. Mira hacia allá —le dijo haciendo un gesto—. Las nubes se están apiñando desde el mar. Por la tarde empezarán a soplar hacia dentro y nos traerán lluvia. Una lluvia suave, no una tormenta. El aire no está de mal humor.

La mano que le tocaba la cara a Shannon era dura como una piedra y suave como el agua. Descubrió que Murphy olía a su granja: a los caballos, la tierra, el prado. Concentrarse en el cielo parecía la opción más inteligente.

—Supongo que los granjeros tienen que aprender a pronosticar el clima.

—No es un aprendizaje. Uno sencillamente sabe qué tiempo va a hacer. —Para complacerse, Murphy permitió que sus dedos rozaran el cabello de Shannon antes de dejar caer la mano sobre su propia rodilla. El gesto, su intimidad casual, hizo que ella volviera la cara hacia él.

Podía ser que estuvieran sentados mirando hacia lados opuestos, con las piernas colgando a cada lado de la cerca, pero estaban cadera contra cadera. Y en ese momento ojos frente a ojos. Y los de él eran del color del vidrio que su madre coleccionaba, el vidrio que Shannon había empaquetado con tanto cuidado y que se había llevado a Nueva York. Cobalto.

Shannon no vio más la timidez ni el desconcierto que había adivinado en la expresión de sus ojos el día anterior. Ésos eran los ojos de un hombre seguro de sí mismo, de un hombre a gusto consigo mismo y de un hombre, se dio cuenta Shannon con algo de confusión, que escondía pensamientos peligrosos tras ellos.

Murphy estuvo tentado de besarla. Sólo tenía que inclinarse hacia delante y poner sus labios sobre los de ella. Una vez. Tranquilamente. Si ella hubiera sido otra mujer, lo habría hecho. Pero, de nuevo, Murphy sabía que si hubiera sido otra mujer, no habría deseado tanto besarla.

—Tienes una cara, Shannon, que se planta justo en medio de la mente de un hombre y florece allí.

Era la voz, pensó Shannon, el acento irlandés, lo que hacía que incluso una aseveración tan tonta como ésa sonara como un poema. Tratando de defenderse de la poesía, volvió la cara hacia el frente, de regreso a la seguridad de las vacas que pastaban.

—Piensas en analogías campesinas.

—Sí, es cierto. ¿Darías un paseo conmigo? Hay algo que te quiero mostrar.

—Debo volver.

Pero Murphy ya se había puesto de pie y había tomado su mano como si fuera algo habitual.

—No queda muy lejos.

Murphy se agachó y arrancó una florecita azul que había crecido en una grieta del muro, pero en lugar de dársela, como Shannon esperaba, se la puso detrás de la oreja.

El gesto le pareció tan ridículamente encantador, que Shannon se puso en marcha junto a él sin poder evitarlo.

—¿No tienes que ir a trabajar? Pensaba que los granjeros estaban siempre trabajando.

—Dispongo de unos momentos libres. Mira, allá está *Con*. —Murphy señaló con la mano mientras continuaban caminando—. Persiguiendo conejos.

La visión del lustroso perro oscuro corriendo a través del campo persiguiendo una mancha que era un conejo la hizo reír. Después, los dedos se le tensaron, angustiados, entre los de Murphy.

—Lo va a matar.

—Sí, es probable que lo haga, si logra alcanzarlo. Pero las posibilidades son mínimas.

Cazador y presa corrieron hacia el horizonte y se desvanecieron tras una delgada línea de árboles, donde una finísima corriente de agua resplandecía al sol.

—Lo va a perder, como siempre le pasa. *Con* no puede evitar perseguir conejos, así como el conejo no puede evitar correr.

—Vendrá si lo llamas —dijo Shannon con urgencia—. Vendrá y dejará en paz al conejo.

Dispuesto a complacerla, Murphy silbó. Un momento después, vieron a *Con* corriendo de regreso hacia ellos con la lengua colgándole de la boca alegremente.

—Gracias.

Murphy reanudó la marcha. No tenía sentido decirle que *Con* saldría a perseguir al próximo conejo que oliera.

—¿Siempre has vivido en la ciudad?

—Sí, en ciudades o cerca de ellas. Nos mudábamos mucho, pero siempre vivimos cerca de alguna gran ciudad. —Shannon lo miró hacia arriba. Murphy parecía más alto cuando caminaban el uno junto al otro. O tal vez era su manera de andar por el campo lo que le daba esa impresión—. ¿Y tú siempre has vivido aquí?

—Siempre. Algunas de estas tierras eran de la familia Concannon y las nuestras colindaban con ellas. Tom no era un granjero de corazón y con el pasar de los años le fue vendiendo parcelas a mi padre y después a mí. Ahora lo que es mío divide lo que les quedó a las Concannon; así hay un pedazo de tierra de ellas a cada lado de las mías.

—Parecen muchas tierras —dijo Shannon frunciendo el ceño al tiempo que miraba sobre las colinas sin poder calcular la cantidad de hectáreas ni ver los límites de la propiedad.

—Es suficiente. —Llegaron a una cerca, Murphy se subió a ella con facilidad y, para sorpresa de Shannon, sencillamente puso sus manos alrededor de la cintura de ella y la levantó como si no pesara nada—. Aquí está lo que te quería mostrar.

Shannon todavía estaba tratando de digerir la conmoción de lo fuerte que era Murphy cuando alzó la mirada y vio el círculo de piedras. Su primera reacción no fue sorpresa, ni sobrecogimiento, ni placer, fue simple aceptación.

Más tarde se le ocurriría que no se había sorprendido porque ya sabía que el círculo estaba allí. Lo había visto en sus sueños.

—Es maravilloso. —Finalmente sintió que el placer la invadía. Ladeó la cabeza para evitar que el sol la cegara y examinó las piedras como lo habría hecho una artista, analizando la textura, la forma y el tono. El círculo no era muy grande y varias de las piedras que habían servido como dinteles se habían caído. Pero el círculo permanecía, majestuosa y de alguna manera mágicamente, en una tierra verde y silenciosa en donde los caballos pastaban en la distancia—. Nunca había visto algo así, salvo en fotos. —Sin ser plenamente consciente de que había entrelazado sus dedos con los de Murphy y tiraba de él, se acercó a las piedras—. Hay todo tipo de leyendas y teorías sobre este tipo de círculos, ¿no? Naves espaciales o druidas, gigantes congelándose o hadas bailando. ¿Sabes cómo son de antiguas?

—Tan antiguas como las hadas, diría yo.

Esa respuesta de Murphy hizo que Shannon se riera.

—Me pregunto si serían un lugar de adoración o de sacrificio.

La idea la hizo estremecerse placenteramente, mientras levantaba una mano para tocar una de las piedras. Justo cuando sus dedos rozaron la superficie, Shannon tuvo que quitar la mano con rapidez y se quedó mirando la piedra. Estaba caliente, demasiado caliente para una mañana tan fría.

Murphy no le quitó los ojos de encima.

—Se nota una sensación extraña al tocarla, ¿verdad?

—Yo… Por un instante he sentido como si hubiera tocado algo que respira. —Sintiéndose tonta, puso resueltamente una mano extendida de nuevo sobre la piedra. Notó una sacudida, no había objeto en negarlo, pero se dijo que había sido una reacción de sus nervios alterados.

—Hay poder ahí, tal vez dentro de las mismas piedras o en el lugar que escogieron para ponerlas.

—Yo no creo en ese tipo de cosas.

—Tienes demasiado de irlandesa como para no creer —repuso Murphy con gentileza, guiándola por debajo del arco de piedra y llevándola hasta el centro del círculo.

Decidida a ser práctica, Shannon cruzó los brazos sobre el pecho y se alejó de él.

—Me gustaría pintarlas, si me lo permites.

—No me pertenecen. La tierra que hay a su alrededor sí es mía, pero el círculo se pertenece a sí mismo. Píntalo si te apetece.

—Sí, me apetece mucho. —Relajándose de nuevo, caminó dentro del círculo—. Conozco gente en Estados Unidos que pagaría por la oportunidad de estar aquí. Es el mismo tipo de personas que va a Sedona a buscar los vórtices de energía y que se preocupa de sus *chakras*.

Murphy se rio y se rascó la barbilla.

—He leído sobre eso. Interesante. ¿No crees que hay lugares y objetos que guardan recuerdos? ¿Y en el poder que emana de ellos?

Shannon sintió que podría, casi podría, estar de pie allí. Si se lo permitía.

—Ciertamente no creo que colgarse una bonita gema al cuello le vaya a ayudar a uno en su vida sexual —comentó, volviéndose a mirarlo, risueña—. Y tampoco creo que un granjero lo crea.

—Pues no sé nada sobre ponerse un collar para que las cosas en la cama sean más interesantes. Yo prefiero depender de mí mismo para eso.

—Apuesto a que sí —murmuró Shannon, y giró para frotar una de las piedras—. Sin embargo, estas piedras son muy antiguas y llevan aquí más tiempo del que nadie sabe realmente. Eso es magia. Me pregunto… —Se interrumpió, contuvo la respiración y aguzó el oído—. ¿Has oído eso?

Murphy caminó hasta quedar a un paso de distancia de Shannon, y esperó y miró.

—¿Qué has oído, Shannon?

Ella sintió la garganta seca, de modo que antes de hablar se la aclaró.

—Ha debido de ser un pájaro. Durante un momento me ha dado la impresión de que alguien estuviera llorando.

Murphy le pasó una mano por el pelo y se lo acarició, como había hecho hacía un rato.

—Yo la he oído, y otras personas también. Tus hermanas, por ejemplo. No te pongas nerviosa —murmuró, y la volvió para que quedara de frente a él—. La sangre es la sangre y es inútil hacer caso omiso de esa realidad. Ella llora aquí porque ha perdido a su amante. Así lo cuenta la leyenda.

—Ha sido un pájaro —insistió Shannon.

—Verás, ellos estaban condenados —siguió Murphy, como si Shannon no hubiera dicho nada—. Él era un granjero pobre y ella, la hija del terrateniente, pero se reunían aquí, se amaban aquí y concibieron un hijo aquí. Así continúa la leyenda.

Shannon sintió frío otra vez. Tratando de no estremecerse, preguntó suavemente:

—¿Una leyenda, Murphy? Supongo que habrá muchas sobre un lugar como éste.

—Así es, hay muchas. Y ésta es triste, como muchas otras lo son. Él la dejó aquí esperándolo mientras regresaba para que huyeran juntos. Pero los hombres del terrateniente lo apresaron y lo mataron. Y cuando su padre la encontró, ella estaba tan muerta como su amor y tenía todavía lágrimas en las mejillas.

—Y ahora, por supuesto, ella se aparece aquí.

Murphy sonrió, en absoluto sintiéndose insultado por el cinismo de Shannon.

—Ella lo amaba y lo único que puede hacer es esperar. —Murphy la tomó de las manos para calentárselas con las suyas—. Gray pensó en ubicar aquí un asesinato, pero cambió de opinión. Me dijo que no era un lugar para derramar sangre. Así que en vez de aparecer en su libro, aparecerá en tus lienzos. Es más apropiado.

—Si me animo a pintarlo. —Shannon debió haber alejado sus manos, pero se sentía tan bien con las de él alrededor de las suyas…—. Voy a necesitar más materiales si decido pintar en serio mientras esté aquí. Debo volver ya. Te estoy distrayendo de tu trabajo y es probable que Brianna no haya servido el desayuno todavía por esperarme.

Pero Murphy sólo la miró, disfrutando la sensación de tener las manos de ella entre las suyas, la manera en que el aire le coloreaba las mejillas. También disfrutaba del pulso tembloroso que sentía en las muñecas de Shannon y de la confusión que adivinaba en sus ojos.

—Me alegra haberte encontrado sentada en mi muro, Shannon Bodine. Me has dado una imagen en la cual pensar el resto del día.

Molesta consigo misma por cómo se le estaban debilitando las rodillas, Shannon se enderezó, se puso rígida y levantó la cabeza.

—Murphy, ¿estás coqueteando conmigo?

—Eso parece.

—Es muy halagador, pero realmente no dispongo de tiempo para eso. Y todavía tienes mis manos…

—Así es… —Con los ojos fijos en los de ella, levantó las manos entrelazadas y le dio un beso en los nudillos. Cuando la soltó, su sonrisa fue rápida y desarmante—. Ven a caminar conmigo otro día, Shannon.

Shannon se quedó allí un momento mientras Murphy se dio la vuelta y salió del círculo de piedras. Después, porque no pudo resistirse, anduvo hasta uno de los arcos y observó cómo se alejaba por los campos con el perro después de llamarlo con un silbido.

No era un hombre al que se pudiera subestimar, reflexionó ella. Y lo observó hasta que desapareció detrás de una pendiente mientras se frotaba inconscientemente los nudillos tibios contra la mejilla.

7

Shannon no sabía cómo afrontar su primera visita a un pub irlandés. No era que no quisiera ir. Siempre disfrutaba de las cosas nuevas, los lugares novedosos, la gente nueva. E incluso si hubiera sido reacia, el obvio placer de Brianna ante la idea de salir todos juntos una noche la habría convencido de ir.

Sin embargo, no le convencía del todo la idea de llevar a un bebé a un pub.

—Ay, ya estás lista. —Brianna levantó la mirada y se dirigió a Shannon cuando la vio bajando las escaleras—. Lo siento, pero voy un poco atrasada. Kayla tenía hambre y después he tenido que cambiarla. —Se balanceaba un poco mientras hablaba. Tenía a su hija dormitando acunada en un brazo y en el otro, una bandeja con dos tazas de té—. Y luego las hermanas se han quejado de que les dolía la garganta y me han pedido que les haga té con limón.

—¿Las hermanas?

—Las Freemont, que están en la habitación azul. Ah, probablemente no las has visto, han llegado hoy. Parece que las sorprendió la lluvia y han pescado un resfriado. —Brianna entornó los ojos—. Las hermanas Freemont son huéspedes habituales, así que trato de no preocuparme por sus quejas. Pero los tres días del año que pasan aquí no hacen más que justamente eso, quejarse. Gray dice que es porque han vivido juntas toda su vida y ninguna ha tenido un revolcón decente con un hombre. —Se interrumpió, se sonrojó y sonrió débilmente cuando Shannon se rio—. No debería hablar así de mis huéspedes, pero el caso es que voy un poco retrasada. ¿No te importa esperarme un poco?

—Por supuesto que no. ¿Hay algo que pueda…?

—Ay, y ahora el teléfono. No importa, dejemos que suene.

—¿Dónde está Gray?

—Está investigando una escena para un crimen o matando a alguien. Gruñó cuando entré en su estudio, así que no será de ayuda por el momento.

—Ya veo. Entonces, ¿puedo ayudarte con algo?

—Te agradecería que pudieras quedarte con Kayla unos minutos, sólo mientras les subo a las hermanas esta bandeja y las mimo un poco. —A Brianna le brillaron los ojos—. No me entretendré. Así puedo usar la mano libre para llevar el whisky.

—Me quedaré con ella con mucho gusto. —Con sumo cuidado, Shannon cogió a Kayla. La sintió aterradoramente pequeña entre sus brazos, y muy frágil—. No tengo mucha práctica. La mayoría de las mujeres que conozco están demasiado concentradas en su carrera, así que han pospuesto el asunto de los hijos.

—Es una lástima que todavía sea mucho más fácil para los hombres tener ambas cosas, ¿no te parece? ¿Podrías arrullarla un poco? Puedes caminar por ahí. Está inquieta, creo que tal vez esté tan ansiosa como yo por salir, tener compañía y escuchar música.

Con una gracia envidiable, Brianna empezó a subir deprisa los escalones con la bandeja y su té medicinal.

—¿Estás intranquila, Kayla? —Shannon caminó por el pasillo y entró en la sala—. Sé cómo se siente uno cuando está así. —Encantada, le pasó un dedo sobre la mejilla al bebé y sintió una sacudida de placer cuando un diminuto puño se lo agarró—. Eres fuerte, ¿no es cierto? No eres una pusilánime, y tampoco creo que tu mamá lo sea.

Sólo por darse el gusto, Shannon le dio un beso y luego otro, y se sintió complacida cuando Kayla balbuceó.

—Es una maravilla, ¿no?

Shannon levantó la mirada de ojos soñadores y sonrió a Gray, que acababa de entrar en la sala.

—Es sencillamente preciosa. Uno no nota lo pequeños que son en realidad los bebés hasta que coge a uno.

—Ha crecido —dijo Gray, y se inclinó hacia delante y sonrió a su hija—. Parecía un hada indignada cuando nació. Nunca olvidaré ese día.

—Ahora se parece mucho a Brianna. Hablando de ella, está arriba dándoles un somnífero a las hermanas Freemont.

—Bien. —Gray no se sorprendió, sino que asintió con la cabeza—. Espero que logre dormirlas, porque de lo contrario la tendrán partiéndose el lomo por ellas los tres días.

—Pero si parece que ella es capaz de hacer justo eso sin ayuda de nadie.

—Ésa es Brie. ¿Quieres un trago antes de irnos o prefieres esperar a tomarte una cerveza en el pub?

—Espero, gracias. ¿Vas a ir con nosotras? Pensaba que estabas matando a alguien.

—Esta noche no. Ya están muertos. —Gray consideró tomarse un whisky, pero prefirió esperar también. Tenía más ganas de una Guinness—. Brie me ha contado que quieres pintar mientras estés aquí.

—Sí, así es. He traído algunos útiles, lo suficiente para empezar. —Sin darse cuenta, Shannon estaba imitando los movimientos de Brianna para arrullar a Kayla—. Brianna me ha dicho que puedo usar el coche para ir hasta Ennis a comprar lo que me hace falta.

—Yo creo que te iría mejor en Galway, pero es posible que encuentres lo que necesitas en Ennis.

—No quiero usar su coche —se le escapó a Shannon.

—¿Te preocupa conducir por la izquierda?

—Sí, un poco, pero básicamente es que no me parece correcto tomar prestado su coche.

Gray guardó silencio un momento, mientras consideraba la situación, y se sentó en el brazo de una silla.

—¿Quieres el consejo de un paisano?

—Tal vez.

—La gente de por aquí es un mundo en sí misma. Ofrecerse a dar, a prestar, a compartir todo, incluidos ellos mismos, es su segunda naturaleza. Cuando Brie te ofrece las llaves de su coche, no está pensando en si estás asegurada o si tienes antecedentes por infracciones de tráfico, sólo está pensando en que alguien necesita un coche. Y eso es todo.

—No es tan sencillo en lo que a mí respecta. No he venido hasta aquí para formar parte de una enorme y generosa familia.

—¿Por qué has venido?

—Porque no sé quién soy. —Shannon se enfureció consigo misma por haber dejado escapar esas palabras, por que hubieran estado allí listas a salir, así que le pasó la niña a Gray—. No me gusta tener una crisis de identidad.

—No te culpo —dijo Gray espontáneamente—. Yo mismo he tenido ese tipo de crisis. —Escuchó el sonido de la voz de su mujer, que hablaba tranquilizadora y pacientemente—. ¿Por qué no te das un poco de tiempo, mujer? Disfruta del paisaje, engorda un poco gracias a la comida de Brie. Según mi experiencia, las respuestas llegan cuando uno menos se lo espera.

—¿Profesional o personalmente?

Gray se levantó y le dio una palmadita amistosa en la mejilla a Shannon.

—Ambas. Oye, Brie, ¿al fin vamos a salir o no?

—Sólo me falta mi bolso. —Brie se apresuró mientras se iba arreglando el cabello—. ¿Entonces vas a venir, Gray?

—¿Crees que me perdería una velada fuera contigo?

Con la mano que tenía libre cogió a Brianna por la cintura y la guió en un vals rápido. A ella le brilló la expresión del rostro.

—Pensaba que tenías que trabajar.

—Siempre puedo trabajar —contestó, y a Brie se le curvaron los labios en una sonrisa, y entonces Gray se inclinó hacia ella y la besó.

Shannon esperó un momento y después otro más antes de carraspear.

—Tal vez deba esperar en el coche, con los ojos cerrados.

—Basta, Grayson. Estás avergonzando a Shannon.

—No, no es cierto. Es sólo que está celosa —y diciendo esto le guiñó el ojo a la que ya consideraba su cuñada—. Vamos, mujer, que hay que conseguirte un hombre.

—No, gracias. Acabo de deshacerme de uno.

—¿En serio? —Siempre interesado en las historias de los demás, Gray le dio la niña a su mujer y tomó a Shannon de la cintura—. Cuéntanoslo todo. Por aquí vivimos de los chismes.

—Déjala en paz —le dijo Brianna con una risa exasperada—. No le cuentes nada que no quieras encontrar en un libro después.

—Mi historia no sería algo interesante de leer —decidió Shannon, y salió al aire húmedo. Había llovido y seguía lloviendo, justo como habían predicho.

—Puedo hacer que cualquier cosa se vuelva interesante —replicó Grayson mientras le abría la puerta del coche a su mujer en un gesto de galantería; después sonrió—. Entonces, ¿por qué le dejaste?

—No le dejé. —Todo era suficientemente absurdo como para levantarle el ánimo. Se sentó en el asiento trasero y se sacudió el pelo de la cara—. Decidimos de común acuerdo separarnos en buenos términos.

—Sí, sí, claro. Ella lo dejó. —Gray tamborileó con los dedos mientras se ponía en marcha—. A las mujeres no les gusta hablar del tema cuando le han partido el corazón a un hombre.

—Está bien, voy a inventarme una historia. —Shannon sonrió a Gray por el espejo retrovisor—. Él se arrastró, me rogó, me suplicó. Creo que incluso lloró. Pero no me conmovió y pisé con fuerza con el tacón de mi zapato su corazón sangrante. Entonces se afeitó la cabeza, donó todas sus posesiones materiales y se unió a una pequeña secta religiosa en Mozambique.

—No está mal.

—Es más entretenida que la verdad, que es que no tenemos más en común que el gusto por la comida tailandesa y que compartimos el espacio de la misma oficina. Pero puedes usar cualquiera de las dos versiones en alguno de tus libros.

—Entonces eres una persona más feliz sin él —apuntó Brianna complacida—, y eso es lo que importa.

Shannon levantó una ceja, un poco sorprendida por lo sencillo que era en realidad.

—Sí, tienes razón —dijo, y pensó que también era bastante más sencillo de lo que había supuesto sentarse en el asiento trasero del coche y disfrutar de la noche.

El O'Malley's era, decidió Shannon en cuanto puso un pie dentro, como una película vieja en blanco y negro protagonizada por Pat O'Brien. El aire estaba ligeramente nublado por el humo del tabaco, los colores eran sucios, la madera estaba ahumada, varios hombres estaban reclinados en la barra sobre enormes vasos de cerveza oscura, se oían risas de mujeres, murmullos de voces y una musiquilla de fondo.

Una televisión colgaba detrás de la barra; ponían algún acontecimiento deportivo, pero sin volumen. Un hombre con un delantal blanco sobre su enorme panza levantó la mirada y sonrió ampliamente al verlos mientras servía otra cerveza.

—Así que por fin nos has traído a la chiquitina —comentó, poniendo el vaso sobre la barra para que la cerveza se asentase—. Tráela aquí, Brie, déjanos verla.

Complaciente, Brianna puso a Kayla, con moisés y todo, sobre la barra.

—Ésta es la boina que le regaló tu mujer, Tim.

—Es muy bonita. —Le acarició la barbilla a Kayla con un enorme dedo—. Es tu viva imagen, Brianna.

—Yo tuve algo que ver con ella, ¿no? —terció Gray mientras la gente empezaba a agolparse en torno al bebé.

—Por supuesto que sí —admitió Tim—, pero el buen Señor en su sabiduría hizo caso omiso de ello y le dio a la chica el mismo rostro de ángel de su mamá. ¿Quieres una pinta, Gray?

—Sí, gracias. De Guinness. Shannon, ¿qué quieres tomar?

—Algo más pequeño que eso —contestó ella cuando vio la cerveza que estaba sirviendo Tim.

—Una pinta y un vaso, entonces —ordenó Gray—. Y una bebida no alcohólica para la nueva madre.

—Shannon, él es Tim O'Malley. —Brianna le puso una mano sobre el hombro a Shannon—. Tim, ella es mi... huésped, Shannon Bodine, que viene de Nueva York.

—Nueva York... —Moviendo las manos con la facilidad y el automatismo que implica la larga experiencia, Tim sonrió ampliamente hacia la cara de Shannon—. Tengo primos en Nueva York. ¿Por casualidad conoces a Francis O'Malley, el carnicero?

—No, lo lamento.

—Bodine... —Un hombre sentado en el taburete que había junto a Shannon le dio una larga y profunda calada a su cigarrillo con aire pensativo—. Conocí a una Katherine Bodine de Kilkelly hace algunos años. Era tan bonita como la leche fresca. Tal vez sea pariente tuya...

—No que yo sepa —contestó Shannon con una sonrisa insegura.

—Es el primer viaje de Shannon a Irlanda —explicó Brianna, y la gente asintió comprensivamente.

—Conocí a unos Bodine de Dublín —dijo un hombre que estaba al final de la barra con una voz quebrada por la edad—. Cuatro hermanos que peleaban con mayor rapidez de la que escupían. Los llamábamos Los Bravucones Bodine y todos sus hijos se unieron al IRA. Eso fue como por el… treinta y siete.

—Treinta y cinco. —La mujer sentada a su lado lo corrigió y le guiñó un ojo a Shannon; tenía la cara surcada de arrugas—. Una o dos veces fui a caminar con Paddy Bodine y Johnny le rompió el labio por eso.

—Un hombre tiene que defender lo que es suyo. —El viejo John Conroy tomó la mano de su esposa y le dio un buen apretón—. No había muchacha más bonita en todo Dublín que Nell O'Brian. Y ahora es mía.

Shannon sonrió hacia la cerveza que Gray le alcanzó. La pareja tenía noventa años como poco, estaba segura, pero se tomaban de la mano y coqueteaban el uno con el otro como si fueran recién casados.

—Déjame coger a la niña —pidió una mujer que salió de la habitación de detrás de la barra limpiándose las manos en el delantal—. Ve a sentarte en una mesa —le dijo a Brianna al tiempo que señalaba con la mano hacia las mesas—. La voy a llevar conmigo atrás para poderla mimar aunque sea durante una hora.

Sabiendo que cualquier protesta sería inútil, Brianna le presentó a Shannon a la esposa de Tim y vio cómo ésta se llevaba a Kayla hacia atrás.

—Vamos a sentarnos, entonces. No me va a devolver a mi hija hasta que nos vayamos.

Shannon se dio la vuelta para seguir a Brie y entonces vio a Murphy.

Había estado sentado cerca al fuego todo el tiempo, mirándola mientras tocaba una melodía tranquila en una concertina. Verla le había nublado el entendimiento otra vez y le había puesto lenta la lengua, así que se alegró de haber tenido tiempo para recuperar la compostura antes de que Gray la guiara hacia su mesa.

—¿Nos vas a entretener esta noche, Murphy? —le preguntó Brianna mientras se sentaba.

—A mí mismo, más que nada. —Murphy se sintió agradecido de que sus dedos no se confundieran como su cabeza cuando Gray le ofreció una silla a Shannon. Lo único que pudo ver durante una fracción de segundo fueron sus ojos, pálidos, claros y cautelosos—. Hola, Shannon.

—Murphy… —No había manera cortés de evitar tomar la silla que Gray le había acercado para que se sentara, y que había puesto justo al lado de Murphy. Se sintió tonta por el hecho de que le importara—. ¿Dónde aprendiste a tocar?

—Pues por aquí y por allá.

—Murphy tiene un talento natural para tocar instrumentos musicales —apuntó Brianna con orgullo—. Puede tocar cualquier cosa que uno le dé.

—¿En serio? —Sí, era cierto que los largos dedos de Murphy parecían lo suficientemente hábiles y se movían con seguridad sobre los complicados botones de la pequeña caja. Además, Shannon pensó que debía de saberse muy bien la melodía, pues ni una vez había bajado la mirada para ver lo que hacían sus dedos.

Sólo la miraba a ella—. Un granjero músico —murmuró.

—¿Te gusta la música? —le preguntó Murphy.

—Por supuesto. ¿A quién no le gusta la música?

Murphy hizo una pausa para darle un sorbo a su cerveza. Supuso que iba a tener que acostumbrarse a que la garganta se le secara cada vez que estuviera cerca de Shannon.

—¿Hay alguna canción en particular que quieras escuchar?

Shannon se encogió de hombros y los relajó naturalmente de nuevo, pero lamentó que Murphy hubiera dejado de tocar.

—No sé mucho sobre música irlandesa.

Gray se inclinó hacia delante.

—No le pidas que toque *Danny Boy* —le advirtió en un susurro.

Murphy le sonrió.

—El que ha sido yanqui… —Murphy le contestó suavemente y se ordenó a sí mismo que se relajara otra vez—. ¿Con un nombre como Shannon Bodine no sabes de música irlandesa?

—Siempre me han interesado más cantantes como Percy Sledge y Aretha Franklin.

Con sus ojos fijos en los de ella y una sonrisa en los labios, Murphy empezó a tocar otra melodía. La sonrisa se amplió cuando Shannon se rio.

—Es la primera vez que escucho *When a Man Loves a Woman* en un miniacordeón.

—No es un acordeón, sino una concertina. —Murphy levantó la mirada cuando oyó un grito—. Ah, aquí viene mi hombre.

El pequeño Liam Sweeney corrió tambaleándose a través del local y se le subió a Murphy al regazo. Le lanzó una mirada conmovedora.

—Caramelo.

—¿Quieres que tu mamá me arranque la piel del cuerpo otra vez? —dijo Murphy, pero levantó la mirada, y al notar que Maggie se había detenido en la barra, se metió una mano en el bolsillo y sacó un caramelo de limón—. Ábrelo rápido, antes de que nos vea.

Era obvio que era una vieja costumbre. Shannon vio a Liam acomodarse más cerca de Murphy mientras lidiaba con el envoltorio del caramelo al tiempo que apretaba la lengua entre sus pequeños dientes.

—Así que es la noche de salida de la familia, ¿no? —Maggie caminó hacia el grupo y puso las manos sobre el respaldo de la silla de Brianna—. ¿Dónde está Kayla?

—Diedre se la ha llevado —respondió Brianna, quien automáticamente se corrió para que Maggie acercara otra silla.

—Hola, Shannon. —El saludo fue cordial y fríamente formal, y enseguida Maggie fijó su atención en otra cosa. Entrecerró los ojos al ver a su hijo—. ¿Qué tienes ahí, Liam?

—Nada —contestó el chico, sonriendo con el caramelo en las manos.

—Por supuesto que nada. Murphy, vas a tener que pagar la cuenta del dentista cuando le salga la primera caries —comentó, pero entonces la atención de Maggie cambió de objetivo de nuevo. Shannon vio a un hombre trigueño y alto que se acercaba a la mesa con dos tazas en una mano y una pinta de cerveza en la otra—.

Shannon Bodine, te presento a mi marido, Rogan Sweeney.

—Un placer conocerte. —Después de poner las bebidas sobre la mesa, Rogan le dio la mano a Shannon mientras sonreía encantadoramente. Si tenía curiosidad por ella, la disimuló muy bien—. ¿Estás disfrutando de tu estancia?

—Sí, gracias. —Shannon inclinó la cabeza—. Supongo que es a ti a quien debo agradecértela.

—Sólo indirectamente. —Rogan acercó una silla para sentarse, lo que obligó a Shannon a acercarse aún más a Murphy—. Hobbs me ha dicho que trabajas en Ry-Tilghmanton. Siempre hemos usado la Agencia Pryce cuando necesitamos algo en Estados Unidos.

—Nosotros somos mejores —contestó Shannon levantando una ceja.

—Tal vez tome en consideración tu opinión —le dijo Rogan con una sonrisa.

—Ésta no es una reunión de negocios —se quejó Maggie—. Murphy, ¿por qué no tocas algo animado?

Con facilidad, Murphy le sacó al pequeño instrumento notas complicadas y movidas. La conversación a su alrededor se fue apagando y sólo se escucharon algunas risas y aplausos cuando un hombre dio unos pasos rápidos de baile en su camino hacia la barra.

—¿Bailas? —Los labios de Murphy estaban tan cerca de la oreja de Shannon que ella sintió el aliento del hombre atravesándole la piel.

—No así. —Shannon se recostó hacia atrás y usó el vaso como barrera—. Supongo que tú sí. Forma parte del paquete, ¿no?

Murphy inclinó la cabeza, tan divertido como curioso.

—¿Te refieres a ser irlandés?

—Claro. Tú bailas… —Hizo un gesto con el vaso—. Bebes, peleas, escribes prosa y poesía melancólicas y disfrutas de la imagen que tienen los irlandeses de sí mismos como rebeldes fortachones y sufridores.

Murphy reflexionó un momento, contando el tiempo con la punta del pie.

—Pues rebeldes sí somos, y es cierto que hemos sufrido. Al parecer tú has perdido la conexión.

—Nunca he tenido una. Mi padre era irlandés de tercera o cuarta generación y siempre pensé que mi madre no tenía familia.

Sus propias palabras la hicieron fruncir el ceño, y aunque Murphy lo lamentó, no estaba preparado para cambiar de tema.

—Sin embargo, crees que conoces Irlanda y a los irlandeses. —Otra persona se había puesto de pie y se disponía a bailar, de modo que Murphy cambió de melodía, para mantenerlos contentos a todos—. Has visto algunas películas de Jimmy Cagney en la programación de madrugada de la tele o has oído a Pat O'Brien y sus sacerdotes. —Cuando el ceño de Shannon se frunció aún más, Murphy sonrió ligeramente—. Ah, y seguramente has visto el desfile de San Patricio que recorre la Quinta Avenida.

—¿Y?

—Pues que nada de eso te dice mucho, ¿no? Si quieres conocer a los irlandeses, entonces debes escuchar nuestra música. La música y las letras, cuando hay letras que escuchar. Cuando empieces a escuchar nuestra música, con atención, puede que empieces a saber lo que nos compone. La música es el espíritu de cualquier persona, de cualquier cultura, porque la música proviene del corazón.

Sintiendo curiosidad muy a su pesar, Shannon bajó la mirada hacia los activos dedos de Murphy.

—Entonces estoy por pensar que los irlandeses son despreocupados y ágiles de pies.

—Una sola melodía no cuenta la historia completa —replicó Murphy, quien a pesar de que Liam estaba quedándose dormido en su regazo, siguió tocando, ahora algo tan inesperadamente triste, tan inesperadamente suave, que Shannon se sorprendió.

Se le rompió algo en el corazón en cuanto Brianna empezó a cantar quedamente. Otros se le unieron y cantaron la historia de un soldado valiente que estaba condenado y que murió como un mártir por su patria; se llamaba James Connolly.

Cuando se terminó la canción, Rogan tomó en sus brazos al niño, que ya dormía, y lo recostó en su regazo, para que Murphy pudiera beberse su cerveza.

—No todas las canciones son *MacNamarra's Band*, ¿eh?

Shannon estaba conmovida, profundamente, y no estaba segura de querer estarlo.

—Es una cultura extraña la que puede escribir una canción hermosa sobre una ejecución.

—Los irlandeses no olvidamos a nuestros héroes —apuntó Maggie de golpe—. ¿No es cierto que en tu país tenéis atracciones turísticas en campos de batalla? ¿Como Gettysburg y otros?

Shannon miró a Maggie con frialdad y asintió con la cabeza.

—*Touchée*.

—Y a la mayoría de nosotros nos gusta fingir que habríamos peleado por el Sur —dijo Gray.

—Por la esclavitud —se burló Maggie—. Nosotros sabemos más de la esclavitud de lo que vosotros podríais empezar a imaginar.

—No por la esclavitud. —Complacido de que un debate estuviera cocinándose, Gray se volvió hacia Maggie—. Por un estilo de vida.

—Eso debería manteneros contentos —murmuró Rogan mientras Maggie y su cuñado se sumergían en la discusión—. ¿Hay algo en particular que quieras ver o hacer, Shannon, mientras estás aquí? Será un placer para nosotros preparar lo que sea.

Su acento era diferente, notó Shannon, sutilmente diferente, más suave, con un deje de lo que ella habría calificado como el legado de una escuela privada.

—Supongo que debo ver las atracciones turísticas habituales. Y creo que no puedo volver sin haber visto al menos unas ruinas.

—Gray incluyó en su próximo libro unas que están cerca —comentó Murphy.

—Sí, así es —confirmó Brianna mientras miraba hacia atrás, tratando de no asustarse de que Diedre no le hubiera devuelto a Kayla todavía—. Situó un horrible crimen allí. Voy a ver cómo se está portando Kayla. ¿Quieres otra pinta, Murphy?

—Sí, me tomaría otra. Gracias.

—¿Shannon?

Shannon se dio cuenta con sorpresa de que tenía el vaso vacío.

—Sí, supongo.

—Yo traigo las bebidas. —Después de pasarle a Liam a Maggie, Rogan se levantó y le dio a Brianna una palmadita en la mejilla—. Anda a mimar a tu niña.

—¿Conoces ésta? —le preguntó Murphy a Shannon al tiempo que empezaba a tocar de nuevo. A Shannon sólo le costó un momento reconocer la canción.

—*Scarborough Fair.* —Para ella la canción significaba Simon & Garfunkel, que sonaban en la emisora de canciones antiguas en la radio.

—¿Sabes cantar, Shannon?

—Lo mismo que cualquier persona que tenga una ducha y una radio —contestó, y sintiéndose fascinada, inclinó la cabeza más cerca de la concertina—. ¿Cómo sabes qué botones presionar?

—Primero tienes que saber qué canción te apetece tocar. Mira.

—No. Yo… —empezó, pero Murphy ya había pasado un brazo alrededor de ella y estaba poniendo las manos de Shannon debajo de las suyas dentro de las correas del instrumento.

—Primero tienes que sentirla.

Le guió los dedos hacia los botones y los presionó con delicadeza mientras abría los fuelles. El acorde que sonó fue largo y puro y la hizo reír.

—Ése es uno.

—Si puedes hacer uno, puedes hacer otro —dijo Murphy, y para demostrarlo, cerró los fuelles y dio una nota diferente—. Sólo se necesitan ganas, y práctica.

Experimentando, Shannon movió algunos dedos e hizo una mueca al escuchar el choque de las notas.

—Creo que también se necesita algo de talento.

—Entonces se echó a reír otra vez cuando Murphy comenzó a hundir sus dedos sobre los de ella haciendo que la concertina recobrara vida—. Y manos rápidas. ¿Cómo puedes ver lo que estás tocando?

Con los ojos todavía risueños, Shannon se retiró el pelo de la cara y la giró hacia Murphy. La sacudida que le dio el corazón fue tan alegre como la melodía, e igual de placentera.

—Es cuestión de sentimiento. —A pesar de que Shannon había dejado quietos los dedos, Murphy siguió tocando sobre ellos y cambió el tono de la melodía otra vez, que se volvió melancólica y romántica—. ¿Qué sientes?

—Que me están tocando tan hábilmente como a esta pequeña cajita. —Shannon entrecerró los ojos mientras lo examinaba. De alguna manera su posición había cambiado hasta lo que podría considerarse un abrazo. Las manos de Murphy, esas manos grandes y ágiles de palmas duras, estaban puestas sobre las de ella indudablemente de manera posesiva—. Haces algunos movimientos muy suaves, Murphy.

—Me parece que no lo dices como un cumplido.

—No, no es un cumplido. Es sólo una observación. —Era impactante darse cuenta de que el pulso se estaba acelerando en su garganta. Los ojos de él se posaron en sus labios y se demoraron allí, dándole tiempo a ella a sentir el calor y las intenciones de Murphy como algo palpable—. No —dijo quedamente, pero con firmeza.

—Como quieras. —Murphy miró a Shannon con unos ojos en los se adivinaba un sencillo y sutil poder que desafiaba—. Preferiría besarte por primera vez en un lugar más privado, en donde pudiera tomarme mi tiempo.

Shannon pensó que lo haría, es decir, tomarse su tiempo. No sería el hombre torpe que ella había percibido al principio. Tuvo la sensación de que sería concienzudo.

—Yo diría que con esto finaliza la lección. —Decidida a tomar distancia, Shannon sacó las manos de debajo de las de Murphy.

—Puedo darte otra, cuando te entren ganas —replicó, y, tomándose su tiempo, claro, quitó el brazo con el cual la estaba rodeando y dejó a un lado la concertina para beberse lo que le quedaba de cerveza—. Tienes música por dentro, Shannon; es sólo que todavía no te has permitido dejarla sonar.

—Creo que me quedo con la radio, gracias. —Más agitada de lo que quería admitir, se levantó—. Con permiso —dijo, y se fue a buscar el servicio y un poco de tiempo para calmarse.

Murphy estaba sonriendo para sí cuando puso el vaso vacío de nuevo sobre la mesa. Levantó una ceja cuando vio que Maggie lo observaba con el ceño fruncido.

—¿Qué te traes entre manos, Murphy? —le preguntó en tono exigente.

—Estoy a punto de beber otra cerveza, una vez que Rogan vuelva con las bebidas.

—No me tomes el pelo, chico. —Maggie no estaba segura de si lo que le hervía dentro era furia o preocupación, pero ninguna de las dos cosas era reconfortante—.

Sé que te gustan las mujeres, pero nunca te había visto esa expresión en los ojos.

—¿No?

—Deja de acosarlo, Maggie. —Gray se recostó hacia atrás en su silla—. Murphy tiene derecho a tantear el terreno. Ella es muy guapa, ¿no te parece?

—Cierra el pico, Grayson. Y no, no tienes derecho a tantear ese terreno en particular, Murphy Muldoon.

Murphy la miró y murmuró un «gracias» cuando Rogan le puso delante la pinta de cerveza.

—¿Tienes alguna objeción a que quiera conocer mejor a tu hermana, Maggie Mae?

A Maggie los ojos le brillaron y se inclinó hacia delante.

—Tengo varias objeciones a que camines hacia el final de un acantilado por el cual seguramente te vas a caer. Shannon no es una de nosotros y no se va a interesar por un granjero de los condados del Oeste, por muy guapo que sea.

Murphy no dijo nada durante un momento; sabiendo que Maggie estaría hirviendo de impaciencia, sacó un cigarrillo, lo contempló y luego lo encendió y le dio la primera calada.

—Es muy amable por tu parte preocuparte por mí, Maggie, pero es mi acantilado. Y mi caída.

—Si crees que no voy a hacer nada mientras quedas como un imbécil y te rompen el corazón por el camino, pues estás muy equivocado.

—No es de tu incumbencia, Margaret Mary —le dijo Rogan, lo que hizo que la furia de su mujer se concentrara en él.

—¿Que no es de mi incumbencia? ¡Maldición si no lo es! Conozco a este cabeza de chorlito de siempre y lo quiero, aunque sólo Dios sabe por qué. Y la yanqui no estaría aquí si no fuera por mí y por Brianna.

—La yanqui es tu hermana —comentó Gray—. Lo que significa que probablemente sea tan obstinada e irritable como tú.

Antes de que Maggie pudiera responder a eso, Murphy levantó una mano.

—Maggie tiene razón, sí es de su incumbencia, puesto que yo soy su amigo y ella es su hermana. Pero, Maggie, es más de mi incumbencia que de la tuya.

El deje de acero subyacente al tono tranquilo de las palabras de Murphy hizo que la furia de Maggie se aplacara y en su lugar emergiera la preocupación.

—Murphy, ella regresará pronto al lugar de donde ha venido.

—No, si puedo convencerla de lo contrario.

Maggie lo tomó de las manos, como si por el contacto pudiera transmitirle algo de sentido común a su amigo.

—Ni siquiera la conoces.

—Hay algunas cosas que uno conoce antes de que sea razonable. —Murphy entrelazó sus dedos con los de Maggie; el lazo entre ellos era profundo y fuerte—. He esperado por ella, Maggie, y aquí está. Eso es lo único que necesito saber.

Al ver la certeza indiscutible en los ojos de Murphy, Maggie cerró los suyos.

—Has perdido la razón y no puedo devolvértela.

—No, no puedes. Ni siquiera tú.

Maggie apenas pudo suspirar.

—Está bien, entonces. Cuando te hayas caído y estés tirado en el fondo, bajaré y te curaré las heridas. Ya quiero llevar a Liam a casa, Sweeney. —Se levantó con su hijo, que dormía entre los brazos—. No voy a pedirte que trates de hacerlo entrar en razón —le dijo a Gray—. Los hombres no pueden ver más allá de una cara bonita.

Cuando se dio la vuelta, Maggie vio que Shannon había vuelto del tocador y estaba conversando con los Conroy, que la habían abordado. Le dirigió una mirada dura y Shannon le devolvió otra igual, tras lo cual caminó hacia la puerta de la taberna con Liam recostado contra su hombro.

—Tienen más en común de lo que creen —terció Gray observando a Shannon mientras ella miraba fijamente la puerta del pub después de que Maggie se hubiera ido; al rato, devolvió su atención hacia la pareja.

—Es tanto el terreno común que hay entre ellas como el que está bajo sus pies.

Gray asintió antes de volver a mirar a Murphy.

—¿Estás interesado en esa cara bonita, Murphy?

Más por costumbre que intencionalmente, Murphy tocó una melodía.

—Bueno, ésa sólo es una parte del asunto. —Sus labios se curvaron, pero la expresión de sus ojos era distante y profunda—. Es la cara que estaba esperando volver a ver.

Mientras se preparaba para acostarse, Shannon se prometió que no iba a permitir que Maggie la contrariara.

Maggie la había buscado con un detective, había hecho que la investigaran e hicieran un informe sobre ella. Y ahora que había decidido ser de mente abierta y había accedido a conocer cara a cara a los Concannon, Maggie la trataba como si fuera una intrusa.

Pues bien: se iba a quedar todo el tiempo que le viniera en gana. Un par de semanas, reflexionó Shannon, tres como máximo. Pero nadie la iba a espantar con miradas frías y comentarios ácidos. Margaret Mary Concannon iba a llegar a darse cuenta de que Estados Unidos producía huesos más duros de roer de lo que se imaginaba.

Y el granjero tampoco iba a asustarla.

El encanto y el atractivo no eran armas que la preocuparan. Había conocido a montones de hombres encantadores y apuestos.

Quizá nunca hubiera conocido a uno que tuviera el estilo de Murphy o ese algo extraño que flotaba tan plácidamente en toda su persona, pero no la preocupaba. Ni lo más mínimo.

Se metió en la cama y se cubrió con el edredón hasta la barbilla. La lluvia había enfriado el aire a un grado un poco menos que cómodo. Sin embargo, era acogedor y hasta un poco placenteramente infantil estar metida en la cama mientras escuchaba el sonido de la lluvia cayendo fuera y con la taza de té caliente que Brianna había insistido en que se llevara a la habitación y que estaba enfriándose sobre la mesita de noche.

Al día siguiente saldría a explorar, se prometió Shannon. Se tragaría el orgullo y aceptaría tomar prestado el coche de Brianna. Encontraría los materiales que necesitaba, tal vez también algunas ruinas y algunas tiendas. Había viajado lo suficiente con sus padres como para no asustarse por vagar por un país extranjero sola.

Y sola era como quería estar durante un día, sin nadie que observara sus movimientos o tratara de descifrarlos.

Se acurrucó bajo el edredón y se puso a pensar en la gente con la cual estaba compartiendo esos días.

Brianna, la hogareña. Nueva madre, nueva esposa. Y además era una mujer de negocios, se recordó Shannon. Eficiente, llena de talento. Afectuosa, ciertamente, pero con una especie de preocupación en la mirada.

Gray, su paisano. Fácil de llevar, en la superficie, por lo menos. Amigable, agudo, encantado con su mujer y su hija. Contento, aparentemente, de zafarse de la vida elegante que podría estar llevando en una gran ciudad con la fama que tenía.

Maggie. Automáticamente frunció el ceño. Suspicaz por naturaleza, impulsiva, franca rayando en la grosería. Shannon consideró que era una mala cosa que ella respetara esas características. Sin lugar a dudas una madre y esposa amorosa. Y una artista increíblemente valiosa. Y, reflexionó Shannon, sobreprotectora con sus seres queridos y fieramente leal.

Rogan era culto y suave, y las buenas maneras formaban una parte tan inherente a él como sus ojos. Organizado, supuso Shannon, y perspicaz. Sofisticado y lo suficientemente inteligente como para manejar una empresa que era respetada en todo el mundo. Y, pensó severamente, seguramente debía de tener muy buen humor y la paciencia del santo Job para poder vivir con Maggie.

Y finalmente estaba Murphy, el buen amigo y vecino. El granjero con talento para la música y el coqueteo. Absurdamente guapo y nada pretencioso. Sin embargo, no era todo lo sencillo que parecía ser en un primer vistazo. Shannon no creía haber conocido nunca a un hombre tan completamente en sintonía consigo mismo.

Había querido besarla, pensó mientras se le iban cerrando los ojos, en un lugar privado. En donde pudiera tomarse su tiempo para hacerlo.

Podría ser interesante.

El hombre controló al impaciente caballo sin esfuerzo aparente. La lluvia continuaba cayendo en gotas congeladas que sonaban como guijarros cuando se estrellaban contra el suelo. El corcel blanco relinchó y le salieron nubes de humo helado de la boca mientras el hombre y la mujer se miraban.

—Has esperado.

Ella sintió el palpitar sordo de su propio corazón desbocado. Y la necesidad, la terrible necesidad, que era tan fuerte como su orgullo.

—Que haya estado caminando por mis tierras no significa que estuviera esperando.

Él se rio, con un sonido pleno e imprudente que se dispersó por las colinas. En la cima de una de ellas se levantaba el círculo de piedras, como observando.

—Has esperado. —En un movimiento tan lleno de gracia como un baile, el hombre se agachó hacia delante y levantó a la mujer con un brazo. La sentó frente a él, en el borde de la silla—. Bésame —le ordenó, mientras enredaba sus dedos enfundados en un guante en los cabellos de ella—. Y haz que valga la pena.

Los brazos de ella lo atrajeron hacia su cuerpo, hasta que sus senos quedaron presionados contra la armadura que le cubría el pecho al hombre. Su boca estaba tan hambrienta, tan desesperada y tan brusca como la de él. El hombre dejó escapar una palabrota y con un movimiento del brazo la cubrió con la capa que llevaba puesta.

—Jesús. Por saborearte vale la pena cada frío y asqueroso kilómetro que he tenido que recorrer.

—Entonces quédate, maldita sea… —Lo acercó aún más a ella y presionó sus labios hambrientos contra los de él—. Quédate.

Shannon murmuró en el sueño, debatiéndose entre el placer y la desesperación. Porque incluso en sueños sabía que él no se quedaría.

8

Shannon se tomó el día para sí misma, lo que la hizo sentirse mejor. La mañana estaba húmeda, pero se fue aclarando gradualmente a medida que iba conduciendo; así, parecía que hubieran lavado e iluminado hábilmente el paisaje que la rodeaba. Las aulagas que bordeaban el camino eran como manchas amarillas. También vio setos de fucsias con pintitas rojo sangre. Los jardines estaban colmados de los colores de las flores que se abrían en la luz acuosa. Las colinas verde intenso sencillamente resplandecían.

Shannon tomó fotos y consideró la idea de usar las mejores como base para dibujos o bocetos.

Efectivamente, tuvo problemas para entender los caminos irlandeses y conducir por el lado izquierdo, pero no estaba dispuesta a admitirlo.

Por las angostas calles de Ennis compró postales y chucherías para sus amigos. Amigos, reflexionó, que pensaban que ella estaba sólo tomándose unas largas vacaciones. Le dio un poco de tristeza comprobar que en casa no tenía a nadie que sintiera tan cercano como para haberle podido hablar de su conexión con Irlanda y su necesidad de explorarla.

El trabajo siempre había sido lo primero, y la ambición iba justo detrás. Y ésa, decidió, era una triste observación sobre su vida. El trabajo formaba una parte enorme de la persona que era, o de la persona que creía ser. Pero ahora se había distanciado de él a propósito y se sentía como un superviviente solitario, navegando a la deriva en un mar de vacilaciones y dudas sobre sí mismo.

Si no era Shannon Bodine de nacimiento, ni su destino era ser la joven ilustradora publicitaria de éxito, ¿entonces quién era?

¿La hija ilegítima de un irlandés sin rostro que se había acostado con una mujer solitaria que realizaba su aventura?

Ése era un pensamiento doloroso, pero se empeñaba en darle vueltas en la cabeza y la preocupaba. No quería creer que tuviera tan poca sustancia y que fuera tan débil de corazón como para que el mero hecho de su nacimiento le importara tanto ahora que era una mujer adulta.

Sin embargo, así era. Estaba de pie en una playa solitaria con el viento soplándole entre el pelo y con el pleno convencimiento de que así era. Si se lo hubieran dicho cuando era una niña, si de alguna manera la hubieran guiado a lo largo de la vida sabiendo que Colin Bodine era el padre que la había escogido en lugar del que la había concebido, sentía que no le habría dolido tanto la verdad.

No podía cambiarlo, ni los hechos ni la manera en que se había enterado de ellos. La única opción que le quedaba era afrontarlos. Y al afrontarlos, afrontarse a sí misma.

—Hoy el mar está bravo.

Shannon miró a su alrededor, asustada al escuchar la voz de la vieja que estaba justo detrás de ella. No había sentido a nadie acercarse, pero el oleaje era fuerte y había tenido la mente muy lejos de allí.

—Sí, tiene razón. —Los labios de Shannon se curvaron en la sonrisa cortés y distante que tenía reservada para los extraños—. Sin embargo, es un lugar precioso.

—Algunas personas prefieren lo salvaje. —La mujer se aferró a la capa con capucha que llevaba puesta mientras miraba hacia el mar con ojos increíblemente brillantes para una cara tan arrugada como la suya—. Y otras, lo tranquilo. En el mundo hay suficiente de ambas cosas como para que cada uno pueda escoger lo que prefiera. —Entonces volvió la mirada hacia Shannon; estaba alerta y no sonreía—. Y suficiente tiempo como para que cualquiera cambie de opinión.

Perpleja, Shannon metió las manos en los bolsillos de la chaqueta. No estaba acostumbrada a mantener discusiones filosóficas con gente que se encontraba por ahí.

—Supongo que la mayoría de las personas prefieren un poco de ambas cosas, dependiendo de su estado de ánimo. ¿Cómo se llama este lugar? ¿Tiene un nombre concreto?

—Algunos lo llaman la Playa de Moria, por la mujer que se suicidó ahogándose en estas olas después de perder a su marido y a sus tres hijos adultos en un incendio. Verá, no se dio tiempo a sí misma de cambiar de opinión. O de recordarse que nada, bueno o malo, dura para siempre.

—Es una historia triste para un lugar tan encantador.

—Sí, así es. Y es bueno para el alma detenerse y echarles un buen vistazo de cuando en cuando a las cosas que realmente perduran. —Se giró hacia Shannon de nuevo y esta vez le sonrió con gran bondad—. Cuanto más viejo sea uno, más largo mira.

—Hoy he echado muchos vistazos largos —comentó Shannon, sonriendo a su vez a la mujer—. Pero ahora tengo que regresar.

—Sí, todavía tienes mucho trecho por recorrer. Pero vas a llegar a donde te diriges, muchacha, y no olvides los lugares en los que has estado.

Qué mujer tan extraña, pensó Shannon mientras trepaba por la ligera pendiente de rocas para llegar al camino. Supuso que era otra característica irlandesa eso de sacar una conversación esotérica de algo tan simple como una vista. Al ir llegando arriba se le ocurrió que la mujer era vieja y estaba sola y que tal vez necesitaba que la llevaran hacia donde quiera que se dirigiera. Entonces se dio la vuelta con la idea de ofrecerle justamente eso, pero no vio nada más que la playa desierta.

Primero tembló ligeramente, después se estremeció. La mujer se había ido a atender sus propios asuntos, eso era todo. Y ya era hora de tomar el camino de regreso para devolverle el coche a su dueña.

Shannon encontró a Brianna en la cocina, sola por primera vez y bebiendo un solitario té.

—Ah, ya has vuelto. —Brianna hizo un esfuerzo por sonreír, se levantó y fue a servir otra taza de té—. ¿Has dado un buen paseo?

—Sí, gracias. —Shannon devolvió las llaves del coche a su sitio con sumo cuidado—. También he podido comprar algunos de los útiles que necesito, así que mañana me dedicaré a dibujar. He visto que hay otro coche aparcado fuera.

—Sí, es de unos huéspedes que han llegado ahora. Vienen de Alemania.

—Tu hotel parece una reunión de las Naciones Unidas. —La respuesta ausente de Brianna hizo que Shannon sospechara que algo pasaba. Podía ser que no conociera bien a la mujer, pero sabía reconocer la preocupación cuando la veía—. ¿Algo anda mal?

Brianna retorció las manos con su gesto habitual y después las dejó caer sobre la mesa.

—Siéntate un momento, Shannon, por favor. Esperaba darte unos días antes de hablarte de esto, pero… estoy preocupada.

—Está bien. —Shannon se sentó—. Cuéntamelo todo.

—¿Quieres algo con el té? Tengo galletas o…

—Brianna, te estás yendo por las ramas.

Brianna suspiró y se sentó.

—Soy cobarde de nacimiento. Necesito hablarte de mi madre.

Shannon no se movió, pero se recubrió con su capa protectora. Fue algo instintivo, y tanto protector como ofensivo. Su voz reflejó el cambio.

—Bien. Ambas sabemos que no estoy aquí para ver el paisaje. ¿Qué quieres decirme sobre ella?

—Estás furiosa, y no puedo culparte por ello. Pero vas a estarlo aún más antes de que todo esto acabe. —Brianna bajó por un momento la mirada y la fijó en su taza—. Soy de lo más cobarde a la hora de lidiar con los malos sentimientos, pero no tiene sentido postergar esto.

Mi madre viene para acá. Se me han acabado las excusas para tratar de evitarlo. No puedo mentirle, Shannon, y fingir que no eres más que una huésped cualquiera.

—¿Y por qué deberías hacerlo?

—No está al corriente de esto, de nada de esto. —Brianna levantó la mirada de nuevo; en sus ojos se veía reflejada la preocupación—. Nada sobre mi padre y tu madre. Nada sobre ti.

Shannon sonrió fría, débilmente.

—¿Realmente crees eso? Por lo que he visto, por lo general una esposa intuye cuándo su marido está de picos pardos.

—Eso no fue lo que pasó entre tu madre y mi padre. Y sí, realmente creo que mi madre no sabe nada. Si lo hubiera sabido, habría sido su arma más aguda contra él. —Le dolía admitirlo, la avergonzaba hablar sobre ello, pero Brianna no veía que tuviera otra alternativa—. Nunca vi ningún tipo de amor entre mis padres, sólo deber y el frío que éste implica. Y el ardor del resentimiento.

No era algo que Shannon quisiera escuchar y ciertamente no era algo en lo cual quisiera interesarse. Levantó la taza y bebió.

—¿Entonces por qué siguieron casados?

—Ése es un tema complicado —contestó Brianna—. La Iglesia, los hijos, incluso la costumbre… El resentimiento que mi madre sentía por él era enorme. Y, para ser justos, la verdad es que tenía algo de razón. Pa nunca pudo conservar el dinero, ni tenía la habilidad para hacerlo. El dinero y las cosas que se pueden comprar con él eran…, son importantes para ella. Mi madre tenía una carrera como cantante y muchas ambiciones cuando conoció a Pa. Nunca había querido establecerse ni tener una casa ni un pedazo de tierra. Pero surgió una chispa entre ellos, podría decirse. Y esa chispa se convirtió en Maggie.

—Ya veo… —Al parecer ella y su hermanastra tenían más en común de lo que había pensado—. Tu padre convirtió en costumbre ser descuidado con el sexo.

Brianna echó chispas por los ojos, un fenómeno que Shannon encontró fascinante.

—No tienes derecho a decir algo así. No, ni siquiera tú tienes derecho a hacerlo. No lo conociste, no sabes la persona que era. Pa fue un hombre extremadamente bondadoso y tenía un gran corazón. Durante más de veinte años postergó sus sueños para primero educar a sus hijas. Amó a Maggie tanto como cualquier padre amaría a cualquiera de sus hijos. Era mi madre la que lo culpaba, y a Maggie, por la vida que se vio obligada a llevar. Se acostó con él otra vez para concebirme sólo por deber. Deber para con la Iglesia antes que nada. No me puedo imaginar que un hombre pueda encontrar una cama más fría que ésa.

—No puedes saber cómo eran las cosas entre ellos antes de que nacieras —la interrumpió Shannon.

—Lo sé bien, porque ella misma me lo dijo. Yo fui su penitencia por el pecado que cometió. Su reparación. Y una vez que supo que estaba embarazada de mí, no hubo necesidad de aceptarlo en su cama nunca más.

Shannon sacudió la cabeza. Para Brianna debía de ser tan humillante hablar de esas cosas como lo era para ella escucharlas. Sin embargo, Brianna no parecía sentirse humillada, notó Shannon. Más bien se la veía fríamente furiosa.

—Lo lamento. Para mí es casi imposible entender por qué dos personas se quedan juntas en tales circunstancias.

—Esto no es Estados Unidos, es Irlanda. Y, encima, hace más de veinte años. Te estoy contando esto sólo para que entiendas que hubo dolor en esta casa, aunque en parte se lo causó mi padre a sí mismo. No hay por qué negarlo. Pero mi madre carga una tremenda amargura, y algo en su interior hace que se aferre a ella. Si hubiera sabido, si hubiera sospechado siquiera que Pa había encontrado felicidad y amor con otra persona, habría hecho que lo enterrara. No habría podido contenerse, tampoco habría encontrado una razón para hacerlo.

—Y ahora tu madre va a tener que enterarse.

—Sí, ahora va a tener que enterarse —afirmó Brianna—. Mi madre te va a considerar un insulto, y tratará de hacerte daño.

—Tu madre no puede hacerme daño. Lo siento si esto te resulta insensible, pero sencillamente sus sentimientos y la manera en que los exprese me tienen sin cuidado.

—Puede que sea cierto —dijo Brianna respirando profundamente—. Ahora ella está mejor, más contenta de lo que solía estar. La acomodamos en su propia casa, cerca de Ennis. Y hay más cosas que la hacen feliz: encontramos a una mujer maravillosa para que viviera con ella. Lottie es una enfermera retirada, lo que es muy conveniente, además, porque mi madre cree padecer todo tipo de dolencias. Los nietos la han suavizado un poco también, pero no le gusta demostrarlo.

—Y ahora temes que esto haga estallar la de Troya de nuevo.

—No temo que sea así. Sé que así será. Si pudiera mantenerte alejada de su ira y su vergüenza, lo haría, Shannon.

—Puedo manejarlo yo sola.

Brianna relajó el rostro y sonrió.

—Entonces déjame pedirte un favor: no permitas que nada de lo que diga o haga te aleje de nosotros. Tenemos tan poco tiempo, y yo quisiera más.

—Planeo quedarme dos o tres semanas —contestó Shannon secamente—. No veo ninguna razón para modificar mi decisión.

—Te lo agradezco. Ahora, si… —se interrumpió con angustia al escuchar que se abría la puerta delantera de la casa y que voces femeninas subían de tono—. Ay, ya han llegado.

—Y tú quieres hablar con ella a solas primero.

—Así es, si no te importa.

—Pues la verdad es que no, prefiero no estar presente en el primer acto. —Fingiendo una tranquilad que ya no sentía, Shannon se levantó—. Voy fuera.

Shannon se dijo a sí misma que era ridículo sentirse como si abandonara un barco que se estuviera hundiendo. Era la madre de Brianna, se recordó mientras atravesaba la puerta del jardín, así que era problema de Brianna, no suyo.

Se imaginó que habría una escena. Llena de emociones irlandesas, malos humores y desesperación. Ciertamente no quería ser partícipe de ella. Gracias a Dios la habían criado en Estados Unidos y sus padres habían sido dos personas tranquilas y razonables que no eran dadas a cambios de humor drásticos.

Exhaló un largo suspiro y al darse la vuelta vio que Murphy atravesaba el campo más cercano y se dirigía al hotel. Tenía una maravillosa manera de caminar, notó Shannon. No era pavoneo ni arrogancia, pero su andar tenía toda la confianza de ambas. Tuvo que admitir que era un placer observarlo: la cruda masculinidad del movimiento.

Una pintura emocionante, pensó ella. Hombre irlandés. Sí, exactamente eso, decidió. Los brazos largos y musculosos con la camisa de trabajo enrollada hasta los codos, los vaqueros que habían pasado docenas de lavados, las botas que habían recorrido infinidad de kilómetros. La gorra calada hasta las cejas para darle sombra a los ojos, pero que no podía atenuar ese profundo y asombroso azul. La cara hermosa, casi como de leyenda.

Un Hombre, con H mayúscula, pensó Shannon. Ningún pulcro ejecutivo caminando por la Avenida Madison con un traje de mil dólares y llevando entre sus manos de manicura una docena de rosas lilas podría exudar un aura de éxito comparable al de Murphy Muldoon caminando por sus tierras con botas desgastadas y un ramillete de flores silvestres.

—Es un placer caminar hacia una mujer que le sonríe a uno.

—Estaba pensando que pareces salido de un documental. Granjero irlandés caminando por sus tierras.

El comentario desconcertó a Murphy.

—Mis tierras terminan en ese muro de allá.

—No parece que importe. —A Shannon le pareció divertida la reacción de él, y entonces bajó la mirada hacia el ramillete de flores que llevaba en la mano—. ¿No sería esto lo que se dice llevar leña al monte? Esto está lleno de flores.

—Pero es que son de mis tierras. Como venía pensando en ti, las he ido recogiendo por el camino.

—Son preciosas, gracias —dijo Shannon, que a continuación hizo lo que cualquier mujer haría: hundió la cara en las flores—. ¿Tu casa es la que se ve desde mi ventana? ¿La grande de piedra con varias chimeneas?

—Sí, ésa es.

—Es una casa enorme para un solo hombre. Además de todas esas otras edificaciones.

—Una granja necesita uno o dos graneros y un par de cobertizos para guardar cosas. Si algún día te animas a ir, te la puedo mostrar.

—Tal vez vaya —replicó Shannon, que volvió la mirada hacia la casa en cuanto oyó el primer grito. Supuso que no sería el último.

—Bueno, Maeve está aquí —murmuró Murphy—. La señora Concannon.

—Sí, está aquí. —Un pensamiento repentino hizo que volviera la mirada de nuevo hacia Murphy. Le examinó el rostro—. Igual que tú. ¿Sólo pasabas por aquí?

—Yo no diría eso. Maggie me llamó y me dijo que las cosas podían ponerse calientes.

El resentimiento se apoderó de ella tan intempestivamente como el inesperado instinto protector.

—Maggie debía haber venido y no dejarle todo este lío a Brianna.

—Maggie está ahí. Son sus gritos los que estás oyendo. —Con un gesto espontáneo, más protector de lo que parecía, tomó la mano de Shannon y la llevó más lejos de la casa—. Maggie y su madre van a caer una sobre la otra como perros enfurecidos. Y Maggie va a hacer todo lo que esté a su alcance para mantener a Maeve lo más lejos posible de Brianna.

—¿Por qué se pelea con ellas? —preguntó Shannon en tono exigente—. Ninguna de las dos tiene nada que ver en el asunto.

Murphy no dijo nada, y se acercó a examinar las flores de un espino.

—¿Tus padres te quisieron, Shannon?

—Por supuesto que sí.

—¿Nunca tuviste ninguna razón para dudar de que te querían? ¿O la necesidad de apartar ese amor para buscarle defectos?

Shannon se impacientó debido a que la casa había caído en un horrible silencio, pero entonces sacudió la cabeza.

—No. Nos queríamos y ya.

—A mí me pasó lo mismo. —Como si tuvieran todo el tiempo del mundo para no hacer nada, Murphy tiró de ella para que se sentaran sobre el prado y después se recostó hacia atrás sobre los codos—. Nunca pensaste que fueras afortunada porque parecía natural que las cosas fueran así. Cada cachete o caricia que mi madre me dio siempre iba cargado de amor. Ambos en igual medida. —Con lentitud, Murphy tomó una mano de Shannon y jugueteó con sus dedos—. No sé si habría reflexionado al respecto de no haber sido por tener a Maggie y a Brie tan cerca y ver que ellas no tenían lo mismo que yo. Con Tom sí. —A Murphy los ojos se le alegraron al recordarlo—. Sus hijas eran su máxima alegría, pero Maeve no tenía esa capacidad de dar. Y creo que cuanto más las amaba él, más determinada estaba ella a no amarlas. Para castigarlos a los tres y castigarse a sí misma también.

—Parece una mujer horrible.

—Es una mujer infeliz. —Murphy levantó la mano de ella y le dio un ligero beso en los nudillos en un gesto ausente de larga intimidad—. Tú has sido infeliz, Shannon. Pero eres fuerte y lo suficientemente inteligente como para dejar atrás la tristeza y convertirla en recuerdo.

—No sé si podré hacerlo.

—Yo sí lo sé —dijo, y entonces se levantó y le extendió una mano—. Voy a entrar contigo. Han estado en silencio el tiempo suficiente, lo que significa que ya es hora.

Shannon permitió que Murphy la ayudara a ponerse de pie, pero no más.

—Éste no es mi problema, Murphy. Me parece que lo mejor para todos sería que yo me mantuviera al margen de todo este asunto.

Murphy la miró directamente a los ojos, con una mirada oscura, severa.

—Mantente al lado de tus hermanas, Shannon. No me decepciones, ni te decepciones a ti misma.

—Maldita sea... —La intensa mirada de Murphy hizo que se sintiera débil, y esa debilidad la avergonzó—. Está bien, voy a entrar, pero no te necesito conmigo.

—De todas maneras me quedo contigo —afirmó Murphy, quien, sin soltarle la mano, la llevó hacia la casa.

Shannon se dijo que era una tontería temer el enfrentamiento que estaba a punto de producirse. La madre de Maggie y Brie no podía decir o hacer nada que la afectara. Sin embargo, tenía los músculos tensos y los hombros rígidos cuando entró en la cocina con Murphy detrás de ella.

Su primer pensamiento fue que la mujer que estaba sentada a la mesa no parecía ser la víctima de nadie. Tenía los ojos en llamas y la expresión implacable de su rostro era como la de un juez que acaba de dictar sentencia. No llevaba anillos en los dedos y sus manos estaban entrelazadas sobre la mesa en lo que habría sido un gesto de oración si no hubiera tenido los nudillos blancos de tanto apretar.

La otra mujer, que estaba sentada junto a ella, era más redonda y tenía una expresión más suave, aunque sus ojos reflejaban preocupación. Shannon vio que las hermanas Concannon estaban de pie hombro con hombro, cada una con su respectivo marido a su lado, formando un muro resistente y compacto.

Maeve le lanzó a Shannon una mirada furiosa e hizo una mueca con los labios.

—¿Y os atrevéis a traerla aquí, a esta casa, aunque yo esté en ella?

—La casa es mía —respondió Brianna con una voz gélidamente calmada—. Y Shannon es bienvenida aquí, al igual que tú, madre.

—¿Como yo? Me la restregáis por la cara. Este engendro del adulterio de su padre. ¿Así es como me demostráis vuestro respeto, vuestra lealtad hacia mí, la mujer que os dio la vida?

—Y que lamentó cada uno de nuestros respiros de ahí en adelante —le espetó Maggie.

—Lo esperaría de ti. —La ira de Maeve se volcó hacia su hija mayor—, porque no eres diferente de ella: una hija del pecado.

—Guárdate tu palabrería bíblica. —Maggie trató de espantar la furia que la embargaba—. No lo amabas, así que nadie te va a compadecer.

—Tomé votos con él, votos que cumplí.

—Puede que de palabra, pero no de corazón —murmuró Brianna—. Lo hecho hecho está, madre.

—Maeve —empezó Lottie, extendiendo una mano hacia la mujer—, no se puede culpar a la muchacha.

—No me hables de culpa. ¿Qué clase de mujer se lleva a la cama al marido de otra?

—Una que ama, supongo. —Shannon dio un paso adelante e inconscientemente se acercó a ese muro compacto.

—¿El amor hace que pecar sea correcto? ¿Que se profane la Iglesia? —Maeve se habría puesto de pie, pero sintió temblorosas las piernas y algo le ardía en el corazón—. No esperaría menos de las de tu calaña. Una yanqui criada por una adúltera.

—No hable de mi madre —le advirtió Shannon en voz baja y amenazante—. Nunca. Ella era más valiente, compasiva y bondadosa de lo que usted podría llegar a imaginarse dentro de su estrecho y pequeño mundo. Maldiga mi nacimiento y mi existencia todo lo que le apetezca, pero no se atreva a hablar de mi madre.

—¿Has hecho un viaje tan largo desde América hasta aquí para darme órdenes en mi propia casa?

—He venido porque me han invitado —contestó; la furia que sentía Shannon era tan cegadora que no se dio cuenta de que Murphy le había puesto la mano sobre el hombro y que Gray la había tomado del brazo— y porque fue uno de los últimos deseos de mi madre antes de morir. Si la perturba, pues no puedo hacer nada al respecto.

Maeve se puso de pie con lentitud. Lo único en lo que podía pensar era en cuánto se parecía la muchacha a él. ¿Qué clase de penitencia era ésa? Cada vez que tuviera que mirarla a la cara vería los ojos de Tom Concannon.

—El pecado está sembrado en ti, niña. Ésa es la única herencia que te ha dejado Tom Concannon. —Y, como un latigazo, fijó la mirada en Murphy—. Y tú, Murphy Muldoon, al apoyarla estás cubriendo a tu familia de vergüenza. Estás probando que tienes una naturaleza tan débil como la de cualquier hombre, pues crees que va a ser libertina por ser hija del pecado.

La mano de Murphy se tensionó sobre el hombro de Shannon antes de que ella pudiera contestar a Maeve.

—Tenga cuidado, señora Concannon. —A Murphy la voz le sonó suave, pero Shannon pudo sentir la fuerza de su furia en sus tensos dedos—. Está diciendo cosas de las que podría arrepentirse. Cuando habla de tal manera de mi familia, y de Shannon, la vergüenza cae sobre usted.

Maeve entrecerró los ojos tanto que nadie pudo ver las lágrimas que empezaban a fraguarse tras ellos.

—Entonces estás contra mí. Todos vosotros estáis contra mí.

—Todos estamos de acuerdo en esto, Maeve. —Rogan bloqueó con sutileza a su esposa—. Cuando estés más tranquila, podremos hablar de nuevo.

—No hay nada de qué hablar —replicó, y agarró su bolso, que estaba sobre la mesa—. Vosotros ya habéis escogido.

—También tú puedes escoger —le dijo Gray quedamente—: aferrarte al pasado o aceptar el presente. Nadie quiere hacerte daño.

—No espero más que deber, pero ni siquiera eso me ofrece mi propia carne. No volveré a esta casa mientras ella siga aquí —anunció, se dio la vuelta y con la espalda tiesa salió de la cocina.

—Lo siento —dijo Lottie cogiendo su bolso—. Necesita tiempo y poder hablar de todo esto. —Le lanzó una mirada de disculpa a Shannon y salió detrás de Maeve.

Después de un largo minuto de silencio, Gray suspiró profundamente.

—Pues ha sido muy divertido. —A pesar del tono ligero, pasó un brazo alrededor de su esposa y empezó a acariciarla con movimientos ascendentes y descendentes—. ¿Qué dices, Shannon? Puedo salir a buscar un palo puntiagudo para que te lo claves en un ojo.

—Preferiría un trago —se oyó decir, para después fijar la mirada en Brianna—. No te disculpes —le dijo con voz temblorosa—. No te atrevas a disculparte.

—No lo hará. —Decidida a evitar hacerlo ella misma, Maggie le dio a su hermana un empujón contra la mesa—. Siéntate. Sentaos todos. Vamos a tomarnos un whisky. Murphy, pon a calentar la tetera.

Todavía con la mano sobre el hombro de Shannon, Murphy se dio la vuelta para mirar a Maggie.

—Creo que has dicho que vamos a tomarnos un whisky.

—Vosotros. Yo voy a tomar un té —afirmó, y decidió que era un buen momento, el perfecto para ese tipo de noticias. Miró a Rogan, con una expresión traviesa y divertida en los ojos—. No es recomendable beber cuando se está embarazada.

Rogan pestañeó y después curvó los labios hasta que el gesto se convirtió en una enorme y amplia sonrisa.

—Estás embarazada…

—Eso ha dicho el médico esta mañana. —Maggie se puso las manos en las caderas e inclinó la cabeza—. ¿Vas a quedarte ahí embobado como si nada?

—No. —Ambos empezaron a reírse cuando Rogan la levantó y empezó a dar vueltas con ella por toda la cocina—. Por Dios, Margaret Mary, te amo. Sirve el whisky, Gray, ¡que tenemos un motivo de celebración!

—Lo estoy sirviendo —dijo, pero se detuvo el tiempo suficiente como para darle a Maggie un beso.

—Maggie ha hecho esto por ti —murmuró Murphy hacia Shannon, que estaba de pie junto a él viendo cómo se alegraban los ánimos.

—¿Qué?

—Se lo ha contado a Rogan aquí, nos lo ha contado a todos aquí. —Murphy midió el té mientras hablaba—. Lo ha hecho por sus hermanas, para aligerarles el peso del corazón.

—Por Brianna —empezó a decir Shannon, pero Murphy la interrumpió con una mirada severa.

—No te cierres cuando te estén ofreciendo un regalo. La noticia te ha hecho sonreír, justo como Maggie quería.

Shannon metió las manos en los bolsillos.

—Tienes la habilidad de hacerme sentir pequeña.

Murphy le levantó la barbilla con un dedo gentil.

—Tal vez tenga la habilidad de hacerte ver un poco más en profundidad.

—Creo que me gustaba ser superficial —replicó, pero se alejó de Murphy y caminó hacia Maggie—. Felicidades —dijo, y recibió el vaso que Gray le ofreció y se sintió un poco incómoda—. No me sé ningún brindis irlandés.

—Prueba con *slainté* o *dhia duit* —sugirió Maggie.

Shannon abrió la boca, pero la cerró con risa.

—No creo que pueda.

—*Slainté* es suficiente —dijo Murphy mientras llevaba la tetera hacia la mesa—. Sólo te está atormentando.

—*Slainté*, entonces. —Shannon levantó el vaso y recordó algo de su infancia—. Ah, y que tengas una docena de hijos, Maggie, que se parezcan mucho a ti.

—Un brindis y una maldición. —Gray se rio por lo bajo—. Bien hecho, chica.

—Sí. —Maggie sonrió—. Lo ha hecho razonablemente bien.

9

El tiempo que Murphy pasaba con sus caballos constituía su mayor placer. Trabajar la tierra era algo que había hecho siempre y que siempre seguiría haciendo. Era algo que lo alegraba, lo frustraba y lo decepcionaba, pero también lo enorgullecía. Disfrutaba la sensación de la tierra en las manos y bajo los pies, y del aroma de las cosas en crecimiento. El clima era a partes iguales su amigo y su enemigo. Con frecuencia conocía mejor los cambios de ánimo del cielo que los suyos propios.

Se había pasado la vida trabajando la tierra, sembrando, cosechando. Era algo que siempre había sabido, pero no lo único que sabía.

La estupenda primavera que el Oeste estaba disfrutando significaba para él trabajo largo y pesado, pero sin el dolor amargo que producía que las cosechas se pudrieran ahogadas en fango o que los cereales fueran víctima de las heladas o de las plagas.

Murphy sembraba con prudencia, combinando los métodos de su padre y de su abuelo con los métodos modernos y algún método experimental que leía en libros. Ya condujera su tractor hacia los campos de patatas de hileras verde oscuro, o caminara hacia el establo de las vacas todas las madrugadas para ordeñarlas, Murphy sabía que su trabajo era valioso.

Pero sus caballos eran para él.

Silbó a un potranco y vio cómo un caballo zaino de enorme pecho sacudía la cola perezosamente. Esos dos se conocían, y se sabían el juego de tanto tiempo. Murphy esperó con paciencia, disfrutando de la rutina. Una yegua de pelo lustroso estaba de pie más allá pastando con tranquilidad mientras su potrillo mamaba. Otros animales, incluida la yegua que era la madre del potranco y el premio de Murphy, y una potrilla color castaño, levantaron las orejas y lo observaron.

Murphy se dio unas palmaditas en el bolsillo, y entonces, con orgullo equino, el potranco sacudió la cabeza y se le acercó.

—Tú eres un caballero elegante, ¿no es cierto? Buen chico. —Se rio mientras le acariciaba un costado al potranco y éste le olisqueaba el bolsillo al tiempo que los otros se le acercaban también—. Nada más que soborno, mira, ten. —Tomó uno de los cuartos de la manzana que había cortado y dejó que el animal comiera de su mano—. Creo que hoy vas a tener una aventura muy emocionante. Te voy a echar de menos. —Le acarició las patas y le revisó automáticamente las rodillas—. Por supuesto que sí. Pero no naciste para hacer el vago en el campo todo el día. Y todos tenemos que hacer aquello para lo cual estamos destinados.

Murphy saludó a los otros caballos y compartió los trozos de manzana con ellos; entonces, con el brazo alrededor del cuello del potranco, miró hacia el campo. Las campanillas estaban floreciendo con fuerza, al igual que la bregandia, que empezaba a brotar amarilla junto al muro más cercano. Desde donde estaba veía su silo y su granero, sus cobertizos, su casa más allá, que aparecía como en una foto contra el cielo nuboso.

Al observar el cielo consideró que ya era pasado el mediodía, de modo que decidió ir a casa para tomarse un té antes de las citas de negocios que tenía. Luego miró hacia el Oeste, más allá del círculo de piedras, hacia el muro que separaba el pastizal de los sembradíos de cereales.

Y allí estaba ella.

El corazón le dio un vuelco en el pecho. Se preguntó si siempre iba a ser así cuando la viera. Era algo sorprendente, para un hombre que había pasado más de treinta años sin sentir nada más que interés pasajero por algunas mujeres, encontrarse con una y saber sin lugar a dudas que ella era su destino.

El deseo estaba presente, una agitación profunda que lo hacía querer tocar, saborear y poseer. Murphy pensó que podría, con un acercamiento cauteloso y paciente. Él no le era indiferente a ella. Había sentido cómo se le desbocaba el pulso y había visto el deseo colándosele en los ojos.

También estaba presente el amor, aún más profundo que el deseo. Y lo más extraño, pensó, era que parecía haber estado ahí todo el tiempo, esperando. Así que no sería suficiente con tocar, saborear y poseer. Ése sólo sería el comienzo.

—Pero tienes que empezar para poder seguir, ¿no? —se dijo Murphy en voz alta; luego le hizo una última caricia al potranco y empezó a caminar por el pastizal.

Shannon lo vio aproximarse. Era cierto que se había distraído cuando Murphy se había acercado a los caballos. Pensó que había sido como un juego: el hombre y el potro, ambos especímenes excepcionales, disfrutando de un tiempo juntos en medio del campo abierto.

Se dio cuenta perfectamente, también, del momento exacto en que él la vio. La distancia no había evitado que sintiera el poder de la mirada. «¿Qué quiere de mí?», se preguntó a sí misma mientras devolvía la atención a la pintura al óleo que había empezado.

«¿Qué quiero yo de él?».

—Hola, Murphy. —Shannon continuó pintando mientras él se acercaba al muro que los separaba—. Brianna me dijo que no te importaría que yo trabajara aquí un rato.

—Eres bienvenida durante el tiempo que quieras. ¿Estás pintando el círculo?

—Sí. Y sí, puedes echarle un vistazo —respondió. Cambió de pincel y apretó el que estaba usando entre los dientes mientras Murphy pasaba por encima del muro.

Murphy pensó, mientras examinaba el lienzo que descansaba sobre un caballete, que Shannon estaba logrando captar el misterio del círculo. Ya había esbozado, con una destreza que admiró y envidió, el círculo completo, y a pesar de que tanto la parte de atrás como la de delante estaban todavía en blanco, Shannon había empezado a ponerles color y textura a las piedras.

—Es fantástico, Shannon.

A pesar de que la complació el comentario de Murphy, Shannon sacudió la cabeza y replicó:

—Todavía le falta mucho para que pueda considerarse fantástico. Y hoy ya casi he perdido toda la luz apropiada —añadió, aunque de alguna manera sabía que podría pintar esas piedras con cualquier luz, desde cualquier ángulo—. Creo que te vi antes, en tu tractor.

—Es probable. —Murphy descubrió que le gustaba el olor de Shannon cuando estaba trabajando: perfume y pintura—. ¿Llevas aquí mucho tiempo?

—No lo suficiente. —Shannon frunció el ceño mientras untaba el pincel con la pintura que tenía en la paleta—. Debí haberme levantado al alba para conseguir las sombras adecuadas.

—Mañana habrá un nuevo amanecer. —Murphy se sentó sobre el muro y empezó a tamborilear con un dedo sobre el cuaderno de dibujo de ella—. ¿Qué significan las iniciales CM que tienes en la sudadera?

Shannon bajó el pincel, dio un paso atrás para examinar el lienzo y se limpió la pintura de los dedos en la sudadera.

—Carnegie Mellon. Es la universidad en donde estudié.

—¿Estudiaste pintura allí?

—Mmmm. —Las piedras todavía no cobraban vida, pensó Shannon. Las quería vivas—. Me especialicé en ilustración publicitaria.

—¿Es decir, en dibujar para anuncios?

—Más o menos.

Murphy tomó el cuaderno de dibujo y empezó a hojearlo.

—¿Por qué querrías hacer dibujos de zapatos o de botellas de cerveza cuando puedes pintar esto?

Shannon cogió del suelo un trapo y lo humedeció con la trementina que tenía en un frasco.

—Me gusta ganarme bien la vida, y lo hago bastante satisfactoriamente con mi trabajo. —Por alguna razón, Shannon sintió la urgencia de limpiarse una mancha de pintura gris que tenía en una mano—. Justo antes de venir conseguí una cuenta muy importante. Es muy probable que me asciendan por eso.

—Eso es bueno, ¿no? —Murphy siguió pasando las páginas del cuaderno y sonrió al ver un dibujo de Brianna trabajando en su jardín—. ¿Qué clase de cuenta es?

—Agua mineral —contestó Shannon en un murmullo, porque le pareció una cosa tonta estando en esos extensos campos de aire perfumado.

—¿Agua? —Murphy hizo exactamente lo que ella esperaba: le sonrió—. ¿La que tiene gas? ¿Por qué crees que a la gente le gusta tomar agua con burbujas o que viene en una botella?

—Porque es pura. No todo el mundo tiene un pozo en su jardín, o un manantial, o lo que sea. El agua mineral es un negocio enorme, y es muy probable que siga creciendo, teniendo en cuenta el incremento de la contaminación y del desarrollo urbano.

Murphy siguió sonriendo.

—No te lo pregunto para fastidiarte, es sólo que me produce curiosidad —repuso, y le mostró el cuaderno—. Me gusta éste.

Shannon apartó el trapo y se encogió de hombros. Era un dibujo de él, en el pub, con la concertina entre las manos y una cerveza a medio acabar sobre la mesa.

—Claro que debería gustarte. Sin lugar a dudas te he sacado favorecido.

—Muy amable de tu parte —dijo, haciendo a un lado el cuaderno—. Dentro de poco viene alguien a ver los potrancos, así que no te puedo invitar a tomar el té. Pero ¿por qué no vienes en cambio a cenar esta noche?

—¿A cenar? —Cuando Murphy se puso de pie, ella automáticamente dio un paso hacia atrás.

—Podrías venir temprano, como a las seis y media, para que te pueda mostrar la casa primero. —A Murphy los ojos se le iluminaron de nuevo, con un destello de peligrosa diversión; entonces la tomó de la mano—. ¿Por qué estás retrocediendo?

—No estoy retrocediendo. —Por lo menos no en ese momento, pues él la tenía sujeta de la mano—. Creo que Brianna debe de tener planes para la noche.

—Brie es una mujer flexible —replicó, tirando ligeramente de la mano, lo que la atrajo hacia él un paso más—. Anda, ven a cenar conmigo. No tendrás miedo de quedarte a solas conmigo, ¿no?

—Por supuesto que no. —Eso sería ridículo—. La cuestión es que no sé si serás capaz de cocinar algo decente.

—Pues ven para descubrirlo tú misma.

Una cena, se recordó Shannon, sería sólo una cena. En cualquier caso, sentía curiosidad por él, por cómo vivía.

—De acuerdo, iré a cenar contigo.

—Bien —dijo, y pasó la mano que tenía libre por detrás de la cabeza de Shannon y la acercó hacia él un milímetro más, mientras con la otra mano seguía sosteniendo la de ella.

Shannon sintió que la cabeza le daba vueltas, pero recordó poner la mano en el pecho de él a modo de protesta.

—Murphy…

—Tan sólo voy a besarte —murmuró él.

No, definitivamente no era cuestión de «tan sólo». Murphy mantuvo los ojos abiertos, alerta, vivaces y fijos en los de ella mientras su boca se le acercaba. Esos ojos, ese sorprendente azul vívido, fueron la última cosa que Shannon vio antes de quedar sorda, muda y ciega.

Al principio fue apenas un susurro palpable, un ligero roce de bocas. Murphy la tenía abrazada como si fueran a empezar a bailar en cualquier momento. Shannon pensó que iba a comenzar a balancearse, así de suave y dulce fue ese primer encuentro de labios.

Entonces los labios de él se separaron de los de ella e inauguraron un lento y lujurioso recorrido por su cara; en respuesta, ella dejó escapar un suspiro de sorpresa y placer. La queda exploración por sus mejillas, sienes y párpados le debilitó las rodillas. El estremecimiento empezó allí y se fue extendiendo hacia arriba hasta dejarla sin aliento cuando él volvió a cubrirle la boca con la suya una segunda vez.

Más profundamente ahora, con lentitud. Shannon abrió los labios y la bienvenida resonó en su garganta. Deslizó la mano hasta el hombro de él, lo aferró y después aflojó. Pudo oler caballos y hierba, y oír algo parecido a un trueno en el aire.

Él había regresado, eso fue lo único en lo que Shannon pudo pensar antes de que la cabeza se le perdiera en sueños.

Ella era todo lo que él había deseado. Tenerla entre sus brazos así, sentirla estremecerse con la misma necesidad que lo embargaba a él era una sensación mucho más que gloriosa. Parecía que la boca de Shannon había sido diseñada para fundirse con la de él, y los sabores que encontró en ella eran oscuros, misteriosos y maduros.

Ya era suficiente. De alguna manera ya había sido suficiente, de abrazarla, de sufrir el dolor de los dientes afilados de una necesidad menos paciente. Murphy pudo ver cómo sería, pudo sentir cómo sería yacer con ella en la hierba tibia, tenerla presionada contra él, cuerpo contra cuerpo, piel contra piel. Cómo se movería ella bajo su cuerpo, contra él, dispuesta, ansiosa y húmeda. Y por fin, después de tanto esperar, hundirse dentro de ella.

Pero esta vez la boca de ella había sido suficiente. Entonces Murphy se permitió regodearse, saborear y poseer, mientras se apartaba delicadamente, dejando abierta la promesa de más.

Sin embargo, sus manos estaban temblorosas, de manera que, para calmarlas, le acarició el rostro a Shannon y las hundió en su pelo. Ella tenía las mejillas sonrosadas, lo que, a ojos de él, la hacía incluso más hermosa. Cómo había podido olvidar lo delgada que era, como un sauce, o cuánta belleza y verdad podían irradiar sus ojos.

Sus manos hicieron una pausa y se quedaron entre el pelo de ella. Frunció las cejas cuando las imágenes se superpusieron unas a otras.

—Antes tenías el pelo más largo, y tenías las mejillas húmedas por la lluvia.

A Shannon la cabeza le estaba dando vueltas, aunque siempre había pensado que ése era un ridículo cliché romántico. Pero tuvo que ponerse una mano en la sien para tratar de estabilizarse.

—¿Qué?

—Nos conocimos aquí en otra época. —Murphy sonrió de nuevo. Para él era fácil aceptar cosas tales como magia y visiones, así como podía aceptar que su corazón estaba perdido mucho antes de haberla saboreado esa primera y encantadora vez—. Llevo demasiado tiempo con ganas de besarte.

—No nos conocemos desde hace demasiado tiempo.

—Sí, sí, nos conocemos de antes. ¿Quieres que te bese otra vez para recordártelo?

—No, no creo. —Sin importar lo tonta que la hiciera sentir, levantó una mano para detenerlo—. Ha sido mucho más fuerte de lo que había esperado, y me parece que los dos estaríamos mejor cada uno por su lado.

—Siempre y cuando queramos llegar al mismo lugar.

Shannon dejó caer la mano. Si podía estar segura de algo, era de que él no la presionaría ni haría ningún avance raro o indeseado. Sin embargo, sólo se tomó un momento para examinarlo a él en vez de mirar hacia su propio interior.

—No sé si es así.

—Con que uno de nosotros lo sepa es suficiente. Tengo que irme, tengo una cita. —Le acarició una mejilla con los dedos para poder llevarse consigo esa última sensación de ella—. Te espero esta noche. —Notó la expresión en el rostro de ella antes de saltar el muro—. No serás tan débil de corazón como para inventarte excusas para no venir a casa esta noche tan sólo porque te ha gustado besarme, ¿no?

No valía la pena molestarse en dar excusas porque Murphy se había dado cuenta de que eso era exactamente lo que planeaba hacer. Entonces Shannon se dio la vuelta y empezó a guardar sus cosas.

—No soy débil de corazón. Y ya antes me ha gustado besar a otros hombres.

—Por supuesto que te ha gustado, Shannon Bodine, pero nunca has besado a hombres como yo.

Y tras decir eso, Murphy se alejó silbando. Shannon se aseguró de que él estuviera lo suficientemente lejos antes de darse permiso para reír a carcajadas.

No debía resultar extraño tener una cita, no a una mujer que ya ha cumplido veintiocho años y tiene experiencia en los tira y afloja de la vida de soltera.

Tal vez había sido todo el alboroto que había armado Brianna, corriendo de un lado para otro como una madre nerviosa en la noche de graduación de su hija. Shannon sonrió al recordarlo. Brianna se había ofrecido a plancharle un vestido, o a prestarle uno, y dos veces había subido a su habitación para hacerle sugerencias sobre los accesorios y los zapatos que debía ponerse.

Shannon supuso que debía de haber sido una gran desilusión para Brianna cuando la vio bajar vestida con unos pantalones informales y una sencilla blusa de seda.

Sin embargo, eso no había sido inconveniente para que Brianna le dijera que estaba encantadora y que no se preocupara por la hora de regreso, y le deseara que se lo pasara bien. Y si Gray no hubiera llegado y hubiera arrastrado a su esposa fuera del vestíbulo, probablemente nunca habría podido salir de la casa. Shannon supuso que era el típico comportamiento de hermana, pero no la hizo sentir tan incómoda como había pensado.

Se sintió agradecida de que tanto Brianna como Gray hubieran insistido en que se llevara el coche. No había un gran trecho hasta la casa de Murphy, pero el camino se pondría muy oscuro después del atardecer y, además, parecía que iba a llover.

Tan sólo unos minutos después de salir del camino de entrada, Shannon se adentró en otro más largo que estaba flanqueado por setos de fucsias que ya habían empezado a florecer en tonos rojo sangre.

Había visto la casa de Murphy desde su ventana, pero ahora, viéndola de cerca, parecía más grande y, sin lugar a dudas, más imponente. Tres pisos de piedra y madera que parecían tan viejos como la misma tierra en donde estaban construidos, e igualmente bien cuidados, se alzaban detrás de un seto y ante un jardincito impecable con varios tipos de flores.

Las ventanas cuadradas del primer piso estaban custodiadas por arcos planos de piedra, y Shannon pudo vislumbrar un porche lateral y supuso que había allí una puerta que lo conectaba con el interior.

Dos de las chimeneas estaban prendidas y exhalaban perezosamente nubes de humo en el todavía cielo azul. Una camioneta salpicada de barro estaba aparcada justo delante de la entrada de la casa. A un lado yacía sobre ladrillos un coche viejísimo. Shannon no podía decir que supiera de coches, pero pensó que sin duda ese pobre había visto mejores días.

Los postigos de la casa y el porche delantero estaban perfectamente pintados de un azul claro que se unía suavemente con el gris de la piedra. No había desorden en el porche, sólo un par de mecedoras que parecían ser una invitación, lo mismo que la puerta, que estaba abierta.

Sin embargo, Shannon decidió llamar antes de entrar y preguntar por el anfitrión:

—¿Murphy?

—Entra. Bienvenida. —La voz del hombre venía de arriba de las escaleras que desembocaban en el vestíbulo principal—. Bajo en un minuto; me estoy terminando de arreglar.

Shannon entró y cerró la puerta detrás de sí. Decidió satisfacer su curiosidad, así que caminó hacia el fondo por el corredor y echó un vistazo a la primera estancia que, de nuevo, tenía la puerta de listones de madera abierta, como en señal de bienvenida.

Era el salón, por supuesto, se dijo Shannon, y estaba tan arreglado como el de Brianna, aunque le hacían falta los toques femeninos del de ella. Los muebles viejos y macizos estaban dispuestos sobre un suelo de parqué que resplandecía. En la chimenea de piedra se consumían unos trozos de carbón humeantes, llenando el recinto con su olor antiguo y seductor. Sobre la gruesa repisa de madera de la chimenea descansaban dos candelabros sinuosos y audaces, como dos torzales color esmeralda. Con seguridad eran obra de Maggie, se dijo Shannon mientras se acercaba a ellos para verlos con más detalle.

Parecían demasiado líquidos, demasiado fundidos para ser sólidos. Sin embargo, sintió frío el vidrio contra sus dedos. En el fondo se podía percibir un sutil y fascinante brillo rubí, como si fuera fuego atrapado dentro del cristal en espera de hacer erupción.

—Parece como si pudieras poner los dedos justo en medio de su corazón, ¿verdad? —comentó Murphy desde el umbral de la puerta.

Shannon asintió con la cabeza mientras pasaba el dedo sobre las ondas del vidrio de nuevo antes de darse la vuelta.

—Maggie es un genio. Aunque preferiría que no le contaras que te lo he dicho.

Levantó una ceja al examinar al hombre que estaba de pie frente a ella. No era muy diferente del hombre que había visto caminar por el campo esa mañana o que tocaba la concertina en el pub. Ahora no llevaba puesta la gorra, de modo que se podía apreciar su pelo grueso y rizado, un poco húmedo todavía por la ducha. Tenía puesto un jersey gris claro y unos pantalones un poco más oscuros.

A Shannon le pareció extraño que le resultara fácil imaginarse a Murphy tanto en la portada de una revista como *GQ* como en la de *Agricultural Monthly*.

—Limpias muy bien tu casa.

—Miras las cosas, a la gente, más como lo haría una artista, una vez que te has acostumbrado a ellas —le respondió mientras sonreía tímidamente—. Lamento haberte hecho esperar.

—No hay problema. Me gusta curiosear el sitio donde vives. —Le quitó los ojos de encima y los clavó en la librería—. Tienes una biblioteca impresionante.

—Aquí tengo sólo algunos libros...

Murphy no se movió de donde estaba cuando Shannon atravesó la sala y se dirigió a la librería: Joyce,

Yeats, Shaw, como era de esperar. O'Neill, Swift y Grayson Thane, por supuesto. Pero también tenía un tesoro oculto de otros escritores: Poe, Steinbeck, Dickens, Byron. La poesía de Kyats, de Dickinson y de Browning. Tenía ediciones maltrechas de Shakesperare y otras, a las que igualmente se les notaba que las habían leído incontables veces, de King, MacAffrey y McMurtrey.

—Es una colección bastante ecléctica —murmuró Shannon—. ¿Y tienes más?

—Sí. Guardo los libros aquí y allá por toda la casa, para que, de esa manera, si uno está de ánimo, no le toque ir lejos. Es todo un placer tener un libro siempre a mano.

—Mi padre no era muy buen lector, a menos que el libro tuviera que ver con temas de negocios. Pero a mi madre y a mí nos encanta… Nos encantaba leer. Al final ella estaba tan enferma que yo le leía.

—Tú fuiste una presencia reconfortante para ella. Y una alegría.

—No sé… —Shannon trató de sacudirse un poco y de sonreír alegremente—. Bueno, ¿me vas a hacer un *tour*?

—Una niña sabe cuándo la quieren —le contestó Murphy quedamente, y luego la tomó de la mano—. Y sí, te voy a hacer un *tour*. Primero fuera, antes de que llueva.

Y Shannon lo hizo detenerse al menos seis veces antes de que terminaran el recorrido desde el frente de la casa hasta la parte de atrás. Murphy le explicó el porqué del techo, que tenía enormes vigas, y la función del cuartito que estaba hacia la derecha, en donde a su madre todavía le gustaba tejer cuando iba a visitarlo.

La cocina era tan grande como un granero y tan escrupulosamente aseada como ninguna que Shannon hubiera visto antes. Sin embargo, la sorprendió ver frascos de colores llenos de hierbas alineados sobre la encimera y el resplandor de las sartenes con fondo de cobre que colgaban sobre ella.

—Lo que tengas en el horno huele fantástico.

—Es pollo, pero todavía le falta un poco más de tiempo. Mira, pruébate éstas —le dijo Murphy al tiempo que sacaba unas botas de caucho de un armario que había en la cocina.

—No iremos a salir a meternos en una barrizal... —atinó a decir Shannon, frunciendo el ceño.

—Es lo más probable —le contestó Murphy mientras se acuclillaba a su lado y la ayudaba a meter un pie en una bota—. Cuando se tienen animales, también se tiene estiércol. Estarás más feliz con estas botas.

—Pensaba que dejabas a las vacas a la intemperie en los campos.

Encantado, Murphy sonrió a Shannon.

—No se puede ordeñar en campo abierto, sino en el establo, y eso se hace de noche. —Murphy la sacó afuera por la puerta trasera y allí él mismo también se puso botas—. Se me hizo tarde para recibirte porque uná de las vacas se ha puesto enferma.

—Ay, ¿es grave?

—No, no creo, pero necesita una medicina.

—¿Tú mismo le das su medicamento? ¿No tienes un veterinario?

—No para las cuestiones de todos los días.

Shannon miró a su alrededor y se descubrió a sí misma sonriendo de nuevo: otro cuadro, pensó. Otras construcciones en piedra estaban alineadas entre varios corrales. Ovejas lanosas se apiñaban frente al abrevadero. Una enorme e intimidante máquina de afilados dientes descansaba bajo un cobertizo. Y llenaban el aire los balidos y los graznidos de los animales que todavía no estaban listos para dar por terminado el día.

Y en medio de la escena estaba *Con*, sentado pacientemente junto a un corral batiendo la cola.

—Apuesto a que Brie lo ha mandado para que se asegure de que me voy a portar bien contigo.

—No sé. Parece un perro tanto tuyo como de ella. —Shannon vio cómo Murphy se le acercaba y se agachaba a saludar al perro—. Yo pensaba que un granjero debía tener uno o dos perros, al menos.

—Tuve uno, que se murió; el próximo invierno hará siete años —dijo, y con la naturalidad que da el amor mutuo, Murphy le acarició las orejas a *Con*—. He pensado comprarme otro varias veces, pero al final nunca encuentro el momento.

—Pero tienes todo lo demás. No sabía que también criabas ovejas.

—Sólo unas pocas. Mi padre, en cambio, era el rey de las ovejas. —Se enderezó y la tomó de la mano mientras caminaban—. Yo soy un hombre más lechero, podríamos decir.

—Brianna dice que prefieres los caballos.

—Los caballos son un placer para mí. Tal vez en uno o dos años logre que se mantengan a sí mismos. Hoy he vendido un potranco muy, muy bonito. El gusto de hacer negocios casi ha compensado el pesar que me ha producido perderlo.

Shannon levantó la mirada y la fijó en Murphy mientras él abría la puerta del granero.

—Se supone que los granjeros no se apegan.

—Un caballo no es como una oveja que sacrificas para el almuerzo del domingo.

Con sólo imaginarse el matadero Shannon se sintió lo suficientemente mareada como para dar por terminada la conversación, de manera que cambió de tema.

—¿Aquí es donde ordeñas?

—Sí —respondió Murphy, que la guió hacia un espacio límpido en donde había relucientes máquinas de acero inoxidable y el olor a leche y a vacas inundaba el aire—. No es tan romántico como hacerlo manualmente, como cuando era un niño, pero así es más rápido, más limpio y más efectivo.

—Todos los días —murmuró Shannon.

—Dos veces al día.

—Es bastante trabajo para un hombre solo.

—El muchacho de la finca de al lado me ayuda; tenemos un acuerdo.

Mientras Murphy le seguía mostrando el lugar, todo el granero y fuera el depósito y los otros cobertizos, Shannon no creyó que un muchacho supusiera mucha diferencia, teniendo en cuenta la gran cantidad de trabajo que había que hacer.

Pero fue fácil olvidarse de todo el sudor y de los músculos que había que ejercitar cada hora del día cuando Murphy la llevó al establo de los caballos.

—Ah, son incluso más hermosos de cerca.

Demasiado encantada como para ser precavida, Shannon levantó una mano y le acarició la mejilla a una potrilla castaña.

—Ésta es mi *Jenny*. La tengo sólo desde hace dos años, pero nunca la voy a vender. Es mi chica.

El sonido de la voz del hombre bastó para que la potranca concentrara su atención en él. Si Shannon hubiera creído que tales cosas eran posibles, habría jurado que estaba coqueteando con Murphy.

¿Y por qué no?, reflexionó de inmediato. ¿Qué hembra no encontraría irresistibles esas enormes y hábiles manos y la manera en que frotaban y acariciaban? ¿O esa voz suave que murmuraba absurdas palabras de amor?

—¿Montas, Shannon?

—Hmmm... —El nudo que se le hizo en la garganta la obligó a tragar saliva—. No, nunca he montado. De hecho, creo que ésta es la vez que más cerca he estado de un caballo.

—Pero no les tienes miedo, lo que te facilitará aprender, si alguna vez te dan ganas.

Murphy la paseó entre los animales y le permitió consentir a su potrilla y acariciar a los potrancos y jugar con ellos, que apenas habían nacido en la primavera, y la vio reírse del potro juguetón que la habría mordido en el hombro si Murphy no hubiera puesto la mano para evitarlo.

—Debe de ser maravilloso crecer así —comentó Shannon mientras caminaban de regreso a la casa—. Con todo este espacio y estos animales. —Se rio mientras se detenían en la puerta de la cocina para quitarse las botas antes de entrar en la casa—. Y todo el trabajo que esto implica, por supuesto. Pero te debe de encantar, si decidiste quedarte.

—Éste es mi sitio, pertenezco a él. Ven, entremos y sentémonos. Tengo un vino que creo que te va a gustar.

Con camaradería, se lavaron las manos juntos en el fregadero.

—¿Nadie de tu familia quiso quedarse a trabajar aquí, en la finca?

—Soy el hijo mayor, y cuando mi padre murió, la responsabilidad recayó en mí. Mis hermanas mayores se casaron y se mudaron para formar sus propias familias. —Sacó una botella de vino del refrigerador y un abrebotellas de un cajón—. Después mi madre se volvió a casar, al igual que Kate, mi hermana menor. Tengo un hermano menor, pero quería ir a la universidad a estudiar electrónica.

Shannon abrió los ojos de par en par, mientras Murphy servía el vino.

—¿Cuántos hermanos sois?

—Cinco. Éramos seis, pero mi otro hermano murió cuando todavía era un bebé. Mi padre murió cuando yo tenía doce años, y mi madre se casó de nuevo cuando yo tenía más de veinte, así que sólo quedamos los cinco.

—Sólo… —Shannon se rio entre dientes, sacudió la cabeza y habría levantado la copa, pero Murphy la contuvo.

—Que siempre tengas palabras cálidas en las tardes frías, que la luna llena ilumine tus noches oscuras y que el camino siempre esté allanado hasta tu puerta.

—*Slainté* —contestó Shannon, y sonrió al tiempo que bebía—. Me gusta tu granja, Murphy.

—Me alegra oírtelo decir, Shannon —replicó Murphy, que la sorprendió al inclinarse hacia ella y darle un beso en una ceja.

Gotas de lluvia empezaron a resonar suavemente contra las ventanas y el techo cuando Murphy se enderezó nuevamente y fue a abrir la puerta del horno. Los olores que se dispersaron por la cocina le hicieron la boca agua a Shannon.

—¿Por qué será que siempre se oye decir que la comida irlandesa no es tan buena?

Murphy sacó la fuente refractaria del horno y la puso sobre la cocina.

—Pues la verdad es que la mayoría de las veces es un poco insípida. Cuando era pequeño nunca me di cuenta, pero cuando Brie empezó a experimentar en la cocina y me usó como conejillo de indias, empecé a notar que mi madre no era tan buena cocinera. —Se volvió a mirar a Shannon por encima del hombro—. Pero negaré hasta la muerte lo que acabo de decir si decides contar tal calumnia.

—Tu madre nunca oirá tal cosa de mí —replicó, poniéndose de pie, pues tenía demasiada curiosidad como para no ir a echar un vistazo más de cerca. El pollo estaba dorado, tenía gotas de humedad y manchas de especias y estaba rodeado de patatas y zanahorias que se habían dorado también—. Tiene una pinta maravillosa.

—Es culpa de Brie. Ella me sembró en el jardín varias plantas aromáticas y especias. Me dio la lata hasta que saqué el tiempo de cuidarlas.

Shannon se recostó contra la encimera mientras lo miraba.

—¿No te sentiste un poco molesto cuando llegó Gray y te robó parte del tiempo que ella te dedicaba?

Por un momento Murphy se sintió desconcertado, pero después sonrió mientras pasaba el pollo de la refractaria a una bandeja.

—Brie no era la persona para mí ni yo para ella. Hemos sido de la familia demasiado tiempo. Tom fue un padre para mí cuando el mío murió, y Brie y Maggie siempre han sido mis hermanas. —Cortó un pequeño trozo de la pechuga—. Pero no es un sentimiento fraternal el que tengo por ti, Shannon. Te he esperado demasiado tiempo.

Shannon se dio la vuelta, asustada, pero Murphy se movió suavemente hasta que la encajonó nuevamente contra la encimera. Sin embargo, lo único que hizo fue acercarle el trozo de pollo a los labios. Y le pasó delicada, seductoramente, el pulgar por el labio inferior cuando ella aceptó su ofrecimiento.

—Está delicioso. En serio —dijo, pero sintió el pecho pesado y se asustó aún más cuando Murphy le pasó una mano por el pelo. Enderezó rígidamente la columna, que le hormigueaba, hasta que quedaron ojos contra ojos—. ¿Qué estás haciendo, Murphy?

—Pues cortejarte, Shannon —le contestó él, y le dio un ligero beso en los labios, casi como una brisa.

10

¿Cortejarla? Shannon se quedó atónita y sólo atinó a mirarlo. Era ridículo, y la palabra era de lo más tonta, y no tenía nada que ver con ella o con su estilo de vida. Sin embargo, se le había soltado con facilidad a Murphy su lengua irlandesa. Shannon tenía que hacer que se la tragara de nuevo, y rápido.

—Es una locura. Absurdo.

Murphy le acarició la cara de nuevo, apenas rozándole la mandíbula con los dedos.

—¿Por qué?

—Pues... porque sí. —Tratando de defenderse, Shannon dio un paso atrás y gesticuló con la copa que tenía en la mano—. En primer lugar, casi no me conoces.

—Pero claro que te conozco... —Más divertido que ofendido por la reacción de Shannon, Murphy se giró y empezó a arreglar el pollo en la bandeja—. Te reconocí en el instante mismo en que te vi.

—No me vengas otra vez con ese misticismo celta, Murphy —repuso Shannon, caminando de vuelta a la mesa, levantando la copa y dando un largo sorbo—. Soy norteamericana, maldita sea. En Nueva York la gente no va por ahí cortejando a la gente.

—Tal vez eso es parte de lo que está mal allá. —Llevó la bandeja con el pollo hasta la mesa—. Siéntate, Shannon, no querrás que se quede frío, ¿no?

—Comer... —Shannon entornó los ojos antes de cerrarlos en señal de frustración—. Ahora se supone que debo comer.

—Has venido a comer, ¿no? —Como todo un buen anfitrión, Murphy le sirvió en el plato que estaba frente a ella, se sirvió en el suyo y después prendió unas velas—. ¿No tienes hambre?

—Sí, tengo hambre. —Se dejó caer en la silla, se puso la servilleta sobre el regazo y tomó el tenedor y el cuchillo. Y durante los minutos siguientes comió, mientras consideraba mentalmente sus opciones—. Voy a ser razonable contigo, Murphy.

—Está bien —replicó él. Cortó un trozo de pollo de su plato, lo probó y se sintió complacido al comprobar que había hecho un buen trabajo—. Sé razonable, entonces.

—Número uno: tienes que entender que voy a estar aquí sólo una semana más, dos, a lo sumo.

—Te vas a quedar más tiempo —dijo Murphy tranquilamente mientras continuaba comiendo—. No has empezado a resolver los problemas y los sentimientos que te trajeron hasta aquí. No has preguntado ni una sola vez por Tom Concannon.

—Tú no sabes nada de mis sentimientos —contestó ella mirándolo con frialdad.

—Yo creo que sí, pero dejémoslo así por el momento, ya que te molesta. Pero te vas a quedar, Shannon, porque hay cosas que tienes que afrontar. Y perdonar. Tú no eres una cobarde. Eres fuerte y tienes corazón.

Shannon odió que Murphy estuviera viendo en ella cosas que se estaba negando a admitir, incluso a sí misma. Tomó uno de los panecillos que él había llevado a la mesa, lo partió por la mitad y observó el vapor que salió.

—Si me quedo una semana o un año, no tiene nada que ver con esto.

—Todo tiene que ver con esto —contestó Murphy suavemente—. ¿Te gusta la comida?

—Está buenísima.

—¿Seguiste pintando después de que me fuera?

—Sí, yo… —Masticó, tragó otro trozo y lo señaló con el tenedor—. Estás cambiando de tema.

—¿Qué tema?

—Tú sabes muy bien a qué tema me refiero, así que vamos a aclarar las cosas de una buena vez. No quiero que me cortejes…, no quiero que nadie me corteje. No sé cómo son las cosas por aquí, pero en el lugar de donde yo vengo las mujeres son independientes y están en igualdad de condiciones con los hombres.

—Yo tengo mi propia opinión al respecto. —Tomó su copa con lentitud y consideró lo que iba a decir mientras bebía—. Es cierto que en general a los hombres irlandeses les cuesta mucho trabajo ver a las mujeres como sus iguales. Sin embargo, se han dado varios cambios en la generación pasada, pero es un proceso lento. —Puso a un lado la copa y prosiguió con la comida—. Conozco a varios a quienes puedo considerar mis amigos que no estarían totalmente de acuerdo conmigo, y yo creo que es porque he leído mucho a lo largo de los años y porque he pensado sobre lo que he leído. Yo creo que una mujer tiene los mismos derechos que un hombre, en cuanto a lo que éste tiene y en cuanto a lo que éste hace.

—Pues qué bien por ti —murmuró Shannon.

Murphy sólo sonrió.

—Es un paso gigantesco para alguien a quien criaron como a mí. Ahora, a decir verdad, no sé cómo reaccionaría si tú quisieras cortejarme.

—No quiero.

—Ahí lo tienes. —Murphy levantó una mano y sonrió como si Shannon justamente hubiera demostrado el punto que él quería demostrar—. Y que yo te corteje no tiene nada que ver con derechos o igualdad, no te hace ni menos ni más. Es sólo que yo he tenido la iniciativa, por decirlo de alguna manera. Tú eres la cosa más hermosa que he visto en toda mi vida. Y te digo que he sido muy afortunado porque he visto mucha belleza.

Shannon se desconcertó por el placer que le produjeron las palabras de Murphy, así que bajó la mirada hacia el plato. Estaba segura de que debía de haber una manera de manejar la situación, de manejarlo a él. Era sólo cuestión de encontrarla.

—Murphy, me siento halagada. Cualquier mujer lo estaría.

—Estabas más que halagada cuando te besé, Shannon. Ambos sabemos lo que pasa cuando lo hago.

Shannon pinchó un trozo de pollo.

—Está bien, es cierto que me siento atraída hacia ti. Eres un hombre guapo y con encanto. Pero no estoy tan segura de que me interese llevar las cosas más allá.

—¿No estás segura? —Por Dios, pero si era un placer conversar con ella, pensó Murphy—. ¿Y por qué no habrías de estar segura, si es evidente que me deseas tanto como yo a ti?

Shannon tuvo que frotarse las palmas de las manos contra la servilleta para secarse el sudor.

—Porque es un error obvio. Estamos considerando este asunto desde dos puntos de vista diferentes, y nunca se van a encontrar. Me gustas. Eres un hombre interesante, pero la cosa es sencilla: no estoy buscando una relación afectiva. Maldita sea, si apenas hace unas semanas terminé una. Prácticamente estuve comprometida. —La inspiración se apoderó de ella, de modo que se inclinó hacia delante y sonrió con engreimiento—. Solía dormir con él.

—«Solía» parece ser la clave —contestó Murphy levantando una ceja—. Seguramente le tenías cariño.

—Por supuesto que le tenía cariño. No me paso la vida metiéndome en camas de extraños... —Al escucharse, siseó entre dientes. ¿Cómo diablos había logrado Murphy volver esa información en su contra?

—Según lo veo yo, estamos hablando de tiempo pasado. Les he tenido suficiente cariño a varias mujeres como para acostarme con ellas. Pero no he amado a ninguna antes de a ti.

El pánico hizo que a Shannon se le desvaneciera el color de la cara.

—Tú no estás enamorado de mí, Murphy.

—Te amo desde el momento en que puse los ojos en ti —lo dijo tan quedamente, sin ningún aspaviento, que Shannon no tuvo otra opción que creerle... Y durante un momento le creyó completamente—. Antes de verte, de alguna manera había estado esperándote, Shannon. Y por fin estás aquí.

—Esto no está sucediendo —dijo ella temblorosamente, y se levantó de la mesa—. Escúchame bien, Murphy: tienes que quitarte todas estas locuras de la cabeza. No va a funcionar. Estás idealizando la situación. Estás alucinando, y lo único que vas a lograr es abochornarnos a los dos.

Murphy entrecerró los ojos, pero Shannon no se dio cuenta debido a las chispas que estaba echando; no percibió el cambio ni lo peligroso que podía ser.

—¿Que te quiera te abochorna?

—No tergiverses mis palabras, Murphy —le contestó ella con furia—. Y no trates de hacer que parezca fútil o superficial sólo porque no quiero que me cortejen. Dios santo, «cortejar». Incluso la palabra es ridícula.

—¿Hay alguna otra que prefieras?

—No, no hay ninguna otra que prefiera. Lo que prefiero, y espero, es que dejes de darme la lata con este tema.

Murphy se quedó sentado en silencio por un instante, tratando de lidiar con el sentimiento de rabia que le crecía por dentro.

—¿Porque no sientes nada por mí?

—Así es —respondió, y puesto que era mentira, la voz le sonó aguda—. ¿Realmente tienes la ingenua idea de que voy a caer mansamente en cualquier absurdo plan que estés fraguando? ¿Que me case contigo y me quede a vivir aquí? La esposa de un granjero, por Dios santo. ¿Acaso me veo como la esposa de un granjero? Tengo una carrera. Y una vida.

Murphy se movió con rapidez y ella no tuvo tiempo más que para inhalar un suspiro tembloroso. La tomó de los brazos, le hundió los dedos en la piel. Su rostro era un estudio de luz y sombra de la furia.

—¿Y mi vida es menos que la tuya? —le preguntó en tono exigente—. ¿Lo que tengo, todo por lo que he trabajado, incluso lo que soy yo es menos que tú? ¿Algo que hay que desdeñar? —A Shannon el corazón le empezó a latir como el de un conejo, con sacudidas desbocadas, y sólo pudo atinar a negar con la cabeza. ¿Quién habría pensado que Murphy podía tener tan mal humor?—. Puedo aceptar que no sepas que me amas y puedo no hacer nada para ayudarte a entender que estamos hechos el uno para el otro. Pero por nada del mundo voy a aceptar que desdeñes lo que soy y desprecies todo aquello por lo que mi familia y yo, durante generaciones, hemos trabajado.

—No es eso lo que he querido decir...

—¿Acaso crees que la tierra sólo está ahí, tan bonita como en una fotografía, esperando a que la cosechen? —El titilar de las velas cubrió el rostro de Murphy de sombras, lo que lo hizo tan fascinante como peligroso—. Se derramó sangre por ella y más sudor del que se puede pesar. Mantenerla es una labor ardua, y mantenerla no es suficiente. Si eres demasiado orgullosa como para aceptarla como tuya, entonces deberías sentirte avergonzada.

Shannon estaba respirando agitadamente y tuvo que hacer un esfuerzo para que el aire entrara y saliera despacio.

—Me estás haciendo daño, Murphy.

El hombre la soltó como si de repente la piel de ella lo hubiera quemado. Dio un paso atrás, con movimientos torpes por primera vez desde que ella lo conocía.

—Discúlpame, por favor.

Era su turno para sentirse avergonzado. Sabía que tenía manos grandes y conocía la fuerza de la que eran capaces. Le horrorizó darse cuenta de que las habría usado, incluso con furia ciega, para dejarle una marca en el cuerpo.

La expresión de repugnancia por sí mismo en el rostro de Murphy contuvo a Shannon de frotarse el ardor que sentía en los brazos. A pesar de que no lo comprendía, instintivamente sabía que era un hombre gentil que consideraría hacerle daño a una mujer el pecado más bajo que pudiera imaginarse.

—No ha sido mi intención ofenderte —dijo Shannon lentamente—. Estaba molesta y furiosa y tratando de hacerte entender que somos diferentes. En lo que somos y en lo que queremos.

—¿Qué quieres tú? —le preguntó él mientras hundía las manos en los bolsillos de su pantalón.

Shannon abrió la boca, pero la cerró de inmediato ante la sorpresa de comprender que no tenía una respuesta.

—He tenido demasiados cambios drásticos en mi vida en los últimos dos meses, así que necesito un poco más de tiempo antes de poder contestar esa pregunta. Pero de lo que sí estoy segura es de que no quiero una relación afectiva.

—¿Me tienes miedo? —inquirió Murphy con una cuidadosamente preparada voz neutral—. No era mi intención hacerte daño.

—No, por supuesto que no te tengo miedo. —Y sin poder evitarlo dio un paso adelante y le acarició una mejilla—. Un temperamento fuerte entiende a otro, Murphy. —Sintiéndose casi segura de que la crisis había pasado, le sonrió—. Olvidemos todo esto y seamos amigos, ¿te parece?

En lugar de responderle de inmediato, Murphy tomó la mano que ella tenía sobre su mejilla y la deslizó hasta que sus labios pudieron posarse tiernamente sobre la palma.

—«Mi generosidad es tan inmensa como el mar; mi amor, igual de profundo; cuanto más te doy, más tengo, pues ambos son infinitos».

Shakespeare, pensó Shannon mientras sentía que el cuerpo se le ablandaba. Murphy le estaba citando a Shakespeare con esa hermosa voz.

—No me digas esas cosas, Murphy, no es un juego limpio.

—Pero si tú y yo estamos más allá de cualquier juego, Shannon. Ninguno de los dos es un niño y tampoco somos tontos. Y yo no te voy a hacer daño. —Murphy habló en un tono tranquilizador, como lo hacía cuando estaba calmando a un caballo, porque Shannon se había agitado cuando él le había pasado los brazos alrededor del cuerpo—. Dime qué sentiste cuando te besé por primera vez.

No era una respuesta difícil de dar, entre otras cosas porque era lo mismo que estaba sintiendo en ese momento.

—Tentada.

Murphy sonrió y le posó los labios sobre la sien.

—Pero eso no fue todo, hubo más, ¿no es cierto? Algo así como si hubieras estado recordando algo.

—Yo no creo en esas cosas —contestó ella mientras sentía cómo su cuerpo rehusaba obedecer las órdenes de su cabeza de mantenerse rígido y distante.

—No te he preguntado en qué crees —dijo él mientras sus labios hacían un recorrido paciente desde la sien hasta la mandíbula—, sino qué sentiste. —Al otro lado de la barrera de seda a Shannon se le empezó a calentar la piel. Murphy pensó que iba a perder la razón de tanto contener su deseo de deshacerse de esa barrera y encontrar debajo todo de ella—. No es algo de ahora —añadió, y se dio la licencia de deslizarse un poco hacia la boca de ella y saborear la manera en que se rendía a él—. Sino como una repetición de algo anterior.

—Eso es una tontería —dijo Shannon, pero la voz pareció salirle de un lugar muy lejano—. Y esto es una locura. —Pero incluso mientras pronunciaba esas palabras hundió las manos entre el pelo de él y se lo agarró para traerlo más cerca, aún más cerca, hasta que el placer traspasó las barreras de la razón—. No podemos hacer esto. —El ronroneo de placer le resonó en la garganta y le llenó deliciosamente la boca a Murphy—. Es sólo cuestión de química.

—Que Dios bendiga la ciencia —dijo él casi tan falto de aliento como ella; entonces la hizo empinarse sobre los dedos y se torturó a sí mismo. Sólo por un momento, se juró. Y saqueó.

Explosiones estallaron dentro de ella, una tras otra hasta que su sistema se agotó por el color y la luz. En un arranque de codicia, Shannon se aferró a Murphy en una lucha por obtener más.

Tócame, maldición. La orden hizo erupción dentro de su cabeza, pero las manos del hombre no hicieron más que abrazarla mientras todo el cuerpo de ella ansiaba ser poseído. Sabía cómo se sentirían las manos de él sobre su piel. Lo sabía, y habría podido llorar por la fuerza que tenía ese conocimiento. Palmas duras, caricias suaves que la excitarían hasta el límite.

Con un instinto feroz que no sabía que yacía dormido dentro de ella, le enterró los dientes en el labio, para provocarlo, para retarlo. Pero tuvo que echar la cabeza hacia atrás cuando él maldijo violentamente, con el rostro resplandeciente de triunfo.

Entonces empalideció, gradualmente. Los ojos de Murphy eran los ojos del guerrero, oscuros, mortales y aterradoramente familiares.

—Dios... —La palabra emergió de ella mientras luchaba por apartarse. Tratando de respirar, de lograr equilibrarse, se llevó las manos al pecho—. Detente. Dios, tenemos que detenernos.

Tambaleándose sobre la fina línea del autocontrol, Murphy empuñó las manos y dejó caer los brazos a los lados del cuerpo.

—Te deseo más de lo que deseo respirar. Me está matando, Shannon, este deseo por ti me está matando.

—He cometido un error —replicó, pasándose las manos temblorosas por el pelo—. He cometido un terrible error. Lo siento. No voy a permitir que esto vaya más allá. —Pudo sentir una fuerza que la llevaba hacia él, negativo hacia positivo. Poder hacia poder—. Aléjate de mí, Murphy.

—No puedo. Sabes que no puedo.

—Tenemos un problema. —Decidida a calmarse, caminó inestablemente hacia la mesa y levantó su copa de vino—. Pero podemos resolverlo —se dijo a sí misma y bebió—. Siempre existe una manera de resolver un problema. No me hables —le ordenó al hombre al tiempo que levantaba una mano como un guardia de tráfico—. Déjame pensar.

Lo más extraño de todo era que ella nunca se había considerado una persona muy sexual. Había tenido algunos momentos placenteros una que otra vez con hombres a quienes les tenía afecto y a quienes respetaba. Pero «placentero» era una descripción ridículamente pálida de lo que había hecho erupción en ella con Murphy.

Eso era sexo, pensó ella, y asintió con la cabeza. Y era algo que estaba permitido, que estaba bien. Ambos eran adultos y no tenían ningún tipo de compromiso con nadie más. Sin lugar a dudas le tenía afecto a Murphy y lo respetaba, incluso podía decir que lo admiraba en muchos aspectos. Entonces, ¿qué tenía de malo echar una aventura loca antes de establecerse y decidir qué quería hacer con lo que le quedaba de vida?

Nada, decidió Shannon, excepto ese absurdo asunto del cortejo. Así las cosas, se dijo mientras bebía nuevamente de su copa de vino, lo que tenían que hacer era librarse del obstáculo.

—Queremos dormir juntos —empezó Shannon.

—Pues la verdad, me parecería un enorme placer dormir contigo, pero antes preferiría hacerte el amor una docena de veces.

—Déjate de juegos semánticos, Murphy —le dijo, y después sonrió, pues se sintió aliviada de ver que el habitual buen humor de Murphy le llenaba los ojos de nuevo—. Estoy segura de que podemos resolver este problema de una manera razonable y satisfactoria para los dos.

—A veces tienes una forma de hablar maravillosa. —La voz de Murphy sonó colmada de admiración y placer—. Incluso cuando lo que dices no tiene ningún sentido. Es tan digna… Y con tanta clase…

—Cállate, Murphy. La cuestión es que tienes que estar de acuerdo conmigo en que la idea de que tengamos una relación a largo plazo no es viable. —Cuando Murphy sólo siguió sonriendo, Shannon exhaló un suspiro malhumorado—. Está bien. Te lo voy a poner claro: nada de cortejo.

—He entendido lo que quieres decir, cariño. Es sólo que me gusta escucharte hablar. Yo no tengo ningún problema con la viabilidad de vivir el resto de mi vida contigo. Y a duras penas he empezado a cortejarte. Ni siquiera he bailado contigo todavía.

Sintiéndose impotente ante Murphy, Shannon se frotó la cara con las manos.

—¿En serio eres tan cabezota?

—Es lo que mi madre dice siempre. «Murphy, una vez que se te mete una idea en la cabeza, nada puede hacer que cambies de opinión» —le explicó con una sonrisa—. Te va a caer bien mi madre.

—Nunca la conoceré.

—Por supuesto que la conocerás. Ya lo estoy planeando. Bueno, ¿qué estabas diciendo?

—Estaba diciendo… —repitió Shannon perpleja—. ¿Cómo voy a recordar lo que estaba diciendo cuando te empeñas en salir con ese tipo de cosas? Lo haces a propósito, sólo para empañar lo que debería estar perfectamente claro.

—Te amo, Shannon —le respondió él, y la dejó fría—. Es así de simple. Quiero casarme contigo y que formemos una familia juntos. Pero eso es anticiparse mucho.

—Lo mismo diría yo. Voy a ser tan clara y concisa sobre este tema como me sea posible. Yo no te amo, Murphy, y no quiero casarme contigo —repuso, entrecerrando los ojos—. Y si sigues sonriéndome de esa manera, te voy a sacudir.

—Puedes darme una bofetada o puede que luchemos un poco, pero es probable que sólo sirva para que solucionemos la primera parte de este asunto en este momento y aquí mismo, en el suelo de la cocina. —Murphy dio un paso hacia delante, y se sintió complacido cuando ella levantó la barbilla nerviosamente—. Porque una vez que vuelva a ponerte las manos encima, cariño, no te puedo prometer que las vaya a quitar antes de que haya terminado.

—Ya me he hartado de tratar de ser razonable. Gracias por la cena. Ha sido muy interesante.

—Es probable que quieras ponerte un chubasquero que te proteja de la lluvia.

—No...

—No seas tonta —le dijo mientras descolgaba uno de los suyos del perchero—. Sólo conseguirás mojarte la bonita blusa que llevas puesta y que se te hiele la piel.

Shannon se lo arrancó de las manos antes de que él pudiera ayudarla a ponérselo.

—Está bien. Te lo devolveré después.

—Llévatelo cuando vayas a pintar, si te viene bien. Yo puedo pasar a recogerlo por allí.

—Puede que no vaya —le contestó mientras metía los brazos en la desgastada y suave tela del chubasquero; después se quedó un momento de pie con las mangas colgándole más allá de los dedos de las manos—. Buenas noches.

—Te acompaño hasta el coche —dijo, y mientras ella empezó a protestar, Murphy la tomó del brazo y la guió fuera de la cocina y después a lo largo del corredor.

—Te vas a mojar —le dijo ella cuando llegaron a la puerta principal.

—No me afecta la lluvia. —Al llegar al coche, muy sabiamente Murphy se tragó una sonrisa—. Es el lado equivocado, a menos que quieras que yo conduzca hasta el hotel.

Shannon apenas frunció el ceño y caminó alrededor del coche, para ponerse en el lado correcto.

Murphy decidió besarle la mano en lugar de la boca al considerar el humor de ella y le abrió la puerta.

—Sueña dentro de un sueño —murmuró él—. Poe escribió unas líneas magníficas con respecto a eso. Vas a soñar conmigo esta noche, Shannon, así como yo voy a soñar contigo.

—No, no voy a soñar contigo —le contestó ella con firmeza, y cerró de golpe la puerta después de haberse sentado en el asiento del conductor. Se subió las mangas del chubasquero, encendió el coche, metió la marcha atrás, enderezó y se dirigió hacia el camino inundado por la lluvia.

Murphy debía de tener suelto algún tornillo de la cabeza, decidió mientras conducía. Ésa era la única explicación. La única opción que le quedaba era no darle a Murphy absolutamente ningún tipo de incentivo de allí en adelante.

No más cenas íntimas en la cocina, no más música y risas en el pub, no más conversaciones fluidas ni besos increíbles en el campo.

Maldita sea. Cómo iba a echar de menos todo eso. Todo. Aparcó delante del hotel y echó el freno de mano. Murphy le había despertado sensaciones y deseos que no sabía que podía tener, pero ahora no le daba otra opción que pisotearlos.

Cabeza de chorlito, pensó al cerrar la portezuela del coche y correr hacia la casa.

Entonces abrió la puerta y tuvo que hacer un esfuerzo por no fruncir el ceño al encontrarse con Brianna, que era toda sonrisas en la entrada.

—Ay, qué bien que Murphy te haya prestado un chubasquero. Se me ocurrió pensarlo cuando te fuiste. Bueno, ¿lo has pasado bien?

Shannon abrió la boca y se sorprendió de que las tonterías habituales no estuvieran al alcance de su lengua.

—Ese hombre ha perdido la razón.

Brianna pestañeó sin entender.

—¿Murphy?

—¿Quién va a ser? Te lo estoy diciendo, se le ha aflojado un tornillo de la cabeza. No hay manera de razonar con él.

En un gesto tan natural que ninguna de las dos lo notó, Brianna tomó a Shannon de la mano y empezó a llevarla hacia la cocina.

—¿Os habéis peleado?

—¿Pelearnos? No, no diría tanto. Uno no puede tener una pelea con una persona chalada.

—Hola, Shannon. —Cuando la puerta de la cocina se abrió, Gray levantó la mirada e hizo una pausa en el trayecto que recorría una enorme cuchara de natillas entre el tazón y su boca—. ¿Cómo ha ido la cena? ¿Te queda espacio para un poco de postre? Brie hace las mejores natillas del mundo.

—Shannon ha tenido jaleo con Murphy —informó Brianna a su marido mientras le ofrecía a Shannon una silla para que se sentara; después, fue hasta la cocina para retirar del fuego la tetera.

—No puede ser. —Intrigado, Gray hizo a un lado el tazón y fue a por otro—. ¿Y cuál ha sido el motivo?

—Poca cosa. Es sólo que quiere casarse conmigo y que tengamos hijos.

A Brianna se le resbaló la tetera de la mano y por poco se estrelló contra el suelo.

—Estás bromeando —le dijo, conteniendo una carcajada.

—Sí, todo es una broma, pero no soy yo quien se la ha inventado. —Metió la cuchara ausentemente dentro del tazón que Gray le había puesto delante—. Murphy dice que me está cortejando. —Resopló y se llevó la cuchara a la boca—. ¿Puedes superar semejante tontería? —le preguntó a Gray en tono exigente.

—Ah… —replicó, pasándose la lengua por los dientes—. No.

Lentamente, con los ojos abiertos de par en par, Brianna se sentó a la mesa.

—¿Dijo que quería cortejarte?

—Dijo que ya lo estaba haciendo —contestó Shannon, y se llevó otra cucharada de postre a la boca—. Se le ha metido la absurda idea de que ha sido amor a primera vista y de que estamos destinados el uno al otro y no sé qué otras ridiculeces. Que es recordar y reconocernos. Idioteces —concluyó, y sirvió el té ella misma.

—Murphy nunca ha cortejado a nadie. Nunca ha querido.

Shannon entrecerró los ojos y se volvió a mirar a Brianna.

—Quisiera que todo el mundo dejara de usar esa palabra tan anticuada. Me pone nerviosa.

—¿La palabra o lo que significa? —le preguntó Gray.

—Ambas cosas —respondió, y apoyó la barbilla sobre el puño—. Como si las cosas no fueran ya suficientemente complicadas.

—¿Murphy te es indiferente? —inquirió Brianna.

—No, no me es indiferente. —Shannon hizo una mueca—. No exactamente.

—Se enreda la trama —comentó Gray, que sonrió ante la mirada airada que le dirigió Shannon—. Tienes que entender que los irlandeses son de naturaleza testaruda. No sé si los irlandeses del Oeste son los peores, pero si Murphy ha puesto los ojos en ti, en ti se van a quedar.

—No eches leña al fuego, Gray. —Con compasión espontánea, Brianna puso una mano sobre la de Shannon—. Shannon está molesta, y hay corazones involucrados.

—No, no hay ningún corazón involucrado. —Al menos en eso Shannon podía ser firme—. Considerar irse a la cama con un hombre y decidir pasar el resto de la vida con él son dos cosas totalmente diferentes. Y en cuanto a él, simplemente es un romántico. —Con el ceño fruncido se concentró en rebañar los restos de natillas del tazón—. Es una locura pensar que un par de sueños extraños tienen algo que ver con el destino.

—¿Murphy ha tenido sueños extraños?

Shannon se volvió a mirar a Brianna distraídamente otra vez.

—No sé, no se lo he preguntado.

—Pero tú sí los has tenido... —Gray no podría haberse sentido más complacido. Se inclinó hacia delante—. Cuéntamelos. Especialmente las partes sexuales.

—Ya basta, Grayson.

Pero Shannon no pudo evitar reírse. Era extraño, pensó, que justo allí hubiera encontrado al hermano mayor que siempre había querido tener.

—Todo es sexual —le contestó ella lamiéndose un labio.

—¿En serio? —Gray se inclinó un poco más—. Empieza por el principio y no te dejes ninguna parte. Ningún detalle es demasiado pequeño.

—No le prestes atención, Shannon.

—Está bien... —Más que satisfecha, Shannon hizo a un lado el tazón vacío—. Tal vez a ambos os parezca interesante. Nunca había tenido un sueño recurrente. De hecho, se trata más de viñetas que se suceden en orden aleatorio. O eso parece.

—Ahora sí que me estás enloqueciendo —se quejó Gray—. Suéltalo de una vez.

—Está bien, está bien. Empieza fuera, en el campo, donde está el círculo de piedras. Es gracioso, pero es como si hubiera soñado que estaba allí antes de haberlo visto. Pero eso no es posible. En cualquier caso —siguió, espantando el pensamiento— está lloviendo. Y hace frío, el suelo está escarchado. Suena como vidrio que se quiebra cuando piso. No yo —se corrigió riéndose a medias—, sino la mujer del sueño. Entonces aparece un hombre de cabello y capa oscuros en un caballo blanco. Se pueden ver el vapor que emanan ambos y las salpicaduras de barro en las botas y la armadura del hombre. Cabalga hacia mí, o sea, hacia ella, a toda marcha. Y ella está allí, de pie, con el pelo ondeando al viento y… —Shannon se interrumpió cuando notó la expresión de perplejidad en los ojos de Brianna y la mirada silenciosa y rápida que intercambiaron ella y Gray—. ¿Qué sucede? —preguntó en tono exigente.

—Parece la historia de la bruja y el guerrero. —A Gray los ojos se le habían oscurecido y los tenía clavados intensamente en el rostro de Shannon—. ¿Qué pasa después?

Shannon puso las manos debajo de la mesa y las entrelazó.

—Dímelo tú.

—Bien. —Gray miró a Brianna, que le hizo un gesto de aprobación para que contara la historia—. La leyenda dice que había una vez una mujer sabia, una bruja, que vivía en estas tierras. Tenía el don de la adivinación, y al ser tanto una carga como una bendición, la mujer vivía alejada del resto de la gente. Una mañana fue al círculo de piedras a comulgar con sus dioses y allí encontró al guerrero, que estaba herido, y a su caballo a su lado. Como la bruja tenía también el poder de sanar, le curó las heridas y lo cuidó hasta que el hombre estuvo fuerte de nuevo. Durante ese tiempo se enamoraron y se volvieron amantes. —Hizo una pausa para servir té otra vez en las tres tazas. Levantó la suya y bebió—. Él la dejó, por supuesto, porque había guerras en las cuales debía pelear y batallas que estaba comprometido a ganar. Él le prometió que volvería y ella le regaló un broche para que se cerrara la capa y la recordara todos los días.

—¿Y sí lo hizo? —Shannon se aclaró la garganta—. ¿Sí volvió?

—Se dice que sí, que cabalgó hacia ella a través del campo en una tormenta que fustigaba el cielo. Él deseaba hacerla su esposa, pero no quería renunciar a su espada y a su escudo. Entonces pelearon amargamente por ese asunto. Parecía que no importaba cuánto amor se tuvieran el uno al otro, ninguno de los dos quería ceder. La siguiente vez que él se marchó, le devolvió el broche a la mujer para que lo recordara hasta que volviera. Pero el guerrero nunca regresó. Se dice que murió en otras tierras. Y por su don de la clarividencia, la bruja supo el momento mismo en que sucedió.

—Es sólo una leyenda. —Debido a que repentinamente los tres se habían quedado helados, Shannon puso las manos alrededor de su taza—. Yo no creo en esas cosas. No puedes decirme que tú sí.

Gray se encogió de hombros y replicó:

—Sí, yo sí puedo creer en esas cosas. Puedo creer que esas dos personas existieron y que algo muy fuerte las unía y que ese lazo pudo haber perdurado a lo largo de los años. Lo que me produce curiosidad es por qué soñaste tú con ellos.

—He soñado un par de veces con un hombre en un caballo —dijo Shannon con impaciencia—. Y estoy segura de que infinidad de psiquiatras harían su agosto con esos sueños. No están relacionados el uno con el otro. Estoy cansada —añadió mientras se ponía de pie—. Me voy a la cama.

—Llévate la taza de té —le dijo Brianna con amabilidad.

—Gracias.

Cuando Shannon salió de la cocina, Brianna le puso la mano sobre el hombro a Gray.

—No te excedas con ella, Grayson. Está triste.

—Se sentiría mejor si dejara de guardarse tantas cosas dentro. —Con una media sonrisa volvió la cara y le dio un beso en la mano a su mujer—. Precisamente yo lo sé.

—Shannon necesita tiempo, igual que tú antes. —Brianna suspiró larga y profundamente—. Murphy... ¿Quién lo hubiera pensado?

11

No era que Shannon estuviera evitando ir al círculo de piedras, sencillamente se quedó dormida. Y si había tenido sueños, pensó mientras tomaba un desayuno tardío con café y panecillos, difícilmente era una sorpresa. Natillas antes de acostarse y una leyenda contada por un maestro narrador de historias eran sinónimo de una noche intranquila.

Sin embargo, la claridad de los sueños la preocupaba. A solas podía admitir que había sentido el sueño de la noche anterior. No había sido una simple visión. Había sentido la áspera manta bajo la espalda, el picor del pasto, el calor y el peso del cuerpo del hombre sobre ella. Dentro de ella.

Exhaló un largo suspiro y presionó una mano contra su estómago, justo en el punto en donde el recuerdo del sueño la hacía sentir un tirón de anhelo.

Había soñado que hacía el amor con el hombre que tenía el rostro de Murphy…, pero que no era el rostro de Murphy. Estaban en el círculo de piedras, con las estrellas nadando en el cielo sobre ellos y una luna de plata suspendida en lo alto como un faro. Había escuchado el ulular de un búho, había sentido el aliento cálido y rápido que le acariciaba la mejilla. Sus manos sabían cómo se sentían esos músculos que se tensaban y se contraían. Y sabía, mientras su cuerpo hacía erupción en el clímax, que ésa sería la última vez.

Le dolía pensar en ello, le dolía tanto que ahora, que estaba despierta y consciente, las lágrimas le ardían y todavía amenazaban con abrirse paso.

Levantó su taza de café otra vez. Se advirtió que tenía que salir de esa situación y volver a su normalidad si no quería engrosar la fila que sus colegas hacían delante del consultorio del terapeuta de la oficina.

El alboroto que oyó procedente de la puerta trasera la obligó a poner mejor cara. Quienquiera que fuera, Shannon agradeció la distracción. Aunque no lo suficiente como para complacerse cuando vio que era Maggie.

—Pero si ya te voy a dejar entrar… —le dijo Maggie a *Con*—. No necesitas empujarme. —El perro entró en tromba por la puerta abierta, corrió hasta la mesa, se metió debajo y se echó allí con un largo suspiro de sufrimiento—. Estoy segura de que eres bienvenido. —La sonrisa espontánea de Maggie se enfrió varios grados cuando vio a Shannon sola en la cocina—. Buenos días. Le he traído a Brie algunas bayas.

—Tenía cosas que hacer. Gray está trabajando arriba.

—Entonces se las dejo. —Sintiéndose completamente en casa, Maggie atravesó la cocina y se dirigió a la nevera, donde guardó la bolsa con las bayas—. ¿Lo pasaste bien en tu cena con Murphy?

—Las noticias vuelan —dijo Shannon, que no pudo evitar molestarse—. Me sorprendería si no supieras qué me preparó.

Con una sonrisa tan fina como su propio humor, Maggie se volvió y repuso:

—Oh, con seguridad fue pollo. A Murphy se le da bastante bien el horno, aunque no está acostumbrado a cocinar para mujeres. —Se quitó la gorra y se la metió en el bolsillo del pantalón—. Le gustas, ¿no?

—Yo diría que eso es asunto de él y mío.

—Pues te equivocas. Y te advierto que tengas cuidado con él.

—No me interesan tus advertencias. Ni tu actitud descortés.

Maggie inclinó la cabeza, en un gesto que reflejaba mucho más desdén que curiosidad.

—Pues dime en qué estás interesada entonces, Shannon Bodine. ¿Te parece divertido coquetear con un hombre, aunque no tengas más intención que la de jugar con él? Claro. Si eso es algo que te corre por la sangre.

El destello rojizo de furia fue cegador. Shannon se puso de pie de un golpe y cerró las manos en sendos puños.

—Maldita sea. No tienes ningún derecho de juzgar a mi madre.

—Tienes razón. Absolutamente toda la razón —dijo Maggie, y si hubiera podido morderse la lengua, habría retirado sus palabras y la injusticia que yacía detrás de ellas—. Mis disculpas.

—¿Por qué? Si has dicho exactamente lo mismo que tu madre.

Maggie sólo pudo fruncir el ceño.

—No habrías podido apuntar mejor ese dardo. Sí, he dicho lo mismo que ella y me he equivocado tanto como ella. Así que me disculpo de nuevo también por eso.

Pero no por el resto. —Para calmarse, o por lo menos para tratar de hacerlo, Maggie fue hasta la cocina y puso a calentar la tetera—. Pero te pregunto, y puedes ser sincera ya que estamos solas, si no has pensado de mi padre algo bastante parecido a lo que he dicho sobre tu madre.

La exactitud de la pregunta hizo que Shannon retrocediera.

—Si lo he hecho, por lo menos he sido lo suficientemente bien educada como para no mencionarlo.

—Siempre me ha parecido que con demasiada frecuencia la buena educación y la hipocresía van de la mano. —Complacida por el siseo que se le escapó a Shannon, Maggie sacó la caja del té—. Entonces que entre nosotras no haya ninguna de las dos. Las circunstancias han hecho que compartamos la misma sangre, un hecho que no nos complace mucho que digamos ni a ti ni a mí. Tú no eres una mujer suave, por lo que he podido ver. Yo tampoco lo soy. Pero Brianna sí.

—¿Entonces también la vas a proteger de mí?

—Si es necesario, sí. Si hieres a alguno de los míos, te haré pagar por ello. —Con la expresión preparada, Maggie se dio la vuelta—. Entiéndeme: es obvio que Brie ya te abrió su corazón, y si Murphy no lo ha hecho, pronto lo hará.

—Y tú ya has cerrado el tuyo, igual que tu mente.

—¿Acaso tú no? —Maggie caminó hacia la mesa y puso las manos abiertas sobre ésta con las palmas hacia abajo—. ¿Acaso no llegaste aquí con el corazón y la mente decididos y bien cerrados? A ti no te importa lo que sufrió Pa, sólo estás pensando en ti. No te importa que él nunca tuviese la oportunidad de buscar su felicidad, que nunca...

Maggie se interrumpió, la visión se le nubló y perdió el equilibrio. Sudando, se recostó contra la mesa, luchando por mantenerse en pie. Cuando empezó a tambalearse, Shannon la tomó por los hombros.

—Siéntate, por Dios santo.

—Estoy bien.

—Sí, claro. —Maggie estaba tan pálida como la muerte y los ojos casi se le habían puesto en blanco—. Ya haremos otro *round*.

Pero Maggie se dejó caer mansamente sobre una silla y no protestó lo más mínimo cuando Shannon le presionó firmemente la cabeza entre las rodillas.

—Respira. Respira o algo. ¡Mierda! —Shannon le dio una palmada incómoda en un hombro y empezó a preguntarse qué debía hacer—. Voy a por Gray, para que llame al médico.

—No necesito un médico. —Intentando librarse del mareo, Maggie buscó a tientas la mano de Shannon—. No lo molestes. Esto es normal cuando estás embarazada. Lo mismo me pasó las primeras semanas cuando estaba esperando a Liam. —Temblorosa y con náuseas, Maggie se sentó derecha. Sabía cómo funcionaba el asunto, de manera que mantuvo los ojos cerrados y empezó a respirar lenta y pausadamente. Luego los abrió con sorpresa cuando sintió un paño frío sobre la cara—. Gracias.

—Bebe un poco de agua. —Con la esperanza de que fuera la opción correcta, Shannon le puso en la mano a Maggie un vaso de agua que acababa de servir—. Todavía estás muy pálida.

—Ya pasará. Es sólo la manera que tiene la naturaleza de recordarte que en los nueve meses siguientes las cosas se van a poner peores.

—Qué pensamiento tan alegre… —Shannon volvió a sentarse con la mirada fija en el rostro de Maggie—. ¿Por qué vas a tener otro?

—Me gustan los retos. Y quiero tener más hijos…, lo que ha sido una gran sorpresa para mí, porque nunca supe que quería tener el primero. Es una aventura, de verdad, te sientes un poco mareada, te produce un poco de malestar por las mañanas y te hinchas como un cerdo al que están engordando.

—Pues te creo. Ya te está volviendo el color.

—Entonces puedes dejar de mirarme como si me fueran a salir alas. —Se quitó el paño de la frente y lo puso sobre la mesa, entre ellas—. Gracias.

—No ha sido nada —replicó Shannon, aliviada, y se recostó contra el respaldo de su silla.

—Ya que lo mencionas —dijo Maggie cogiendo el paño—, te agradecería que no le contaras a Brie, ni a nadie, que he tenido una especie de desmayo. Se preocuparía, y después Rogan empezaría a darme la lata.

—¿Y a ti te va mejor protegiendo que dejándote proteger?

—Sí, podría decirse que sí.

Shannon tamborileó con los dedos sobre la mesa mientras pensaba. Habían cruzado una línea, pensó, y ninguna de las dos se había percatado de ello. Tal vez ella podía dar el siguiente paso deliberado.

—¿Quieres que no diga nada sobre esto?

—Sí, así es.

—¿Cuánto vale para ti mi silencio?

Pillada desprevenida, Maggie pestañeó.

—¿Cuánto vale?

—Podríamos llamarlo un intercambio de favores.

—Podríamos —contestó Maggie, y asintió con la cabeza, el ceño fruncido—. ¿Qué favor quieres de mí?

—Quiero ver el lugar donde trabajas.

—¿Donde trabajo? —La suspicacia tiñó su voz y sus ojos—. ¿Quieres entrar en mi taller?

Nada podría apetecerme más, decidió Shannon.

—He oído que odias que vaya gente a tu taller, curiosee y te haga preguntas. Y eso es justamente lo que yo quiero hacer. —Se levantó y llevó su taza al fregadero—. De lo contrario, puede escapárseme que te has desmayado en la cocina.

—No me he desmayado —murmuró Maggie—. Uno ni siquiera puede tener un vahído en paz... —añadió, al tiempo que se levantaba—. Se supone que la gente debe tener consideración con las mujeres embarazadas. Vamos, pues —dijo, obviamente disgustada; luego sacó la gorra del bolsillo y se la puso.

—Pensaba que yo podría conducir.

—Típico de una yanqui —repuso Maggie molesta—. Iremos caminando.

—Está bien. —Shannon cogió el chubasquero de Murphy del perchero y siguió a Maggie—. ¿Dónde está Liam? —preguntó mientras andaban por el prado trasero.

—Con su padre. A Rogan se le ocurrió que yo necesitaba un poco de reposo esta mañana, así que se lo ha llevado durante unas horas a la galería.

—Me gustaría visitarla. La galería. Conozco la Worldwide de Nueva York.

—Ésta no es elegante. La meta de Rogan era construir un hogar para el arte, no que fuera una exposición. Sólo se presentan allí artistas y artesanos irlandeses. Ya va a hacer un año desde que se inauguró, y Rogan ha logrado lo que se propuso. Bueno, la verdad es que él siempre logra lo que se propone. —Con agilidad, Maggie saltó sobre el primer muro.

—¿Lleváis mucho tiempo casados?

—Pronto hará dos años. Ésa fue otra de las cosas que se propuso. —El pensamiento la hizo sonreír, recordar cómo lo había rechazado en cada paso del camino—. ¿No quieres casarte? ¿No hay algún hombre esperándote a tu regreso?

—No. —Como si hubiera sido una indicación del director de una obra de teatro, Shannon oyó el sonido de un tractor y a lo lejos vio a Murphy arando la tierra—. Me estoy concentrando en mi carrera.

—Sé cómo es eso. —Maggie levantó una mano haciendo una onda—. Irá a la ciénaga a cortar turba. Es un buen día para hacerlo, y él prefiere la turba a la leña o al carbón.

Hogueras de turba y ciénagas, pensó Shannon. Pero, Dios santo, ¿no estaba adorable montado en el tractor, arando su tierra y con los rayos del sol bañándolo?

—¿Y va a hacerlo solo?

—No. Tendrá ayuda. Es raro que un hombre corte turba él solo. No muchos lo hacen ahora, porque lleva mucho tiempo y requiere mucho esfuerzo. Pero Murphy siempre aprovecha lo que tiene. —Maggie hizo una pausa y describió un círculo lento—. Este año va a tener una buena cosecha. Después de que su padre muriese, se volcó por completo en esta tierra. Y la hizo resplandecer igual que lo hizo su padre antes que él; mi padre, sin embargo, nunca pudo. —Mientras empezaban a caminar de nuevo, Maggie le lanzó una mirada de reojo a Shannon—. Una vez ésta fue tierra Concannon.

—Murphy mencionó que la había comprado. —Pasaron el siguiente muro. Ahora estaban lo suficientemente cerca de la granja como para ver a las gallinas raspando el suelo—. ¿Entonces ésta era vuestra casa?

—Sí, pero no nos tocó a nosotras. Crecimos en Blackthorn. Si te remontas unas pocas generaciones, verás que los Muldoon y los Concannon eran parientes. Hubo dos hermanos que heredaron esta tierra y la partieron entre ellos. En una parte no podías sembrar una semilla sin que floreciera. Pero la otra no parecía ser tan fértil, en ella sólo crecían piedras. Sin embargo, se dice que el dueño de esa parte bebía más de lo que araba. Ambos hombres se tenían celos, había odio entre ellos y sus esposas no se hablaban si se encontraban cara a cara.

—Encantador… —comentó Shannon, que estaba demasiado intrigada por la historia como para acordarse de ponerse el chubasquero prestado.

—Y un buen día, el segundo hermano, el que había preferido la cerveza al fertilizante, desapareció. Se desvaneció. Como las herencias funcionaban así en esa época, el primer hermano se convirtió entonces en el dueño de toda la tierra. Permitió que su cuñada y sus sobrinos se quedaran en la cabaña, la que es mi casa hoy día. Algunos dijeron que lo hizo motivado por la culpa, porque se sospechaba que él se había librado de su hermano.

—¿Lo mató? —Sorprendida, Shannon levantó la mirada—. ¿Qué es esto? ¿Caín y Abel?

—Un poco, supongo. Aunque en esta historia, el hermano asesino heredó el jardín en lugar de que lo expulsaran de él. Su apellido era Concannon, y cuando el tiempo pasó, una de las hijas del hermano desaparecido se casó con un Muldoon. El tío les dio una parcela, y la trabajaron bien. Y con el paso de los años la marea cambió. Ahora es tierra Muldoon y los Concannon sólo tienen los extremos.

—¿Y no lo sientes?

—¿Por qué habría de sentirlo? Es mera justicia. Y aunque no lo fuera, aunque el otro hermano se cayese en un pantano en plena borrachera, es Murphy el que ama esta tierra, mucho más de lo que mi propio padre pudo amarla nunca. Ya llegamos. Ésta es mi parte.

—Es una casa muy bonita —comentó Shannon, y era cierto, pensó mientras la examinaba.

Era un poco más que una cabaña, decidió, a pesar de que sin lugar a dudas ése era el espíritu del lugar. La bonita piedra tan típica de la zona se levantaba en dos pisos y tenía un cambio interesante en uno de los ángulos, lo que la hizo suponer que debía de ser una ampliación. Y el toque de la artista, pensó, en los extremos pintados de morado papagayo.

—Esa parte es una ampliación que hicimos para que Rogan pudiera tener una oficina aquí y para que hubiera suficiente espacio para Liam. —Maggie sacudió la cabeza al tiempo que se daba la vuelta—. Y Rogan insistió en que añadiéramos una o dos habitaciones más ya que estábamos de obras. Ya estaba planeando toda la descendencia, aunque esa idea no se me ocurrió en ese momento.

—Pero parece que le estás dando gusto en ese tema.

—Ay, es que a Rogan lo hace tan feliz la idea de familia... Tal vez le venga de ser hijo único. Y yo he descubierto que me pasa lo mismo. Tengo talento para la maternidad y me enorgullece ser madre. Es extraño cómo una persona puede cambiar tanto.

—Creo que no había notado cuánto lo amas —contestó Shannon quedamente—. Pareces tan... independiente.

—¿Y qué tiene una cosa que ver con la otra? —Maggie exhaló un suspiro y frunció el ceño hacia la edificación de piedra que era su santuario, su soledad. Su taller—. Bueno, hagamos esto. Pero el trato no dice nada de que pongas tus manos sobre mis cosas.

—La famosa hospitalidad irlandesa...

—Al cuerno con ella —dijo Maggie con una sonrisa, y fue a abrir la puerta.

El calor fue todo un impacto, y explicaba el trepidante rugido. Shannon había empezado a escucharlo a un campo de distancia. El horno estaba prendido, y verlo hizo que se sintiera culpable de mantener a Maggie lejos de su trabajo.

—Lo siento. No me había dado cuenta de que estaba retrasando tu tarea.

—No tengo ninguna prisa por ahora.

La culpa no tuvo ni una oportunidad ante la fascinación. Bancos y estantes repletos de herramientas, hojas sueltas por ahí, obras en proceso… Había una silla de madera de enormes brazos, con ranuras y relieves tallados y lijados a los lados. También se veían varios baldes llenos de agua o arena. En una esquina, como lanzas apiladas, se veían unos largos palos metálicos.

—¿Ésas son las cañas?

—Punteles. Se usan para unir el vidrio en la punta y fundirlo en el horno. La caña se usa para soplar la burbuja. —Maggie cogió una y se la mostró—. La estrechas con las pinzas.

—Una burbuja de vidrio… —Fascinada, Shannon examinó las columnas, los cucuruchos, las vasijas y las mechas que Maggie tenía sin orden aparente sobre los estantes—. Y con ella haces lo que quieras.

—Haces lo que sientas. Hay que hacer una segunda concentración, amasarla y enfriarla para formar lo que llamamos la piel. La mayor parte del trabajo se hace sentado en tu propia silla, y te tienes que levantar incontables veces para volver al horno. Hay que mantener el puntel o la caña en movimiento, usando la gravedad, luchando contra ella. —Maggie inclinó la cabeza—. ¿Quieres probar?

—Por supuesto que sí —contestó Shannon sonriendo, y tan emocionada que no tuvo tiempo de sorprenderse por la invitación.

—Algo simple —murmuró Maggie mientras empezaba a preparar las cosas—. Una pelota plana en la base, como un pisapapeles.

Unos minutos después, Shannon se encontró con las manos enfundadas en unos guantes pesados y con un puntel entre ellas. Siguiendo las instrucciones de Maggie, hundió la punta del puntel en el horno y le dio la vuelta.

—No seas tan codiciosa —le dijo Maggie de un golpe—. Cuesta tiempo.

«Cuesta esfuerzo», pensó Shannon. No era trabajo para debiluchos. El sudor empezó a correrle por la espalda, pero dejó de sentirlo en cuanto vio que la burbuja empezaba a formarse al final de la caña.

—¡Lo he conseguido!

—No, todavía no —repuso Maggie, pero guió las manos de Shannon, mostrándole cómo hacer la segunda concentración y rodarla sobre el mármol. Le explicó cada paso, y ninguna de las dos se dio cuenta del todo de que estaban trabajando en equipo y que lo estaban disfrutando.

—Ay, esto es fantástico —dijo Shannon, aturdida por la emoción, como una cría, y sonrió a la pelota de vidrio—. Mira esos remolinos de color…

—No tiene sentido hacer algo feo. Usa esto para aplanar la base. Ten cuidado, muy bien. Tienes manos hábiles —comentó, y le dio la vuelta a la caña para mostrarle a Shannon cómo unir el otro extremo al puntel—. Ahora dale un golpe certero, justo ahí. —Shannon pestañeó cuando la pelota se separó de la caña y se quedó pegada al puntel—. Primero de vuelta al horno —continuó Maggie con sus instrucciones, pero ahora con impaciencia—. Para calentar el labio. Así, muy bien. No demasiado. Ahora al otro, para templar la pieza. Ahora coge esa lima y dale un golpe con ella de nuevo.

Cuando la pelota aterrizó en una gruesa cama de asbesto, Maggie cerró la puerta del horno con mucha propiedad y ajustó el temporizador.

—¡Qué maravilla!

—Lo has hecho bastante bien —la alabó Maggie, agachándose ante el pequeño refrigerador y sacando dos latas de gaseosa—. No eres torpe de manos, ni estúpida.

—Gracias —le contestó Shannon secamente, y le dio un largo trago a su bebida—. Creo que la lección ha superado el trato.

—Entonces estás en deuda conmigo —replicó Maggie sonriendo.

—Eso parece. —Distraídamente, Shannon echó un vistazo a los borradores que estaban desperdigados sobre un banco—. Esos dibujos son buenísimos. Vi algunos de tus bocetos y de tus pinturas en Nueva York.

—No soy pintora, pero Rogan no es de los que deja pasar un negocio, por pequeño que sea, así que escoge los dibujos que más le gustan y los manda enmarcar.

—No voy a discutir sobre el hecho de que tu trabajo en vidrio es muy superior a tus dibujos.

Maggie estaba bebiendo, pero al escuchar a Shannon se atragantó.

—¿No?

—No, pero Rogan tiene muy buen ojo y estoy segura de que selecciona los mejores.

—Sí, con certeza. Tú sí eres pintora, ¿no? Estoy segura de que se requiere un talento excepcional para dibujar anuncios.

Sintiéndose desafiada, Shannon dejó la gaseosa sobre el banco.

—No creerás que eres mejor que yo, ¿no?

—Bueno, no he visto ninguno de tus dibujos, ¿verdad? Salvo, tal vez, cuando he pasado las páginas de una revista mientras espero en el dentista.

Shannon cogió un trozo de carboncillo de Maggie y buscó un cuaderno que tuviera páginas en blanco, lo que le llevó algo de tiempo. Mientras Maggie se quedó recostada perezosamente contra el banco, Shannon se inclinó sobre el papel y empezó a trabajar. Empezó con trazos rápidos, azuzados por el disgusto. Después sí la invadió el placer de dibujar y el deseo de encontrar la belleza.

—Pero si es Liam…

La voz de Maggie se fue derritiendo como mantequilla al ver a su hijo emerger en el papel. Shannon estaba dibujando sólo la cabeza y los hombros, concentrándose en la picardía que siempre bailaba en los ojos y la boca del niño. Tenía desordenado el pelo oscuro y los labios arqueados en una semisonrisa.

—Siempre parece como si acabara de meterse en líos, o como si los estuviera buscando —murmuró Shannon mientras sombreaba.

—Sí, así es. Es un encanto, mi Liam. Lo has capturado tan bien, Shannon…

Preocupada por la voz conmovida de Maggie, Shannon levantó la mirada.

—Por favor, no vayas a empezar a llorar.

—Hormonas… —Maggie se sorbió la nariz y sacudió la cabeza—. Ahora supongo que tendré que decir que tienes mejor mano que yo a la hora de dibujar.

—Reconocimiento aceptado. —Shannon garabateó sus iniciales en una esquina del papel y lo desprendió del cuaderno con cuidado—. Éste es un intercambio justo por un pisapapeles —le dijo, y le ofreció el dibujo a Maggie.

—No, no lo es. La balanza está más inclinada hacia un lado de nuevo. Te debo otro favor.

Shannon cogió un trapo y se limpió el polvo de carboncillo de las manos. Se quedó mirándose los dedos.

—Háblame sobre Thomas Concannon.

No supo de dónde vino la necesidad y no se sorprendió menos que Maggie por la petición que acababa de hacer. La pregunta quedó zumbándole en la cabeza unos largos segundos.

—Ven dentro. —De repente, el tono de Maggie era suave, al igual que la mano que puso sobre el hombro de Shannon—. Podemos tomar un té mientras hablamos.

Y allí fue donde las encontró Brianna cuando entró en la cocina de Maggie con Kayla en un brazo y una cesta de pan recién horneado en el otro.

—No sabía que estabas aquí, Shannon —dijo, y nunca se la hubiera imaginado allí, sentada a la mesa de Maggie mientras ella preparaba el té—. Te…, te he traído pan, Maggie.

—Gracias. ¿Por qué no cortas unas rebanadas ya? Estoy muerta de hambre.

—No pensaba quedarme…

—Yo creo que deberías. —Maggie miró por encima del hombro y clavó la mirada en los ojos de Brianna—. Kayla se ha quedado dormida; ¿por qué no dejas que duerma la siesta aquí?

—Está bien —contestó Brie, demasiado consciente de la tensión que había en el aire; después puso el pan sobre la mesa y salió con su hija.

—Está preocupada porque empecemos a insultarnos —comentó Maggie—. Brie no es buena para pelear.

—Es muy delicada.

—Sí, así es, a menos que le presiones el botón equivocado. Entonces se vuelve una fiera. Y siempre resulta peor de lo que es, porque es una reacción que nadie espera de ella. Brie fue quien encontró las cartas que escribió tu madre. Las teníamos guardadas en el desván, en una caja que Pa usaba para guardar las cosas que eran importantes para él. No la revisamos, al igual que otras cosas más, sino mucho tiempo después de que muriese. —Maggie llevó la tetera a la mesa y se sentó—. Era algo difícil para nosotras, y mi madre vivía en la casa con Brie hasta hace un par de años. Para mantener la poca paz que fuera posible, Brie no hablaba mucho de Pa.

—¿Realmente las cosas eran así de malas entre tus padres?

—Peor que malas. Se encontraron tarde en la vida. Fue un impulso, pura pasión. Aunque Pa me dijo que alguna vez sí hubo amor entre ellos, al principio de su relación.

—¿Maggie? —dijo Brianna vacilante desde el umbral de la puerta.

—Ven y siéntate. Shannon quiere hablar sobre Pa.

Brianna entró de nuevo en la cocina y le pasó una mano sobre el hombro a Shannon, tal vez a modo de demostración solidaria, tal vez como muestra de gratitud, antes de sentarse junto a ella a la mesa.

—Sé que es difícil para ti, Shannon.

—Sí, pero tengo que afrontarlo, lo he estado evadiendo. —Levantó los ojos y miró con atención a ambas hermanas—. Quiero que entendáis que tuve un padre.

—Yo pensaría que es una mujer muy afortunada la que puede decir que tuvo dos —apuntó Maggie—. Y que ambos la quisieron. —Cuando Shannon sacudió la cabeza, Maggie continuó—. Pa era un hombre amoroso. Y generoso. Demasiado generoso a veces. Como padre fue cariñoso y paciente y muy divertido. No era muy inteligente, ni tampoco fue exitoso, y tenía la costumbre de dejar las cosas a medias.

—Siempre estaba a tu lado si necesitabas que te animaran —murmuró Brianna—. Tenía sueños enormes, algunos estrafalarios, y planes absurdos. Siempre estaba tratando de hacer fortuna, pero murió más rico de amigos que de dinero. Maggie, ¿te acuerdas de la vez que decidió criar conejos para venderlos por la piel?

—Construyó un corral y compró una pareja de conejos blancos de pelo largo. Mi madre se puso furiosa porque todo costó demasiado, y por la mera idea —prosiguió Maggie—. Conejos en el jardín…

Brianna se rio y sirvió el té antes de continuar con la historia:

—Y pronto tuvimos conejos. Pero una vez que crecieron, Pa no tuvo el valor de venderlos sabiendo que los iban a despellejar. Además, Maggie y yo no hicimos sino llorar porque iban a matar a los pobres animales.

—Entonces salimos una noche —dijo Maggie, retomando ella el relato—, los tres, escondiéndonos como ladrones, y los dejamos en libertad. A la mamá, al papá y a los bebés. Y nos reímos como tontos al verlos alejarse saltando por los campos. —Suspiró y levantó su taza—. Pa no tenía ni corazón ni cabeza para los negocios. En cambio, solía escribir poesía —recordó Maggie—. Pero era malísimo, simples versos sueltos. Siempre fue una terrible desilusión para él no poder encontrar las palabras.

Brianna apretó los labios antes de retomar el recuerdo:

—No fue un hombre feliz. Trató de serlo, y trabajó tan duro como cualquier otro hombre hubiera podido hacerlo para asegurarse de que tanto Maggie como yo lo fuéramos. Pero la casa estaba colmada de ira y, como descubrimos más adelante, de su propio dolor, que se hizo más profundo de lo que nadie habría podido imaginarse. Pero tenía orgullo. Estaba tan orgulloso de ti, Maggie...

—Estaba orgulloso de las dos, Brie. Libró una terrible batalla con mi madre para que yo pudiera ir a Venecia a estudiar. Y no se echó para atrás. Pero lo que ganó para mí lo perdieron él y Brianna.

—No...

—Así fue. —Maggie interrumpió a Brianna—. Todos lo sabíamos. Sin mí en la casa, no tuvo más opción que apoyarse en ti, depender de ti para que cuidaras la casa, la cuidaras a ella, para que te hicieras cargo de todo.

—Yo también quería hacerlo, no fue una imposición.

—Pa te habría dado la luna si hubiera podido. —Maggie puso una mano sobre la de Brianna—. Tú eras su rosa. Así habló de ti el día en que murió.

—¿Cómo murió? —preguntó Shannon. Era difícil unir todas las piezas del rompecabezas, pero estaba empezando a hacerse una imagen del hombre, carne y hueso, defectos y virtudes—. ¿Estaba enfermo?

—Lo estaba, pero nadie lo sabía. —Era doloroso para Maggie, siempre lo sería, regresar a ese día—. Fui a buscarlo al O'Malley's. Acababa de vender mi primera pieza de vidrio, en Ennis. Lo celebramos allí, fue un día grandioso para los dos. Estaba haciendo frío y amenazaba con llover, pero me pidió que diéramos un paseo. Fuimos a Loop Head, adonde él iba con frecuencia.

—Loop Head —repitió Shannon, a quien el corazón se le encogió y empezó a latirle deprisa.

—Era su lugar favorito —continuó Maggie—. Le gustaba detenerse en el borde de Irlanda y mirar sobre el mar hacia América.

No, pensó Shannon, no hacia un lugar, sino hacia una persona.

—Mi madre me contó que se conocieron allí, se conocieron en Loop Head.

—Oh… —Brianna cruzó los brazos y bajó la mirada hacia ellos—. Pobre Pa. Debía de verla cada vez que iba allí.

—Fue el nombre de ella lo último que dijo cuando estaba agonizando. —A Maggie no le importaron las lágrimas que brotaron de sus ojos, de modo que dejó que le corrieran por las mejillas—. Estaba haciendo frío, un frío horrendo, y el viento soplaba con fuerza y las gotas de lluvia empezaban a caer. Le estaba preguntando por qué se había conformado todos esos años con una relación infeliz. Trató de decirme, de explicarme, que se necesitan dos personas para construir un matrimonio, bueno o malo. Yo no quería escucharlo, y le pregunté si alguna vez había habido alguien más en su vida. Y me dijo que había amado a una mujer, y que había sido como una flecha en el corazón, pero que no había tenido derecho a estar con ella. —Suspiró temblorosamente y continuó—. Entonces comenzó a tambalearse y la cara se le puso gris. El dolor lo hizo hincarse de rodillas, y yo me asusté mucho, y le grité que se levantara y traté de ponerlo en pie. Quería un sacerdote, pero allí no había nadie más que nosotros dos, estábamos solos bajo la lluvia. Me dijo que fuera fuerte, que no les diera la espalda a mis sueños. No lograba cobijarlo de la lluvia. Pronunció mi nombre. Luego dijo Amanda. Sólo Amanda. Y se murió.

Abruptamente, Maggie se puso de pie y salió de la cocina.

—Todavía le duele —murmuró Brianna—. Nadie la ayudó, tuvo que meter a Pa en el coche ella sola y traerlo de vuelta. Debo ir con ella.

—No. Déjame a mí, por favor. —Sin esperar la aprobación de Brianna, Shannon se puso de pie y fue hasta el salón. Maggie estaba allí, mirando por la ventana.

—Yo también estaba sola con mi madre cuando entró en coma; nunca salió de ese estado. —Dejándose guiar por su corazón, Shannon se acercó un poco más a Maggie y le puso una mano sobre el hombro—. No fue al final de la Tierra y el sol estaba brillando en lo alto. Técnicamente seguía viva, pero yo sabía que la había perdido. No había nadie allí que me pudiera ayudar. —Sin decir nada, Maggie levantó una mano y la puso sobre la de Shannon—. Fue el día en que me habló sobre… mí. Sobre ella y Tom Concannon. Yo me enfurecí, se me partió el corazón y le dije cosas de las que no pude retractarme. Sé que amó a mi padre, amó a Colin Bodine. Pero también sé que estaba pensando en su Tommy cuando me dejó.

—¿Deberíamos culparlos? —preguntó Maggie quedamente.

—No lo sé. Todavía siento rabia y todavía me duele. Y peor que todo eso es que no sé quién soy en realidad. Se suponía que me parecía a mi padre. O eso pensaba. —Se le quebró la voz, y entonces hizo un esfuerzo por recuperarla—. El hombre que tú y Brie describís es un extraño para mí, y no estoy segura de que vaya a poder lograr que me importe.

—Sé lo que es tener rabia, yo también la siento. Y también sé, aunque por razones diferentes, lo que es no estar seguro de quién se es y qué hay dentro de uno.

—Él no te habría pedido nada más que lo que puedes dar, Shannon —dijo Brianna entrando en el salón—. Nunca le pidió a nadie nada más que eso —añadió, poniendo la mano sobre la de Shannon, y así quedaron las tres juntas, mirando por la ventana—. Somos familia por la sangre, pero depende de nosotras decidir si podemos ser familia por el corazón.

12

Shannon tenía mucho en qué pensar y quería tener el tiempo para hacerlo. Sabía que había cruzado una línea complicada en la cocina de Maggie.

Tenía hermanas.

No podía seguir negando la conexión, ni parecía que pudiera evitar la emoción que la embargaba. Les tenía cariño y le importaban la vida y la familia que había construido cada una. Se imaginaba que cuando estuviera de regreso en Nueva York el contacto seguiría vivo, por medio de cartas, llamadas y visitas ocasionales. Incluso podía verse a sí misma regresando a Blackthorn una o dos semanas de cuando en cuando a lo largo de los años venideros.

Tendría también las pinturas. Su primer estudio del círculo de piedras estaba terminado. Cuando se había alejado del lienzo terminado, se había sorprendido de haber sido capaz de plasmar su poder y envergadura, al igual que la intensa pasión que emanaba.

Nunca había pintado tan vívidamente, ni había sentido un apego emocional tan fiero a ninguno de sus trabajos. Y esas sensaciones la habían llevado a empezar un cuadro nuevo sin pensar en que el otro todavía se estaba secando. El boceto que había pintado de Brianna en su jardín era ahora una acuarela matizada pero innegablemente romántica casi terminada.

Tenía tantas ideas, temas tan variados... ¿Cómo podía negarse a la luz iridiscente, las varias tonalidades de verde..., el hombre con la gruesa rama de fresno que había visto esa mañana conduciendo a sus vacas por un camino tortuoso? Todo, absolutamente todo, cada cosa y cada cara que veía le pedía a gritos que la pintara.

No vio ningún problema en extender su estancia una o dos semanas más. Consideraba que era un tiempo durante el cual no estaría muy alejada de su trabajo, puesto que podía explorar un aspecto de su arte del que había hecho caso omiso durante prácticamente toda su carrera.

Su libertad financiera era una excelente justificación para alargar el tiempo que quería pasar en Irlanda. Si sus antecedentes en Ry-Tilghmanton no eran lo suficientemente sólidos como para soportar su temporada sabática, entonces sencillamente buscaría otro trabajo, uno mejor, cuando volviera a Nueva York.

Ahora iba caminando hacia la casa de Murphy con su chubasquero colgando del brazo. Había tenido la intención de devolvérselo antes, pero como había estado trabajando cerca del hotel los últimos dos días, no había tenido la oportunidad de hacerlo. Y le había parecido una cobardía demasiado grande delegarle una tarea tan insignificante a Brianna o a Gray.

En cualquier caso, se dirigía a la parte delantera de la casa y se imaginaba que Murphy estaría fuera, en los campos o en el granero. Dejarlo en el porche con una rápida nota de agradecimiento parecía una buena salida.

Pero, por supuesto, Murphy no estaba en los campos ni en el granero. Shannon pensó que debió haber supuesto que la suerte no la acompañaría, como siempre que se trataba de él.

Mientras pasaba la puerta del jardín y continuaba por el camino de entrada, Shannon vio las desgastadas botas que sobresalían por debajo del viejo y pequeño coche.

—¡Mierda! —Shannon abrió los ojos de par en par, pero después le bailaron de diversión por el creativo y constante torrente de tacos que profirió Murphy—. Maldito montón de podredumbre. Esto está tan atascado como la verga de un maldito perro callejero dentro de una perra. —Se escuchó el tintineo de una herramienta de metal contra otra, después un golpe contra el suelo—. Eres la pila de mierda más grande que hay fuera de la porqueriza.

Y tras proferir sus últimas palabras, Murphy salió de debajo del coche. Tenía la cara llena de grasa y encendida por la frustración, y su expresión pasó por una serie de cambios ultrarrápidos cuando vio que Shannon estaba allí.

La consternación, finalmente, dio paso a la vergüenza y ésta, a su vez, a una amplia sonrisa avergonzada.

—No sabía que estabas aquí —dijo, y se frotó el dorso de la mano contra la barbilla y se untó más grasa y un rastro de sangre—. Habría cuidado mi lenguaje de haberlo sabido.

—A mí se me conoce por haber usado algunas de esas mismas palabras —le contestó Shannon con espontaneidad—, aunque no con ese acento cantarín tan bonito. ¿Problemas?

—Podría ser peor. —Se sentó ahí mismo un momento, se estiró y después se puso de pie con gracia casi de bailarín de ballet—. Le prometí a mi sobrino Patrick que se lo pondría en marcha para que lo use, pero parece que me va a llevar más tiempo del que pensaba.

—Si logras poner en marcha semejante cacharro estarás haciendo un milagro —comentó Shannon al tiempo que examinaba el coche.

—Sólo es la transmisión, y sé que puedo arreglarla —replicó, dirigiéndole al coche una mirada reprobatoria final—. Gracias a Dios no es cosa mía dejarlo bonito.

—No quiero entretenerte, sólo… Estás sangrando —observó entonces Shannon, que casi corrió hasta Murphy, lo tomó de la mano y se puso nerviosa al ver que se había cortado el dedo pulgar y estaba sangrando bastante.

—Me he cortado con uno de los malditos…, con uno de los pernos.

—Con el que está atascado como…

—Sí —respondió Murphy, que se puso más rojo que un tomate, lo que Shannon encontró divertido—, con ése.

—Será mejor que te laves las manos —dijo, y fue su turno de sentirse avergonzada por cómo tenía aferrada la mano de Murphy, de modo que la soltó.

—Sí, ya voy. —Sin dejar de mirarla, él sacó del bolsillo de atrás del pantalón un pañuelo y se lo ató al dedo, para detener el flujo de sangre—. Me estaba preguntando cuándo vendrías. Has estado evitándome.

—No, he estado ocupada. Tenía la intención de traerte el chubasquero antes.

Murphy cogió la prenda y la lanzó sobre la capota del coche.

—No hay problema. Tengo otro. —Con una media sonrisa, se recostó contra el coche y sacó un cigarrillo—. Hoy estás preciosa, Shannon Bodine. Y estás a salvo, porque estoy demasiado sucio para molestarte. ¿Has soñado conmigo?

—No empieces con eso, Murphy.

—Tú fuiste la que empezó. —Encendió una cerilla y ahuecó la otra mano alrededor del cigarrillo para prenderlo—. Yo he soñado contigo, sueños de antes y sueños de ahora. Habrían sido reconfortantes si hubieras estado en la cama junto a mí.

—Pues creo que vas a quedarte igual, porque eso nunca va a pasar.

Murphy se rascó una oreja y la miró sonriendo.

—Te vi hace un par de días, caminando por el campo con Maggie. Parecías más tranquila con ella.

—Sólo íbamos a su taller. Quería verlo.

—¿Y te lo mostró? —preguntó él levantando una ceja.

—Así es. Hicimos un pisapapeles.

—«Hicimos» —repitió Murphy con la boca abierta—. ¿Tocaste sus herramientas y no te partió los dedos? Ah, ya entiendo qué pasó —decidió—. La drogaste y después la ataste.

Con engreimiento, Shannon le respondió:

—No fue necesario recurrir a la violencia.

—Debieron de ser esos ojos de hada que tienes —dijo, e inclinó la cabeza—. Ya no hay tanto dolor en ellos. Estás sanando.

—Pienso en ella todos los días. En mi madre. Estuve lejos de ella y de mi padre tanto tiempo durante los últimos años...

—Es lo natural, Shannon. Los hijos crecen y siguen su propio camino.

—Sigo pensando que debí llamarlos más a menudo, debí haber sacado tiempo para ir a visitarlos más. Especialmente después de que mi padre muriese. En ese momento supe lo corta que puede ser la vida, pero seguí sin sacar tiempo para mi madre. —Se dio la vuelta y fue a ver las plantas que estaban floreciendo intensamente en la suavidad de la primavera—. Los perdí a los dos en el plazo de un año, y pensé que nunca sería capaz de recuperarme de ese dolor tan grande. Pero no es cierto, uno sana. El dolor va menguando, incluso si uno no quiere que así sea.

—Ninguno de los dos habría querido que los lloraras demasiado tiempo. Aquellos que nos aman quieren ser recordados, pero con alegría.

Shannon lo miró por encima del hombro.

—¿Por qué es tan fácil hablar contigo sobre este tema? No debería serlo —añadió, y se giró para mirarlo de frente, sacudiendo la cabeza—. Iba a dejarte el chubasquero en el porche; pensé que no estarías en casa. Y planeaba mantenerme alejada de ti.

—Yo habría ido a buscarte —contestó él mientas tiraba el cigarrillo al suelo; después lo pisó para apagarlo—, cuando hubiera calculado que había pasado suficiente tiempo para que te hubieras asentado.

—No va a funcionar, Murphy. Una parte de mí lo lamenta, porque estoy empezando a pensar que eres uno entre un millón. Pero sé que no va a funcionar.

—¿Por qué no vienes hasta aquí y me besas, Shannon? —La invitación fue ligera, amistosa y segura—. Luego puedes seguir con esas tonterías.

—No —dijo ella con firmeza, pero no pudo evitar que se le escapara una carcajada después de haberlo dicho—. Esa soberbia tuya debería sacarme de mis casillas. —Se echó el pelo hacia atrás—. Me voy.

—No, ven dentro y tómate un té conmigo. Aunque me ducharé antes. —Dio un paso adelante, pero tuvo la precaución de no tocarla—. Y después te besaré. —Un grito de júbilo hizo que Murphy se volviera a mirar de quién se trataba. Entonces vio a Liam corriendo por el camino de entrada. Haciendo un esfuerzo, puso el deseo en espera—. Vaya, mira quién ha venido a visitarme. —Murphy se puso en cuclillas y se preparó para recibir el ruidoso beso del niño—. ¿Cómo va todo, Liam? Te cogería, muchacho —le dijo a Liam cuando el niño levantó los brazos hacia él—, pero tu madre me puede despellejar si te ensucio.

—¿Y qué tal si te cojo yo?

Liam cambió alegremente de objeto de afecto y trepó sin dudarlo a los brazos de Shannon, que lo acomodó entre el brazo y la cadera. Un minuto después apareció Rogan en la entrada.

—Es como una bala perdida en cuanto se acerca a diez metros de este lugar. —Rogan levantó una ceja en cuanto vio el pequeño coche—. ¿Cómo va eso?

—Bastante más que lentamente. Shannon y yo íbamos a tomarnos un té, ¿nos acompañáis?

—No nos importaría, ¿verdad, Liam?

—Té —repitió él con una sonrisa, dándole a continuación un fuerte beso en la boca a Shannon.

—Pensar en la tarta que puede ir con el té es lo que hace que le guste tanto —comentó Rogan secamente—. Es a ti a quien quería ver, Shannon. Me has ahorrado una caminata.

—Oh… —dijo ella, tan sorprendida que se quedó como pegada al suelo, aunque decidió tomárselo filosóficamente y llevó a Liam dentro de la casa.

—Pasad a la cocina —les pidió Murphy—, me voy a duchar.

Mientras Liam parloteaba en una jeringonza incomprensible, Shannon y Rogan entraron en la cocina. La asombró verlo llenar la tetera de agua, medir el té y calentar la jarra. Supuso que no debería ser así, pero Rogan era tan… natural, pensó. Su ropa podía ser informal, pero todo en él transmitía la idea de dinero, privilegio y poder.

—¿Puedo hacerte una pregunta? —le dijo Shannon rápidamente, antes de poder cambiar de opinión.

—Por supuesto.

—¿Qué hace un hombre como tú aquí?

Rogan sonrió tan espontánea y deslumbrantemente, que Shannon tuvo que hacer un esfuerzo para mantener la boca cerrada. Se dio cuenta de que esa sonrisa era un arma más que poderosa.

—No hay a la vista un edificio de oficinas —empezó él—. Ni un teatro, ni un restaurante francés.

—Exactamente. No es que no sea un lugar precioso, pero sigo esperando a que alguien diga «corten», a que la pantalla se quede en blanco y comprenda que he estado en una película.

Rogan abrió una lata y sacó una galleta para entretener a Liam.

—Mi primera impresión de esta parte del mundo no fue tan romántica como la tuya. La primera vez que vine maldije cada kilómetro de barro. Dios santo, parecía que nunca iba a dejar de llover, y el trecho entre Dublín y el Oeste es extensísimo. Ven, déjame cogerlo. Te va a llenar de migas.

—No me importa —dijo Shannon, y apretó a Liam más cerca de su cuerpo—. Sin embargo, te quedaste aquí —comentó.

—Tenemos una casa aquí y otra en Dublín. Quería abrir una galería nueva y había estado trabajando en el concepto antes de conocer a Maggie. Y después de que firmáramos el contrato, me enamoré de ella y le di la lata para que se casara conmigo, y el concepto se convirtió en la Galería Worldwide de Clare —concluyó mientras se sentaba.

—¿Quieres decir que fue una decisión de negocios?

—No, el negocio fue secundario. Maggie tiene sus raíces aquí. Si la hubiera arrancado de su hogar, le habría partido el corazón. Así que tenemos Clare y Dublín, y todos contentos. —Se puso de pie al escuchar el silbato de la tetera, y se dispuso a terminar de preparar el té—. Maggie me mostró el dibujo que hiciste de Liam. Se requiere habilidad para poner tanto en unas cuantas líneas y sombras.

—El carboncillo es fácil, y es como un pasatiempo para mí.

—Un pasatiempo… —Sin soltar prenda, Rogan volvió la cabeza cuando Murphy entró en la cocina—. ¿Tu música es un pasatiempo, Murphy?

—Es mi corazón —contestó, y se detuvo junto a la mesa y le acarició la cabeza a Liam—. Conque robándome las galletas… Tendrás que pagar por ello. —Levantó al niño y le hizo cosquillas en las costillas, lo que lo obligó a estallar en risotadas.

—Camión —exigió Liam.

—Tú sabes dónde está, ¿no? Ve y cógelo. —Murphy puso a Liam en el suelo y le dio una palmada en el trasero—. Siéntate y juega con él. Si oigo algo que no debería, iré a buscarte. —Mientras Liam salía de la cocina, Murphy abrió un armario y sacó las tazas—. Le encanta un viejo camión de madera de cuando yo era pequeño —explicó Murphy—. Le gusta tanto que se queda callado y sin hacer trastadas unos diez o quince minutos. Siéntate, Rogan. Yo termino.

Rogan se sentó a la mesa junto a Shannon y le sonrió de nuevo.

—Le he echado un vistazo al cuadro que acabas de terminar, el de las piedras. Espero que no te moleste.

—No —replicó, pero frunció el ceño.

—Sí te molesta un poco, y Brie no estaba muy conforme con mi insistencia en ir a tu habitación a verlo cuando me habló de él. Me dijo que tenía que decirte yo mismo que invadí tu privacidad y que lo siento mucho.

—No importa, en serio… —comentó, y levantó la mirada hacia Murphy cuando empezó a servirles el té—. Gracias.

—Te ofrezco mil libras por él.

Shannon agradeció no haber empezado a tomarse el té, porque se habría atragantado.

—No hablas en serio, ¿no?

—Siempre hablo en serio cuando se trata de arte. Si tienes alguna otra cosa terminada, o en proceso, me interesaría verla primero.

—No vendo mis cuadros —contestó Shannon, más que estupefacta.

Rogan asintió con la cabeza y le dio un sorbo a su té.

—Está bien, porque yo puedo venderlos por ti. Worldwide estaría encantada de representar tu obra.

No le fue posible hablar, al menos hasta que la cabeza dejó de darle vueltas. Sabía que tenía talento, porque de lo contrario, de haber sido mediocre, no habría llegado tan lejos en Ry-Tilghmanton. Pero pintar era una ocupación para los sábados por la mañana o las vacaciones.

—Nos gustaría mucho —continuó Rogan, que sabía exactamente cómo y cuándo sacar provecho de su ventaja— exponer tu trabajo en la galería de Clare.

—No soy irlandesa. —Debido a que la voz le sonó débil, Shannon frunció el ceño y lo intentó de nuevo—. Maggie me dijo que allí sólo exponen artistas irlandeses, y yo no soy irlandesa. —Esa afirmación fue recibida con un silencio respetuoso—. Yo soy estadounidense —insistió un poco desesperadamente.

Su mujer le había dicho que Shannon iba a reaccionar exactamente así. Y Rogan estaba como prefería: dos pasos por delante de su presa.

—Si estás de acuerdo en que te representemos, podemos anunciarte como nuestra invitada norteamericana de raíces irlandesas. No tengo ningún problema en comprar tu trabajo a medida que vayas terminando cada pieza, pero creo que sería beneficioso para los dos que tuviéramos un acuerdo más formal, con términos precisos.

—Así es como atrapó a Maggie —le dijo Murphy a Shannon, disfrutando de lo lindo de lo que pasaba en su cocina—. Pero me gustaría que no le vendieras ese cuadro, Shannon, hasta que yo no lo haya visto primero. Puede que te ofrezca más que él.

—No creo que quiera venderlo. No sé... Nunca había tenido que pensar en esto. —Confundida, Shannon se pasó la mano por el pelo—. Rogan, dibujo para publicidad.

—Eres una artista, punto —la corrigió él—. Y eres tonta al ponerte límites a ti misma. Si prefieres pensarte mejor lo del cuadro de las piedras...

—Se llama *El baile* —murmuró ella—. Lo bauticé sencillamente *El baile*.

En ese momento Rogan se dio cuenta, por el tono de la voz de Shannon y por la expresión de sus ojos, de que la tenía en su poder, pero a él no le gustaba regodearse en sus triunfos.

—Si prefieres pensarte un poco mejor lo de ese cuadro en particular —continuó Rogan con su mismo tono suave y conciliador—, adelante. Sólo me pregunto si me lo podrías prestar para exponerlo en la galería.

—Yo... Está bien. —Oponerse no solamente parecía estúpido sino poco cortés—. Claro. Si quieres hacerlo, no tengo ningún problema.

—Te lo agradezco. —Rogan se puso de pie, pues ya tenía completada la mitad de su misión—. Debo llevar a Liam a casa para su siesta. Maggie y yo cambiamos turnos en ese momento: ella ha estado trabajando toda la mañana y, ahora, yo me voy a la galería. ¿Puedo recoger tu cuadro de regreso a casa, Shannon?

—Supongo que sí. Es decir, claro, puedes recogerlo, pero no está enmarcado todavía.

—No te preocupes, nosotros nos encargamos de eso. Voy a hacer un borrador del contrato para que lo revises.

—¿Un contrato? Pero... —Shannon lo miró fijamente, totalmente confundida.

—Tómate todo el tiempo que necesites para leerlo detalladamente, medítalo y, por supuesto, podremos negociar cualquier cambio que quieras hacer. Gracias por el té, Murphy. Y estoy esperando con ansiedad el *ceili*.

Murphy sonrió, y cuando Rogan salió de la cocina para buscar a su hijo, volvió esa sonrisa hacia Shannon.

—Es tremendo, ¿verdad?

Shannon se había quedado mirando hacia delante, tratando de rememorar la conversación que acababa de tener lugar.

—¿A qué me he comprometido?

—Depende de cómo veas las cosas, puede ser a nada. O puede ser a todo. Es sagaz, nuestro Rogan. He estado prestándole mucha atención y, sin embargo, no he visto cuándo te ha sacado ventaja sino hasta que ya ha sido demasiado tarde.

—No sé cómo sentirme... —murmuró Shannon.

—Si yo fuera un artista y viniera un hombre con la reputación a nivel mundial de Rogan, y me dijera que mi trabajo es valioso, me sentiría muy orgulloso.

—Pero yo no soy pintora.

Con paciencia, Murphy cruzó los brazos sobre la mesa.

—Shannon, ¿por qué tienes la costumbre de decir lo que no eres? No eres irlandesa, no eres la hermana de Maggie y Brie, no eres pintora y no estás enamorada de mí.

—Porque es más fácil saber lo que no eres que lo que sí eres.

Murphy sonrió ante esa respuesta.

—Vaya si es inteligente eso que acabas de decir. ¿Y acaso es que siempre quieres las cosas fáciles?

—Antes no pensaba así. Siempre me he vanagloriado de ir tras los retos. —Confundida y hasta un poco asustada, Shannon cerró los ojos—. Demasiadas cosas están cambiando dentro de mí. No logro ponerme de pie sobre terreno sólido. Cada vez que creo haberlo conseguido, todo cambia de nuevo.

—Y es difícil dejarse llevar cuando has estado acostumbrada al terreno firme. —Murphy se puso de pie y la tomó entre sus brazos—. Pero no tienes de qué preocuparte —le dijo con voz suave cuando ella se puso tensa—. No voy a hacer nada más que abrazarte. Descansa tu cabeza en mi hombro un momento, cariño, deja que parte de la angustia te abandone.

—Mi madre se habría emocionado.

—No puedes sentir lo mismo que ella. —Con suavidad, le acarició el pelo y esperó que ella entendiera esa caricia como lo que era: un gesto de amistad—. ¿Sabes?, mi madre alguna vez tuvo la esperanza de que me fuera a la ciudad y me ganara la vida con la música.

—¿En serio? —Shannon se dio cuenta de que la curva del hombro de Murphy acunaba perfectamente su cabeza—. Pensaba que toda tu familia esperaba, y quería, que te dedicaras a la granja.

—Cuando demostré interés en los instrumentos musicales y la música, mi madre tuvo la esperanza de que me dedicaría a eso. Quería que sus hijos conocieran más cosas de las que ella había conocido, y me amaba más a mí que a la granja.

—¿Y se desilusionó?

—Tal vez un poco, pero sólo hasta que se dio cuenta de que esto era lo que yo quería en realidad. —Sonrió entre el pelo de Shannon—. Puede que incluso un poco después también. Dime, Shannon, ¿eres feliz en tu trabajo?

—Por supuesto. Soy buena en lo que hago y tengo la posibilidad de ascender. En unos años tendré la oportunidad de escoger entre quedarme en Ry-Tilghmanton en un puesto de alto nivel o empezar mi propio negocio.

—Mmmm. Suena más a ambición que a felicidad.

—¿Por qué deben ser dos conceptos diferentes?

—Me pregunto —Murphy se separó de ella porque estaba tentado de besarla de nuevo, y no era eso lo que ella necesitaba en ese momento—, y creo que tú también deberías preguntártelo y pensar en el asunto a fondo, si pintar para otros te hace sentir lo mismo que pintar lo que más te atrae. —Entonces le dio un beso, pero un beso ligero sobre la ceja—. Mientras tanto, deberías estar sonriendo en lugar de preocupándote. Rogan expone sólo lo mejor en sus galerías. No has ido todavía a Ennistymon, ¿no?

—No. —Shannon lamentó que Murphy la hubiera soltado—. ¿Allí es donde está la galería?

—Cerca. Te puedo llevar si quieres, aunque hoy no. —Hizo una mueca al ver la hora en el reloj de pared—. Tengo cosas que hacer en la granja todavía y después le prometí a Feeney que iría a ayudarle con el tractor.

—Tranquilo, creo que hoy ya te he entretenido demasiado.

—Puedes entretenerme todo el tiempo que quieras —dijo, tomándola de la mano y pasándole el pulgar sobre los nudillos—. Tal vez puedas pasarte por el pub esta noche, y te invito a un trago para celebrarlo.

—No estoy segura de qué tendría que celebrar, pero puedo ir, claro. —Anticipando el siguiente movimiento de Murphy, Shannon retrocedió—. Murphy, no he venido hasta aquí para tener una lucha en la cocina.

—Nunca he dicho que eso fuera a pasar.

—Tienes esa expresión en los ojos —murmuró ella—, que es la señal que me indica que debo irme.

—Ya tengo las manos limpias, así que no te ensuciaría si te beso.

—No es que me ensucies lo que me preocupa. Lo que me preocupa es… Qué importa. Tan sólo mantén las manos donde pueda verlas. Hablo en serio.

Dándole gusto, Murphy levantó las manos, y el corazón le dio un vuelco cuando ella se puso de puntillas y depositó un beso en su mejilla.

—Gracias por el té. Y por el hombro.

—Eres bienvenida para ambas cosas cuando quieras.

Shannon suspiró y se obligó a retroceder de nuevo.

—Ya lo sé. Haces que ser razonable sea difícil.

—Si tienes ganas de ser poco razonable, Feeney puede esperar.

Shannon tuvo que reírse. Ningún hombre, nunca, le había propuesto irse a la cama con él con tanto estilo.

—Vete a trabajar, Murphy. Creo que tengo ganas de ponerme a pintar.

Y tras decir eso, salió por la puerta trasera. Ya se había acostumbrado a caminar por el campo.

—¡Shannon Bodine!

—¿Sí? —respondió ella entre risas, y se giró para verlo salir por la puerta de la cocina.

—¿Pintarías algo para mí? ¿Algo que te recuerde a mí?

—Puede ser —contestó, y levantó una mano y se despidió con un movimiento; después se volvió sobre los talones y apretó el paso hacia Blackthorn.

En un extremo del jardín del hotel, Kayla dormía la siesta en un moisés, cerca del almendro que Murphy había plantado para ella. Un poco más allá, su madre estaba arrancando la maleza del parterre de vincapervincas mientras su padre trataba de convencerla a toda costa de dedicarse a una serie de actividades bajo techo.

—Esto está vacío. —Gray pasó los dedos a lo largo del brazo de Brianna—. Todos los huéspedes están de turismo y la niña está dormida. —Se le acercó un poco más para mordisquearle la nuca, y lo incentivó el rápido estremecimiento de ella—. Vamos a la cama, Brianna.

—Tengo trabajo.

—Las flores no se van a ir a ninguna parte.

—Tampoco la maleza. —El sistema empezó a hacerle cortocircuito cuando su marido le pasó la punta de la lengua por la piel—. Ay, mira…, casi arranco una flor. Vete a hacer otra cosa y…

—Te amo, Brianna. —La tomó de las manos y le dio un beso en cada palma.

—Ay, Grayson. —A Brie se le derritieron el cuerpo y el corazón. Se le cerraron los ojos cuando él frotó sus labios convincentemente sobre los de ella—. No podemos. Shannon estará de regreso en cualquier momento.

—Ay, no. ¿No crees que ya habrá adivinado de dónde viene Kayla?

—Ésa no es la cuestión —contestó ella, pero sus brazos ya se habían enroscado alrededor del cuello de su marido.

—¿Cuál es la cuestión? —preguntó él soltándole la primera horquilla del pelo.

Brianna había creído que tenía un argumento, uno válido y sencillo.

—Te amo, Grayson.

Shannon entró en el jardín y se detuvo en seco. Su primera reacción fue vergüenza por haber llegado en medio de una escena muy privada. Pero la siguiente, que ocultó la primera, fue de interés.

Era una imagen romántica y hermosa, pensó. La niña durmiendo bajo una mantita rosa pálido, las plantas en flor, ropa colgada de cuerdas que se balanceaba al viento en el fondo... Y el hombre y la mujer, arrodillados sobre el césped, fundiéndose el uno en el otro.

Qué pena, pensó, no llevar su cuaderno de dibujo con ella.

Shannon debió de hacer algún ruido, porque Brianna se dio la vuelta y la vio. Entonces se sonrojó intensamente.

—Lo siento. Adiós.

—Shannon... —Mientras ella se daba la vuelta, Brie luchó por liberarse—. No seas tonta.

—Adelante, vete —la corrigió Gray cuando Shannon dudó—. Sé tonta. Desaparece.

—¡Grayson! —Impactada, Brianna se soltó y se puso de pie—. Nosotros… Yo sólo estaba arrancando malas hierbas.

Shannon se mordió la lengua.

—Sí, eso he visto. Voy a dar un paseo.

—Pero si acabas de dar uno…

—¿Y qué? Déjala dar otro —Gray se puso de pie y rodeó la cintura de Brianna con un brazo al tiempo que le lanzaba a Shannon una mirada significativa—. Y que sea largo. —Haciendo caso omiso de los intentos airados de su mujer por soltarse, le quitó otra horquilla del pelo—. Mejor todavía: llévate mi coche. Puedes… —empezó, pero dejó escapar un gruñido cuando Kayla comenzó a lloriquear.

—Tengo que cambiarle el pañal. —Brianna se escabulló del abrazo de Gray y fue hasta el moisés. Divertida y sintiéndose maravillosamente deseada, sonrió a su marido por encima del hombro mientras cogía a la niña—. Deberías poner algo de esa energía en quitar la maleza, Grayson. Todavía tengo que hornear unas tartas.

—Está bien… —Con pena evidente, Gray vio a su mujer, y su esperanza de disfrutar de una hora de intimidad con ella, alejarse de su alcance—. Tartas que hornear…

—Lo lamento. —Shannon se encogió de hombros cuando Brianna entró en la casa con la niña—. Mala coordinación temporal.

—Totalmente de acuerdo —dijo, y le puso el brazo alrededor del cuello como un gancho—. Y ahora vas a tener que ayudarme a desmalezar.

—Es lo menos que puedo hacer. —Shannon se sentó junto a Gray en la hierba—. Supongo que ninguno de los huéspedes anda por aquí.

—Están de turismo. Nos hemos enterado de lo tuyo. Felicidades.

—Gracias, supongo. Todavía estoy un poco atónita. Rogan tiene una manera de pasar por encima de las objeciones, y a través de ellas, y por debajo de ellas, hasta que terminas estando de acuerdo con él y diciéndole que sí a todo lo que te propone.

—Así es. —Intrigado, Gray examinó el perfil de Shannon—. ¿Tienes alguna objeción en cuanto a que Worldwide te represente?

—No. No sé —contestó, y movió los hombros con inquietud—. Es que este asunto ha salido de la nada, y a mí me gusta estar preparada para las cosas. Ya tengo una carrera. —A la cual, se dio cuenta con un sobresalto, no le había dedicado ni un solo pensamiento en semanas—. Estoy acostumbrada a las fechas límite, a llevar un ritmo rápido, a la confusión del trabajo en una empresa grande. Los cuadros, ese tipo de cuadros, implican un trabajo en solitario y la motivación tiene más que ver con el estado de ánimo que con el mercado.

—Estar acostumbrado a un estilo de vida no significa que no puedas cambiarlo si la recompensa es lo suficientemente buena. —Gray levantó la mirada hacia la ventana de la cocina—. Depende de lo que quieras y de cuánto lo quieras.

—Eso es lo que no he decidido todavía. Estoy manteniéndome a flote, Gray, y no estoy acostumbrada a vivir así. Siempre he sabido qué paso debo dar a continuación, y siempre he estado muy segura, tal vez demasiado, de qué material estoy hecha. —Pensativa, pasó un dedo sobre la cara morado intenso de una flor—. Quizá porque sólo éramos mis padres y yo, no teníamos más familia, siempre me sentí capaz de decidir por mí misma y hacer exactamente lo que quería. Nunca establecí vínculos fuertes cuando era pequeña porque nos mudábamos mucho. Eso hizo que me pudiera relacionar con extraños y que me sintiera cómoda en lugares nuevos y situaciones desconocidas para mí, pero nunca sentí ninguna conexión real con nadie que no fueran mis padres. Para cuando nos mudamos a Columbus, ya tenía decididas mis metas y me concentré en tratar de alcanzarlas paso a paso, cuidadosamente. Ahora, en el lapso de un año, he perdido tanto a mi padre como a mi madre y he descubierto que mi vida no es lo que yo pensaba. De repente, estoy nadando en una familia que no conocía, y no sé cómo me siento con respecto a ella. Ni con respecto a mí. —Levantó la mirada de nuevo y se las arregló para sonreír débilmente—. Dios santo, ha sido una confesión tremenda, ¿no?

—Por lo general ayuda sacar los sentimientos a la luz —respondió, y tiró con delicadeza de un mechón de su pelo—. Me parece a mí que si alguien es bueno en hacer las cosas paso a paso, será capaz de cambiar de rumbo y hacer lo mismo, sólo que en otra dirección. Únicamente tienes que estar sola cuando quieras estar sola. A mí me costó bastante tiempo aprender eso. —Le dio un beso, lo que la hizo sonreír—. Shannon, cariño, relájate y disfruta del viaje.

13

Shannon decidió pintar en el jardín esa mañana; quería añadir unos detalles finales a la acuarela de Brianna. Se oía mucho barullo procedente de la casa, pues una familia del condado de Mayo se disponía a dejar el hotel para continuar su viaje rumbo al Sur.

Desde donde estaba podía oler los panecillos que Brianna estaba horneando para el desayuno y las rosas que acababan de florecer y trepaban por la celosía.

Se mordisqueó un nudillo mientras daba un paso atrás para observar el dibujo terminado.

—Bueno, bueno, sí que es precioso. —Con Liam cargado hacia un lado, Maggie atravesó el césped que las separaba—. Aunque claro, es un tema fácil, es decir, Brianna. —Se inclinó y le dio un beso a Liam en la nariz—. Tu tía Brie tiene listos tus panecillos, chiquitín. Anda y pídeselos —le dijo al niño poniéndolo en el suelo; después de que Liam corriera hacia la cocina y azotara la puerta detrás de sí al entrar, Maggie frunció el ceño hacia el dibujo—. Rogan tiene razón... —decidió—. Es raro que no la tenga, lo que es todo un reto para mí. Se llevó tu óleo de las piedras a la galería antes de que yo tuviera la oportunidad de verlo.

—Y tú querías cerciorarte por ti misma.

—Tu boceto de Liam es más que bueno —le concedió Maggie—. Pero un dibujo a carboncillo no es suficiente para juzgar. Puedo decirte ya mismo que Rogan va a querer éste también, y te va a dar la lata hasta que estés de acuerdo.

—Rogan no da la lata, más bien demuele sin piedad.

La risa de Maggie fue espontánea y generosa.

—Pues es verdad. Jesús. ¿Qué más tienes? —le preguntó, y sin esperar invitación, tomó el cuaderno de dibujo de Shannon y empezó a pasar las páginas.

—Venga, tú misma —le dijo Shannon secamente.

Maggie sólo hizo sonidos de aprobación e interés, y después rio de nuevo encantada.

—Tienes que hacer éste, Shannon. Tienes que hacerlo. Es Murphy. El hombre y sus caballos. Maldita sea, desearía tener las manos para hacer retratos como éstos.

—Lo vi alguna vez cuando fui a pintar el círculo. —Shannon inclinó la cabeza para poder ver la página también—. No pude resistirme.

—Cuando lo pintes, me gustaría comprártelo para regalárselo a su madre —dijo, y frunció el ceño—. A menos que hayas firmado con Sweeney para entonces. Si él pone el precio, seguramente me cobrará media pierna y ambos brazos. Ese hombre pide por las cosas los precios más estrafalarios que he visto.

—No pensé que eso te molestara. —Con sumo cuidado, Shannon quitó el retrato finalizado del caballete y lo puso sobre la mesa—. Cuando fui a tu exposición en Nueva York hace un par de años, me enamoré de una pieza. Era como la explosión de un sol: cientos de colores ardientes explotando desde un corazón central. No era mi estilo, pero la quería...

—*Sueños en llamas* —murmuró Maggie, sintiéndose profundamente halagada.

—Sí, exactamente. Tuve que sopesar el deseo contra el alquiler de un año... según las tarifas de Nueva York. Y necesitaba tener un techo sobre mi cabeza.

—Rogan vendió esa pieza. Si no la hubiera vendido, te la habría dado. —Al ver la expresión de asombro de Shannon, Maggie se encogió de hombros y añadió—: Con la tarifa familiar.

Eso conmovió a Shannon, que no supo cómo responder. Entonces puso un lienzo en blanco sobre el caballete.

—Yo diría que tienes suerte de contar con un agente tan astuto que vela por tus intereses.

Tan desconcertada como Shannon, Maggie se metió las manos en los bolsillos y replicó:

—Eso mismo me dice él todo el tiempo. Y ahora está decidido a hacer lo mismo por ti.

—No voy a tener mucho tiempo para pintar una vez que regrese a Nueva York —dijo Shannon, que cogió un lápiz y empezó a hacer un boceto de trazos ligeros sobre el lienzo.

Maggie sólo levantó una ceja. Cuando una persona es una artista hasta el tuétano, reconoce a otra con facilidad.

—Hoy te va a pasar el borrador del contrato.

—Se mueve rápido.

—Más rápido que un suspiro. Querrá el cincuenta por ciento —añadió sonriendo pícaramente—. Pero puedes bajarlo al cuarenta argumentando que tienes conexión con la familia.

De repente, a Shannon se le puso la garganta incómodamente seca.

—Pero si todavía no he aceptado nada…

—Ya, pero terminarás aceptándolo. Te dará la lata y te seducirá. Será razonable, pero formal y metódico. Dirás «No, muchas gracias», pero Rogan pasará por encima de tus palabras. Y si la razón no funciona, encontrará alguna pequeña debilidad que pueda retorcer o algún deseo privado que pueda usar en su beneficio. Y al final firmarás el contrato sin siquiera darte cuenta. ¿Siempre sostienes el lápiz de esa manera?

Todavía con el ceño fruncido por la predicción, Shannon bajó la mirada hacia su mano.

—Sí, siempre mantengo la muñeca suelta.

—Mmmm. Yo siempre sostengo el lápiz con más firmeza, pero puedo probar a hacerlo como tú. Debería darte esto antes de que empieces a mezclar las pinturas —afirmó, y sacó del bolsillo una bola de papel de embalar.

En el mismo momento en que Shannon sintió el peso en su mano, supo de qué se trataba.

—Ay, ¡es fantástica! —exclamó, desenvolviendo y levantando la bola para verla al trasluz.

—Tú la hiciste, por lo menos la mayor parte, así que deberías quedarte con ella.

Shannon le dio la vuelta y vio cómo los hilos de azul profundo cambiaban de forma y tonalidad.

—Es preciosa. Muchas gracias.

—Encantada —repuso Maggie, que se acercó hacia el lienzo y vio el contorno de un hombre y un caballo—. ¿Cuánto tardarás en terminarlo? Ya sé que es una pregunta detestable, pero me encantaría regalárselo a la señora Brennan, la madre de Murphy, cuando venga al *ceili*.

—Si la inspiración acude a mí, sólo tardaré uno o dos días. —Shannon puso el pisapapeles sobre la mesa y tomó el lápiz de nuevo—. ¿Cuándo es el *ceili*, y qué es?

—Es el próximo sábado. El *ceili* es una especie de fiesta, con música, baile y comida. —Maggie se dio la vuelta al sentir que Brianna salía por la puerta de la cocina—. Le estoy contando a esta pobre yanqui ignorante lo que es un *ceili*. ¿Dónde está mi torbellino?

—Se ha ido al pueblo con Grayson. Me dijo que era un asunto de hombres. —Brianna se detuvo junto a la mesa y sonrió al ver su retrato—. Ah, me siento tan halagada... Qué trabajo tan bonito has hecho, Shannon —comentó, y le echó un vistazo cauteloso al lienzo que estaba sobre el caballete. Su experiencia con Maggie le había enseñado que los artistas tienen estados de ánimo volubles que pueden encenderse como un rayo—. Es Murphy, ¿no es cierto?

—Lo será —murmuró Shannon, y entrecerró los ojos mientras continuaba dibujando—. No sabía que ibas a dar una fiesta, Brie.

—¿Una fiesta? Ah, el *ceili*... No, es Murphy quien lo está preparando. Al principio nos sorprendimos, puesto que su familia estuvo aquí hace unas pocas semanas, para el bautizo de Kayla. Pero van a venir todos otra vez, así podrán conocerte.

Shannon soltó el lápiz. Con lentitud, se agachó a recogerlo.

—¿Perdón?

—Están ansiosos por conocerte —continuó Brianna, demasiado interesada en el dibujo como para darse cuenta de que Maggie estaba entornando los ojos y haciendo muecas—. Es maravilloso que la madre de Murphy y su marido puedan venir otra vez desde Cork tan pronto.

Shannon se giró.

—¿Y por qué quieren conocerme?

—Porque… —Finalmente a Brianna le sonó la alarma, un segundo demasiado tarde. Torpemente, empezó a alisarse el delantal—. Pues es que… Mmmm… ¿Maggie?

—No me mires a mí. Ya has metido la pata.

—Es una pregunta fácil, Brianna. —Shannon esperó a que Brianna levantara la mirada de nuevo—. ¿Por qué habrían de venir la madre de Murphy y su familia a conocerme?

—Pues cuando les dijo que te estaba cortejando, ellos…

—¡¿Que hizo qué?! —preguntó Shannon, tirando el lápiz al suelo para contener la explosión—. ¿Acaso está loco o sólo es retrasado mental? ¿Cuántas veces tengo que decirle que no estoy interesada en él para que le entre en esa cabeza de granito que tiene?

—Muchas, supongo —contestó Maggie con una sonrisa—. Hay una apuesta en el pueblo que se inclina por una boda en junio.

—¡Maggie! —exclamó Brianna entre dientes.

—¿Boda? —Shannon dejó escapar un sonido que era una mezcla de gruñido y taco—. Esto es el colmo. Ha llamado a su madre para que venga a examinarme, tiene a gente apostando…

—La verdad es que fue Tim O'Malley quien empezó lo de la apuesta —dijo Maggie.

—Alguien tiene que detenerlo.

—No hay manera de detener a Tim una vez que la apuesta está hecha.

Shannon se sintió incapaz de encontrarle la gracia al asunto, de modo que le lanzó a Maggie una mirada reprobatoria.

—¿Te parece divertido? ¿Te hace gracia que gente a la que ni siquiera conozco esté apostando a mi costa?

Maggie no tuvo que pensárselo mucho.

—Sí —contestó, y después, con una carcajada, agarró a Shannon por los hombros y la sacudió—. Tranquilízate ya, mujer. Nadie puede obligarte a hacer nada que no quieras.

—Murphy Muldoon es hombre muerto.

Con menos compasión que diversión, Maggie le dio unas palmaditas en la mejilla.

—Me parece a mí que no estarías tan enfurecida si fuera verdad que no te interesara lo más mínimo, como dices. ¿Qué piensas de este asunto, Brie?

—Pienso que ya he dicho más que suficiente —dijo, pero su corazón le empujó las palabras—. Murphy te ama, Shannon, y no puedo menos que sentir lástima por él. Sé lo que es enamorarse y no ser capaz de dejar de estarlo, sin importar lo idiota que resultes. No seas muy dura con él.

El mal humor de Shannon se desvaneció con tanta rapidez como había hecho erupción.

—¿No sería más duro que yo permitiera que todo esto siguiera en marcha cuando no va a ninguna parte? ¿No?

Maggie levantó el cuaderno de dibujo y le mostró el de Murphy.

—¿No? —Cuando Shannon no dijo nada, Maggie hizo a un lado el cuaderno de nuevo—. Falta más de una semana para el *ceili*, así que tienes algo de tiempo para averiguarlo.

—Sí, y voy a empezar ahora mismo —replicó Shannon, que cogió la acuarela y se dirigió a la casa. De camino hacia su habitación fue ensayando exactamente lo que le iba a decir a Murphy cuando lo encontrara.

Era una lástima que tuviera que romper su amistad justo cuando había comenzado a darse cuenta de lo mucho que significaba para ella. Pero dudaba de que él pudiera entender nada que no fuera el alejamiento total.

Y él mismo se lo había buscado, el muy idiota... Con gran esfuerzo, se controló el tiempo suficiente para recostar con cuidado el lienzo contra la pared de su habitación. Después, se asomó a la ventana y miró hacia los campos. Tras un momento vislumbró algo moviéndose detrás de la casa de Murphy. Fantástico. Agarraría a la bestia por las barbas en su propia guarida.

Su precipitada carrera la llevó escaleras abajo y fuera del hotel. Estaba a medio camino de la puerta cuando vio el coche aparcado junto al sendero, y a Maggie y Brianna de pie, una a cada lado.

No necesitó ver bien para saber que estaban discutiendo. Pudo confirmarlo por el tono agudo de la voz de Maggie. Habría sido fácil continuar como si nada, pero entonces se fijó en el rostro de Brianna. Estaba pálido y rígidamente controlado, a excepción de los ojos. Incluso a la distancia a la que estaba distinguió el dolor reflejado en ellos.

Apretó los dientes. Todo parecía indicar que era el día de lidiar con crisis emocionales. Y, diablos, estaba de un humor perfecto para ello.

Las palabras airadas se silenciaron abruptamente cuando se acercó al coche y vio que Maeve estaba dentro.

—Shannon —empezó Brianna apretando las manos, que tenía entrelazadas—, no te había presentado a Lottie. Lottie Sullivan, ella es Shannon Bodine.

La mujer de cara redonda y expresión turbada continuó el proceso de apearse del coche por el lado del conductor.

—Es un placer conocerte —dijo Lottie con una sonrisa de disculpa rápida—. Y bienvenida.

—Súbete al coche, Lottie —le ordenó Maeve—. No nos vamos a quedar.

—Conduce tú, entonces —le soltó Maggie—. Lottie es bienvenida aquí.

—¿Y yo no?

—Eres tú la que ha hecho esa elección. —Maggie cruzó los brazos—. Amárgate tú, si es eso lo que quieres, pero no amargues a Brie.

—Señora Concannon —dijo Shannon apartando a Maggie—, me gustaría hablar un momento con usted.

—No tengo nada de qué hablar contigo.

—Muy bien, entonces me podrá escuchar —añadió; por el rabillo del ojo, Shannon vio el gesto de aprobación en la cara de Lottie y tuvo la esperanza de ser merecedora de él—. Es un hecho que usted y yo tenemos una conexión, nos guste o no. Sus hijas nos conectan, y no quiero ser motivo de fricción entre ustedes.

—Nadie más que ella está causando fricción —dijo Maggie airadamente.

—Cállate, Maggie. —Shannon hizo caso omiso del siseo de malhumor que soltó su hermana y continuó—. Usted tiene derecho a estar enojada, señora Concannon. Y a estar herida. Realmente no importa que lo que le duela sea el orgullo o el corazón, porque lo cierto es que usted no puede cambiar lo que pasó, ni las consecuencias que tuvo. Igual que yo. —A pesar de que Maeve no dijo nada y sólo siguió mirando hacia delante llena de ira, Shannon estaba decidida a finalizar lo que tenía que decir—. Mi papel en todo este asunto es bastante indirecto, es más un resultado que una causa. Y la verdad es que no importa mucho si usted fue o no parte de la causa.

Esas palabras hicieron que Maeve volviera la cabeza y derramara veneno:

—¿Te atreves a decir que yo fui la causante de que tu madre cometiera adulterio con mi marido?

—No. No estuve allí, así que no me consta. Mi madre no culpó a nadie por sus acciones, y, por supuesto, a usted tampoco. Lo que estoy diciendo es que no importa qué papel desempeñó usted. Algunos dirán que puesto que usted no amaba a su marido no debería importarle que él hubiese encontrado a otra persona. Yo, sin embargo, no estoy de acuerdo con esa opinión. Usted tiene todo el derecho del mundo a que le importe. Lo que su marido y mi madre hicieron estuvo mal. —Una mirada helada por parte de Shannon interrumpió la siguiente protesta de Maggie—. Estuvo mal —repitió, y se sintió satisfecha de que nadie la interrumpiera de nuevo—, se considere el hecho moral, religiosa o intelectualmente. Usted era su esposa, y da igual lo insatisfechos que estuvieran los dos con ese matrimonio, el vínculo debió haberse respetado. Honrado. No lo fue, y descubrirlo tantos años después no atenúa la ira o la sensación de haber sido traicionada. —Shannon suspiró quedamente, con plena conciencia de que toda la atención de Maeve estaba concentrada en ella—. No puedo viajar en el tiempo y no nacer, señora Concannon. Nada de lo que cualquiera de las dos pueda hacer va a romper esa conexión, así que tendremos que vivir con ella —añadió, y luego hizo otra pausa. Maeve la estaba mirando, intrigada, con los ojos entrecerrados—. Mi madre murió poco después de que yo le recriminase un montón de cosas y no puedo retractarme, lo que lamentaré toda mi vida. No permita que algo que no puede cambiar arruine lo que tiene ahora. Yo pronto me habré ido, pero Maggie, Brie y sus nietos están y seguirán estando aquí. —Satisfecha de haber hecho lo mejor que podía, Shannon dio un paso atrás—. Ahora, si me disculpa, tengo que ir a asesinar a un hombre.

Se dirigió hacia el sendero, y no había avanzado más de cinco pasos cuando escuchó que la puerta del coche se abría.

—Niña…

Shannon se detuvo, se dio la vuelta y miró a Maeve directamente a los ojos.

—¿Sí?

—Has demostrado tu teoría. —Cualquier esfuerzo que le hubiera costado a Maeve concederle eso a Shannon lo disfrazó con un asentimiento rápido—. Y tienes algo de cordura, mucha más de la que nunca tuvo el hombre cuya sangre corre por tus venas.

—Gracias —le contestó Shannon inclinando la cabeza en reconocimiento.

Mientras Shannon continuaba su camino, todas miraron a Maeve como si le hubieran salido alas.

—Bueno, ¿nos vamos a quedar aquí de pie todo el día? —preguntó la mujer en tono exigente—. Anda, muévete, Lottie. Quiero ir adentro a ver a mi nieta.

«No ha estado nada mal», pensó Shannon mientras apretaba el paso. Si tuviera la mitad de la suerte que acababa de tener haciendo entrar en razón a Murphy, podría considerar ése un excelente día de trabajo.

Cuando llegó a la granja y caminó hacia la parte trasera de la casa, vio a Murphy de pie cerca del corral de las ovejas junto a un hombre de piernas cortas y arqueadas como paréntesis que tenía apretada una pipa entre los dientes.

No estaban hablando, pero Shannon habría podido jurar que algún tipo de comunicación se estaba llevando a cabo en ese momento. De repente, el patizambo sacudió la cabeza.

—Está bien, Murphy. Dos cerdos.

—Le agradecería que me los pudiera guardar uno o dos días, señor McNee.

—Eso puedo hacerlo. —Se empujó la pipa más adentro de la boca y había empezado a mirar hacia el corral cuando notó la presencia de Shannon—. Tienes compañía, muchacho.

Murphy se volvió a mirarla y sonrió abiertamente.

—Shannon, qué alegría me da verte.

—No empieces otra vez, primate... —Shannon se acercó a él y le clavó un dedo en el pecho—. Hay un montón de cosas que vas a tener que explicarme.

McNee aguzó el oído y preguntó:

—¿Ésta es la mujer, Murphy?

Tanteando el terreno, Murphy se frotó la barbilla.

—Ella es.

Sintiendo que la sangre le hervía en las venas, Shannon se giró para observar a McNee.

—Si ha apostado por este imbécil, puede despedirse de su dinero ya mismo.

—¿Hay una apuesta? —preguntó McNee visiblemente ofendido—. ¿Por qué no me han dicho nada?

Mientras Shannon consideraba la posibilidad de golpear la cabeza de ambos hombres la una contra la otra, Murphy le dio una palmadita en el brazo.

—Si me disculpas un momento, cielo... ¿Necesita ayuda para meter el cordero en la camioneta, señor McNee?

—No, puedo solo. Además, parece que ya tienes suficiente entre manos en este momento —respondió el viejo, quien, con sorprendente agilidad, saltó al corral e hizo que las ovejas empezaran a balar y a dispersarse.

—Vamos dentro.

—Nos vamos a quedar justo aquí —le dijo Shannon, y después soltó un taco cuando Murphy la agarró firmemente del brazo.

—Vamos a entrar —repitió él—. Prefiero que me grites en privado. —Con su habitual cuidado, Murphy se detuvo en el umbral, se quitó las botas de goma embarradas y le abrió la puerta a Shannon. Como cualquier hombre bien educado, esperó a que ella entrara como una ráfaga antes que él—. ¿Te quieres sentar?

—No, maldición. Maldito seas hasta el infierno. No, no me voy a sentar.

Murphy se encogió de hombros y se recostó contra la encimera de la cocina.

—Está bien, quédate de pie, entonces. ¿Hay algo que quieras discutir conmigo?

Su tono atemperado sólo logró atizar las llamas.

—¿Cómo te atreves? ¿Cómo te atreves a llamar a tu familia y decirle que venga a verme, como si yo fuera uno de tus caballos que van a ser subastados?

La expresión del rostro de Murphy se relajó.

—Estás equivocada sobre eso. Les pregunté si vendrían a conocerte. Es completamente diferente.

—No es diferente. Y vas a hacer que vengan basándote en falsas pretensiones. Les has dicho que estás cortejándome.

—Pero si es verdad que te estoy cortejando, Shannon.

—Ya hemos pasado por esto, Murphy, y no quiero discutirlo otra vez.

—Está bien… ¿Puedo ofrecerte un té?

Shannon se sorprendió de que no se le hubieran caído ya los dientes, de lo fuerte que los estaba apretando.

—No, no puedes ofrecerme té.

—Bueno, de todas formas tengo otra cosa para ti. —Se volvió y sacó una caja del armario que estaba sobre la encimera—. Estuve en Ennis hace un par de días y te compré esto. Me olvidé de dártelo ayer.

En un gesto que reconoció como infantil, Shannon escondió las manos detrás de la espalda.

—No. Ni hablar. No voy a aceptar ningún regalo. Esto ya no es ni remotamente divertido, Murphy.

Entonces Murphy sencillamente abrió la caja él mismo.

—Te gusta ponerte cosas bonitas, y éstos me llamaron la atención.

A pesar de sus intenciones, Shannon miró hacia la caja abierta. Eran bonitos, unos pendientes estúpidamente bonitos del tipo exacto que ella misma habría escogido. Un corazón de amatista descansaba sobre otro de cuarzo amarillo.

—Murphy, esos pendientes deben de ser muy caros. Devuélvelos.

—No soy pobre, Shannon, si es mi billetera lo que te preocupa.

—Ésa es una buena observación, pero es secundaria —dijo, obligándose a dejar de mirar las hermosas gemas—. No voy a aceptar ningún regalo tuyo, pues lo único que lograría sería incentivarte. —Murphy caminó hacia ella hasta que la acorraló contra la nevera—. No te atrevas.

—Hoy no llevas pendientes —comentó él—, así que podemos probártelos. Quédate quieta, que no sé si tengo habilidad para esto. —Shannon le dio un golpe en la mano cuando él empezó a ponerle el primer pendiente, y luego brincó cuando el clip se le cerró sobre el lóbulo de la oreja—. Tú te lo has buscado —murmuró él mientras le prestaba toda la atención a la labor.

—Te voy a pegar —susurró ella entre dientes.

—Espera a que termine. Éste es un trabajo complicado para un hombre. Maldita sea, ¿por qué hacen tan pequeños estos clips? Listo, ya está. —Como un hombre satisfecho de haber terminado una tarea molesta, Murphy dio un paso atrás y examinó el resultado—. Te quedan bien.

—No se puede razonar con la irracionalidad —se recordó Shannon—. Murphy, quiero que llames a tu familia y les digas que no vengan.

—No puedo hacer eso. Están ansiosos por venir al *ceili*, y por conocerte.

Shannon convirtió las manos en puños y repuso:

—Muy bien. Pues entonces llama y diles que cometiste un error, que has cambiado de opinión, lo que sea, y que tú y yo no somos nada.

—¿Quieres decir que los llame y les diga que tú y yo no nos vamos a casar? —preguntó él levantando una ceja.

—Eso es, exactamente. —Shannon le dio a Murphy una palmadita en el brazo a modo de felicitación—. Finalmente lo has entendido.

—Detesto decirte que no a nada, pero no puedo mentir a mi familia. —Murphy fue lo suficientemente rápido como para evitar el primer puñetazo que le lanzó Shannon, y después el segundo. El tercero casi dio en el blanco, puesto que él estaba doblado de la risa, pero lo esquivó tomándola de la cintura y dándole vueltas como en un baile—. Dios mío, estás hecha para mí, Shannon. Estoy locamente enamorado de ti.

—Estás loco, punto… —empezó ella, pero el resto quedó ahogado en su boca.

Murphy le robó el aliento, y Shannon no pudo recuperarlo. Él siguió dándole vueltas, mientras ella lo tenía agarrado por los hombros, lo que la hizo sentir mareada al tiempo que sin respiración. Y la boca de él añadió el ardor. Incluso cuando Murphy dejó de dar vueltas, para ella la habitación siguió girando, al igual que su corazón.

Un pensamiento rápido y sorprendente se abrió paso entre la nebulosa del deseo: que él no le estaba dejando ninguna otra opción más que amarlo.

—No voy a consentir que esto suceda —dijo, y con un aterrador torrente de fortaleza, Shannon se apartó de Murphy.

Tenía el cabello revuelto y los ojos abiertos de par en par por la perplejidad. Murphy pudo ver el pulso galopante en una zona de la garganta de ella y el color que el beso había hecho florecer en sus mejillas.

—Ven a la cama conmigo, Shannon. —La voz le sonó gruesa, áspera y profunda—. Por Dios, te necesito. Cada vez que te alejas de mí se me abre un hueco en el pecho y me invade un terrible miedo a que no vuelvas más. —Desesperado, la atrajo hacia sí y hundió la cara en el pelo de ella—. No puedo seguir viéndote marchar y no poder tenerte nunca.

—No hagas esto. —Shannon apretó los ojos con fuerza y libró una cruenta batalla consigo misma—. Tú no vas a permitir que las cosas sean tan sencillas como simplemente irse a la cama, y yo no puedo permitir que esto sea nada más.

—Es algo más. Es todo lo demás —afirmó, soltándola, y, al recordar, dejó caer las manos a los lados, antes de que pudieran hacer daño—. ¿Es porque doy traspiés cuando estoy cerca de ti? A veces me vuelvo torpe porque no siempre puedo pensar con claridad al tenerte cerca.

—No, no eres tú, Murphy. Soy yo y la idea que tú tienes de nosotros dos. Y yo he manejado esto mucho más torpemente que tú. —Trató de respirar profundamente, pero se dio cuenta de que tenía el pecho dolorosamente rígido—. Así que voy a arreglar las cosas: no voy a verte nunca más. —Sostenerle la mirada le costó un esfuerzo tremendo, pero rehusó echarse para atrás—. De esta manera será más fácil para ambos. Voy a empezar los preparativos para mi regreso a Nueva York.

—Eso es huir —dijo él con seriedad—. Pero ¿sabes si estás huyendo de mí o de ti misma?

—Es mi vida, y necesito volver a ella.

La furia que estaba invadiéndole el cuerpo no dejó espacio ni siquiera para el miedo. Con los ojos en llamas clavados en los de ella, Murphy se metió la mano en un bolsillo y tiró sobre la mesa el objeto que sacó.

A Shannon los nervios empezaron a tensársele incluso antes de bajar la mirada para comprobar de qué se trataba. El círculo de cobre con la figura del corcel brilló sobre la mesa. Sabía que tenía un alfiler en la parte de atrás incluso sin verlo, lo suficientemente grueso y resistente como para sujetar la capa de montar de un hombre.

Murphy la vio ponerse tan blanca como la cal. Estiró los dedos para tocarlo, pero los retiró con presteza y cerró la mano como a la defensiva.

—¿Qué es esto?

—Tú sabes lo que es —contestó Murphy, que soltó un taco con violencia cuando ella negó con la cabeza—. No te mientas, como hacen los pobres de espíritu.

Shannon pudo verlo contra lana oscura, tanto el broche como la capa salpicados de gotas de lluvia.

—¿De dónde lo has sacado?

—Lo encontré en medio del círculo de piedras cuando era un niño. Me dormí con él en la mano, allí mismo, y soñé contigo por primera vez.

Shannon no pudo quitarle los ojos de encima, ni siquiera cuando la visión empezó a debilitársele.

—No es posible.

—Sucedió justo como te lo estoy diciendo. —Murphy tomó el broche de la mesa y se lo ofreció.

—No lo quiero —replicó ella, con el pánico en la voz.

—Lo he guardado para ti la mitad de mi vida. —Más tranquilo ahora, volvió a metérselo en el bolsillo—. Puedo guardarlo un poco más. No hay necesidad de que te vayas antes de haber pasado el tiempo que quieras con tus hermanas. No te voy a tocar de esa manera otra vez ni voy a presionarte para que me des lo que no estás dispuesta a darme. Tienes mi palabra.

Murphy cumpliría su palabra, Shannon lo conocía ya lo suficiente como para no dudar de ella. ¿Cómo podía culparlo por hacerle una promesa que la volvía pequeña y quejumbrosa?

—Me importas, Murphy, y no quiero hacerte daño.

Shannon no podía saber que acababa de hacerlo, y de una manera dolorosísima. Pero Murphy mantuvo un tono neutral cuando le contestó.

—Soy un hombre adulto, Shannon, y puedo cuidarme a mí mismo.

Shannon había estado segura de que sería capaz de irse fríamente, pero en ese instante se dio cuenta de que quería abrazarlo de nuevo, y que él la abrazara.

—No quiero perder tu amistad. En tan corto tiempo se ha vuelto algo muy importante para mí.

—No podrías perderla. —Sonrió, aunque tuvo que hacer un esfuerzo por mantener las manos pegadas a sus costados, para evitar tocarla—. Nunca vas a tener que preocuparte por eso.

Shannon intentó no preocuparse a medida que avanzaba por el camino de regreso al hotel. E intentó no pensar demasiado en la razón por la cuál sentía que necesitaba llorar.

14

Murphy se puso a limpiar los establos. El trabajo físico era parte de su vida, y sabía cómo usar el sudor y el esfuerzo para calmar la mente.

Aunque era una pena que no le estuviera surtiendo efecto esa vez.

Recogió el estiércol del suelo de tierra y paja con la pala y lo echó en la pila que crecía sobre su carretilla.

—Siempre has tenido buena puntería, ¿no es cierto, Murphy? —Maggie se le acercó por detrás. Estaba sonriendo, pero sus ojos trataron de buscar señales en el rostro de Murphy. Y lo que vieron le partió el corazón.

—¿Por qué no estás trabajando? —le preguntó él sin detenerse ni levantar la mirada—. Oigo que tienes el horno encendido.

—En un momento me pondré a ello. —Se le acercó aún más y puso la mano sobre la puerta del establo, que estaba abierta—. No vine a verte ayer porque pensé que querrías un poco de espacio para respirar. Así que he esperado hasta hoy. Shannon tenía un aspecto fatal cuando volvió de hablar contigo.

—Hice lo mejor que pude por tranquilizarla —soltó él antes de dar otra palada.

—¿Y qué hay de tu tranquilidad, Murphy? —Le puso una mano sobre la espalda y la dejó allí a pesar del gesto de mal humor de su amigo—. Sé lo que sientes por ella, y detesto verte tan molesto.

—Entonces será mejor que te marches, porque planeo seguir así. Sal de aquí, maldita sea, o te mancharás la cara de estiércol.

En lugar de salir, Maggie cogió el mango de la pala y luchó con Murphy un momento por quedarse con ella.

—Está bien —dijo, soltando la pala y frotándose las manos—. Puedes dedicarte a recoger mierda si eso es lo que quieres, pero vas a tener que hablar conmigo.

—No estoy de ánimo para tener compañía.

—¿Y desde cuándo soy yo compañía?

—Maldita sea, Maggie, lárgate de aquí. —Se dio la vuelta, con llamas en los ojos—. No quiero tu lástima, no quiero tu compasión y no quiero ningún maldito consejo.

Maggie apretó los puños, se los llevó a las caderas y lo miró directamente a los ojos.

—Si crees que vas a espantarme con palabras odiosas o con un humor de perros, estás muy equivocado, chico.

Por supuesto que no podía, y dado que no le haría ningún bien, Murphy hizo lo que pudo por enterrar la furia.

—Lo siento, Maggie Mae. No debería desquitarme contigo. Pero es que necesito estar solo un rato.

—Murphy…

Maggie lo habría doblegado, de no ser porque lo intuyó rápidamente.

—No es que no te agradezca que hayas venido y que quieras ayudarme, pero necesito lamerme las heridas en soledad. Sé mi amiga y déjame en paz.

Desalentada, Maggie hizo la única cosa que sabía hacer y presionó su mejilla contra la de él.

—¿Irás a hablar conmigo cuando puedas?

—Por supuesto que lo haré. Ahora, anda, vete, que tengo mucho trabajo que hacer hoy.

Cuando Maggie finalmente se fue, Murphy dio otra palada y maldijo por lo bajo, con fiereza, hasta que se quedó sin palabras.

Trabajó como un hombre poseído hasta que el sol se ocultó, y cuando salió otra vez, se dispuso a repetir el proceso. A pesar de que tenía músculos bien tonificados, le empezaron a doler para cuando se sentó a comerse un sándwich frío y a tomarse una botella de cerveza. Ya estaba pensando en irse a la cama, a pesar de que apenas eran las ocho, cuando la puerta de la cocina se abrió de par en par. Rogan y Gray hicieron su aparición, seguidos alegremente por *Con*.

—Tenemos una misión, Murphy —dijo Gray, quien le dio una palmada en la espalda a Murphy y se dirigió al armario.

—Así que una misión… —repitió Murphy, rascándole automáticamente las orejas a *Con* cuando el perro le puso la cabeza sobre el regazo—. ¿Y qué tipo de misión?

—Nos han ordenado que te saquemos de ese humor tan negro en el que has caído —contestó Rogan mientras ponía una botella de whisky sobre la encimera y rompía el sello—. Y no nos dejarán entrar en casa hasta que no hayamos alcanzado la meta.

—Brie y Maggie no han hecho más que pensar en ti durante estos dos días —añadió Gray.

—No hay necesidad, ni tampoco hay necesidad de esto. Ya me iba a la cama.

—No puedes. Como irlandés que eres no puedes darles la espalda a dos amigos y una botella de Jameson —replicó Gray poniendo, uno por uno, tres vasos sobre la mesa.

—¿Entonces vamos a emborracharnos? ¿Eso es lo que vamos a hacer? —Murphy miró la botella. No había pensado en esa opción.

—Las mujeres no han sido capaces de modificar la marea —dijo Rogan mientras servía tres generosos chorros de licor—. Así que han decidido que se trata de una labor para hombres. —Se sentó cómodamente a la mesa y levantó su vaso—. *Slainté*.

Murphy se rascó la barbilla y exhaló con fuerza.

—Qué diablos —dijo, y se bebió de un solo trago el vaso que le había servido Rogan e hizo una mueca antes de ponerlo sobre la mesa para que su amigo le sirviera otra vez—. ¿Sólo habéis traído una botella?

Riéndose, Gray sirvió la siguiente ronda.

Cuando la botella iba por la mitad, Murphy se empezó a sentir más apacible. Sabía que era un sentimiento transitorio y una solución tonta, pero se notaba bastante atontado, de manera que qué importaba.

—Tengo que deciros —empezó Gray, ya un poco tambaleante, levantándose de la silla y metiéndose en la boca uno de los puros que Rogan había llevado— que no puedo emborracharme.

—Sí, sí puedes. —Rogan examinó la punta de su propio puro—. Te he visto.

—No podías ver nada. Estabas demasiado borracho. —A Gray le pareció tan gracioso lo que acababa de decir que se inclinó hacia delante y casi se cayó sobre la mesa—. Lo que quiero decir es que no puedo emborracharme tanto como para no poder hacerle el amor a mi mujer esta noche. Ah, gracias. —Levantó el vaso que Murphy acababa de llenarle de nuevo e hizo un gesto con él—. Tengo que compensar el tiempo perdido. —Terriblemente serio, puso el codo sobre la mesa—. ¿Sabéis durante cuánto tiempo uno no puede hacer el amor cuando la mujer está embarazada?

—Yo lo sé. —Rogan asintió con pleno conocimiento de causa—. Puedo decir que lo sé exactamente.

—Y no parece molestarles demasiado. Ellas están… —Gray hizo un gesto grandilocuente— anidando. Así que estoy poniéndome al día, y no puedo emborracharme.

—Demasiado tarde —contestó Murphy en un murmullo, y le frunció el ceño a su vaso.

—¿Crees que no sabemos lo que te pasa? —Con camaradería, Gray le enterró un dedo en el hombro de Murphy—. Estás cachondo.

Con una carcajada estruendosa, Murphy sirvió de nuevo los vasos.

—Sería tan fácil que así fuera…

—Sip… —Con un suspiro airado, Gray volvió a su puro—. Cuando te atrapan, no hay nada que hacer. ¿No es verdad, Sweeney?

—Es la pura verdad. Ella está pintando una tormenta, ¿lo sabías?

Murphy lo miró con los ojos desorbitados.

—¿Vas a sacar ganancias de mi desgracia?

—Vamos a organizar su primera exposición en otoño —contestó Rogan con una sonrisa—. Todavía no lo sabe, pero vamos a trabajar en ello. ¿Sabías que se enfrentó a Maeve Concannon?

—¿Qué quieres decir? —le preguntó Murphy, que como prefería sus cigarrillos a los puros de Rogan, se encendió uno—. ¿Tuvieron un altercado?

—No exactamente. Shannon se acercó a Maeve y le soltó lo que tenía que decir. Y cuando terminó, Maeve le dijo que era una mujer inteligente y después entró en el hotel a ver a Kayla y a Liam.

—¿En serio? —Embargado por la admiración y el amor, Murphy dio otro trago—. Dios mío, sí que es algo especial, ¿no es cierto? Shannon Bodine. Dura de cabeza y blanda de corazón. Tal vez sea bueno que vaya y se lo diga personalmente ya mismo —añadió, y se puso de pie. Su constitución era lo suficientemente fuerte como para sostenerlo sin tambalearse—. Tal vez deba ir hasta allí, agarrarla y traerla aquí, adonde pertenece.

—¿Puedo mirar? —quiso saber Gray.

—No —respondió Murphy con un suspiro, y se dejó caer de nuevo sobre la silla—. No. Le prometí que no lo haría. Odio haberlo hecho. —Levantó la botella y se llenó el vaso de whisky hasta que casi se desbordó—.

Y odiaré mi cabeza por la mañana, ésa es la pura verdad. Pero ha valido la pena —bebió un sorbo— compartir mi dolor con dos de los mejores amigos que Dios le ha podido dar a un hombre.

—Bien dicho. Brindemos por eso, Rogan.

—Estoy pensando que sería muy inteligente por mi parte compensar ese tiempo del que estabas hablando hace un momento, ya que lo voy a perder en siete meses.

Gray se inclinó hacia Murphy en tono conspirativo y comentó:

—Este tipo es tan agudo que da miedo.

—Os agradecería que dejarais de hablar de acostarse con mujeres. Estoy sufriendo, gracias.

—Es muy desconsiderado, sí —admitió Rogan—. No hay necesidad de hablar de mujeres, en absoluto. ¿Es cierto que tu yegua zaina está preñada?

—Oye —terció Gray levantando una mano—, yegua, mujer. Hembra.

—Que me parta un rayo si no tienes razón —repuso Rogan, buscando otro tema—. Hoy nos ha llegado una escultura preciosa, de un artista del condado de Mayo. Ha usado mármol de Connemara y es preciosa. Un desnudo.

—Mierda, Rogan. Vas a empezar de nuevo… —La indignación exasperada de Grayson hizo que Murphy estallara en carcajadas.

Como los dos amigos generosos que eran, Gray y Rogan acostaron a Murphy en su cama cuando la botella se hubo acabado y partieron, satisfechos de haber cumplido su misión.

Mantenerse alejado de ella era difícil. A pesar de las exigencias de la granja, a Murphy le pareció duro pasar día tras día, y noche tras noche, sabiendo que ella estaba al otro lado del campo. Tan cerca y tan lejos de su alcance. Aunque le ayudaba saber que lo estaba haciendo por ella.

Nada apacigua el alma tanto como el martirio.

Los amigos bienintencionados no eran de mucha ayuda. Una semana después de verla partir, Murphy fue hasta el jardín de Brianna y vio a Shannon delante de su caballete. Llevaba puesta la sudadera de la universidad, salpicada y manchada de pintura, y un par de vaqueros sueltos desgastados en una rodilla.

Murphy pensó que parecía un ángel.

Estaba examinando su obra con los ojos entrecerrados y dándose golpecitos sobre los labios con la punta del pincel. Murphy supo en qué instante sintió su presencia por el cambio en la expresión de sus ojos, el movimiento cauteloso de bajar el pincel antes de girar la cabeza.

Murphy no habló, pues estaba convencido de que la lengua se le iba a enredar. Después de un momento incómodo, se acercó a ella y observó la pintura.

Era el hotel visto desde la parte trasera, con su bonito trabajo en piedra y las ventanas abiertas. Los jardines de Brianna eran torrentes de color y formas. La puerta de la cocina estaba abierta de par en par a modo de bienvenida.

Shannon deseó no haber puesto el pincel en el caballete, así que cogió un trapo, más para ocupar las manos que para limpiárselas.

—¿Qué opinas? —le preguntó ella.

—Es bonito… —contestó él, que no pudo pensar en las palabras—. Parece terminado.

—Lo está. Acabo de terminarlo.

—Bien —dijo, y cambió de mano los paquetes de huevos que llevaba—. Es bonito.

Shannon se dio la vuelta y empezó a juguetear con los tubos y los pinceles que estaban sobre la mesita que Gray le había construido.

—Supongo que has estado ocupado.

—Sí, así es. —Ella levantó la mirada y la fijó en la cara de él, lo que hizo que el cerebro dejara de funcionarle—. Ocupado… —Furioso consigo mismo, les frunció el ceño a los paquetes—. Huevos —murmuró—. Brianna me ha llamado para que le trajera huevos. Me ha dicho que los necesitaba.

—Ah —dijo Shannon, quien a su vez miró también los paquetes—. Ya veo.

Desde su posición privilegiada en la ventana de la cocina Brianna los vio y entornó los ojos.

—Míralos, hablando como dos memos.

Debido a que la escena resultaba tan patética, Brianna decidió modificar su plan maestro de dejarlos solos y corrió a la puerta.

—Así que ahí estás, Murphy, y me has traído los huevos… Que Dios te bendiga. Pero ven, pasa, quiero que pruebes la tarta de manzana que acabo de hacer.

—Necesito… —empezó él, pero Brianna ya había desaparecido de nuevo y lo dejó mirando con desconcierto la puerta abierta. Cambiando de mano otra vez los paquetes, contempló a Shannon y añadió—: Tengo que…, eh... —Maldijo su lentitud para sus adentros—. ¿Por qué no le llevas tú los huevos a Brianna para que yo continúe con mis cosas?

—Murphy... —«Esto tiene que acabar», se dijo Shannon, y tanteó el terreno al depositar una mano sobre el brazo de Murphy, que se puso rígido. Pero no podía culparlo—. No has venido en una semana, y yo sé que acostumbras a venir con frecuencia y espontáneamente a visitar a Brianna y a Gray.

Murphy bajó la mirada hacia la mano de ella y luego la subió hacia su rostro.

—Pensé que era mejor mantenerme alejado.

—Lo siento mucho. No quiero que te sientas así. Creía que seguíamos siendo amigos.

—Tú no has vuelto a pintar en mis campos —le contestó él con la mirada fija en los ojos de ella.

—No, no he vuelto. Pensé que sería mejor que *yo* me mantuviera alejada de ti, pero ahora lo lamento. —Quería decirle que lo había echado de menos, pero tenía miedo de hacerlo—. ¿Estás furioso conmigo?

—Más conmigo mismo. —Se tranquilizó. Los ojos de Shannon, pensó Murphy, y la súplica que había en ellos, harían derretirse a cualquier hombre—. ¿Quieres tarta?

La sonrisa de Shannon se fue ampliando lentamente.

—Sí, me encantaría.

Cuando entraron juntos en la cocina, Brianna pudo dejar de contener la respiración.

—Gracias por los huevos, Murphy —dijo, y cogió con prisa los paquetes y se dirigió a la nevera—. Los necesito para un plato que voy a preparar para el *ceili*. ¿Has visto el cuadro de Shannon? Es precioso, ¿verdad?

—Sí, así es —respondió él, que luego se quitó la gorra y la colgó en el perchero.

—Esta tarta es una receta que me dio una alemana que se quedó aquí la semana pasada. ¿La recuerdas, Shannon? La señora Metz, la que tenía voz grave.

—La sargento —dijo Shannon con una sonrisa—. Hacía que sus tres hijos formaran cada mañana para que los inspeccionara. Y su marido también.

—Y más limpios no habrían podido estar, todos y cada uno de ellos. Por favor, decidme si la tarta es tan buena como me dijo ella.

Brianna estaba sirviendo cuando sonó el teléfono. Shannon se dirigió al aparato, que colgaba de la pared.

—Yo contesto. Blackthorn Cottage, ¿dígame? —Vaciló un momento y luego frunció el ceño por la sorpresa—. ¿Tod? Sí, soy yo. —Se rio—. No sueno muy irlandesa que digamos.

Incapaz de contener una mueca, Murphy se sentó a la mesa y murmuró cuando Brianna le puso delante un plato con la tarta:

—Parece más un nombre de insecto que de hombre.

—Sshh —lo regañó Brianna, y le dio una palmada en un brazo.

—Es precioso —continuó Shannon—. Muy parecido a *Local Hero*, ¿te acuerdas? Con Burt Lancaster —se rio de nuevo—. Sí. Pues camino mucho. ¡Y cómo! Y estoy pintando.

—¿Así de aburrida estás? —La voz del hombre sonó divertida y ligeramente compasiva.

—No —respondió, y frunció el ceño—. Para nada.

—No creo que sean tus actividades favoritas. En cualquier caso, ¿cuándo vuelves?

Shannon cogió el cable del teléfono y empezó a retorcerlo.

—No estoy segura todavía. Probablemente en un par de semanas.

—Por Dios, Shan, ya llevas un mes allí.

Sus dedos apretaron y retorcieron aún más fuerte el cable. Era muy raro, pues no parecía que hubiera pasado un mes.

—Tenía tres semanas —dijo, y notó el tono defensivo en la voz y lo odió—. El resto del tiempo corre por mi cuenta. ¿Cómo van las cosas por allí?

—Ya sabes cómo es esto. La habitual casa de locos desde que nos hicimos con la cuenta de Gulfstream. Tú eres la chica de oro, Shan. Dos anotaciones importantes en seis meses entre Gulfstream y Titus.

Shannon había olvidado Titus, y frunció el ceño al recordar la publicidad que había ideado para promover las ventas de neumáticos.

—Gulfstream es tuyo.

—Ahora, claro, pero los jefes saben quién inició todo. Oye, no pensarás que me voy a quedar con el crédito de algo que hiciste tú, ¿no?

—No, por supuesto que no.

—En cualquier caso, quería contarte que los de arriba están contentos contigo, pero nuestra división está empezando a sentir la presión de las campañas de otoño y Navidad, que están próximas. En serio que necesitamos que vuelvas pronto.

Shannon empezó a sentir la punzada en la sien, la amenaza de que un dolor de cabeza estaba desatándose.

—Tengo cosas que resolver, Tod. Cosas personales.

—Has pasado una etapa complicada, pero te conozco, Shannon. Pronto estarás de vuelta en el redil. Y te echo de menos. Sé que las cosas estaban un poco tensas entre los dos cuando te marchaste, y que no fui lo suficientemente comprensivo ni sensible con respecto a tus sentimientos. Pero creo que podemos hablar sobre lo que ha ocurrido para volver a la normalidad.

—¿Has estado viendo a Oprah?

—Vamos, Shan. Tómate un par de días más y llámame después para darme el nombre de la compañía aérea y el número de vuelo; así te recojo en el aeropuerto. Después nos podemos poner cómodos con una botella de vino y resolver esto.

—Te llamo después, Tod. Gracias por telefonear.

—No te tomes demasiado tiempo. Los jefes tienen memoria de corto alcance.

—Lo tendré en cuenta. Chao.

Entonces colgó y descubrió que tenía el cable del teléfono enredado entre los dedos. Se concentró meticulosamente en estirarlo de nuevo.

—Era de Nueva York —dijo sin girarse—. Un amigo del trabajo. —Antes de darse la vuelta se aseguró de tener una brillante sonrisa en la cara—. Bueno, ¿cómo está la tarta?

—Pruébala tú misma. —Brianna le sirvió a Shannon un té para acompañar la tarta. Su primer instinto fue reconfortarla, pero contuvo la urgencia, esperando que lo hiciera Murphy—. Creo que he oído a Kayla —dijo, y se apuró a salir de la cocina.

Shannon había perdido el apetito. Miró con indiferencia la tarta y se decidió por el té.

—Mi…, mmm…, oficina está empantanada.

—Te quieren de vuelta. —Cuando Shannon levantó los ojos y lo miró fijamente, Murphy inclinó la cabeza—. Ese tal Tod quiere que vuelvas con él.

—Está llevando algunas de mis cuentas mientras estoy aquí. Es un montón de trabajo adicional.

—Te quiere de vuelta —repitió Murphy, y Shannon empezó a partir la tarta con el tenedor.

—Lo ha mencionado, pero de una manera que no implica compromiso. Tuvimos una discusión fuerte antes de que me fuera.

—Una discusión. Una discusión fuerte. ¿Quieres decir que os peleasteis?

—No —respondió, y sonrió ligeramente—. Tod no pelea, él debate —murmuró—. Él debate. Es un hombre muy civilizado.

—¿Y ahora, por teléfono, también estaba debatiendo? De una manera civilizada, claro. ¿Por eso estás intranquila?

—No, me estaba poniendo al día sobre las noticias de la oficina. Y no estoy intranquila.

Murphy puso las manos sobre las de Shannon, que estaban temblorosas, para tratar de tranquilizarla, hasta que ella levantó la cara y lo miró.

—Me pediste que fuera tu amigo y eso es lo que estoy tratando de hacer.

—Estoy confundida sobre demasiadas cosas —dijo lentamente—. Por lo general no me cuesta tanto saber qué quiero y cómo conseguirlo. Se me da bien analizar, sopesar los diferentes ángulos. A mi padre también se le daba bien. Siempre podía concentrarse en el resultado. Yo admiraba esa capacidad. Y la aprendí de él. —Sacó las manos de debajo de las de Murphy, pues se sentía impaciente—. Tenía todo planeado y estaba haciendo que las cosas funcionaran. El puesto adecuado en la empresa adecuada, el apartamento en Manhattan, el guardarropa de altos vuelos, la pequeña pero refinada colección de arte… El gimnasio adecuado. Una relación poco exigente con un hombre exitoso que comparte mis intereses. Pero entonces todo se derrumbó, y me agota tanto pensar en reconstruir los pedazos…

—¿Es eso lo que quieres hacer? ¿Lo que tienes que hacer?

—No puedo seguir dándole largas. Esa llamada me ha recordado que he permitido que la corriente se lo lleve todo. Tengo que pisar tierra firme bajo mis pies, Murphy. De otra manera no funciono bien. —Cuando la voz se le quebró, se llevó una mano a los labios—. Todavía me duele mucho. Todavía me parte el corazón pensar en mis padres. Saber que nunca los voy a volver a ver. No tuve la oportunidad de despedirme. No pude decirle adiós a ninguno de los dos. —Murphy no dijo nada mientras se puso de pie. Sencillamente la levantó y la acunó entre sus brazos. En su silencio yacía una comprensión tan perfecta, tan elemental, que era devastadora. Shannon podía llorar sabiendo que sus lágrimas caerían sobre un hombro que nunca se apartaría de ella—. Pienso que ya lo he superado —pudo continuar entre el llanto—, pero entonces el dolor aparece de nuevo y me atenaza el corazón.

—No te has dado la oportunidad de llorar todo lo que necesitas. Por eso llora, cariño, ya verás como te sentirás mejor después.

Lo desgarraba por dentro cada sollozo y saber que no podía hacer nada más que estar ahí con ella.

—Quiero que vuelvan.

—Ya lo sé, cariño, ya lo sé.

—¿Por qué la gente tiene que irse, Murphy? ¿Por qué la gente que amamos y necesitamos tanto tiene que dejarnos?

—No lo hacen, no del todo. Todavía los tienes dentro de ti, y de ahí no puedes perderlos. ¿No oyes a veces a tu madre hablándote o a tu padre recordándote algo que hicisteis juntos?

Cansada y dolorida de llorar, Shannon volvió la cara húmeda de lágrimas y la descansó sobre el pecho de Murphy. Qué tonta, pensó. Qué tonta por haber creído que era mejor contener el llanto que dejarlo salir.

—Sí —contestó, y los labios se le curvaron en una sonrisa acuosa—. A veces me vienen imágenes a la cabeza de cosas que hicimos juntos. Incluso las cosas más cotidianas, como tomar el desayuno.

—Entonces no te han dejado del todo, ¿no es cierto?

Shannon cerró los ojos, reconfortada por el latir regular del corazón de Murphy bajo su oreja.

—Justo antes de la misa, la misa del funeral de mi madre, el sacerdote se sentó conmigo un momento. Fue muy amable y compasivo, hacía apenas unos meses que habíamos enterrado a mi padre. Sin embargo, lo único que dijo fue lo de siempre: que mis padres disfrutarían de la vida eterna, de la misericordia y de las recompensas eternas por haber sido católicos devotos y personas buenas y solidarias. —Se apretó contra él una vez más, para reconfortarse, y luego se apartó—. Sus palabras tenían el objetivo de consolarme, y puede que así fuera, un poquito. Pero lo que me acabas de decir me ayuda mucho más.

—La fe es como una especie de recuerdo, Shannon. Necesitas atesorar tus recuerdos en lugar de permitir que te hagan daño. —Le secó una lágrima de la mejilla con el filo del dedo pulgar—. ¿Ya estás bien? Puedo quedarme contigo, si quieres. O buscar a Brie para que te acompañe.

—No, estoy bien. Gracias.

Murphy le levantó la barbilla y le dio un beso en la frente.

—Entonces siéntate y tómate el té. Y no te llenes la cabeza con Nueva York hasta que estés lista.

—Ése es un buen consejo.

Cuando Shannon se sorbió la nariz, Murphy sacó un pañuelo del bolsillo y se lo ofreció.

—Ten. Suénate.

Shannon se rio y lo obedeció.

—Me alegra que hayas venido, Murphy. No te mantengas alejado otra vez.

—Por aquí estaré —afirmó, y sabiendo que Shannon necesitaba tiempo a solas, fue hasta el perchero y descolgó su gorra—. ¿Vendrás al campo pronto? Me gusta verte pintando allí, bajo la luz del sol.

—Sí, claro. Iré a tus campos. Murphy... —Se interrumpió, pues no sabía muy bien cómo formular la pregunta ni por qué sentía que era importante preguntar—. Da igual, no importa.

Murphy se detuvo en la puerta.

—¿Qué? Siempre es mejor decir lo que tienes en mente en lugar de que se te quede rondando por la cabeza.

Rondando era la palabra perfecta para definir lo que le estaba pasando con la pregunta.

—Estaba preguntándome… Si hubiéramos sido… amigos cuando mi madre enfermó y yo hubiera tenido que irme a cuidarla, a pasar tiempo con ella… Cuando murió, si te hubiera dicho que yo podía lidiar con todo e incluso que prefería hacerlo yo sola, ¿habrías respetado mis deseos? ¿Te habrías hecho a un lado y me habrías dejado sola?

—No. Por supuesto que no. —Sin entender nada, se caló la gorra en la cabeza—. Ésa es una pregunta estúpida. Un amigo no se aleja de un amigo que está triste.

—Eso es lo que pensaba —murmuró, y lo miró tan fija y largamente que hizo que se frotara con el dorso de la mano la barbilla, buscando migas de la tarta.

—¿Qué?

—Nada. Estaba… —contestó, levantando la taza, y se rio— divagando.

Más confundido que nunca, Murphy le devolvió la sonrisa.

—Nos vemos, entonces. Mmm, ¿vendrás al *ceili*, no?

—No me lo perdería por nada del mundo.

15

La música se escuchaba desde fuera de la casa cuando Shannon y su familia llegaron a la granja de Murphy. Habían llevado el coche, puesto que Brianna había preparado demasiada comida como para que los tres pudieran llevarla, además de la niña, si hubieran ido a pie.

La primera sorpresa de la noche para Shannon fue ver tal cantidad de coches aparcados a lo largo del camino. Con los neumáticos justo sobre la hierba que había al borde del sendero, apenas dejaban espacio suficiente para que pasara otro coche, si el conductor era lo bastante valiente o idiota como para atreverse.

—Por lo que puede verse desde aquí, Murphy va a tener la casa llena de gente —comentó Shannon mientras empezaban a bajar las bandejas y los recipientes con la comida de Brianna.

—Los coches y las camionetas son sólo de la gente que vive demasiado lejos como para caminar hasta aquí. La mayoría viene a pie al *ceili*. Gray, no inclines esa fuente, que vas a derramar el caldo.

—No la inclinaría si tuviera tres manos.

—Está de malas pulgas —le dijo Brianna a Shannon— porque los de la editorial han añadido otra ciudad a su gira. —Casi no pudo neutralizar el tono de satisfacción de su voz—. Quién creería que hubo una época en la que no podía esperar para irse a vagabundear.

—Los tiempos cambian, y si hubieras accedido a ir conmigo...

—Sabes que no puedo dejar el hotel durante tres semanas justo a mitad de verano. Vamos. —A pesar de la cantidad de cosas que ambos llevaban en las manos, Brianna se inclinó para besar a su marido—. No te preocupes por eso esta noche. Ah, mira, es Kate.

Brianna apretó el paso y su saludo entusiasta se quedó flotando en el aire.

—Podrías cancelar la gira —le dijo Shannon a Gray casi sin aliento mientras seguían a Brianna.

—Dile eso a ella. «No desatenderás tus responsabilidades con tu trabajo por mí, Grayson Thane. Cuando regreses, me vas a encontrar justo donde me dejaste antes de partir».

—Pues bien, ésa es la verdad —dijo Shannon, que le habría dado una palmadita en la mejilla si no hubiera tenido las manos ocupadas—. Alégrate, Gray. Si conozco a un hombre que lo tenga todo, definitivamente eres tú.

—Sí... —Las palabras de Shannon le subieron un poco el ánimo—. Es cierto, pero va a ser difícil sentir que lo tengo todo cuando me toque dormir solo en Cleveland en julio.

—Vas a tener que sufrir el servicio de habitaciones, películas en el vídeo y la adulación de los fans.

—Cierra el pico, Bodine —repuso, y le dio un empujón para hacerla atravesar el umbral.

Shannon no sabía que hubiera tanta gente en todo el condado. La casa estaba llena de gente cuya voz le infundía vida a la casa y cuyos movimientos la atestaban. Antes de haber dado diez pasos por el corredor, ya le habían presentado a doce personas y la habían saludado las otras muchas que ya la conocían.

La música de flautas y violines se derramaba fuera de la sala, donde ya había parejas bailando. Había montones de bandejas con comida y varias personas balanceaban el plato sobre las rodillas, al tiempo que llevaban el ritmo con los pies de manera entusiasta. Vasos de licor se levantaban para brindar mientras a los que no tenían se los iban poniendo en las manos.

Todavía más gente estaba apiñada en la cocina, donde bandejas con comida descansaban unas junto a otras en la encimera y en la mesa. Brianna estaba allí, ya con las manos vacías, observando cómo se pasaban a Kayla de unos brazos a otros para mimarla.

—Ah, aquí está Shannon. —Brianna le sonrió mientras empezaba a ayudarla a descargar lo que llevaba en las manos—. Nunca ha estado en un *ceili*. Tradicionalmente la música se pone en la cocina, pero como no hay espacio aquí, se ha instalado en la sala, aunque se escucha igual de bien. Ya conoces a Diedre O'Malley, ¿no?

—Sí. Hola.

—Sírvete un plato, chica —le ordenó Diedre—. Antes de que la jauría no te deje más que migajas. A ver, que te cojo eso, Grayson.

—Te lo cambio por una cerveza.

—Por supuesto —dijo la mujer, que se rio mientras le cogía las bandejas a Gray—. Hay bastante donde escoger en el porche.

—Shannon, ¿quieres otra?

—Bueno, gracias. —Shannon sonrió mientras Gray salía por la puerta para ir a por las botellas—. No parece que vaya a haber mucho movimiento esta noche en el pub, ¿no, señora O'Malley?

—No, es cierto. De hecho ya hemos cerrado. Un *ceili* en casa de Murphy vacía el pueblo. Ah, Alice, justo ahora estaba hablando de tu muchacho.

Con la botella que Gray acababa de darle a medio camino de sus labios, Shannon se dio la vuelta para ver a una mujer delgada de ligeros rizos castaños que acababa de entrar en la cocina. Tenía los ojos de Murphy y su sonrisa espontánea.

—Le han puesto un violín entre las manos, así que no saldrá del salón en un buen rato. —Tenía voz cálida, con una risa de fondo—. Pensaba servirle algo de comer, Dee, por si puede tomarse un descanso.

La mujer fue a sacar un plato y la sonrisa se le amplió en el rostro al ver a Brianna.

—Brie, no te había visto… ¿Dónde está ese angelito tuyo?

—Aquí, señora Brennan. —Con una sonrisa coqueta, Gray se le acercó y le dio un beso.

—Anda ya, un demonio más bien es lo que eres. ¿Dónde está la niña?

—Nancy Feeney y Mary Kate se la han llevado —contestó Diedre destapando las bandejas que había llevado Brie—. Vas a tener que buscarlas y pelear con ellas por la niña.

—Así lo haré. Ay, escuchad tocar a mi muchacho. —Un destello de orgullo le iluminó los ojos—. Tiene el don de Dios en las manos.

—Me complace mucho que haya podido venir desde Cork, señora Brennan —empezó Brianna—. Todavía no ha conocido a Shannon, mi... amiga que viene de Estados Unidos.

—No, todavía no. —El orgullo resplandeciente se tornó en cautela y curiosidad. La voz no se le enfrió, pero adquirió un tono ligeramente formal—. Encantada de conocerte, Shannon Bodine —dijo, y le ofreció la mano.

Shannon se sorprendió limpiándosela en los pantalones antes de aceptar el saludo de la mujer.

—Igualmente, señora Brennan —replicó; ¿qué más podía añadir?—. Murphy hace honor a su madre.

—Gracias. Es la pura verdad que es un hombre apuesto. ¿Y tú vives en Nueva York y te ganas la vida pintando?

—Sí, señora, así es —contestó, y, horriblemente incómoda, le dio un sorbo a su cerveza. Cuando Maggie entró con gran estruendo por la puerta de la cocina, a punto estuvo de besarle los pies.

—Llegamos tarde —anunció Maggie—. Y Rogan está que se muere de ganas de decirle a todo el mundo que es por mi culpa, así que lo digo yo primero. Tenía trabajo que terminar. —Soltó un tazón sobre la mesa y después dejó a Liam en el suelo para que fuera por su cuenta—. También estoy hambrienta —añadió, y cogió de una bandeja uno de los champiñones rellenos que había preparado Brianna y lo devoró—. Señora Brennan, usted es la persona que estaba buscando.

Toda la formalidad de la cara de Alice se esfumó al rodear la mesa para ir a darle a Maggie un fuerte abrazo.

—Dios mío, siempre igual, desde pequeña tan ruidosa como seis tambores.

—Lamentará haber dicho eso cuando le dé su regalo. Rogan, ven aquí.

—Un hombre tiene derecho a detenerse y tomarse una cerveza, ¿no? —repuso él, quien con una botella en una mano y un paquete envuelto en la otra, se abrió paso hasta las mujeres.

Su entrada produjo nuevos saludos y más cháchara. Considerando ese momento como la perfecta oportunidad para escapar, Shannon empezó a dirigirse hacia el pasillo, pero entonces Gray, divertido, le bloqueó la salida y le pasó un brazo alrededor de la cintura en un gesto de afecto tan firme como un par de grilletes.

—No vas a ninguna parte, cobarde —le dijo.

—Dame un respiro, Gray.

—Ni hablar.

Atrapada en la cocina, Shannon no tuvo más remedio que observar a Alice mientras desenvolvía con cuidado el cuadro. Hubo expresiones de sorpresa y aprobación por parte de la gente que estaba agolpada alrededor de la mujer.

—Ay, es su vivo retrato —murmuró Alice—. Justo así pone la cabeza, ¿veis? Y ésa es la postura que adopta cuando se queda de pie. Nunca me habían hecho un regalo mejor que éste, Maggie, de verdad. No te puedo agradecer lo suficiente el hecho de que me lo hayas regalado; y de que lo hayas pintado, claro.

—Puede darme las gracias porque yo se lo haya entregado, pero lo ha pintado Shannon.

Todas y cada una de las cabezas que estaban en la cocina se volvieron a mirarla, examinándola.

—Tienes un gran talento —le dijo Alice después de un instante, y el acento le volvió a la voz—. Y un gran corazón, por ver con claridad a tu modelo. Para mí es un orgullo tener este retrato.

Antes de que Shannon pudiera pensar en una respuesta, una mujer bajita de pelo negro entró como una ráfaga en la cocina.

—Ma, nunca vas a adivinar quién... ¿Qué es esto? —Distinguiendo el cuadro, se abrió paso hasta su madre—. Ay, pero si es Murphy con sus caballos...

—Shannon Bodine lo ha pintado —le dijo Alice.

—Ah... —Con los ojos brillantes y curiosos, la mujer recorrió la habitación, hasta que encontró unos segundos después su objetivo—. Pues yo soy Kate, la hermana de Murphy, y me encanta conocerte. Tú eres la primera mujer que ha cortejado en toda su vida.

Shannon se tambaleó ligeramente contra el brazo de Gray que la estaba sosteniendo.

—No es... No somos... Murphy exagera —decidió decir cuando varios ojos se clavaron en ella—. Somos amigos.

—Es una buena decisión tomarte el tema en plan amigos —reconoció Kate—. ¿Crees que alguna vez podrías pintar a mis hijos? Maggie no ha querido.

—Yo trabajo el cristal —le recordó Maggie, y siguió llenándose el plato—. Y tendrás que hablar con Rogan primero, que ahora es su agente.

—Todavía no he firmado ningún contrato —dijo rápidamente Shannon—. Ni siquiera he...

—Tal vez puedas pintarlos antes de que firmes el contrato con él —la interrumpió Kate—. Puedo llevártelos a donde quieras y cuando digas.

—Deja de darle la lata a la pobre chica —intervino Alice con suavidad—. ¿Qué venías a decirme?

—¿Decirte? —Kate se quedó en blanco un momento, aunque después los ojos le brillaron—. No vas a creer quién acaba de llegar. Maeve Concannon —dijo antes de que nadie tratara de adivinar—. En persona.

—Pero ¡si Maeve no ha asistido a un *ceili* en veinte años! —exclamó Diedre—. O más, creo.

—Pues ha venido. Y Lottie está con ella.

Brianna y Maggie se miraron la una a la otra, sin poder pronunciar palabra; luego se movieron rápidamente, como un equipo.

—Vamos a ver si quiere comer algo —explicó Brianna.

—Más bien vamos a cerciorarnos de que no hunda la casa —la corrigió Maggie—. ¿Por qué no vienes, Shannon, ya que te fue tan bien con ella la última vez?

—Pues la verdad, no creo…

Pero Maggie no la dejó terminar, pues la tomó del brazo y la sacó a rastras de la cocina.

—La música sigue sonando —comentó Maggie casi sin aliento—, no ha hecho que se callen.

—Mira, Maggie, éste no es asunto mío —protestó Shannon—. Es tu madre.

—Shannon, te recuerdo tus propias palabras sobre la conexión.

—Mierda, Maggie —replicó Shannon, que no tuvo otra opción que apretar los dientes y dejarse llevar hasta el salón.

—Virgen Santa —fue todo lo que Brianna pudo musitar.

Maeve estaba sentada con Liam sobre su regazo y llevaba el ritmo de la música con un pie. Quizá la cara no expresara ninguna emoción y quizá tuviera en la boca un gesto severo, pero ese movimiento de pie la delataba.

—Se está divirtiendo… —afirmó Maggie, con los ojos como platos por la perplejidad.

—Por Dios santo… —Shannon se liberó de Maggie con un tirón malhumorado—. ¿Y por qué no?

—Nunca se acerca a nada que tenga que ver con música —murmuró Brianna—. No desde que tengo memoria —añadió, y sacudió la cabeza al ver a Lottie bailando en brazos de un vecino—. ¿Cómo diantres se las habrá apañado Lottie para convencerla de que viniera?

Sin embargo, Shannon se había olvidado de Maeve. Al otro lado de la habitación estaba Murphy, de pie, moviendo la cadera y sosteniendo un violín entre el hombro y la barbilla. Tenía los ojos entrecerrados, lo que hizo pensar a Shannon que estaba perdido en la música que sus ágiles dedos y manos estaban produciendo. Pero entonces le sonrió y le guiñó un ojo.

—¿Qué están tocando? —preguntó Shannon. Al violinista lo acompañaban un hombre a la gaita y otro al acordeón.

—Es una danza tradicional en honor a san Esteban. —Brianna sonrió y sintió que los pies empezaban a picarle por bailar—. Eh, mira cómo bailan.

—Ya es hora de hacer algo más que mirar —dijo en ese instante Gray, que la tomó de la cintura y la hizo girar hacia el centro del salón, donde estaba bailando la gente.

—Caramba, Brie es fantástica —comentó Shannon después de un ratito.

—Nuestra Brie habría sido bailarina si las cosas hubieran sido diferentes. —Con el ceño fruncido, Maggie desvió la mirada de su hermana a su madre—. Tal vez las cosas fueron diferentes entonces y ahora estén empezando a cambiar.

Después de respirar profundamente, Maggie avanzó por el salón. Tras un momento de vacilación, se abrió paso entre los bailarines y se dirigió hacia donde estaba Maeve y se sentó junto a ella.

—Vaya, ésa es una imagen que pensé que nunca iba a ver —dijo Alice, que se detuvo junto a Shannon—. Maeve Concannon sentada junto a su hija en un *ceili*, con su nieto sobre las rodillas y llevando el ritmo con un pie. Y casi, casi sonriendo.

—Supongo que la conoce desde hace mucho tiempo, ¿no?

—Desde que éramos unas chiquillas. Maeve se hizo la vida imposible a sí misma, además de a Tom. Y esas niñas sufrieron por ello. Es muy duro tener que luchar por el amor. Ahora parece que ha encontrado algún tipo de felicidad en la vida que tiene y en sus nietos, cosa que me alegra. —Alice miró a Shannon ligeramente divertida—. Creo que debo disculparme contigo por mi hija, que te ha abochornado en la cocina. Siempre ha sido de las que habla primero y piensa después.

—No se preocupe, no pasa nada. Sólo está... mal informada.

Alice hizo una mueca con los labios.

—Pues estupendo si no se ha hecho mal a nadie. Allí están mi hija Eileen y su marido, Jack. ¿Quieres conocerlos?

—Claro.

Entonces Alice le presentó a su hija y a su yerno, y a las otras hermanas de Murphy, y a su hermano, y a sus sobrinos y sobrinas, y a sus primos... La cabeza le daba vueltas de tantos nombres y el corazón se le paró ante la incuestionable bienvenida que recibió de todos y cada uno de los familiares de Murphy que apretaron su mano.

Finalmente le ofrecieron un plato lleno de comida, una cerveza fría y un asiento cerca de los músicos, donde Kate no hizo más que parlotearle al oído. Y el tiempo sencillamente voló, insignificante ante la música y la calidez de todo. Los niños corrían de acá para allá o dormían en los brazos de alguna persona servicial. Shannon observó a hombres y mujeres coquetear mientras bailaban, y aquellos que eran demasiado viejos para bailar disfrutaban del ritual.

¿Cómo podría pintarlo?, se preguntó. ¿En colores vívidos y relucientes o en pasteles suaves y brumosos? Ninguna de las dos opciones era la adecuada. Por un lado se percibía excitación y energía, pero por otro, satisfacción queda y tradición incólume.

Se oía en la música, pensó. Murphy tenía razón con respecto a eso. Cada nota y cada hermosa voz que entonaba una canción hablaban de raíces demasiado profundas como para ser quebradas.

Le encantó escuchar a la señora Conroy cantando una balada de amor no correspondido con su voz aguda, que no obstante contenía mucha verdad. Y ella y otros se rieron con una canción juguetona que hablaba de una borrachera y que prácticamente todos entonaron a pleno pulmón. Y observó, en completa estupefacción, a Brianna y a Kate realizar un complejo y lírico baile que hizo que aún más gente se agolpara en el salón. Las palmas de las manos se le habían puesto rojas de tanto aplaudir cuando la música se detuvo y vio que Murphy apartaba el violín y se dirigía a ella.

—¿Te estás divirtiendo? —le preguntó.

—Muchísimo —contestó, y le pasó el plato para compartir con él la comida que le habían servido—. No has podido comer nada, así que toma, pero rápido. —Le sonrió—. No quiero que dejes de tocar.

—Siempre hay alguien que puede reemplazarme... —dijo, aunque cogió medio sándwich de jamón.

—¿Sabes tocar más instrumentos además del violín y la concertina?

—Un poco esto y un poco aquello. Ya he visto que has conocido a mi familia.

—Son un montón, Murphy. Y todos te ven como un dios —comentó Shannon, que se rio cuando Murphy hizo una mueca.

—Creo que deberíamos bailar.

Shannon negó con la cabeza cuando él la tomó de la mano.

—Como les he explicado a varios caballeros encantadores, estoy encantada mirando. No, Murphy —insistió, y se rio otra vez cuando Murphy la tiró de la mano y la hizo ponerse de pie—. No puedo hacer esas cosas..., no puedo mover los pies como vosotros.

—Por supuesto que puedes —replicó, y siguió tirando de ella con firmeza—, pero van a tocar un vals, como les he pedido. La primera vez que bailemos tiene que ser un vals.

La voz de Murphy, como había suavizado el tono, hizo que a Shannon se le desmayara la mano dentro de la de él.

—Nunca he bailado un vals.

Murphy empezó a reírse y después abrió los ojos de par en par.

—Estás bromeando, ¿no?

—No. No es un baile muy común en los sitios a los que voy a bailar, así que creo que voy a dejar pasar esta pieza.

—Yo te enseño. —Le pasó un brazo alrededor de la cintura y la tomó de la otra mano—. Ponme la mano sobre el hombro.

—Sé cómo es la figura, lo que no me sé son los pasos.

Era una noche tan mágica que era una lástima no darle gusto. Bajó la cabeza y le miró los pies.

—Seguro que sabes contar, ¿no? —le dijo Murphy con una sonrisa a la cabeza de Shannon—. Marcas uno, y luego dos y luego tres cada vez más rápido. Y si deslizas el pie que queda atrás un poquito a la cuenta de tres, cogerás el ritmo de inmediato. Sí, así. Bien.

Cuando Murphy le dio una vuelta, Shannon levantó la mirada de nuevo, riéndose.

—No te pongas muy sofisticado. Aprendo rápido, pero me gusta practicar mucho.

—Podemos practicar todo lo que quieras. Para mí no es difícil tenerte entre mis brazos.

En ese instante algo hizo clic en el interior de Shannon, que dijo:

—No me mires así, Murphy.

—Debo hacerlo, ¿no ves que estamos bailando un vals? —Le dio tres vueltas largas, tan fluidas como un buen vino—. El truco para bailar bien el vals es mirar a los ojos a tu compañero, así no te mareas cuando se gira.

La idea de concentrarse en ese punto fijo podría haber tenido su mérito, pensó Shannon, pero no, descubrió, cuando ese punto era aquellos ojos azul oscuro.

—Tienes las pestañas más largas que las de tus hermanas —murmuró ella.

—Ese tema siempre ha sido nuestra manzana de la discordia.

—Tienes unos ojos preciosos. —La cabeza había empezado a darle vueltas, una tras otra, como si estuviera bailando por su cuenta. Se sintió en el borde del aturdimiento, en el umbral de la inconsciencia—. Los veo en mis sueños. No puedo dejar de pensar en ti.

A Murphy los músculos del estómago se le retorcieron como el acero y después se tensionaron de nuevo.

—Cariño, estoy haciendo lo más que puedo para tratar de cumplir una promesa.

—Ya lo sé. —Ahora, todo pareció empezar a moverse a cámara lenta, un giro, una vuelta, una nota. Todos los colores, los movimientos y las voces parecieron desvanecerse brumosamente tras bambalinas hasta que en el salón sólo quedaron ellos dos y la música—. Nunca romperías una promesa, sin importar cuánto te cueste…

—Nunca lo he hecho. —La voz le sonó tan tensa como la mano que aferraba la de ella—. Pero me estás tentando. ¿Me estás pidiendo que rompa mi promesa?

—No sé. ¿Por qué siempre estás ahí, Murphy, en un rincón de mi mente? —Cerró los ojos y dejó caer la cabeza sobre el hombro de él—. No sé qué estoy haciendo, no sé qué estoy sintiendo. Necesito sentarme. Necesito pensar. No puedo pensar cuando me tocas.

—Shannon, me estás llevando más allá de mis límites. —Con un esfuerzo, mantuvo las manos a raya mientras la llevaba fuera de la pista de baile y la devolvía a su silla. Se acuclilló frente a ella—. Mírame. —Su voz sonó tranquila, más baja que la música y las risas—. No te lo voy a pedir de nuevo. Te juré que no lo haría. No es el orgullo lo que me lo impide o lo que me empuja a decirte que el próximo paso, sea cual sea, tendrás que darlo tú.

No, pensó Shannon. Era el honor. Una palabra tan pasada de moda como cortejar.

—Deja de coquetear con la chica. —Tim se detuvo junto a Murphy y le dio una fuerte palmada en la espalda—. Cántanos algo, Murphy.

—Ahora estoy ocupado, Tim.

—No. —Shannon se echó para atrás y logró sonreír—. Anda a cantar algo, Murphy, que nunca te he escuchado.

Murphy luchó por recuperar la compostura y bajó la mirada hacia sus manos, que descansaban sobre sus rodillas.

—¿Qué quieres que cante?

—Tu canción favorita. —En un gesto que era al tiempo disculpa y petición, Shannon le puso la mano sobre la de él—. La canción que más signifique para ti.

—Está bien. ¿Hablarás conmigo más tarde?

—Más tarde —respondió, y sonrió mientras él se ponía de pie. Pensó que más tarde se sentiría más como ella misma.

—Bueno, ¿qué te parece tu primer *ceili*? —le preguntó Brianna al tiempo que se sentaba junto a ella.

—¿Mmmm? Ah, es fantástico. Todo me encanta.

—No habíamos vuelto a tener una fiesta tan grande como ésta desde que Gray y yo nos casamos el año pasado. Fueron las *bacachs* que tuvimos la noche siguiente a nuestro regreso de la luna de miel.

—¿Las qué?

—Las *bacachs*, una tradición antiquísima. La gente se disfraza y viene a la casa después de que oscurezca y... Eh, Murphy va a cantar. —Le dio un apretón en la mano a Shannon—. Me pregunto qué interpretará.

—Su canción favorita.

—Ah, entonces será *Four Green Fields* —murmuró Brianna, y sintió que los ojos se le aguaban antes de que sonara la primera nota.

Sólo se necesitó la primera nota para que las voces se apagaran. La sala se aquietó mientras Murphy empezaba a cantar acompañado por una gaita.

Shannon no sabía que había todo eso dentro de él, esa voz clara y limpia de tenor y el corazón que subyacía en ella. Murphy cantó una canción sobre la tristeza y la esperanza, sobre la pérdida y el reencuentro. Y mientras tanto la casa se fue quedando tan silenciosa como una iglesia y los ojos de él no se separaron de los de ella. Era una canción de amor, pero de amor por Irlanda, por la tierra y por la familia.

Al escucharlo, Shannon sintió que algo que le había conmovido dentro mientras bailaban la conmovía de nuevo, con más fuerza, con más firmeza, más profundamente. La sangre empezó a hervirle bajo la piel, no tanto como pasión, sino como aceptación. Anticipación. Cada barrera que había construido se desmoronó y se derrumbó en silencio, bajo la suave belleza de la canción.

La voz de Murphy sencillamente la derrotó.

Las lágrimas corrieron tibias por sus mejillas, liberadas por la voz masculina y por las conmovedoras palabras de la balada. Nadie aplaudió cuando terminó. El silencio fue el reconocimiento de la sencilla y grandiosa belleza.

Los ojos de Murphy se clavaron en los de Shannon mientras le decía algo al gaitero. Un asentimiento de cabeza, y de inmediato empezó a tocar una melodía alegre. El baile empezó de nuevo.

Shannon supo que Murphy había entendido antes de que diera el primer paso hacia ella. Él sonrió. Ella se levantó y tomó la mano que él le ofrecía.

No la pudo sacar de la casa con rapidez. Había demasiadas personas, que lo detuvieron para charlar con él. Para cuando finalmente pudo llevarla fuera, sintió la mano de ella temblando en la suya.

Entonces se detuvo, se volvió para mirarla y le preguntó:

—¿Estás segura?

—Sí. Estoy segura. Pero, Murphy, esto no puede suponer ninguna diferencia. Tienes que entender...

La besó lenta y suavemente, y con tanta profundidad que las palabras se le deslizaron hacia atrás por la garganta. Después, todavía con la mano de ella en la suya, rodeó la casa y se dirigió hacia los establos.

—¿Aquí? —Shannon abrió los ojos de par en par y se debatió ligeramente entre la complacencia y la consternación—. Aquí no podemos. Hay demasiada gente.

Murphy descubrió que, después de todo, todavía podía reírse.

—Dejaremos el revolcón sobre la paja para otra ocasión, cariño. Sólo quiero coger un par de mantas.

—Ah. —Shannon se sintió tonta, y no estuvo tan segura de no sentirse desilusionada—. Mantas —repitió mientras Murphy descolgaba dos de la cuerda donde habían estado aireándose—. ¿Adónde vamos?

Murphy dobló las mantas y se las puso sobre el brazo antes de tomarla de la mano de nuevo y responderle:

—Adonde empezamos.

El círculo. El corazón empezó a galoparle.

—Yo... ¿Puedes irte así como así con toda esa gente en tu casa?

—No creo que nos vayan a echar de menos —dijo; hizo una pausa y la miró otra vez—. ¿Te importa que se den cuenta de que no estamos?

—No —contestó, negando con la cabeza de inmediato—. No, no me importa.

Cruzaron el campo bajo la luz que derramaba la luna.

—¿Te gusta contar estrellas? —le preguntó Murphy.

—No sé. —Automáticamente, levantó la cara y miró hacia el cielo, que estaba colmado de estrellas—. Creo que nunca lo he hecho.

—Nunca terminas. —Se llevó a los labios la mano de ella—. No es la suma de ellas lo que importa, ni tampoco el número. Es lo maravilloso de todo el conjunto. Eso es lo que veo cuando te miro. Lo maravilloso de todo el conjunto. —Entonces se rio y la levantó del suelo. Cuando la besó otra vez, lo hizo con un regocijo renovado y creciente—. ¿Puedes fingir que te estoy llevando por una elegante escalera de caracol hasta una cama enorme y mullida con almohadones de satén y encajes rosas?

—No necesito fingir nada. —Presionó la cara contra la garganta de él mientras la emoción le bullía por dentro y la embargaba—. Esta noche sólo te necesito a ti. Y estás justo aquí, a mi lado.

—Sí. —Le pasó los labios por la sien hasta que Shannon echó la cabeza hacia atrás para mirarlo—. Estoy aquí. —Asintió hacia el campo—. Estamos aquí.

El círculo de piedras se alzaba imponente, esperando bajo la cálida luz de la luna.

16

Bajo un cielo colmado de estrellas y la luz plateada de una luna que resplandecía como un faro, Murphy la llevó en brazos hasta el centro del círculo de piedras. Shannon escuchó el ulular de un búho, un canto largo que se esparció por el aire hasta desvanecerse en un silencio murmurante.

Murphy la depositó en el suelo sobre sus propios pies y extendió la primera manta; la otra la dejó caer antes de arrodillarse ante ella.

—¿Qué estás haciendo? —inquirió Shannon, que se preguntó de dónde procedían esos nervios si apenas hacía unos momentos estaba completamente tranquila.

—Te voy a quitar los zapatos. —Una cosa tan sencilla, tan cotidiana y, sin embargo, era un gesto tan seductor como la seda negra. Luego Murphy se quitó los suyos y los puso ordenadamente junto a los de ella. Sus manos recorrieron el cuerpo de Shannon desde los tobillos hasta los hombros a medida que se fue poniendo de pie—. ¿Tienes frío? Estás temblando.

—No. —Shannon pensó que era probable que no volviera a sentir frío nunca más, teniendo en cuenta el horno que palpitaba en el interior de su cuerpo—.

Murphy, no quiero que pienses que esto significa... nada más de lo que significa. No sería justo...

Murphy le sonrió, le puso las manos a los lados de la cara con delicadeza y la besó.

—Sé lo que significa. «La belleza es su propia razón de ser». —Sin dejar de ser suave y tierno, sus labios recorrieron los pómulos de Shannon—. Palabras de Emerson. —¿Qué clase de hombre, se preguntó Shannon, es capaz de recitar poesía y cultivar la tierra?—. Eres hermosa, Shannon. Esto es hermoso.

Él se encargaría de que fuera así, al entregarle no sólo su corazón, sino también su cuerpo. Y tomando los de ella. Entonces sus manos fueron delicadas y fluidas al acariciarla: los hombros, la espalda, el pelo, mientras la persuadía pacientemente con la boca a dar más, a tomar más. Sólo un poquito más.

Shannon todavía estaba temblando, incluso al apretarse más contra él mientras de sus labios emergía un sonido quedo de placer y pasaba a través de los de él. Una brisa ligera acarició la hierba y los envolvió como si fuera música. Murphy dio un paso atrás y la miró directamente a los ojos; después le quitó el chaleco de hombre que llevaba puesto y lo dejó caer de sus hombros. Un murmullo de sorpresa y anhelo gorgojeó en la garganta de ella mientras él la besaba de nuevo y le acariciaba la cara con las manos.

Shannon pensaba que entendía las reglas de seducción, los movimientos y contramovimientos que hombres y mujeres llevaban a cabo en su camino hacia el placer. Pero aquello era nuevo para ella, esa danza tranquila y paciente, ese saborear cada paso elemental. Igual que con el vals que Murphy le había enseñado, Shannon no pudo hacer más que aferrarse con fuerza y disfrutar del paseo.

Contuvo la respiración y la soltó temblorosamente cuando Murphy puso los dedos sobre el primer botón de su camisa. Ay, cómo le habría gustado ir vestida de seda, llevar algo vaporoso y femenino y un sofisticado conjunto de encaje debajo para hechizarlo.

Murphy le desabotonó la camisa con lentitud, después se la abrió y le puso ligeramente una mano sobre el corazón. El estremecimiento la recorrió como una bala fundida.

—Murphy...

—He pensado mucho en cómo sería tocarte. —Se llevó a los labios la mano que ella le había puesto en el hombro—. Cómo se sentiría tu piel. Y cómo sabría. Y cómo olería. —Dejó que la camisa se le resbalara de los hombros sin quitarle los ojos de los ojos—. Tengo manos ásperas.

—No. —No pudo hacer más que sacudir la cabeza—. No.

La miró con solemnidad mientras dibujaba con un dedo la curva inferior del sostén y después la de arriba. Había sabido que ella sería suave, pero la manera en que la piel se le estremecía ante el más mínimo roce de sus dedos y la manera en que echaba la cabeza hacia atrás en señal de rendición le añadía dulzura al deseo.

Entonces Murphy, a pesar de que ya podía sentir cómo le cabrían los senos en las palmas, pequeños y firmes en sus manos, no los tomó. Por el contrario, se inclinó hacia ella y la besó en la boca otra vez. Los labios de ella eran increíblemente generosos y se abrían para darles la bienvenida a los de él. Los sabores oscuros y fuertes se dispersaron por el sistema nervioso de Murphy, insinuando sabores aún más ardientes e íntimos.

—Te... —A Shannon le temblaron las manos cuando las puso sobre la camisa de Murphy. Trató de calmarse mirándolo a los ojos—. Te deseo más de lo que nunca me había imaginado. —Sin quitarle los ojos de encima, le desabrochó la camisa y se la sacó por la cabeza, para después bajar la mirada—. Oh...

Fue una expresión complacida y de admiración. Ése era un cuerpo endurecido y definido por el trabajo y el sudor, no por las máquinas del gimnasio. Con pericia, le acarició el pecho, donde la piel era suave sobre fortaleza sólida, y a él el corazón le dio un vuelco.

Entonces a ella el corazón se le subió a la garganta cuando Murphy le aflojó la cinturilla del pantalón. Totalmente anonadada, Shannon sintió que él le daba la mano para que pudiera liberar las piernas. Pero cuando Shannon trató de tocarlo, Murphy negó con la cabeza. Incluso la paciencia del amor tenía sus límites.

—Acuéstate conmigo —murmuró él—. Anda, acuéstate conmigo —repitió, y la acostó sobre la manta y la besó en la boca.

La tocó con una ternura aterradora, le moldeó los senos y se dio el doloroso placer de deslizar la mano por debajo del algodón para explorar e incitar. Necesitaba el sabor que lo tentaba a lo largo de la garganta y de los hombros de ella. Cuando la lengua de él siguió el camino que habían trazado sus manos, bajo el sostén, para humedecer el pezón, Shannon se tensó como un arco.

—Ahora —pudo musitar, casi sin aliento—. Por Dios santo.

Murphy sólo abrió el broche del sostén y la acarició con la lengua sedosamente.

Atormentada, encantada, Shannon lo atrajo con más fuerza hacia sí. Empezó a moverse debajo de él con frenesí, deshinibida. Murphy la estaba enloqueciendo con la lengua, los dientes y los labios, la estaba haciendo suplicar con palabras ahogadas y atropelladas. El destello llegó con tanta rapidez, y fue tan ardiente, que el cuerpo se alzó y tuvo que aferrarse a la manta como en defensa. El fuerte y estremecedor clímax la dejó temblando, temblando hasta que cayó hacia atrás, desencajada.

Imposible. Luchando por recobrar el aliento, levantó una pesadísima mano y se retiró el pelo de la cara. No era posible. Nunca nadie la había hecho sentir tanto.

Murphy, por su parte, dejó escapar un gruñido y presionó los labios en la piel de ella, dejando que las manos la acariciaran más abajo, sobre la curva de su cintura y de sus caderas.

—Shannon, te amo. Desde siempre y para siempre.

—No puedo. —Débil, Shannon le puso una mano sobre la espalda a Murphy. Estaba húmeda, notó entre la nebulosa, y tenía los músculos ligeramente contraídos—. Necesito un minuto. —Pero los labios de él la estaban ya recorriendo sobre el torso—. Dios, ¿qué me estás haciendo?

—Dándote placer —respondió, y tenía la intención de darle más, tenía que darle más. La necesidad estaba creciéndole dentro, dolorosamente, pura sangre caliente y lujuria violenta que sabía que podía controlar sólo por poco tiempo. Le quitó las diminutas bragas y la mordisqueó—. Dándome placer.

El cuerpo de Shannon era un tesoro de delicias oscuras y Murphy tenía la intención de explorarlo a fondo. Pero el tiempo de ocio había pasado. Con avaricia, la tomó, deleitándose con sus movimientos frenéticos y sus jadeos y gritos.

Así era como la quería tener, irremediablemente suya, aferrándose a él mientras la llevaba despiadadamente de una llamarada a otra. Y cuando ella continuó retorciéndose, y estuvo húmeda, y estuvo excitada, incluso en ese momento no fue suficiente.

Entonces empezó a quitarse los vaqueros mientras la recorría ávidamente con la boca sobre el torso. Sobre los senos que se movían a la par con su respiración y hasta sus temblorosos labios de nuevo.

Shannon se arqueó con urgencia contra él y levantó las piernas y las atenazó con fuerza en torno al hombre. Murphy sacudió la cabeza, no a modo de negación, sino para aclararse la vista. Quería mirarla, y quería que ella lo mirara.

—Mírame —le ordenó Murphy, luchando por emitir las palabras sobre los latidos del corazón, que le retumbaban densamente en la garganta—. Maldita sea, mírame ya. —Shannon abrió los ojos. No pudo enfocarlos al principio, hasta que finalmente se le aguzó la vista y lo único que pudo ver fue la cara de él—. Te amo —le dijo con fiereza, con los ojos fijos en los de ella—. ¿Me escuchas?

—Sí —contestó, agarrándose a los cabellos de Murphy—. Sí.

Entonces ella gritó triunfalmente cuando Murphy la penetró con fuerza y profundamente. El orgasmo la recorrió como una ola de lava y la dejó temblorosa y ardiente; entonces cerró los ojos de nuevo. Él la besó salvajemente en la boca mientras su cuerpo se zambullía en ella incansablemente.

Sin mucha conciencia, Shannon lo igualó en el ritmo, sumergiéndose en la tormenta que producían juntos. Creyó oír un trueno y creyó ver un rayo que extendía malévolamente sus dedos por el cielo. Entonces su cuerpo estalló y se hizo añicos para después ir quedándose sin fuerzas.

Las manos resbalaron fláccidamente de la espalda de Murphy. Lo oyó pronunciar su nombre, lo sintió tensarse, estremecerse para finalmente dejarse caer sobre ella.

Murphy se permitió regodearse en el pelo de Shannon y dejó la cara enterrada allí mientras le vibraba todo el cuerpo. Ella empezó a temblar otra vez, con pequeñas explosiones que, Murphy lo sabía, eran una señal posterior del buen sexo. La habría acariciado para tratar de calmarla, si se hubiera podido mover.

—En un instante me salgo de ti —murmuró él.

—No te atrevas.

Murphy sonrió y se frotó la cara contra el pelo de ella.

—Al menos así puedo mantenerte caliente.

—No creo que pueda volver a enfriarme nunca más. —Con un pequeño ronroneo de placer, Shannon le pasó los brazos alrededor del cuerpo—. Probablemente te pongas como un gallito cuando te diga esto, pero no creo que me importe. Nunca había sentido algo así.

No fue engreimiento lo que sintió Murphy, sino alegría.

—No ha habido nadie antes de ti, Shannon.

Shannon lo apretó y se rio.

—Eres demasiado bueno en esto, Murphy. Me imagino que debes de haber tenido muchas mujeres...

—Sólo fueron práctica —replicó, interrumpiéndola y haciendo un esfuerzo para sostenerse sobre los codos para poder mirarla. La sonrisa de ella lo hizo sonreír a él—. Ahora, no puedo negar que no disfrutara una o dos veces.

—Recuérdame que te pegue más tarde. —Se rio cuando Murphy los hizo rodar una y otra vez hasta que quedaron casi al borde de la manta y ella se acurrucó sobre su pecho—. Voy a tener que pintarte —murmuró ella mientras le pasaba el dedo de los bíceps a los pectorales—. No he pintado un desnudo desde que era estudiante, pero...

—Cariño, cuando me desnudes estarás demasiado ocupada como para prestarles atención a tus pinceles.

A Shannon la sonrisa le resplandeció traviesamente en la cara.

—Tienes razón... —Presionó sus labios contra los de él y se perdió un momento en el regodeo del beso. Suspiró y descansó la cabeza sobre el pecho de Murphy—. Nunca había hecho el amor a la intemperie.

—Estás bromeando.

Shannon levantó la cabeza y le dirigió una mirada sosa.

—Está mal visto en mi barrio.

Como la piel de Shannon estaba congelada, Murphy cogió la manta que no habían usado y la echó por encima del cuerpo de ella, cuidando meticulosamente de que quedara bien tapada.

—Entonces es una noche llena de primeras veces para ti... Tu primer *ceili*. Tu primer vals.

—El vals es el culpable. No, perdón... —Sacudió la cabeza y se acomodó para poder tomar la cara de él entre sus manos—. El vals me sedujo, pero la verdadera culpable ha sido la canción. Cuando te escuché, no pude entender por qué, o cómo, siempre dije que no.

—Voy a tener que recordar que tengo que cantarte con frecuencia. —Levantó una mano y la descansó sobre la nuca de ella—. Hermosa Shannon de ojos verdes, amor de todas mis vidas, ven y dame un beso.

Murphy la despertó justo cuando el sol del Este empezaba a clarear. Lamentó tener que hacerlo, porque le había encantado verla dormir, cómo sus pestañas descansaban sobre las mejillas ligeramente sonrosadas. Y deseó disponer del tiempo para poder hacerle el amor una vez más mientras rompía el alba.

Pero tenía obligaciones que cumplir y su familia lo esperaba.

—Shannon. —Con delicadeza le acarició la mejilla, le dio un beso—. Cariño, ya casi ha amanecido. Las estrellas están escondiéndose.

Shannon se desperezó y se aferró a su mano.

—¿Por qué no te quedas? ¿Por qué? ¿Cómo puedes volver a mí sólo para tener que irte de nuevo?

—Sshh. —La atrajo hacia sí y presionó los labios contra una ceja de ella—. Estoy aquí, justo a tu lado. Es sólo un sueño.

—Si me amaras lo suficiente, no te irías de nuevo.

—Claro que te amo. Abre los ojos ya, Shannon. Estás soñando.

Shannon siguió el sonido de la voz de Murphy y abrió los ojos, como le había pedido. Durante un momento se perdió entre dos mundos, y ambos resultaban igual de familiares y correctos.

Amanecer, justo antes del amanecer, pensó ella brumosamente. Y el olor de la primavera… Las piedras alzándose sobre ellos, grises y frías en la oscuridad agonizante, y la sensación de los brazos de su amante abrazándola con fuerza.

—Tu caballo —dijo, mirando aturdida a su alrededor.

Debía de haber oído el tintineo de la brida y el ruido impaciente de los cascos del corcel mientras esperaba a que lo cabalgaran.

—Los caballos están todavía en el establo. —Murphy la tomó de la barbilla con firmeza y le levantó la cara—. ¿Dónde estás?

—Yo… —Pestañeó y salió flotando del sueño—. ¿Murphy?

Murphy tenía los ojos entrecerrados y fijos en su cara; se adivinaba un deje de frustración en ellos.

—¿Recuerdas qué pasó entonces? ¿Qué hice para perderte?

Shannon negó con la cabeza. La sensación de desesperación y el miedo empezaron a desvanecerse.

—Estaba soñando, supongo. Eso es todo.

—Dime qué hice.

Pero ella presionó la cara contra el hombro de él, sintiendo alivio de que estuviera cálido y fuera sólido.

—Sólo ha sido un sueño —insistió ella—. ¿Ya ha amanecido?

Murphy iba a discutir, pero se contuvo.

—Casi. Tengo que llevarte al hotel.

—Demasiado pronto.

—Retrasaría el sol, si pudiera —replicó, apretándola una vez más antes de ponerse de pie para recoger sus ropas.

Acurrucada bajo la manta, Shannon lo observó y sintió cómo el cosquilleo del deseo comenzaba a echar chispas de nuevo. Se sentó y dejó que la manta le cayera hasta la cintura.

—¿Murphy? —Cuando él se volvió, Shannon tuvo la satisfacción de ver cómo sus ojos se oscurecían y se nublaban—. Hazme el amor.

—Nada me gustaría más, pero mi familia está en casa y no se sabe cuándo uno de ellos... —Se interrumpió cuando Shannon se puso de pie, delgada y hermosa así, desnuda. La ropa se le resbaló de las manos cuando ella empezó a acercársele.

—Hazme el amor —le dijo ella nuevamente, y le echó los brazos alrededor del cuello—. Rápido y con desesperación. Como si fuera la última vez.

Había una bruja en ella. Lo había sabido desde que la miró a los ojos la primera vez. El poder de esa verdad resplandeció desde ellos ahora, desafiante y confiado. A pesar de que Shannon suspiró ahogadamente cuando Murphy le echó la cabeza hacia atrás tirándola del pelo, la expresión de sus ojos no flaqueó.

—Así será, entonces.

La voz le sonó áspera y la arrastró hacia la reina de las piedras, la empujó de espaldas contra ella, la tomó de las caderas y la levantó del suelo.

Shannon se aferró a él con las piernas, dispuesta y ansiosa. El poder hizo explosión cuando él se abrió paso dentro de ella, lo que los obligó a tambalearse a ambos, por la velocidad y la desesperación que ella le había exigido.

Estaban ojo frente a ojo, cada embestida violenta caldeaba el aliento jadeante de los amantes. Las uñas de la mujer se hundieron en los hombros del hombre y sus labios se curvaron en un gesto triunfal en cuanto ambos cuerpos convulsionaron al tiempo.

A Murphy las piernas se le debilitaron y las palmas de las manos se le humedecieron tanto que temió que Shannon pudiera resbalársele y caer. Oyó su propia respiración como los jadeos de un perro.

—Dios… —dijo, y pestañeó con ardor por el sudor que le corría por los ojos—. Dios santo.

Desplomada contra el hombro de Murphy, Shannon empezó a reírse. Las carcajadas sencillamente le hicieron erupción, llenas de alegría y fascinación. Murphy sólo atinó a luchar por recobrar el aliento y sostenerla a ella, que estaba agitando los brazos al viento.

—¡Ay! ¡Me siento tan viva!…

Una sonrisa se le dibujó en la cara a él mientras trataba de evitar que Shannon los tumbara a ambos en el suelo.

—Es cierto que estás viva. Pero, maldita sea, casi me matas a mí. —Le dio un beso en la mano y la depositó en el suelo sobre ambos pies—. Ponte la ropa, mujer, antes de que me aniquiles.

—Desearía que pudiéramos correr por los campos desnudos como estamos.

Murphy dejó escapar un suspiro y se inclinó para recoger el sostén.

—A mi santa madre le encantaría eso, si por casualidad decidiera salir a la puerta de casa y mirar hacia el campo.

Divertida, Shannon cogió el sostén, se lo puso y recuperó las bragas.

—Apuesto a que tu santa madre sabe a qué te has dedicado esta noche, teniendo en cuenta que no has ido a dormir a tu cama.

—Saber y echar un vistazo uno mismo son dos cosas diferentes —replicó, dándole una palmada amistosa en el trasero a Shannon cuando ésta se agachó a recoger su camisa—. Estás muy sexy con ropa de hombre. Hace rato que quería decírtelo.

—Imagen de hombre… —le corrigió Shannon mientras se abotonaba la camisa, demasiado grande para ella.

—¿Cuál es la diferencia? —Murphy se sentó en la hierba para ponerse los zapatos—. ¿Querrás salir conmigo esta noche, Shannon, si voy a buscarte?

Sorprendida y complacida, Shannon bajó la mirada hacia él. Que pudiera preguntar tan dulcemente, cuando casi habían terminado copulando como dos animales, le encantó.

—Pues puede que sí, Murphy Muldoon —le contestó, tratando de imitar lo mejor que pudo el acento de los condados del Oeste.

A Murphy los ojos le bailaron de alegría mientras le lanzaba uno de sus zapatos.

—Todavía sigues pareciendo yanqui. Pero me gusta…, es un acento muy bonito.

Shannon resopló.

—*Yo* tengo un acento muy bonito. Claro. —Se agachó a recoger la manta, pero Murphy le detuvo la mano.

—Déjalas… si te parece bien.

Sonriendo, volvió la mano para que sus dedos pudieran entrecruzarse.

—Sí, me parece bien.

—Entonces te acompaño a casa.

—No tienes por qué.

—Sí, sí tengo por qué. —La guió a través del arco de piedra hacia el campo, donde la luz ya empezaba a hacer brillar el rocío—. Y, además, quiero hacerlo.

Contenta, Shannon recostó la cabeza contra el hombro de él mientras iban caminando. Hacia el Este, la mañana estaba rompiendo suavemente en tonos rosas y dorados, como un dibujo a pastel. Oyó el canto de un gallo y la alegre canción de una alondra. Cuando Murphy se agachó para recoger una flor silvestre con pétalos blanco cremoso, Shannon se paró sonriendo y se volvió a mirarlo, para que él pudiera ponérsela en el pelo.

—Mira, allí hay una urraca. —Shannon levantó el dedo para señalarla, mientras el ave alzaba el vuelo sobre el campo—. Sí es una urraca, ¿verdad? Brianna me mostró una el otro día.

—Así es. Mira allí, rápido, hay dos más. —Complacido por su buena suerte, Murphy le pasó el brazo sobre los hombros a Shannon—. Una es dolor —le dijo—, dos son alegría. Tres son matrimonio y cuatro son embarazo.

Shannon observó el vuelo de las aves y se aclaró la garganta.

—Murphy, ya sé que tienes sentimientos fuertes hacia mí y…

Él la interrumpió al levantarla del suelo y sentarla en el siguiente muro.

—Estoy enamorado de ti —afirmó con facilidad—, si es eso a lo que te refieres.

—Sí, a eso me refiero. —Tenía que ser cautelosa, se dio cuenta, puesto que sus propios sentimientos habían profundizado mucho más de lo que se había propuesto—. Y me parece que entiendo cómo crees que las cosas pueden progresar, teniendo en cuenta tu personalidad, tu idiosincrasia y tu fe.

—Tienes una manera maravillosa de adornarlo todo con palabras. Lo que quieres decir es que me quiero casar contigo.

—Ay, Murphy…

—No te lo estoy pidiendo en este momento —señaló él—. Lo que estoy haciendo es disfrutar de una caminata matutina contigo y ansiar verte de nuevo esta noche.

Shannon lo miró de reojo y vio que él la estaba examinando.

—¿Entonces podemos dejar las cosas así, sencillas?

—No hay nada más sencillo. Mira. Permíteme besarte antes de que entremos en el jardín de Brie.

Murphy la tomó entre sus brazos, bajó la cara y le derritió el corazón.

—Uno más —susurró ella, y lo atrajo hacia sí de nuevo.

—Te llamo más tarde. —Hizo un esfuerzo por apartarse de ella—. Te quiero llevar a cenar, pero…

—Tu familia está aquí —terminó ella—. No te preocupes, lo entiendo perfectamente.

—Se van mañana. Si no hace que te sientas rara con Brie, me gustaría que te quedaras conmigo toda la noche, en mi cama.

—No, no me voy a sentir rara.

—Hasta más tarde, entonces —se despidió, y le dio un beso en la punta de los dedos y la dejó en el borde del jardín, donde las rosas todavía estaban húmedas de rocío.

Silbando para sí misma, cruzó el césped y entró en la casa por la puerta trasera, pero se quedó fría cuando vio a Brie de pie ante la cocina midiendo el café.

—Ah, buenos días… —Sin notar la sonrisa tonta que se le dibujó en la cara, Shannon se metió las manos en los bolsillos—. Te has levantado temprano.

Brianna sólo movió una ceja. Se había levantado hacía media hora ya, a la misma hora a la que se había levantado toda su vida.

—Kayla quería desayunar ya.

Shannon miró el reloj, ligeramente sorprendida.

—Supongo que es un poco más tarde de lo que pensaba. Estaba… fuera.

—Sí, ya lo he visto. ¿Murphy no quería tomarse un café con nosotros?

—No, él… —se interrumpió y exhaló un suspiro ruidoso—. Supongo que no fuimos muy discretos que digamos.

—Podríamos decir que no me sorprende que llegues a esta hora después de ver cómo estabas anoche cuando te fuiste con él. —Cuando el café empezó a hervir, Brianna se dio la vuelta—. Pareces contenta.

—¿En serio? —Se rio, y después cedió al impulso de ir hasta Brianna y abrazarla—. Entonces debe de ser que estoy contenta. Acabo de pasar la noche con un hombre en un prado. Yo. En un prado. Es increíble.

—Me alegro por ti. —Brianna la abrazó con fuerza, conmovida por esa primera explosión de afecto fraternal—. Me alegro por ambos. Murphy es un hombre muy especial. Durante mucho tiempo he deseado que encontrara a alguien igual de especial.

Shannon abrazó a su hermana un momento más.

—Brianna, las cosas no son exactamente así. Él me importa, y me importa mucho. No habría podido acostarme con él si no fuera así.

—Lo sé. Entiendo eso bastante bien.

—Pero no soy como tú. —Dio un paso atrás y trató de explicarle a Brianna lo que necesitaba explicarse a sí misma—. No soy como tú ni como Maggie. No estoy buscando establecerme aquí, casarme y formar una familia. Tengo otras ambiciones.

La preocupación ya se había posado en los ojos de Brianna antes de que bajara la mirada.

—Murphy está completamente enamorado de ti.

—Ya lo sé. Y no estoy segura de no estar yo enamorada de él. —Se dio la vuelta, pensando en mantener el equilibrio mientras se movía—. Pero no siempre el amor basta para construir una vida. Tú y yo deberíamos entender eso, teniendo en cuenta la historia de nuestros padres. He tratado de explicarle esto a Murphy, y sólo tengo la esperanza de haber sido lo suficientemente clara. Porque lo último que quiero es hacerle daño.

—¿Y no crees que te vas a hacer daño a ti misma si le das la espalda a tu corazón?

—También eso es algo en lo que tengo que pensar. Y tengo cabeza para hacerlo.

Brianna abrió un armario y sacó un par de tazas y un par de platos.

—Es cierto. Es todo tu ser el que tiene que decidir qué es lo correcto. Y es difícil cuando una parte de ti tira para el lado contrario de la otra parte.

—Entonces me entiendes… —Sintiéndose agradecida, Shannon puso una mano sobre el hombro de su hermana—. De verdad me entiendes.

—Por supuesto. Es fácil para Murphy: él no tiene ninguna duda con respecto a sus pensamientos, sentimientos o necesidades. Todos se refieren a ti. Por otro lado, para ti no es tan sencillo, de modo que tienes que aceptar la felicidad como te llegue y no cuestionar cada paso del proceso.

—Eso es lo que estoy tratando de hacer. No sólo con Murphy. Estoy feliz, Brianna —dijo con suavidad—, contigo.

—Lo que acabas de decir significa más para mí de lo que puedo expresar. —Con el amor abriéndose paso dentro de ella con delicadeza, Brianna se giró y sonrió—. Y saber que has podido decirlo. Es una mañana magnífica.

—Es una mañana fantástica. —Shannon tomó las manos de Brianna y les dio un apretón—. La mejor mañana de todas. Me voy a cambiar.

—Llévate tu café. —Pestañeando para mantener a raya las lágrimas, Brianna le sirvió una taza—. Te preparo el desayuno antes de irme a la iglesia.

—No, ahora me llevo el café y me voy a cambiar y después vengo a ayudarte a preparar el desayuno.

—Pero…

—Ya no soy un huésped aquí.

Esa vez los ojos se le encharcaron de lágrimas a Brianna antes de que pudiera evitarlo.

—No, ya no eres un huésped. Entonces vete y vuelve deprisa —le ordenó, y se dio la vuelta para servirse ella misma una taza de café—. Aquellos que sí lo son se van a levantar dentro de poco.

Gray esperó a que Shannon saliera de la cocina antes de entrar. Cruzó la sala y tomó entre sus brazos a su mujer, que ya estaba llorando en silencio.

—Adelante, amor —murmuró, y le dio una palmadita en la espalda—. Échate una buena llorera. Entre las dos casi me hacéis llorar a mí también.

—Grayson… —Acunada contra él, se sorbió alegremente—. Es mi hermana.

—Así es. —Le dio un beso en la coronilla—. Shannon es tu hermana.

17

En Nueva York, Shannon no tenía la costumbre de ir con frecuencia a misa los domingos. Sus padres habían sido católicos devotos, pero en silencio, así que ella no había estudiado en un colegio católico ni había participado de los ritos de la religión. Se consideraba a sí misma católica, una mujer católica moderna, que no estaba satisfecha con muchas de las doctrinas y las leyes que dictaba el Vaticano.

La misa dominical era, sencillamente, un hábito que no había adquirido una vez que estableció su vida y sus costumbres en Nueva York. Pero para la gente de aquel pequeño rincón del condado de Clare la misa del domingo no era un hábito; era una parte fundamental de su vida.

Shannon tuvo que admitir que disfrutaba de la pequeña capilla, de la fragancia de las velas votivas, que titilaban, y de los bancos recién abrillantados, que le traían recuerdos vívidos de su adolescencia. Las estatuas de María y José, las placas que marcaban el vía crucis, el mantel bordado que cubría el altar, todos eran símbolos que se podían encontrar a lo largo y ancho del mundo.

La capilla del pueblo ostentaba unas vidrieras a través de las cuales se derramaba tenuemente una luz colorida. Los bancos estaban marcados por los años de uso, los tablones en donde se arrodillaban los feligreses tenían desgastada la tela que los recubría y el viejo suelo crujía bajo cada genuflexión.

Sin embargo, a pesar de lo sencillo del escenario, el ritual en sí mismo era de una pompa conmovedora y de una grandiosidad inmaculada, tanto como en la magnífica catedral de San Patricio de la Quinta Avenida. Shannon se sintió sólida y segura sentada junto a Brianna, escuchando el tono lírico del sacerdote, los responsos como murmullos de la congregación, la queja o el lloriqueo ocasional de algún bebé...

La familia de Murphy estaba al otro lado del estrecho pasillo. Ocupando dos bancos enteros, así como la de ella, porque estaba empezando a considerarlos como su familia, ocupaba sólo uno.

Cuando se levantaron para la bendición final, Liam se subió al banco y extendió los brazos para que lo cogiera, de modo que Shannon lo levantó y se lo acomodó contra la cadera, y sonrió cuando el niño frunció los labios para que lo besara.

—Bonitos —dijo Liam en un susurro cuando ella le dio el beso. El chico dirigió sus manos regordetas hacia los pendientes de amatista y cuarzo amarillo que ella llevaba en las orejas—. Míos.

—No, señor. Son míos —repuso Shannon, que salió con Liam de la iglesia al tiempo que la congregación iba desocupando los bancos e iba saliendo hacia el sol matutino.

—Bonitos —repitió Liam, con tanta esperanza que Shannon no pudo más que rebuscar en su bolso en pos de algo que pudiera gustarle.

—Ella es la bonita, chico —le dijo Murphy mientras se lo arrebataba a Shannon y lo levantaba para hacerlo reír—. Tan bonita como una mañana de mayo.

Shannon sintió un ligero estremecimiento recorriéndole la espalda. Tan sólo unas horas antes habían estado desnudos, sudorosos y entrelazados. Y ahora estaban arreglados para la misa y rodeados de gente. Pero eso no fue suficiente para evitar que una nueva necesidad le estrujara las entrañas.

Sacó un pequeño espejo del bolso y se lo pasó a Liam.

—Mira, bonito.

Encantado, Liam lo agarró y empezó a hacerse muecas a sí mismo en el espejo.

—Mira, ma —empezó Kate, que estaba cerca, acomodándose a su hijo menor contra el hombro—, parecen una familia. ¿Alguna vez se te ocurrió pensar que Murphy pondría los ojos en una yanqui? ¿Y en una tan elegante?

—No —contestó Alice mientras los observaba, sintiendo una mezcla de sensaciones encontradas—. Nunca se me habría ocurrido. Solía preguntarme si la escogida sería una de las hijas de Tom Concannon, pero nunca esperé algo así.

Kate desvió la mirada hacia donde se hallaba su hijo de tres años, que muy alegremente estaba metiéndose hierba en la boca para averiguar a qué sabía.

—¿Y no te importa?

—Todavía no lo he decidido. —Espantando lo que quedaba de su estado de ánimo, Alice se agachó y cogió a su nieto—. Kevin, la hierba no es para comer, a menos que seas una vaca. Bueno, Kate, llamemos a las tropas, es hora de ir a preparar el almuerzo.

Cuando Murphy oyó que lo llamaban, levantó una mano.

—Me tengo que ir ya. Te llamo más tarde —dijo, y le pasó a Liam—. ¿Me permitirías que te bese aquí?

—Beso —dijo Liam, y frunció los labios para que se lo dieran.

—A ti no, chico —replicó, pero Murphy lo besó de todas maneras, antes de girar la cabeza y descansar suavemente los labios sobre los de Shannon—. Hasta más tarde.

—Sí. —Shannon tuvo que hacer un esfuerzo para no suspirar como una colegiala cuando él empezó a alejarse—. Hasta más tarde.

—¿Quieres que te coja la carga, tía Shannon? —Viendo que no había moros en la costa, Rogan se le acercó.

—No, estoy bien así.

—Al parecer te tiene prendada, ¿no? —comentó, pensando que era un maravilloso golpe de suerte que el niño intercediera por él—. Espero que puedas hablar un momento, Shannon. ¿Quieres venir a casa con Maggie y conmigo? Nos encantaría que tomaras el té con nosotros. A Liam también, por supuesto.

—Té. —Liam perdió todo interés en el espejo y se lanzó a la cadera de Shannon—. Bizcocho.

—Ésa es la conclusión —dijo Rogan entre risas—. Igualito a su mamá.

Sin esperar la respuesta de Shannon, la tomó del codo y la guió hacia el coche.

—Debería decirle a Brie…

—Ya la he avisado. ¡Maggie! —llamó a su mujer—. Tu chico quiere té y bizcocho.

—¿Qué chico? —Maggie los alcanzó justo cuando Shannon estaba a punto de abrir la puerta del vechículo—. ¿Vas a conducir tú, Shannon?

—¡Diablos! Hago lo mismo cada dos por tres...

Con Liam todavía en brazos, rodeó el coche y abrió la puerta del pasajero, para sentar a Liam en su silla.

—Estos yanquis... —comentó Maggie mientras se montaba. Shannon sólo arrugó la nariz y entretuvo a Liam durante el camino.

Poco tiempo después estaban sentados en la cocina de los Sweeney. Y fue Rogan, observó Shannon, quien preparó el té.

—¿Lo pasaste bien en el *ceili*? —le preguntó él.

—Mucho.

—Pero te fuiste temprano... —Con un destello travieso en los ojos, Maggie cortó finas rebanadas de un bizcocho glaseado.

Shannon levantó una ceja y partió un trozo de una de las rebanadas.

—Ésta es receta de Brie —dijo después de probarlo.

—Ella lo horneó. Así que hay que estar agradecidos.

—Muy agradecidos —apuntó Rogan—. Brianna es demasiado compasiva como para dejar que Maggie nos envenene.

—Soy artista, no cocinera.

—Brianna es muchísimo más que cocinera. —Shannon se preparó para enfadarse—. Es una artista, y se nota en cada rincón del hotel.

—Vaya, vaya. —Divertida y encantada, Maggie se recostó contra el respaldo de su silla—. Así que ahora saltas con rapidez para defenderla, ¿eh?

—Como haces tú —dijo Rogan suavemente mientras llevaba la tetera a la mesa—. Brianna inspira lealtad. El hotel es muy acogedor, ¿verdad? —Con pericia trató de calmar los ánimos al tiempo que servía el té—. Me hospedé allí la primera vez que vine aquí a llamar a la puerta de Margaret Mary. El tiempo estaba fatal, igual que el humor de Maggie. Y el hotel fue una bendición, como una pequeña isla de paz en medio de todo lo demás.

—Según lo que recuerdo, era tu humor el que estaba espantoso —lo corrigió Maggie—. Vino a darme la lata sin compasión —le dijo a Shannon—. Vino hasta aquí sin que lo hubieran invitado y sin importarle que nadie lo quisiera. Y, como habrás podido comprobar, no he podido deshacerme de él todavía.

—La tenacidad tiene sus recompensas. —Como si fuera una costumbre ya viejísima, puso la mano sobre la de Maggie—. Y nuestra primera recompensa se está quedando dormido sobre su té —murmuró.

Maggie desvió la mirada hacia Liam, que tenía la boca abierta y los ojos cerrados; la cabeza se le tambaleaba sobre los hombros y tenía un trozo de bizcocho aplastado en el puño.

—Desde luego, es cierto que el chico es un premio gordo. —Maggie se rio mientras lo levantaba de su silla. Cuando Liam se quejó, le dio una palmadita en el trasero y le habló por lo bajo arrullándolo—. Vamos, amor, que necesitas acostarte un poquito. Veamos si te está esperando tu osito, aunque yo creo que sí. Está esperando que Liam vaya a verlo.

—Maggie es una madre maravillosa —comentó Shannon sin pensarlo mucho.

—Te sorprende.

—Sí. —Se dio cuenta de lo que había dicho un segundo demasiado tarde, y entonces empezó a atropellar las palabras—. No quería decir…

—No pasa nada. También la sorprende a ella. Cuando nos casamos, Maggie no tenía muchas ganas de tener familia, y muchas de las razones tenían que ver con el hecho de haber tenido una infancia difícil. Pero el tiempo lo cura todo. Incluso la herida más antigua y más descarnada. No sé si alguna vez podrá tener una relación cercana con su madre, pero por lo menos han podido construir un puente entre ellas, así que la distancia se ha acortado. —Rogan puso su taza sobre la mesa y sonrió—. Me pregunto si querrías acompañarme a mi oficina un momento.

—¿Tu oficina?

—Sí, queda cruzando la habitación contigua —y diciendo esto se puso de pie. Sabía que la buena educación la haría acceder a ir con él.

Rogan quería tenerla en su propio terreno. Tenía la experiencia suficiente como para saber que la ventaja del terreno familiar era crucial. Y que la atmósfera empresarial les iba mejor a los negocios que la informalidad de una cena.

Ya había decidido que con Shannon separaría negocios y familia. Excepto cuando el empujón de la familia pudiera ser útil.

Con curiosidad, Shannon siguió a Rogan a través de la sala para entrar por una puerta lateral a otra habitación. Se detuvo en el umbral y observó todo con sorpresa y admiración.

Podían estar en medio del campo, a una distancia mínima de las vacas que pastaban en los campos vecinos, pero ése era un espacio dedicado al trabajo profesional que no tenía nada que envidiarle a ninguna oficina de ningún edificio elegante de ninguna capital del mundo.

Era de un gusto exquisito e incluso estaba decorada con elegancia, desde el tapete de seda de Bujara pasando por la lámpara de Tiffany y hasta el lustroso escritorio antiguo de roble. Maggie estaba presente en la habitación: una sorprendente fuente de vidrio azulado como un zafiro se levantaba hacia el techo artesonado; un delicado enredo de formas y colores descansaba solitario sobre una columna de mármol. Hizo que Shannon pensara en el jardín de Brianna.

Con el mismo estilo se alineaban las herramientas del ejecutivo: un fax, un ordenador, un escáner y una fotocopiadora, todos artefactos de diseño y de última generación.

—Dios mío. —A Shannon la sonrisa se le fue ampliando a medida que se fue adentrando en la habitación y después de pasar el dedo por la pantalla de un portátil último modelo—. Nunca habría adivinado que tenías esto aquí.

—Así era como Maggie lo quería. Y yo también. —Rogan señaló un asiento—. Este lugar es mi hogar buena parte del año, pero para que sea hogar, tengo que trabajar.

—Supongo que pensaba que tendrías la oficina en la galería.

—Allí también tengo una oficina. —Para marcar el tono que quería, se sentó detrás de su escritorio—. Ambos tenemos una carrera exigente, además de un hijo. Cuando la agenda me lo permite, trabajo aquí tres días a la semana y cuido de Liam por las mañanas, mientras Maggie está en su taller.

—No debe de ser fácil, para ninguno de los dos. Os toca hacer malabarismos.

—Sólo soltamos las bolas que son reemplazables. Ceder en ciertos aspectos es la única manera que se me ocurre de tenerlo todo. Bueno, creo que podríamos hablar de los otros cuadros que has hecho.

—Oh. —Shannon frunció el ceño—. He pintado unos cuantos, un par de acuarelas y un óleo, pero...

—Vi el retrato que hiciste de Brianna —la interrumpió Rogan con suavidad—. Y terminaste ya el del hotel, la vista del jardín trasero.

—Sí. Y fui a los acantilados y pinté un paisaje marino. Bastante típico, me imagino.

—Lo dudo. —Rogan sonrió y anotó algo en una libreta con presteza—, pero tendremos que echarle un vistazo. Seguramente tendrás más en Nueva York, ¿no?

—Tengo algunas pinturas en mi apartamento y, por supuesto, tengo las que me llevé de casa de mis padres, en Columbus.

—Pediremos que nos las envíen.

—Pero...

—El gerente de la galería de Nueva York puede encargarse de los detalles, como los paquetes y esas cosas, una vez que me des una lista del inventario. —De nuevo, Shannon trató de hablar, aunque otra vez en vano—. Sólo tenemos la pintura que está exhibida aquí en Clare, y creo que es mejor así, hasta que ideemos una estrategia más sofisticada. Mientras tanto —diciendo esto, abrió el cajón superior del escritorio y sacó un montón de folios— querrás echarles un vistazo a los contratos, ¿no?

—Rogan, hasta el momento no he dicho que sí a tu propuesta.

—Por supuesto que no. —Su sonrisa era de lo más espontánea; su tono, de lo más razonable—. No has leído todavía los contratos, pero será un placer para mí revisar los términos contigo, o, si lo prefieres, puedo recomendarte a un abogado. Estoy seguro de que ya tienes uno de confianza, pero es probable que prefieras uno local.

De repente, Shannon se encontró a sí misma con una copia de los contratos entre las manos.

—Yo ya tengo un trabajo.

—Pero al parecer no te impide seguir pintando: le voy a pedir a mi secretaria que te llame la semana próxima o la siguiente para que le des información. Tu biografía para los folletos y los comunicados de prensa.

—¿Comunicados de prensa? —Shannon se llevó una mano a la cabeza, que le daba vueltas.

—En los contratos podrás ver que Worldwide se hará cargo de toda la publicidad en tu nombre. Dependiendo de cuántas pinturas tengas en casa, podemos organizar la exposición para octubre, o posiblemente para septiembre.

—Una exposición... —Miró a Rogan con los ojos abiertos de par en par, y dejó la mano que le sostenía la cabeza justo donde estaba—. ¿Quieres hacer una exposición con mis pinturas? —Preguntó, atontada—. ¿En Worldwide?

—Consideré la posibilidad de hacerla en la galería de Dublín, ya que hicimos la primera de Maggie allí. Pero he pensado que deberíamos hacerla aquí, en la galería de Clare, por tu conexión con esta región. —Rogan ladeó la cabeza y siguió sonriendo cortésmente—. ¿Qué piensas?

—No pienso nada —balbuceó ella—. No puedo pensar, Rogan. He ido a exposiciones de Worldwide; no puedo ni concebir exponer mis cuadros allí.

—No puedo creer que te vayas a quedar ahí sentada tan tranquila, mirándome a los ojos, y vayas a decirme que dudas de tu talento.

Shannon abrió la boca para contestar, pero la manera en que Rogan había puesto las cosas, la manera en que la estaba mirando mientras esperaba su respuesta, hicieron que echara los hombros hacia atrás y se mantuviera firme.

—Lo que pasa es que sencillamente nunca había pensado de un modo práctico en mis cuadros.

—¿Y por qué habrías de haberlo hecho? Ése es mi trabajo. Tú pintas, Shannon. Sólo pintas. Y yo me encargo del resto de los detalles. Ah, y en cuanto a los detalles… —Se inclinó hacia atrás, ya saboreando la victoria—. Vamos a necesitar algunas fotografías. Trabajo con un excelente fotógrafo que vive en Dublín. Necesito ir un par de días a la ciudad esta semana, así que podrías venir conmigo para encargarnos de eso.

Shannon cerró los ojos, y aunque trató con todas sus fuerzas de devolver los pasos hasta el punto de la conversación en donde había perdido el control, no pudo.

—¿Quieres que vaya a Dublín contigo?

—Uno o dos días, a menos que te apetezca quedarte más tiempo. Eres bienvenida, por supuesto, a quedarte en nuestra casa durante el tiempo que quieras. Me encargaré de que te pidan una cita con un abogado mientras estés en la ciudad, para que revise los contratos contigo y te asesore al respecto.

—Tengo una diplomatura en Empresariales, Rogan. Puedo leer los contratos yo sola —balbuceó.

—Como te parezca mejor, entonces. —A pesar de que no tenía necesidad de hacerlo, Rogan pasó las páginas de su agenda—. ¿El martes te viene bien?

—¿El martes?

—Sí, para viajar ese día. Podemos organizar la sesión fotográfica para el miércoles.

—Tu fotógrafo debe de estar copado...

—Estoy seguro de que nos hará un hueco. —Estaba seguro, claro, teniendo en cuenta que ya le había pedido una cita—. ¿Entonces el martes?

Shannon exhaló con fuerza y se revolvió el flequillo, para después levantar las manos en gesto de impotencia.

—Por supuesto. ¿Por qué no?

Shannon se hizo esa misma pregunta de nuevo mientras caminaba de vuelta al hotel. Después cambió de rumbo y se preguntó por qué. ¿Por qué seguía adelante con eso? ¿Por qué la presionaba Rogan para que siguiera adelante?

Sí, tenía talento. Podía verlo fácilmente en su trabajo y, además, se lo habían dicho numerosos profesores de arte a lo largo de los años. Pero el arte no eran negocios y los negocios siempre habían tenido el primer lugar.

Aceptar la propuesta de Rogan significaba invertir las prioridades de todo lo que había buscado la mayor parte de su vida, permitir que su arte tomara el liderazgo y darle a otra persona carta blanca para que se encargara de los detalles empresariales.

Era mucho más que un poquito aterrador, ciertamente más que incómodo. Pero había dicho que sí finalmente, se recordó a sí misma. Al menos no se había negado rotundamente. Aunque podría haberlo hecho, pensó. Por supuesto, había reconocido a la perfección las tácticas que Rogan había usado con habilidad despiadada. Seguramente era un hombre difícil de superar en cuestión de estrategia, pero ella habría podido hacerlo.

El hecho era que en realidad Shannon ni siquiera lo había intentado.

Era una tontería, pensó en ese momento. Una complicación absurda. ¿Cómo podría tener una exposición en Irlanda en otoño, si para entonces estaría a más de cuatro mil kilómetros de distancia, sentada tras su escritorio en su oficina de Nueva York?

«¿Pero eso es lo que quieres de verdad?».

Shannon escuchó la vocecilla que le murmuraba al oído. Y se enfureció. Entonces encogió los hombros, frunció el ceño y bajó la mirada hacia el camino mientras seguía andando.

—Te veo muy enfadada —comentó Alice, que estaba ante la casa de su hijo, con la mano sobre la puerta del jardín, sonriendo al ver a Shannon.

—Ay, tan sólo estaba... —Con un esfuerzo, Shannon logró relajar los hombros—. Venía pensando en una conversación que acabo de tener; estaba tratando de dilucidar por qué perdí la ventaja que tenía.

—Siempre es posible recuperar la ventaja en la segunda vuelta. —Alice se llevó un dedo a la sien y después abrió la puerta—. ¿No quieres entrar? —le preguntó, y abrió aún más cuando Shannon vaciló—. Mi familia anda en sus cosas y me encantaría tener un rato de compañía.

—Me sorprende. —Shannon entró y cerró la puerta ella misma—. Creía que estaría desesperada por disponer de unos minutos de paz y silencio.

—Es como solía decir mi madre: podrás tener toda la paz y el silencio que quieras cuando estés a seis metros bajo tierra. Le estaba echando un vistazo al jardín delantero de Murphy. Lo está cuidando bastante bien.

—Murphy cuida todo bastante bien —dijo Shannon, quien, sin estar segura de sus movimientos, o de su posición, siguió a Alice hasta el porche de la casa y se sentó en una mecedora junto a la mujer.

—Sí, es cierto. Murphy no se embarca en nada a menos que lo vaya a hacer con esmero y con todo el cuidado del mundo. A veces, cuando era un crío, parecía que iba a tardar toda la vida en hacer lo que le hubiera encargado. Entonces yo iba a regañarlo, pero él me miraba, me sonreía y me decía que estaba buscando la mejor manera de hacerlo. Y eso era todo.

—Sí, así es él. A propósito, ¿dónde está?

—Está atrás, con mi marido, revisando una maquinaria. A mi Colin le encanta fingir que sabe de cultivar la

tierra y de maquinaria. Y a Murphy le encanta permitír-
selo.

Shannon sonrió ligeramente.

—Mi padre también se llamaba Colin.

—¿En serio? Murió hace poco, ¿no?

—El año pasado. En verano.

—Y tu madre en la primavera de este año... —Como por instinto, Alice alargó el brazo y le dio un apretón
en la mano a Shannon—. Es un peso que sólo vivir alivia.
—Empezó a mecerse, y lo mismo hizo Shannon, así que
nada interrumpió el silencio salvo el crujido de las mecedoras y el canto de los pájaros—. ¿Te gustó el *ceili*?

Esa vez, la pregunta hizo que a Shannon las mejillas
le ardieran por el sonrojo.

—Sí. Nunca había estado en una fiesta ni remotamente parecida.

—Echo de menos los *ceilis* desde que vivo en Cork.
La ciudad no es un buen lugar para una fiesta así, un *ceili* de verdad.

—Su marido es médico, ¿no?

—Sí, así es. Es un médico muy bueno. A decir verdad, cuando me mudé con él a Cork, pensé que me había
muerto y me había ido al cielo. No más tenerme que levantar al alba para atender a las vacas, no más preocuparme por si las cosechas saldrían o no, por o si el tractor
funcionaba bien o no. —Sonrió al tiempo que miraba a
la distancia, hacia el valle, por encima del jardín que se
extendía a sus pies—. Pero una parte de mí echa de menos todo esto. Incluso las preocupaciones.

—Posiblemente podrán volver cuando su marido se
retire.

—No. Mi Colin es un hombre de ciudad. Viviendo en Nueva York has de entender el encanto de la ciudad...

—Sí —afirmó, pero ella también estaba mirando hacia el valle, el resplandor de las verdes colinas, las pendientes llenas de vida—. Me gustan las multitudes y lo ocupado que está todo el mundo. El ruido. Me costó varios días acostumbrarme al silencio que reina aquí, y a la cantidad de espacio.

—Murphy es un hombre que necesita espacio, y que necesita sentir su propia tierra bajo los pies.

Shannon se volvió para mirar a Alice, que estaba observándola.

—Ya lo sé. No creo haber conocido a nadie tan... enraizado.

—¿Tú también tienes fuertes raíces, Shannon?

—Me siento cómoda en Nueva York —contestó ella con cuidado—. Cuando era pequeña, nos mudamos bastante, así que no tengo el mismo tipo de raíces a las que usted se refiere.

Alice asintió con la cabeza.

—Una madre siempre se preocupa por sus hijos, sin importar cuánto crezcan. Sé perfectamente que Murphy está enamorado de ti.

—Señora Brennan... —Shannon levantó las manos, pero las dejó caer de nuevo. ¿Qué podía decir?

—Estás pensando: «¿Qué quiere esta mujer que haga? ¿Cómo espera que responda a algo que ni siquiera era una pregunta?». —Alice esbozó una sonrisa—. No me conoces más de lo que te conozco yo a ti, así que no puedo decir, con sólo mirarte a los ojos, cuáles son tus sentimientos hacia mi hijo, o qué piensas hacer con respecto a ellos. Sentimientos hay, eso está claro. Pero conozco a Murphy. Tú no eres el tipo de mujer que yo habría escogido para él, pero un hombre escoge por sí mismo. —Miró de reojo a Shannon y se rio—. Y ahora te he insultado...

—No —replicó Shannon, rígida, sintiéndose insultada—. Usted tiene todo el derecho a decir lo que piensa.

—Sí, así es. —Sonriendo quedamente, Alice empezó a mecerse otra vez—. Y lo haría de todas maneras, aunque no fuera así. Pero no me he explicado con claridad. Durante un tiempo, un tiempo corto, pensé que la escogida sería Maggie. Pero a pesar de todo lo que quiero a esa niña, me preocupaba hasta decir basta. Se habrían matado el uno al otro en menos de un año.

Pese a lo que le indicaba el sentido común, Shannon sintió una punzada de celos.

—¿Maggie y Murphy?

—Sí, pero no fue nada más que una cosa pasajera, algo sin mucha importancia. Después pensé que sería Brianna. Me dije a mí misma que sí, que ella sería la esposa perfecta para Murphy. Ella le habría construido un hogar fuerte.

—Murphy y Brie —repitió Shannon entre dientes—. Supongo que estaba haciendo rondas...

—Me imagino que debió de hacer unas cuantas, pero no con Brie. La amaba, igual que a Maggie, igual que ama a sus hermanas. Pero no, era yo haciendo planes y deseando que mi hijo fuera feliz. Me preocupé, verás, porque ya tenía veinticinco años y no demostraba ningún interés por otras chicas de la zona. Ya trabajaba sus tierras, leía sus libros y tocaba su música, así que necesitaba una familia, me decía a mí misma. Una mujer a su lado y unos hijos a sus pies.

Shannon movió los hombros, todavía molesta por las imágenes que Alice había evocado en su cabeza.

—Veinticinco es una edad temprana para casarse en esta época.

—Es cierto —admitió Alice—. En Irlanda con frecuencia los hombres esperan años y más años antes de casarse, porque saben que una vez que pronuncian los votos, no hay manera de borrarlos. El divorcio no es una opción para nosotros, ni ante Dios ni ante la ley. Pero una madre quiere que su hijo se sienta pleno. Un día, cuando tenía veinticinco, lo llamé, le pedí que se sentara y le hablé desde el fondo de mi corazón. Le dije que un hombre no debía vivir solo, que no debía trabajar tan duro sin tener a nadie en casa esperándolo por la noche. Le dije que la hija de O'Malley estaba interesada en él, y le pregunté si no le parecía que era muy guapa. —La sonrisa de Alice se había desvanecido de su rostro cuando se giró para mirar a Shannon de nuevo—. Estuvo de acuerdo en que sí era muy guapa. Pero cuando empecé a presionarlo para que pensara con mayor profundidad, para que planeara el futuro, para que tomara una esposa para completar el presente, sacudió la cabeza, me tomó de las manos y me miró de esa manera suya. «Ma, Nell O'Malley no es para mí. Yo sé quién es la persona para mí. La he visto», me dijo. —Los ojos de Alice se oscurecieron con una emoción que Shannon no pudo entender—. Me sentí complacida y le pregunté de quién se trataba. Murphy me contestó que todavía no la conocía, no en carne y hueso, pero que la conocía, puesto que la había visto en sus sueños desde que era pequeño. Sólo estaba esperando a que llegara.

Shannon tragó saliva por su garganta seca y se empeñó en mantener la voz en un tono normal.

—Murphy tiene tendencia al romanticismo.

—Es cierto. Pero sé cuándo mi hijo me está tomando el pelo y cuándo realmente quiere decir cada una de las palabras que pronuncia. En ese momento me estaba diciendo toda la verdad y nada más que la verdad. Y me habló con la misma verdad cuando me llamó hace poco para decirme que ella ya había llegado.

—Las cosas no son así. No pueden ser así.

—Es difícil juzgar lo que puede o no ser en el corazón. Y tú tienes su corazón, Shannon Bodine. Lo único que te voy a pedir es que lo trates con mucho cuidado. Si te das cuenta de que no puedes quedarte con él, o que no lo quieres, devuélvele a mi hijo su corazón, pero hazlo con toda la gentileza de la que seas capaz.

—No quiero hacerle daño.

—Ay, mi niña, ya lo sé. Murphy nunca habría escogido a una mujer que tuviera la más leve maldad. Lamento mucho haberte entristecido.

Shannon sólo sacudió la cabeza.

—No se preocupe. Usted necesitaba decirlo y estoy segura de que yo necesitaba oírlo. Voy a aclarar las cosas.

—Cariño —con algo parecido a una risa, Alice se inclinó de nuevo hacia Shannon y la tomó de la mano—, puedes intentarlo, pero Murphy las va a enredar de nuevo. No creas que te he dicho todo esto para ponerte toda la carga sobre los hombros a ti sola. Es una carga compartida por los dos a partes iguales. Lo que suceda entre vosotros, ya sea alegría o tristeza, es causado por ambos. Si tu madre estuviera aquí, le estaría diciendo a Murphy que te cuidara.

—Seguramente así sería. —La tensión en los dedos de Shannon cedió ligeramente—. Sí, seguramente así sería. Murphy tiene suerte de tenerla, señora Brennan.

—Se lo recuerdo con frecuencia, a decir verdad. Anda, ven conmigo a ver si mis hijas han terminado de preparar el cordero para la cena.

—Creo que debo volver ya.

Alice se puso de pie y tiró ligeramente de Shannon.

—No, vas a compartir con nosotros el almuerzo dominical. Murphy así lo querría. Y yo también —y diciendo esto, abrió la puerta de la casa, se hizo a un lado y le dio la bienvenida a Shannon.

18

Por mucho que Murphy disfrutara viendo a Shannon con su familia, balanceando a una de sus sobrinas sobre su regazo, riéndose por algo que Kate había dicho o escuchando con atención a su sobrino mientras explicaba algo sobre los carburadores, la verdad es que la quería a solas. Parecía como si la familia que tanto amaba estuviera conspirando para evitar que satisficiera ese sencillo pero vital deseo.

Mencionó de un modo informal que la tarde estaba muy agradable como para un paseo y que pensaba que a Shannon le podría gustar, pero cualquier respuesta que ella hubiera dado naufragó bajo la cháchara de sus hermanas, que querían hablar con Shannon sobre moda.

Siendo como era un hombre paciente, esperó un tiempo y después lo intentó otra vez sugiriendo que fueran al pub, donde estaba seguro de que podría escabullirse con Shannon. Pero su padrastro lo apartó y empezó a martillearle los oídos con el tractor nuevo.

Cuando el sol se ocultó y la luna empezó a ascender en los cielos, Murphy se vio inmerso en un juego con los niños mientras Shannon, sentada al otro lado de la habitación, estaba enfrascada en una intensa conversación con su sobrina adolescente sobre música estadounidense.

Finalmente vio su gran oportunidad cuando llamaron a los niños a acostarse. Con rapidez, se dirigió hacia Shannon y la tomó de la mano.

—Vamos a poner la tetera a calentar —dijo, y sin darle tiempo de nada, tiró de ella, prácticamente la arrastró hacia la cocina, a través de ella y fuera de ella por la puerta trasera.

—La tetera…

—Al diablo la tetera —contestó Murphy, y la tomó entre sus brazos. Junto al gallinero, la besó como si su vida dependiera de ello—. Nunca me había dado cuenta de la cantidad de gente que hay en mi familia.

—Veintitrés personas —murmuró Shannon mientras se aprestaba para el siguiente beso—. Veinticuatro contigo. Os he contado.

—Y cualquiera de ellas puede estar a punto de mirar por la ventana de la cocina. Ven conmigo. Podemos encontrar un momento para los dos —añadió, y tiró otra vez de ella, pasaron por el corral y por el redil y subieron la primera pendiente hasta que Shannon se quedó sin aliento y empezó a reírse.

—Murphy, más despacio, que no van a mandar a los perros a seguirnos.

—Si tuviéramos perros, es posible que lo hicieran —dijo, pero aminoró la velocidad—. Quiero estar a solas contigo. ¿Te importa?

—No. De hecho, estaba esperando tener la oportunidad de hablar contigo.

—Podemos hablar todo lo que quieras —le prometió—. Pero después de que te muestre lo que he estado pensando hacerte todo el día y la mitad de la noche.

El calor la invadió y un peso ardiente se le instaló en el estómago.

—Deberíamos hablar primero. En realidad no hemos establecido las directrices todavía. Es importante que ambos entendamos en qué terreno estamos antes de profundizar en esto.

—Directrices. —La palabra lo hizo sonreír—. Creo que puedo encontrar el camino sin ellas.

—No estoy hablando del aspecto físico. —Un pensamiento se abrió paso en su cabeza y la voz le sonó fría y despreocupada—. Nunca ha habido aspecto físico con Maggie, ¿no?

La primera reacción de Murphy fue una explosión de carcajadas, pero un deje de travesura hizo que fingiera estar considerando el asunto.

—Mmmm, ahora que lo mencionas…

Dejó la oración inconclusa mientras tiraba de Shannon para que se metiera dentro del círculo de piedras. De repente, ella se hallaba muy lejos de estar tranquila, así que alejó las manos de él cuando trataron de quitarle la chaqueta.

—¿Ahora que lo menciono? —repitió ella con acero en la voz.

—Tuvimos algo parecido a un aspecto —contestó él, mientras hacía caso omiso de las manos de ella, que lo alejaban cuando él trataba de abrirle los botones de la camisa—. La besé una vez, de una manera un poco diferente de lo que podría considerarse fraternal. —Sonrió—. Fue curioso y dulce. Tenía quince años, si la memoria no me falla.

—Ah… —El enorme monstruo de ojos verdes se empequeñeció debido a la sensación que tuvo Shannon de haber quedado como una tonta.

—Una vez también logré robarle un beso a Brie. Pero ambos terminamos riéndonos mientras todavía teníamos los labios unidos. Le quitó cualquier romanticismo que hubiera podido haber.

—Ah —exclamó Shannon otra vez, e hizo un puchero—. ¿Y eso fue todo?

—No tienes nada de qué preocuparte. Nunca… crucé ningún límite con ninguna de tus hermanas. Así que…
—Se le cortó la respiración cuando dejó caer la camisa de ella a los lados. Esa noche Shannon llevaba puesto un corpiño de seda negra, seda oscura y peligrosa que cubría provocativamente la curva de los senos y descendía resplandeciente por debajo de la cinturilla de la falda—. Quiero ver el resto —logró balbucir, y le bajó la cremallera.

Una brisa jugueteó con el pelo de Shannon mientras estaba allí, de pie, bañada por la luz de la luna. Se lo había puesto para él, lo había escogido especialmente esa mañana con la imagen de la cara de él cuando la viera con el corpiño fija en su mente. Era una prenda de seducción deliberada, ajustada y pequeña, de seda y encaje, que se adhería a las curvas.

Obnubilado por la visión, Murphy recorrió con la mano uno de los muslos de ella y sintió cómo el final de la media daba paso a la calidez de la piel. Y se le hizo la boca agua.

—Ha sido una bendición divina que no supiera qué tenías debajo de la ropa. —La voz le sonó ronca y áspera—. No habría sido capaz de llegar hasta el final de la misa.

Shannon quería hablar con él, necesitaba hacerlo, pero el sentido común no era suficiente defensa contra el ardiente aguijonazo de lujuria. Se le acercó y le quitó el jersey por la cabeza.

—Yo sí sabía lo que había aquí debajo. No te imaginas en lo que estaba pensando durante el oficio.

Murphy se rio débilmente.

—Ambos tendremos que hacer penitencia por ello. Pero más tarde. —Retiró uno de los tirantes del corpiño y después el otro, lo que hizo que la prenda se moviera y quedara apenas sostenida—. La diosa que salvaguarda la tierra santa —murmuró—. Y la bruja que viene después.

Las palabras de Murphy hicieron a Shannon estremecerse, de miedo y de excitación.

—Soy una mujer, Murphy. Sólo una mujer de pie frente a ti, deseándote. —Más que dispuesta, dio un paso adelante y se enterró en sus brazos—. Muéstrame, muéstrame qué querías hacerme. —Pegó su boca contra la de él, irresistiblemente hambrienta—. Y después hazme más.

Murphy habría podido comérsela viva, habría podido consumirla centímetro a centímetro y después aullarle a la luna como un lobo rabioso.

Entonces le mostró, mordiéndole la boca, permitiendo que sus manos la recorrieran con tanta urgencia como quisieran. Los sonidos en la garganta de Shannon se hicieron más fuertes, más fieros. Murphy sintió que los dientes de ella le mordisqueaban los labios, y entonces bajó la boca hacia su cuello, para devorar esa extensión curvilínea de piel satinada.

Shannon ya estaba húmeda cuando Murphy la tocó. Si la levantó con brusquedad, si el gemido de ella sonó a algo más parecido a un grito, Murphy estaba ya demasiado lejos del límite como para detenerse.

Las piernas sencillamente le flaquearon a Shannon. Se sintió caer, sintió el golpe amortiguado por el cuerpo de él debajo de ella, y luego el peso de él sobre ella cuando él dio la vuelta. La boca de Murphy la recorrió por todas partes, la lamió gloriosamente, la chupó por encima de la seda, después por debajo. Sus manos asombrosamente rápidas, acariciando aquí, apretando allí. Las suyas no fueron menos ávidas, buscando piel, encontrando, explotando.

Shannon buscó con ansiedad el botón de los pantalones de Murphy, y lo abrió mientras musitaba promesas y súplicas al tiempo que luchaban sobre la manta. Después, luchando por recuperar el aliento, lo montó a horcajadas y con un movimiento tan sorprendentemente rápido que le nubló los sentidos a Murphy, lo metió muy dentro de ella.

Mientras la violenta y asombrosa gloria de la penetración se apoderaba de su cuerpo, Murphy vio cómo Shannon se arqueaba hacia atrás. Su cuerpo era sinuoso y lustroso; su cabello, una lluvia de seda; mientras, su rostro reflejaba el más puro triunfo y los placeres carnales.

Embelesado, Murphy levantó las manos y se vio cerrándolas sobre los senos de ella. Sintió el peso, la prensa caliente de sus pezones, el trueno salvaje que era su corazón.

Suya, pensó tenuemente mientras su cuerpo se estremecía con una necesidad insoportable. Esa vez y por todos los siglos, suya.

Shannon empezó a mecerse, despacio al principio, como en un baile. Las nubes pasaron sobre ellos y luego sobre la luna, haciendo que por un momento la cara de ella se oscureciera y después se aclarara de nuevo sólo para oscurecerse otra vez, como si fuese un sueño que Murphy no podía capturar del todo.

La sangre empezó a galoparle en los genitales, en la cabeza, tanto, que Murphy estuvo seguro de que iba a explotar y no quedaría nada más que huesos fragmentados.

La vio levantar los brazos, alzada hacia el cielo como una bruja. Shannon empezó a moverse con más rapidez y Murphy empezó a murmurarle palabras desesperadas en gaélico. Y pareció que ella le respondía, con la misma urgencia y en la misma lengua. Entonces, a Murphy la mente se le nubló y el cuerpo le hizo erupción y se vació dentro de ella.

Con un gemido estremecedor, Shannon se desplomó sobre Murphy. Visiones le bailaron en la cabeza. Después se desvanecieron.

Shannon debía de haberse dormido, porque recobró la consciencia con el corazón apaciguado y la piel tibia. Entonces Murphy le acarició los senos y ella entreabrió la boca para darle la bienvenida a la de él.

Murphy la tocó con suavidad, casi como adorándola. Shannon suspiró y permitió que le acariciara el cuerpo con ternura para excitarla de nuevo.

Se abrió para él, lo sintió llenarla por dentro, lo saboreó arriba y abajo mientras se movía a la par con él, a un ritmo sosegado hasta que el último vestigio de necesidad se aquietó.

Más tarde, yacía a su lado cómodamente, hecha un ovillo debajo de la manta que Murphy había puesto sobre sus cuerpos desnudos.

—Cariño —le dijo acariciándole el pelo—, no podemos dormir aquí esta noche.

Shannon sintió cómo los músculos de Murphy se contraían cuando lo acarició bajo el estómago.

—No tenemos que dormir.

—Me refiero a que no podemos quedarnos a la intemperie. —Volvió la cabeza por el mero placer de hundir la nariz en el pelo de ella—. Va a llover.

—¿En serio? —Abrió un ojo y miró hacia el cielo—. ¿Adónde se han ido las estrellas?

—Están detrás de las nubes, y pronto va a empezar a lloviznar.

—Mmmm. ¿Qué hora es?

—He perdido la noción del tiempo.

—¿Dónde está mi reloj?

—No lo llevabas puesto.

—¿No? —Como en un acto reflejo, se tocó la muñeca. Qué raro, nunca daba un paso si no llevaba puesto su reloj. No solía hacerlo, al menos.

—Pero no necesitamos un reloj para saber que es hora de ponerte bajo techo. —Con pesar, Murphy cogió la manta y la dejó a un lado—. Tal vez puedas invitarme a tomar el té, para poder quedarme un rato más contigo mirándote.

Shannon se puso el corpiño por la cabeza.

—Podríamos tomarlo en mi habitación.

—Me sentiría tan incómodo como si te quedaras en mi habitación mientras mi familia está en casa. —La observó mientras se ponía las medias—. ¿Te pondrás algo así otra vez?

Shannon se echó el pelo hacia atrás mientras se abotonaba la camisa.

—Supongo que no te refieres a la ropa, ¿no?

—No, cariño, lo que viene debajo.

—No tengo muchas prendas de este estilo, pero veré qué puedo hacer —dijo, y se levantó para ponerse la falda—. Tal vez pueda comprarme algo cuando esté en Dublín.

—¿Dublín? ¿Vas a ir a Dublín?

—Voy el martes. —Se puso la chaqueta y tomó la mano extendida que le ofrecía Murphy—. De alguna manera, todavía no sé muy bien cómo, Rogan me ha convencido de que vaya con él.

—Ah, entonces has aceptado firmar con él.

—Ni siquiera he leído el contrato todavía, pero todo parece indicar que tengo una cita el miércoles para que me hagan unas fotos para la campaña publicitaria. Además, se supone que tengo que darle a Rogan una lista de mi inventario, que es como llama a los cuadros que tengo en mi casa, en Nueva York, porque, según dice, expondré en otoño.

—¡Eso es fantástico! —Encantado por ella, la alzó, le dio una vuelta y la besó—. ¿Por qué no me lo has dicho antes? Lo habríamos celebrado.

—Si lo hubiéramos celebrado más, no creo que hubiéramos vivido para contarlo. —Cuando Murphy se rio, Shannon depositó su brazo sobre el de él. Su placer sin reservas por las noticias, a pesar de que ella misma tenía dudas en cuanto a sus propias reacciones, la conmovió profundamente—. No sé si deberíamos celebrarlo teniendo en cuenta que no he firmado todavía. Aunque Rogan habla como si fuera ya un hecho cierto.

—Puedes confiar en él, si es eso lo que te preocupa.

—No, en absoluto. El prestigio de Worldwide es máximo. Confío en Rogan sin lugar a dudas, pero es una decisión importante para mí. Y me gusta tomar las decisiones, por pequeñas que sean, después de haberlas considerado a fondo.

—Pero te vas a Dublín con él… —apuntó Murphy.

—Esa decisión se me escapó de las manos. Estábamos hablando de Maggie y Liam y un minuto después tenía los contratos en la mano y estábamos hablando de la exposición y de la publicidad que se necesita para ella.

—Ese Rogan es el más sagaz de los hombres —dijo Murphy con admiración—. Te voy a echar de menos, Shannon. ¿Vas a estar fuera muchos días?

—Creo que volvemos el jueves o el viernes, según Rogan. —Estaban ya a punto de llegar al hotel cuando las primeras gotas de lluvia empezaron a caer—. Tenía muchas ganas de hablar contigo, Murphy.

—Eso dijiste. Sobre las directrices, ¿no?

—Sí.

—Seguirán ahí cuando vuelvas; entonces podremos hablar de ello. —Murphy hizo un gesto hacia la ventana—. Brie está en la cocina. Me gustaría entrar, pero no vamos a estar solos, y tampoco puedo entretenerme mucho.

—No pasa nada —afirmó Shannon.

En la mañana del martes Shannon ya había hecho la maleta, estaba lista y continuaba preguntándose en qué se había metido. Se dio cuenta de que desde que había llegado a Irlanda se estaba haciendo esa pregunta con bastante frecuencia. Parecía que cada ajuste que hacía, o que consideraba hacer en su vida, requería otro.

Sin embargo, la idea de pasar unos días en Dublín no era tan mala. Habían transcurrido semanas desde la última vez que había estado en algo remotamente parecido a una ciudad.

—¿Tienes paraguas? —le preguntó Brianna, echándole un vistazo a la bolsa que Shannon había dejado en la puerta delantera del hotel—. ¿Y llevas un chaquetón por si acaso hace frío?

—Sí, mamá.

Brianna se sonrojó ligeramente, y entonces acomodó a Kayla sobre su hombro.

—Maggie se pone de muy malas pulgas cuando le reviso el equipaje. Grayson ya se dio por vencido, así que deja que yo le haga la maleta.

—Créeme cuando te digo que soy una experta en hacer maletas. Además, son sólo un par de días. Mira, ya ha llegado Rogan.

—Que te lo pases de maravilla, Shannon. —Brianna habría tomado la bolsa si Shannon no se le hubiera adelantado—. Ya verás, la casa de Dublín es una verdadera belleza. Y el cocinero de Rogan es un mago.

—Él dice lo mismo de ti —comentó Rogan al acercarse a ellas para tomar la bolsa de Shannon. Les dio un beso a Brianna y a Kayla antes de llevar el equipaje al coche.

—No te olvides de tomarte las vitaminas —le dijo Brianna a Maggie, mientras se inclinaba hacia la ventanilla del coche para darles a ella y a Liam un beso de despedida.

—No sabía que tú también venías, Maggie —dijo Shannon, que tampoco sabía cómo la hacía sentir ese hecho. Se dio la vuelta y le dio a Brianna un abrazo rápido y a Kayla, un beso en la punta de la nariz.

—Que tengáis buen viaje. —Brianna meció a la niña y se quedó observando el coche hasta que se perdió en el horizonte.

El trayecto hacia el aeropuerto fue corto, bajo un cielo plomizo y una lluvia pertinaz. Shannon recordó el día en que había aterrizado en el aeropuerto que se llamaba igual que ella. Estaba hecha un manojo de nervios y con demasiada ira contenida. Notó que ahora casi toda la ira se había desvanecido, pero seguía hecha un manojo de nervios porque estaba considerando lo que ese corto viaje podría cambiar en su vida.

A la llegada hubo un poco de alboroto. Shannon pensó que Rogan era un hombre que no toleraría ningún tipo de alboroto en cuanto a los negocios se refería. Cada uno se acomodó en su asiento dentro del avión privado de Rogan, Liam pegado a la ventanilla y señalando cada coche o camión que aparecía en su campo de visión.

—Es un viajero nato, nuestro Liam —comentó Maggie, que se recostó contra el respaldo con la esperanza de que despegaran pronto para poder tomarse un té.

Estaba padeciendo muchas más náuseas matinales con ese embarazo que con el primero, pero no le importaba.

—Es maravilloso que Liam pueda tener esta experiencia —terció Shannon—. Yo la he apreciado toda la vida.

—Viajaste mucho con tus padres, ¿no? —Rogan puso una mano sobre la de Maggie, deseando tanto como ella que el malestar llegara a su fin pronto.

—Viajar era el pasatiempo favorito de mi padre. Uno de mis primeros recuerdos es una llegada al aeropuerto de Roma. El jaleo y las voces, y todo el colorido. Creo que tenía como cinco años.

El avión empezó a rodar por la pista y Liam dio un grito de placer.

—Ésta es la parte que más le gusta —afirmó Maggie con una sonrisa congelada en el rostro, pues el despegue le revolvía el estómago.

Maldición, maldición, maldición, pensó. No podía vomitar la miserable tostada seca que se había comido como único desayuno.

—A mí también —dijo Shannon, que se inclinó hacia delante y pegó la mejilla contra la de Liam, para compartir juntos la emoción—. Ya estamos en el aire, Liam, mira. Igual que los pájaros.

—¡Pájaros! Adiós, adiós.

Adiós. Shannon suspiró ligeramente. Murphy estaba allí abajo. No habían podido tener su noche completa, como querían. Entre el viaje, la lluvia y el caballo con el casco partido, a duras penas habían dispuesto de una hora a solas. Y el tiempo se estaba acabando. Iba a tener que empezar a pensar en el regreso. Nueva York no iba a esperar siempre.

—Maldición.

Shannon se volvió a mirar hacia atrás, sorprendida, mientras Maggie se desabrochaba el cinturón de seguridad y se levantaba deprisa para dirigirse al baño. Cerró la puerta de un golpe detrás de ella.

—Maldición —repitió Liam, por primera vez con una dicción casi perfecta.

—¿Está mareada? —Shannon se desabrochó el cinturón de seguridad, preguntándose si habría algo que pudiera hacer.

—Tiene náuseas matinales. —Rogan le lanzó una mirada preocupada a la puerta cerrada—. Esta vez la están matando.

—¿Voy a ver si la puedo ayudar en algo?

—Sólo lograrías ponerla de peores pulgas. —Rogan se encogió de hombros, impotente—. Con Liam sólo estuvo un par de días así. Más que nada, Maggie se siente insultada al ver que esta vez no todo ha sido tan fácil.

—Supongo que cada embarazo es diferente.

—Eso es lo que estamos descubriendo. Seguramente querrá tomarse un té —dijo Rogan, y empezó a ponerse de pie.

—No, déjame a mí. En serio. —Shannon se levantó a toda prisa y le puso una mano sobre el hombro—. No te preocupes.

—Le gusta extremadamente fuerte.

—Ya lo sé.

Shannon se dirigió a la estrecha cocina. El avión era como su dueño, pensó. Reluciente, eficiente, elegante y ordenado. Encontró en el armario diferentes tipos de té e infusiones, y, considerando la condición de Maggie, escogió la manzanilla. Hizo una pausa en lo que estaba haciendo y se giró cuando oyó que se abría la puerta del baño.

—¿Mejor?

—Sí —respondió Maggie, a quien la voz le sonó sombría, como la de un guerrero que acaba de sobrevivir a otra sangrienta batalla—. Creo que ya no debería tener más por hoy.

—Siéntate —le ordenó Shannon—, que todavía estás pálida.

—Mejor pálida que verde… —Maggie olisqueó y vio qué estaba preparando Shannon—. Estás preparando flores.

—Te vendrán bien. Ten. —Le pasó a Maggie una caja de galletas saladas que había encontrado en el armario—. Ve a sentarte, Margaret Mary, y cómete una galleta.

Sintiéndose demasiado débil como para discutir, Maggie volvió a su sitio.

—Lo siento —murmuró Rogan, y le pasó un brazo sobre los hombros.

—No esperes que te diga que no es culpa tuya —replicó, pero descansó la cabeza contra su marido y sonrió al ver a Liam, que estaba muy ocupado decidiendo si pintar o comerse el lápiz que su padre le había dado—. ¿Sabes qué estoy pensando, Rogan?

—¿Qué estás pensando, Margaret Mary?

—Que pasé por el embarazo más fácil del mundo para tener a ese pequeño demonio. —Le dirigió una mirada reprobatoria cuando Liam se llevó el lápiz a la boca. El niño sonrió y empezó a atacar su libro de colorear en lugar de comérselo—. ¿Será que este embarazo está siendo menos cómodo porque vamos a tener un bebé de temperamento sosegado y dócil que nunca va a hacer travesuras?

—Mmmm. —Rogan observó a su hijo y logró quitarle el lápiz antes de que pudiera empezar a pintar la pared. Liam protestó airadamente y lanzó el libro contra el suelo—. ¿Te gustaría que fuera así?

Maggie se rio mientras el enfado de Liam hacía erupción por toda la cabina.

—Por nada del mundo.

Brianna estaba en lo cierto. La casa de Dublín era encantadora. Escondida tras gráciles árboles y jardines, tenía una vista preciosa. El mobiliario era antiguo y tenía como características fundamentales tanto la distinción como la elegancia que el dinero puede comprar. Las arañas pendían del techo, los suelos relucían y los empleados se movían con eficiencia rápida y silenciosa.

A Shannon le dieron una habitación con una acogedora cama con dosel, una alfombra Aubusson que amortiguaba los pasos y un magnífico O'Keefe. Apenas se había refrescado un poco cuando una empleada ya le había deshecho meticulosamente la bolsa y había dejado sus artículos de aseo sobre la cómoda Chippendale.

Encontró a Maggie esperándola en la sala principal de la planta baja.

—Nos van a traer un tentempié —le dijo Maggie—. Por lo general a esta hora del día estoy muerta de hambre, después de mis vómitos matinales.

—Me alegra que te sientas mejor. Dios mío…

Shannon abrió los ojos de par en par cuando se posaron sobre la escultura que dominaba un lado de la habitación. Fascinada, caminó hacia ella, y no pudo evitar que sus dedos recorrieran un tramo largo del vidrio. Era magnífica, erótica y casi humana en sus extremidades sinuosas y rasgos difusos. Casi podía ver al hombre y a la mujer fundidos en total plenitud.

—¿Te gusta?

La voz de Maggie tendría que haber sonado indiferente, pero no pudo evitar que se trasluciera el placer que sentía por la reacción de Shannon.

—Es increíble.

—La llamo *Entrega*.

—Por supuesto. Pudiste hacer esto —murmuró Shannon totalmente sorprendida—, algo como esto en ese pequeño lugar del campo.

—¿Y por qué no? Un verdadero artista no necesita un espacio sofisticado. Ah, por fin la comida. Gracias, Noreen.

Maggie ya estaba atacando un sándwich de pollo cuando Shannon fue a sentarse a su lado.

—¿Dónde está Liam?

—Una de las empleadas lo adora, así que se lo ha llevado a la cocina para darle chocolate caliente y malcriarlo. Prueba uno de éstos antes de que me los coma todos.

Tomándole la palabra, Shannon escogió uno de los sándwiches.

—Es una casa magnífica.

—Sí, es bonita, sin lugar a dudas, pero nunca está vacía. Tener empleados a mi alrededor todavía me pone nerviosa —dijo, encogiéndose de hombros—. Seguro que vamos a necesitar ayuda cuando nazca el bebé. Pero entonces tendré que encerrarme en el taller para poder tener algo de privacidad.

—A la mayoría de las personas les parecería lo máximo tener ama de llaves y cocinero.

—Yo no soy como la mayoría de las personas —dijo Maggie, que le dio otro mordisco a su sándwich—, pero estoy aprendiendo a vivir de esta manera. Rogan está hablando por teléfono —añadió—. Le encantan los teléfonos. Hay un asunto en la galería de París que tendría que atender en persona, pero está empeñado en no irse mientras yo siga con las náuseas. No sirve ni siquiera gritarle para convencerlo. Cuando ha tomado una decisión, no hay nada ni nadie que pueda hacerlo cambiar de parecer. —Maggie continuó con unos rollitos de pasta y le lanzó a Shannon una mirada especulativa—. Está decidido a que firmes con él.

—Yo no estoy tan decidida. No completamente.

—Primero voy a contarte que cuando vino a por mí, yo no tenía ninguna intención de dejar que nadie me representara. Absolutamente nadie. Pero Rogan tiene la habilidad de ver a través de ti, de encontrar tus debilidades, secretos y orgullos, los que mantienes sólo para ti misma. Entonces los usa. Con encanto, sin compasión, con lógica y con una estrategia tan organizada que siempre está un paso por delante de ti.

—Ya lo he notado. Ha logrado que venga hasta aquí cuando tenía toda la intención de decirle «Gracias, pero no, gracias».

—Con él no es sólo cuestión de negocios. Sería más fácil rechazarlo si fuera así. Les tiene enorme amor y aprecio tanto al arte como al artista. Y lo que ha hecho en Clare… —El orgullo que sentía por su marido se percibió en la voz de Maggie, y en sus ojos—. Allí ha hecho algo importante por el arte, por Irlanda. Y lo ha hecho porque está íntimamente ligado por el corazón a ambos.

—Es un hombre muy especial, tanto personal como profesionalmente. No necesitas conocerlo a fondo para darte cuenta de ello.

—Es cierto. Ahora, lo segundo. —Maggie se limpió los dedos en la servilleta—. Voy a preguntarte qué demonios te pasa.

Shannon levantó las cejas, sorprendida.

—¿Perdón?

—¿Por qué diablos estás tan indecisa en cuanto a esto? Rogan te está ofreciendo la luna y la mitad de las estrellas. Un artista sueña con la oportunidad de conseguir lo que tú ya tienes en las manos, y, sin embargo, te empeñas en echarlo a perder.

—No lo estoy echando a perder —la corrigió Shannon fríamente—. Lo estoy considerando.

—¿En este punto qué es lo que tienes que considerar? Ya tienes varios cuadros, y puedes pintar más.

—Justamente ese pintar más es lo que estoy considerando.

Maggie resopló y atacó con el tenedor otro rollito de pasta.

—Qué tontería. ¿Puedes quedarte sentada ahí tan tranquila y decirme que podrías detenerte? ¿Sencillamente hacer a un lado tus pinceles y dejar los lienzos en blanco?

—Cuando regrese a Nueva York no voy a tener tanto tiempo libre para darme el gusto de pintar como lo he hecho aquí.

—Darte el gusto... —Maggie soltó el tenedor, que golpeó con estrépito el plato, y se inclinó hacia delante—. Por alguna razón tienes metida en la cabeza la estúpida idea de que tus cuadros son «darte el gusto».

—Mi trabajo en Ry-Tilghmanton...

—Al diablo con tu trabajo.

—Es importante para mí —contestó Shannon entre dientes—. Y mis responsabilidades en la empresa me dejan poco tiempo para pintar por placer, y mucho menos para pintar para alguien que, estarás de acuerdo conmigo, es un agente exigente.

—¿Y qué hay de las responsabilidades que tienes contigo misma y con tu talento? ¿Acaso crees que tienes derecho a desechar los dones que te han sido otorgados? —La mera idea de algo así era para Maggie, tanto en su mente como en su corazón, la peor de las abominaciones—. Sólo he visto tus cuadros de Irlanda, pero demuestran que tienes más que buen ojo y una mano competente. Tienes un corazón que ve y que comprende. No tienes derecho a descartar ese talento sólo para poder dedicarte a dibujar botellas de agua.

—Has estado haciendo tus deberes —dijo Shannon quedamente—. Tengo derecho a hacer lo que crea que es mejor para mí, lo que me satisfaga. Y eso justamente es lo que voy a hacer. Si Rogan te pidió que me convencieras...

—No vayas a culparlo por que yo haya decidido decirte lo que opino. —Se pusieron de pie al tiempo, como dos boxeadores que se encuentran en mitad del cuadrilátero—. Sólo me pidió que viniera para hacerte compañía mientras él estaba ocupado.

—Estoy segura de que Rogan pensó que era muy amable por su parte, pero entiende bien esto: esta transacción, y cualquiera que sea su resultado, no es de tu incumbencia. Es un asunto que nos compete sólo a Rogan y a mí.

—Transacción… —Con un chasquido de disgusto, Maggie se dejó caer en la silla de nuevo—. Incluso hablas más como un gerente que como un artista.

Shannon levantó la barbilla y miró a Maggie hacia abajo.

—Pues eso no es un insulto para mí. Ahora, si me disculpas, creo que voy a salir a tomar un poco el aire.

19

Shannon decidió que no iba a permitir que Maggie le crispara los nervios. Se prometió a sí misma que la actitud dogmática de su hermana no iba a influenciarla en ningún aspecto, ni iba a ensombrecer su viaje a Dublín.

La noche, al menos, había sido agradable y placentera, lo que se había debido, en opinión de Shannon, a las buenas maneras y la hospitalidad de Rogan. Ni una sola vez a lo largo de la cena, ni del tiempo que pasaron juntos después, había mencionado el asunto del contrato ni los planes que estaba fraguando. Y justamente por esa razón, pensó ella, la cogió fuera de juego a la mañana siguiente, cuando la escoltó hacia su biblioteca justo después de haber compartido un desayuno tranquilo. Rogan disparó sin ningún miramiento.

—Tienes cita a las once de la mañana con el fotógrafo —le dijo él tan pronto se hubieron sentado—. Allí mismo se harán cargo del peinado y del maquillaje, así que no necesitas preocuparte por nada. Me gustaría algo elegante, aunque no necesariamente formal. Jack, el fotógrafo, sabrá qué hacer contigo.

—Sí, pero…

—Maggie se va a levantar un poco tarde hoy, pero le gustaría acompañarte. Liam se quedará aquí, en la casa, para que tengáis tiempo de estar a solas y podáis iros de compras o para que Maggie te muestre Dublín.

—Eso me gustaría. —Shannon suspiró. No debió haberlo hecho.

—Me encantaría que pasaras por la galería, para poder enseñártela. Me dijiste que conoces la de Nueva York.

—Sí, y...

—Creo que será evidente para ti que tratamos de crear ambientes diferentes en cada ciudad, para reflejar así la personalidad de cada una. Voy a estar ocupado la mayor parte del día —dijo, echándole una mirada rápida a su reloj—, y tengo que empezar casi de inmediato, pero te agradecería que pudieras sacar un momento para pasar por allí. Maggie puede llevarte alrededor de las tres. Entonces podremos revisar los contratos juntos, por si quieres hacer algún cambio.

—¡Alto! —Shannon levantó ambas manos, sin estar segura de querer gritar o reírse—. Lo estás haciendo de nuevo.

—Lo siento, pero no entiendo. ¿Haciendo qué?

—No te disculpes o trates de parecer cortésmente perplejo. Sabes exactamente lo que estás haciendo: eres la apisonadora más elegante que me ha halagado jamás. —Sonrió, sacudiendo la cabeza—. Y esa sonrisa encantadora y espontánea es letal. Ahora entiendo cómo incluso alguien tan testarudo como Maggie se desmoronó.

—No, Maggie no se desmoronó. Tuve que ir convenciéndola poco a poco. Y tú te pareces a ella mucho más de lo que te gustaría que te dijera. —A Rogan se le dibujó una sonrisa en el rostro en cuanto a Shannon los ojos le echaron chispas—. Sí, mucho más.

—Insultarme no es la mejor manera de convencerme.

—Entonces déjame decirte esto —empezó, y cruzó las manos sobre el escritorio—, como cuñado y como el hombre que quiere impulsar tu carrera: no has venido aquí porque te haya acorralado, Shannon. Es parte de la estrategia, sí, que hace que te muevas cuando te presiono. Lo que he hecho es plantarte una idea en la cabeza.

—Está bien, sí, así es. Y es una idea con la que fantaseé años atrás, pero la descarté por ser poco práctica. Y ahora estás tratando de convencerme de que no lo es.

Intrigado, Rogan se inclinó hacia delante y examinó a Shannon.

—¿Es cuestión de dinero?

—Tengo dinero. De hecho, tengo más del que necesito. Mi padre era muy bueno haciendo dinero. —Negó con la cabeza—. No, no es cuestión de dinero. Aunque es importante para mí ser capaz de ganarme mi propio sustento, tener la satisfacción de hacerlo. Yo necesito seguridad y estabilidad. Y retos. Supongo que puede sonar contradictorio.

—En absoluto.

Viendo que Rogan la entendía, continuó:

—El tiempo que he dedicado a los cuadros que he pintado por mi cuenta, y para mí misma, siempre ha sido una costumbre, una especie de obligación, incluso, como un compromiso conmigo misma.

—Y estás dudando entre volverlo un punto central o no.

—Sí, así es. He pintado mejores cosas aquí de las que he pintado en toda mi vida, lo que me lleva en una dirección que nunca he considerado tomar seriamente. —Y ahora que lo había puesto en palabras, se sentía más confundida que nunca—. Entonces, ¿qué va a pasar cuando regrese a Nueva York a retomar la vida que dejé allí? Si firmo el contrato, te daré mi palabra. Pero ¿cómo puedo dártela si no puedo estar segura de que seré capaz de cumplirla?

—Tu integridad está en conflicto con tus impulsos —le contestó Rogan, poniendo el dedo justo en la llaga—, lo que es bien difícil. ¿Por qué no tratamos de acomodar ambos aspectos?

—¿Qué propones?

—El contrato entre Worldwide y tú incluye las obras que has hecho en Irlanda más lo que ya tienes terminado en Nueva York. —Empezó a juguetear con un bolígrafo entre los dedos—. Y la galería tendría la primera opción sobre cualquier otra cosa que hagas de aquí a dos años, ya sea un solo cuadro o doce.

—Ése es un gran compromiso —murmuró Shannon—. Y tú querías una exposición, Rogan. No sé si lo que tengo es suficiente para hacer una, o si será de tu agrado.

—Somos flexibles en cuanto al tamaño de las exposiciones. Y yo te diré si algo no me parece bueno.

—Estoy segura de que lo harás —respondió Shannon mirándolo directamente a los ojos.

Más tarde, después de que Rogan se hubiera marchado, Shannon volvió arriba. La conversación que había mantenido con él la había dejado con muchas cosas en qué pensar. De alguna manera, había logrado abrir una puerta sin forzarla a cerrar otra. Podía aceptar los términos que le ofrecía y al tiempo volver a su vida, sin perderse nada.

Le pareció extraño, y más confuso que nunca, que deseara que Rogan la hubiera acorralado de tal manera que se hubiera visto obligada a escoger una sola cosa. Pero no tenía tiempo de rumiar el asunto, no si quería ver algo de la ciudad antes de la sesión fotográfica.

Una sesión fotográfica, pensó, riéndose para sí misma… Vaya idea.

Borró la sonrisa de su rostro y golpeó enérgicamente en la puerta de la habitación de Maggie.

—¿Maggie? Rogan me ha dicho que te despierte. —Al no oír respuesta, Shannon entornó los ojos y golpeó de nuevo—. Son las nueve pasadas, Margaret Mary. Incluso las mujeres embarazadas tienen que salir de la cama en algún momento.

Con impaciencia, Shannon giró el pomo y abrió la puerta. Pudo ver que la cama estaba vacía; pensó que Maggie debía de estar vistiéndose, pero no le importó, y abrió la puerta de par en par.

Volvió a llamarla, pero entonces escuchó un sonido inconfundible, que provenía del baño. No se le ocurrió vacilar, sencillamente corrió hacia donde estaba Maggie y la encontró arrodillada en el suelo con la cabeza sobre el inodoro.

—¡Sal de aquí, maldita sea! —Maggie levantó un débil brazo y trató de contener la siguiente náusea—. ¿No puede una mujer vomitar en privado?

Shannon no dijo nada, se dirigió al lavabo y mojó una toalla con agua fría. Maggie estaba demasiado ocupada vomitando como para rechazar a Shannon cuando ésta le sostuvo la cabeza y le presionó la toalla húmeda contra la frente caliente.

—Pobrecilla —murmuró Shannon cuando Maggie se dejó caer en el suelo débilmente—. Qué manera tan espantosa de empezar el día. Descansa un momento, Maggie, así recuperarás el aliento.

—Estoy bien. Vete de aquí, que estoy bien.

—Por supuesto que estás bien. ¿Quieres un poco de agua? —Sin esperar respuesta, Shannon fue a llenar un vaso, regresó junto a Maggie, se acuclilló a su lado y le llevó el vaso a los labios—. Bebe un poco, así, pequeños sorbos. Probablemente sabe como si te hubieras tragado una alcantarilla.

—Más le vale a este bebé ser un santo —dijo, y ya que estaba allí, Maggie se recostó contra el hombro de Shannon.

—¿Has visto a tu médico? —Para calmarla, Shannon le pasó la toalla húmeda por la cara—. ¿No hay nada que puedas tomar?

—Ya fui a ver a ese maldito canalla. Un par de semanas más, me dijo, y estaré estupendamente. Un par de semanas más —repitió, y cerró los ojos—. Casi lo asesino en ese mismo instante.

—Ningún jurado del mundo, si estuviera compuesto por mujeres, te condenaría. Anda, déjame ayudarte a ponerte de pie. El suelo está frío.

Demasiado débil para discutir, Maggie se dejó levantar y ser conducida hacia la cama.

—No, la cama no, no la necesito. Sólo me quiero sentar un momento.

—Está bien. —Shannon la llevó hacia una silla—. ¿Quieres un té?

Aliviada de que el malestar estuviera cediendo, Maggie recostó la cabeza contra el respaldo y cerró los ojos.

—Sí, por favor. Puedes llamar a la cocina por el intercomunicador y pedir que me manden un té y una tostada, sin nada. Te lo agradezco. —Maggie se quedó quieta mientras su cuerpo se normalizaba e iba recobrando el calor—. Bien —dijo cuando Shannon colgó—, esto sí que ha sido agradable para ambas.

—Mucho peor para ti —replicó Shannon, que no estaba segura de poder dejar sola a Maggie todavía, así que se sentó en el borde de la cama.

—Ha sido muy amable por tu parte ayudarme durante la vomitona. Te lo agradezco mucho.

—Cualquiera lo habría dicho cuando empezaste a maldecirme.

Una sonrisa le curvó los labios a Maggie.

—Me disculpo por ello. Detesto… —empezó, haciendo una mueca— perder el control de las cosas.

—Yo también. ¿Sabes?, sólo he estado borracha una vez en mi vida.

—¿Sólo una vez? —La sonrisa se volvió burlona—. ¿Tú, que eres tan irlandesa como el Anillo de Kerry?

—A pesar de que tiene aspectos liberadores, descubrí que también te debilita. No pude presionar el botón del control. Y, además, no hay que olvidar el encanto adicional de sentirse tan mal como un perro tirado en una cuneta mientras vuelve uno a casa, y lo estupenda que es la mañana siguiente. Así las cosas, me pareció más práctico limitar mi ingesta de alcohol.

—Uno calienta el alma. Dos, el cerebro. Pa siempre decía eso.

—Entonces también tenía un lado práctico.

—Muy pequeño, en cualquier caso. Tú tienes sus ojos. —Vio a Shannon bajar la mirada y luchar contra su propia sensación de pérdida e impaciencia—. Lamento que te moleste oírlo.

Shannon descubrió en ese momento que ella también lo lamentaba.

—Tanto mi madre como mi padre tenían los ojos azules. Recuerdo que una vez le pregunté a ella que de dónde creía que yo había sacado los ojos verdes. Durante un instante se puso muy triste, y después sonrió y me dijo que un ángel me los había dado.

—A Pa le habría gustado oír eso. Y habría estado contento y agradecido de que Amanda hubiera encontrado a un hombre como debió de ser tu padre, que os amó a las dos. —Maggie se giró entonces para mirar a la empleada que le traía el té—. Han traído dos tazas —le dijo a Shannon cuando se puso de pie—, si quieres acompañarme.

—Está bien.

—¿Te molestaría contarme cómo se conocieron tus padres?

—No.

Shannon se sentó de nuevo y descubrió que no le molestaba contar la historia. Por el contrario, la hacía sentirse tibia por dentro. Y cuando Maggie se desternilló de la risa al imaginarse a Colin tumbando a Amanda en el barro, Shannon se rio con ella.

—Me habría gustado conocerlos —dijo Maggie finalmente.

—Creo que a ellos les habría gustado conocerte a ti. —Un poco abochornada por el sentimentalismo, Shannon se levantó—. Mira, si prefieres quedarte recostada y descansar, puedo ir al estudio del fotógrafo en taxi.

—Ya me siento bien. Me gustaría ir contigo y ver cómo te tortura Jack, igual que a mí, cuando Rogan me hizo pasar por esto mismo.

—Gracias.

—Es un placer. Además —dijo, poniendo la bandeja a un lado y levantándose también—, me gustaría pasar tiempo contigo.

—A mí también me gustaría mucho. —Shannon sonrió—. Te espero abajo.

A Shannon le encantó Dublín. Le encantaron los canales, los puentes, los edificios, la multitud. Ah, y le encantaron las tiendas. Y a pesar de que quería hacer más, ver más, se dio el placer de disfrutar de un almuerzo largo, tranquilo y enorme con Maggie.

A diferencia de su volátil hermana, a Shannon no le pareció tan mala la sesión fotográfica; más bien la consideró una experiencia placentera e interesante. Cuando lo comentó con Maggie, ésta no pudo más que estremecerse.

Cuando salieron del restaurante, Shannon calculó que habían batido el récord de tiempo juntas sin decirse palabras duras ni hacerse comentarios sarcásticos.

Pronto descubrió que compartía al menos una característica con Maggie: era una campeona de las compras. Pasaba de una tienda a otra, consideraba, calculaba y compraba, sin la vacilación y la inseguridad, que tanto le molestaban a Shannon, de muchas de sus amigas.

—No. —Maggie negó con la cabeza cuando Shannon cogió un jersey color tierra—. Necesitas color, no neutralidad.

—Pero me gusta —replicó ella haciendo un puchero; luego se volvió hacia el espejo y se puso por encima el jersey mientras se miraba—. El tejido es precioso.

—Así es, pero el color te hace parecer un cadáver.

—Maldita sea… —Riéndose a medias, Shannon dobló de nuevo el jersey—. Tienes razón.

—Mira éste —dijo Maggie, y le pasó uno verde musgo. Se situó detrás de Shannon y entrecerró los ojos estudiando el reflejo de ambas—. Sin duda.

—Sí, tienes razón. Odio que tengas razón. —Se colgó el jersey sobre el brazo y acarició una manga de la blusa que Maggie había cogido—. ¿Vas a comprar esta blusa?

—¿Por qué?

—Porque la quiero yo si no te la llevas tú.

—Pues sí me la voy a llevar. —Con engreimiento, Maggie recogió sus bolsas y se dirigió a la caja.

—Probablemente la habrías devuelto si no te hubiera dicho que la quería —se quejó Shannon mientras salían de la tienda.

—No, pero desde luego le añade satisfacción a la compra. Aquí cerca hay una tienda de cocina, acompáñame, que le quiero comprar unas cosas a Brie.

—Bien. —Todavía rumiando el asunto de la blusa, Shannon se detuvo frente a un escaparate—. ¿Qué es eso?

—Una tienda de instrumentos musicales —respondió secamente Maggie.

—Ya lo sé. Me refiero a *eso*.

—Un salterio.

—Parece más una obra de arte que un instrumento.

—Es ambas cosas. Y éste es bien bonito. Murphy hizo uno igual de bonito años atrás. Tenía un tono maravilloso. Maureen, su hermana, se enamoró del instrumento, y entonces Murphy se lo regaló.

—Propio de él. ¿Crees que a Murphy le gustaría éste? ¿Aunque lo haya hecho otra persona?

Maggie levantó una ceja.

—Podrías regalarle aire dentro de una bolsa de papel y él lo atesoraría.

Pero, Shannon ya había tomado una decisión y se disponía a entrar en la tienda. Encantada, vio cómo el vendedor sacaba el salterio del escaparate y empezaba a tocar para realizar una experta demostración de la música que podía producir.

—Ya puedo imaginármelo tocándolo, ¿tú no? —le preguntó Shannon a Maggie—. Con esa media sonrisa en los labios.

—Sí, yo también. —Maggie esperó a que el vendedor se fuera al almacén a buscar una caja adecuada para empaquetar el instrumento—. Así que estás enamorada de él…

Un poco paralizada, Shannon buscó el monedero dentro de su bolso.

—Una mujer puede comprarle un regalo a un hombre sin necesidad de estar enamorada.

—No si tiene esa expresión en los ojos. ¿Qué vas a hacer al respecto?

—No puedo hacer nada. —Shannon frunció el ceño y sacó la tarjeta de crédito—. Lo estoy pensando.

—Murphy no es un hombre que se tome el amor como una cosa informal o temporal.

Esa frase, y saber que era cierta, asustó a Shannon.

—No me presiones en esto, Maggie. —En lugar de resultar tajante, como quería, la voz le salió como una súplica—. Es complicado, y estoy haciendo lo más que puedo.

Levantó los ojos llenos de sorpresa cuando Maggie le acarició una mejilla.

—Es difícil encontrarse en un lugar en el que nunca has estado y en el que nunca has pensado que te vas a encontrar, ¿no?

—Sí, es terriblemente difícil.

Maggie bajó la mano y la puso sobre el hombro de Shannon.

—Pues bien —dijo en un tono más ligero—, Murphy se va a tropezar con su propia lengua cuando le entregues el salterio. ¿Dónde está el maldito vendedor? Rogan me va a desollar viva si no te llevo a la galería a las tres en punto.

—Parece que le tienes pánico.

—A veces dejo que piense eso. Es darle un beso en el ego, por decirlo de alguna manera.

Shannon jugueteó con las armónicas que estaban exhibidas en el mostrador.

—No me has preguntado si voy a firmar el contrato.

—Me has dicho claramente que ése no es un asunto de mi incumbencia.

Shannon sonrió y le entregó al vendedor la tarjeta de crédito en cuanto reapareció.

—¿Es también ése un beso en mi ego, Margaret Mary?

—Agradece que no sea una patada en tu trasero.

—Voy a firmar —soltó Shannon—. No sé si lo acabo de decidir o si lo hice en el momento en que Rogan me lo pidió, pero la cosa es que sí voy a firmar. —Tragó saliva con esfuerzo y se puso una mano temblorosa en el estómago—. Ahora estoy mareada.

—Yo tuve una sensación similar en las mismas circunstancias. Sólo acabas de poner el timón en las manos de otra persona. —Con compasión, Maggie le rodeó la cintura con un brazo—. Rogan va a cuidar bien de tus intereses.

—Ya lo sé. Pero lo que no sé es si yo voy a cuidar bien de sus intereses. —Shannon observó al vendedor mientras empaquetaba el salterio—. Es una preocupación que al parecer me asalta últimamente con respecto a hombres a los que he llegado a apreciar.

—Te voy a decir cómo vamos a manejar este caso, Shannon. Vamos a ir a la elegante y honorable oficina de Rogan y vamos a despachar rápido y sin dolor este negocio. Ésa es la peor parte, puedo asegurártelo.

—Está bien —dijo, y tomó el bolígrafo que le ofrecía el vendedor y firmó automáticamente el tique de la tarjeta de crédito.

—Después nos iremos a casa y abriremos una de las mejores botellas de champán que tenga Sweeney.

—Tú no puedes beber, estás embarazada.

—Beberás tú. Toda la botella de burbujas francesas será para ti sola. Porque, querida mía, tengo la sensación de que vas a emborracharte por segunda vez en tu vida.

Shannon respiró tan fuerte que se levantó el flequillo.

—Puede que tengas razón.

Maggie no podía haber estado más en lo cierto. Unas horas más tarde, Shannon descubrió que todas las dudas, las preocupaciones y los cuestionamientos sencillamente se desvanecían gracias al influjo de Dom Perignon.

Maggie se portó como la mejor y más condescendiente de las amigas: la escuchó mientras divagaba, hizo sonidos comprensivos mientras su hermana se lamentaba y se rio incluso de las bromas más sosas.

Cuando Rogan llegó a casa, Shannon estaba sentada en el salón, con ojos ensoñadores y observando la última copa que había podido exprimir de la botella.

—¿Qué le has hecho, Margaret Mary?

—Está como una cuba. —Satisfecha, Maggie levantó la cara para que Rogan le diera un beso.

Rogan levantó una ceja al ver la botella vacía.

—Qué sorpresa.

—Necesitaba relajarse —dijo Maggie despreocupadamente— y celebrarlo, aunque es mejor que no se lo digas a ella. Te sientes bien, ¿no, Shannon?

—Divinamente. —Sonrió ampliamente—. Hola, Rogan. ¿Cuándo has llegado? Todos me advirtieron sobre ti, ¿sabes? —continuó antes de que él pudiera responder.

—¿En serio?

—Sí. Rogan Sweeney es tan escurridizo como un escupitajo. —Se llevó la copa a los labios de nuevo y dio un largo trago—. Y por supuesto que lo eres.

—Cariño, tómatelo como un cumplido —le aconsejó Maggie a su marido—. Ésa es la intención de Shannon.

—Por supuesto que sí —asintió Shannon—. No hay ni un tiburón en Nueva York que pueda vencerte. Y también eres muy guapo. —Se puso de pie tambaleándose y se rio cuando la cabeza empezó a darle vueltas. Rogan la tomó del brazo para ayudarla a mantener el equilibrio, y entonces ella se inclinó hacia delante y le dio un beso sonoro y baboso—. Tengo hermanos tan apuestos, ¿verdad, Maggie? Tan apuestos como galanes.

—Guapos hombres, ambos —coincidió Maggie, sonriendo amplia y traviesamente—. ¿Te gustaría dormir la siesta ahora, Shannon?

—No. —Sonriendo también, Shannon tomó de nuevo su copa—. Mira, hay más. Me la voy a llevar porque tengo que hacer una llamada. Necesito hacer una llamada. Una privada, si no os importa.

—¿Y a quién quieres llamar? —le preguntó Maggie.

—Quiero llamar al señor Murphy Muldoon, del condado de Clare, Irlanda.

—Déjame acompañarte —sugirió Maggie—. Puedo ayudarte a marcar los números.

—Yo soy perfectamente capaz de marcar los números. Tengo el teléfono en mi fiable agenda electrónica. No voy a ninguna parte sin ella. —Con la copa balanceándose peligrosamente en su mano, Shannon miró a su alrededor—. ¿Adónde habrá ido? Ningún profesional puede sobrevivir sin su agenda digital.

—Seguro que estará por ahí. —Maggie le guiñó el ojo a Rogan y tomó a Shannon del brazo para guiarla fuera del salón—. Pero resulta que tengo el número grabado en la cabeza.

—Eres tan inteligente, Maggie... Me di cuenta de ello en cuanto te vi, a pesar de que quise pegarte.

—Qué bien. Puedes sentarte aquí, en el sillón de Rogan, y hablar con Murphy todo lo que te apetezca.

—Tiene un cuerpo increíble, Murphy, quiero decir. —Riéndose, Shannon se dejó caer en el sillón que estaba detrás del escritorio de Rogan, en la biblioteca—. Aunque estoy segura de que el cuerpo de Rogan también debe de ser de lo más bonito.

—Puedo prometerte que así es. Mira, puedes hablar por este lado y escuchar por este otro.

—Sé cómo usar un teléfono, soy una profesional. ¿Murphy?

—No he terminado de marcar todavía. Yo soy una aficionada.

—Está bien. Ahora sí está sonando. —Murphy contestó—. Hola, Murphy —dijo, y acunó el auricular como a un amante; no notó que Maggie saliese de la biblioteca.

—¿Shannon? Qué bien que me llamas. Estaba pensando en ti.

—Yo siempre estoy pensando en ti. Es de lo más absurdo.

—Tienes una voz un poco rara, ¿estás bien?

—Estoy de maravilla. Te amo, Murphy.

—¿Qué? —La voz se le subió media octava—. ¿Qué?

—Qué pedo tengo.

—¿Qué tienes qué? Shannon, empieza de nuevo.

—La última vez era mi primer año de universidad y había mucho vino. Océanos de vino. Me puse fatal, pero esta vez no me siento mal. Sólo me siento... —Hizo girar el sillón y casi se ahorcó con el cable del teléfono—. Viva.

—Dios santo, ¿qué te ha hecho Maggie? —murmuró Murphy—. ¿Estás borracha?

—Eso creo. —Para probarse, Shannon levantó dos dedos ante su cara—. Mejor dicho: estoy segura. Quisiera que estuvieras aquí, Murphy, justo aquí, para poder trepar por tu regazo y mordisquearte todo.

Hubo un momento de doloroso silencio.

—Eso sería memorable —respondió Murphy con la voz tensa—. Shannon, me has dicho que me amas.

—Sabes que así es. Todo está entremezclado con corceles blancos, broches de cobre, tormentas eléctricas, sexo en el círculo de piedras y maldiciones a la luna. —Dejó caer la cabeza hacia atrás contra el respaldo de la silla mientras las imágenes corrían y daban vueltas por su cabeza—. Lanzar hechizos —murmuró—. Ganar batallas. No sé qué hacer. No puedo pensar en ello.

—Podemos hablar al respecto cuando vuelvas. Shannon, ¿me has llamado desde el otro lado del país, borracha...? ¿De qué estás borracha?

—Champán. El champán francés más fino que tenía Rogan.

—Claro, borracha de champán —repitió Murphy—. ¿Me has llamado desde el otro lado del país, borracha de champán, para decirme por primera vez que me amas?

—Me pareció una buena idea en el momento. Tienes una voz maravillosa. —Mantuvo los pesados párpados cerrados—. Podría quedarme escuchándola eternamente. Te he comprado un regalo.

—Qué maravilla. Dímelo otra vez.

—Te he comprado un regalo. —Shannon abrió los ojos y se rio cuando él lanzó un resoplido de frustración—. Ah, ya entiendo. No soy estúpida. *Summa cum laude*, ¿sabes? Te amo, Murphy. Lo que complica las cosas terriblemente, pero sí, te amo. Buenas noches.

—Shannon…

Pero Shannon ya estaba tratando de colgar el auricular, con un ojo cerrado. Con más suerte que habilidad, logró ponerlo finalmente en su lugar. Después se inclinó hacia atrás, bostezó una vez y se quedó dormida.

20

—Y a la mañana siguiente, ni un traspié, ni una mueca. —Mientras bebía té en la cocina de Brianna, Maggie le lanzó a Shannon una mirada de admiración—. No habría podido estar más orgullosa.

—Tienes un sentido del orgullo bastante extraño —comentó Shannon, aunque ella también sentía un particular destello de orgullo. Ya fuera por suerte o por gracia divina, había escapado del castigo de una resaca por su romance con Dom Perignon.

Veinticuatro horas después de que el romance hubiera terminado, Shannon estaba de vuelta sana y salva en Clare y disfrutando de la cuestionable distinción de tener dura la cabeza.

—No debiste permitirle que se excediera —dijo Brianna, que empezó a ponerle una rica y suave cobertura de malvavisco a una tarta de chocolate.

—Shannon es una mujer adulta —protestó Maggie.

—Y la más joven de las tres.

—En serio… —Shannon entornó los ojos tras la espalda de Brianna—. A duras penas puede uno creer que sea así. Tú y yo nacimos el mismo año, así que…

Se interrumpió justo cuando se dio cuenta del impacto de lo que acababa de decir. Frunció el ceño, bajó los ojos y fijó la mirada en un punto de la mesa. «Pues bien —pensó—, esto sí que es incómodo».

—Un año ocupado para Pa —apuntó Maggie después de un largo silencio.

Impresionada, Shannon subió los ojos deprisa y se encontró con la mirada sosa de Maggie. El sonido de su propio estallido ahogado de risa la sorprendió tanto como la resplandeciente sonrisa de Maggie. Brianna continuó cubriendo la tarta.

—Una botella entera, Maggie —continuó Brianna sermoneando a su hermana en tono quedo—. Debiste tener más cuidado.

—Pero si la cuidé, ¿no es cierto? Después de que se quedara dormida en la biblioteca…

—No me quedé dormida —la corrigió Shannon con remilgo—, sólo estaba descansando.

—Estabas inconsciente. —Maggie cogió a Kayla cuando la niña empezó a hacer ruidos en su moisés—. Y el pobre Murphy, que llamó después como un poseso. ¿Quién sino yo lo convenció de que no montara en su camioneta y condujera hasta Dublín? —le preguntó a su sobrina—. ¿Y no fui yo quien la llevó arriba y le dio un tazón de sopa antes de que volviera a dormir la borrachera? —Entonces aguzó el oído—. Liam se ha despertado —anunció, le pasó a Shannon la niña y se dirigió a la habitación de Brianna, en donde había acostado a su hijo para que se echara la siesta.

Brianna dio un paso atrás para juzgar su trabajo en la cobertura de la tarta antes de girarse.

—Y aparte de la última noche, ¿disfrutaste de tu viaje a Dublín?

—Sí, es una ciudad preciosa. Y la galería… es una experiencia religiosa.

—Eso mismo pensé yo. Todavía te falta conocer la que queda aquí, en Clare. Quería que fuéramos todos juntos, como una especie de excursión. Ojalá pronto.

—Me encantaría. Brianna… —empezó, pero no estaba segura de estar preparada para preguntar. Y mucho menos, de estar preparada para afrontar las consecuencias.

—¿Te pasa algo?

—Creo… que me gustaría leer las cartas —lo dijo rápidamente, antes de perder el coraje—. Las cartas que escribió mi madre.

—Por supuesto. —Brianna puso una mano sobre el hombro de Shannon, a modo de apoyo y consuelo—. Las guardo en mi cómoda. Si quieres, vamos al salón, allí podrás leerlas.

Pero antes de que Shannon pudiera ponerse de pie, oyeron un ruido que procedía del vestíbulo. Voces airadas que chocaban una contra otra hicieron que la mano que descansaba sobre el hombro de Shannon se tensionara una vez, brevemente.

—Es mi madre —murmuró Brianna—. Con Lottie.

—No importa. —Sin estar segura de si sentía alivio o desilusión, Shannon le dio una palmadita en la mano a Brianna—. Las puedo leer después —añadió, y se preparó para cualquier forma que tomara la confrontación.

Maeve entró primero, todavía discutiendo.

—Te repito que no voy a pedir nada. Si tú no tienes orgullo, no puedo evitar que lo hagas tú entonces —dijo, y vio a Shannon con su nieta en los brazos, y levantó la barbilla.

—Al parecer estás como en tu casa.

—Sí, así es. Brianna hace que sea imposible lo contrario. Hola, señora Sullivan.

—Llámame Lottie, querida, como todos los demás. ¿Y cómo está mi ángel hoy? —Se inclinó sobre Kayla, arrullándola—. Mira, Maeve, está sonriendo.

—¿Y por qué no? Si no están haciendo más que mimarla.

—Brianna es una madre increíblemente amorosa —soltó Shannon antes de poder evitarlo.

Maeve apenas resopló.

—La niña no necesita más que medio quejarse para que ya alguien vaya a cogerla.

—Incluyéndote a ti —apuntó Lottie—. Ay, Brie, qué tarta tan apetitosa.

Resignada a tener que hornear otra para el postre de sus huéspedes, Brianna sacó un cuchillo.

—Siéntate y os daré una ración.

Liam apareció por la puerta que daba a la cocina cinco pasos por delante de su madre.

—¡Tarta! —gritó.

—Este chico tiene un radar. —A pesar de la brusquedad de su voz, los ojos de Maeve se iluminaron al ver a su nieto—. Es encantador.

Liam sonrió a su abuela, intuyendo que era su aliada, y le levantó los brazos.

—Beso.

—Ven a sentarte en mi regazo —le ordenó Maeve—, y tendrás ambos: el beso y la tarta. Está un poco sonrojado, Margaret Mary.

—Acaba de despertarse de la siesta. ¿Entonces vas a partir la tarta, Brie?

—Deberías tener más cuidado con tu dieta, ahora que estás embarazada otra vez —le dijo Maeve—. El médico dice que tienes náuseas.

Era difícil saber quién se sorprendió más por tal afirmación, si Maggie o la misma Maeve, que, deseando no haber dicho nada, empezó a darle tarta a su nieto.

—No es nada.

—Todas las mañanas se pone fatal —la corrigió Shannon, mirando a Maeve directamente a los ojos.

—Maggie, me dijiste que estabas mejor. —En la voz de Brianna se adivinó el tono de acusación mezclado con la preocupación.

Furiosa y abochornada, Maggie le lanzó una mirada fulminante a Shannon.

—No es nada —repitió.

—No soporta una debilidad.

El comentario cáustico de Maeve hizo que a Maggie le hirviera la sangre, pero antes de que pudiera decir nada, Shannon asintió con la cabeza con aprobación.

—Muerde como un terrier cuando uno trata de ayudarla a sobrellevar el asunto. ¿No le parece que es difícil, señora Concannon, para una mujer fuerte necesitar que la ayuden? Y más para una como Maggie, que se las ha arreglado para combinar familia y una carrera exigente. Imagínese, perder el control, además del estómago, cada mañana. Debe de ser humillante.

—Yo tuve náuseas durante más de tres meses cuando estuve embarazada de ella —respondió Maeve tajantemente—. Una mujer aprende a superar tales cosas, así como un hombre jamás podría.

—No, ellos se dedican sólo a gimotear.

—Ninguna de mis hijas ha sido floja, nunca. —Frunciendo el ceño de nuevo, Maeve miró a Brianna—. ¿Te vas a quedar ahí parada con la tetera en la mano, o nos vas a servir el té de una dichosa vez?

—Oh. —Brianna logró cerrar la boca, que se le había desencajado por la perplejidad, y se dispuso a servir el té—. Lo siento.

—Gracias, querida —dijo entonces Lottie, quien, encantada por cómo iban las cosas, sonrió. Durante más de dos años había estado empujando a Maeve hacia un inestable puente que la uniera con sus hijas. Ahora parecía que el trecho se iba acortando—. ¿Sabes, Maggie? Maeve y yo hemos estado viendo esta mañana las fotos que tomamos cuando estuvimos en tu casa de Francia.

—Tienes menos orgullo que un pordiosero —murmuró Maeve, pero Lottie continuó sonriendo.

—Nos recordó a ambas lo bien que nos lo pasamos mientras estuvimos allí. Es en el Sur de Francia —le dijo a Shannon—. La casa es como un palacio y queda justo frente al mar.

—Y permanece vacía mes tras mes —gruñó Maeve—, salvo por el servicio.

Maggie iba a empezar a discutir con su madre por la protesta, pero vislumbró la mirada ceñuda que Brianna le estaba lanzando. Le costó esfuerzo, pero finalmente logró descartar las palabras airadas y hablar a Maeve con unas más amables.

—Justamente Rogan y yo estuvimos hablando hace poco sobre eso. Queríamos ir un par de semanas en verano, pero ambos estamos muy ocupados como para viajar ahora. —Respiró profundamente, diciéndose que estaba ganando puntos con los ángeles—. A mí me preocupa un poco que no haya nadie allí para comprobar que todo marche bien y que el servicio esté comportándose como corresponde. —Lo que era una gran mentira que Maggie esperaba que no le restara los puntos que ya había ganado—. ¿Vosotras dos consideraríais la posibilidad de sacar un poco de tiempo para ir hasta allí? Nos haríais un gran favor.

Con esfuerzo, Lottie contuvo la necesidad de ponerse de pie de un brinco y empezar a bailar. Le echó una mirada a Maeve e inclinó la cabeza.

—¿Qué opinas, Maeve? ¿Podemos?

Imágenes de la soleada villa, de los empleados colmándola de atenciones y del lujo reluciente que lo rodeaba todo inundó la mente de Maeve, que se encogió de hombros y llevó la taza hacia los labios de Liam, que la esperaban con impaciencia.

—Viajar me empeora la digestión, pero supongo que puedo tolerar un poco de incomodidad.

Esta vez fue Shannon quien le lanzó a Maggie una mirada de advertencia que hizo que contuviera cualquier comentario, de modo que la mayor de las Concannon sólo dijo, entre dientes:

—Voy a pedirle a Rogan que prepare el avión para que os lleve en cuanto os convenga.

Veinte minutos más tarde, Brianna oyó que la puerta principal se cerraba detrás de su madre y de Lottie; entonces cruzó la cocina hacia Maggie y la abrazó con fuerza.

—Muy bien hecho, Maggie.

—Me siento como si me hubiera tragado una rana. Al diablo su digestión.

Brianna sólo se rio.

—No lo eches a perder.

—Y tú… —Maggie levantó un dedo acusatorio en dirección a Shannon.

—¿Yo? —preguntó ella, toda inocencia.

—Como si no hubiera podido ver el engranaje de tu cabeza en marcha: «Está fatal, señora Concannon. Muerde como un terrier».

—Pero ha funcionado, ¿no?

Maggie abrió la boca, para cerrarla riéndose.

—Es cierto, pero mi orgullo ha quedado maltrecho. —Al notar que había movimiento fuera, se acercó a la ventana y echó un vistazo—. Mirad lo que *Con* ha desenterrado de los arbustos. Hay tres hombres dirigiéndose hacia aquí, Brianna; tal vez quieras poner a hacer más té. —Miró hacia fuera otro instante y después sonrió—. Dios santo, qué trío tan apuesto. Yo me pido al dublinés —murmuró—. Vosotras dos podéis pelear por los otros.

Mientras Shannon trataba de controlar su repentinamente inquieto sistema nervioso, Maggie se dirigió a la puerta y la abrió de par en par. *Con* entró primero y se fue directo debajo de la mesa a comerse las migajas que Liam había dejado caer tan consideradamente.

—¡Tarta! —Con los sentidos tan afinados como los perros, Gray la vio en cuanto cruzó el umbral de la puerta—. Umm, y con cobertura de malvavisco. Muchachos, creo que hemos encontrado oro.

—Pa... —Liam se balanceó en la silla y levantó los pegajosos dedos hacia su padre, que fue lo suficientemente inteligente como para pasar por el fregadero primero y humedecer una toallita antes de acudir a su hijo.

Murphy se quedó de pie a la entrada, con la gorra entre las manos y los ojos fijos en Shannon.

—Has regresado.

—Hace un par de horas —empezó ella, y no pudo menos que abrir los ojos de par en par cuando él se le acercó, la levantó, la tomó entre sus brazos y la besó como un hombre prudente besa a una mujer sólo en privado.

—Bienvenida. —Como Shannon no tenía ni restos de aliento en los pulmones, respiró profundamente y asintió con la cabeza. Les habría dado a sus temblorosas piernas el alivio de sentarse, pero Murphy la sostenía firmemente del brazo—. Ven conmigo.

—Pues... —Miró a su alrededor, pero parecía que todos estaban ocupados en sus propios asuntos.

—Aguántate un poco, Murphy —dijo finalmente Maggie mientras sacaba platos limpios de un armario—. Shannon te ha traído un regalo y quiere dártelo.

—Sí, así es. Yo... —se interrumpió.

—Ya te traigo la caja —le ofreció Rogan.

—¿Quieres un té, Murphy? —le preguntó Brianna.

—No, gracias. —No podía quitarle los ojos de encima a Shannon—. No nos podemos quedar mucho tiempo. Shannon va a cenar conmigo esta noche.

—Y a desayunar mañana —le murmuró Gray en el oído a Brianna.

—Gracias, Rogan —dijo Shannon cogiendo la caja y preguntándose qué hacer a continuación.

—¿Qué es? —preguntó Gray—. Ábrelo de una vez, amigo —añadió, e hizo una mueca de dolor cuando Brianna le dio un codazo en las costillas.

—Lo abrirá en su casa —dijo Brianna—. Llevaos un trozo de tarta. —Y como ya había preparado un plato, lo cubrió y se lo pasó a Murphy.

—Gracias. Ven conmigo —le repitió a Shannon, a quien tomó del brazo y sacó de la cocina.

—Qué bien que le hayas dado el plato —comentó Maggie—, porque de lo contrario habría empezado a toquetearla incluso antes de haber salido del jardín.

Y así era. Murphy tuvo que hacer acopio de todo su control, porque tenía ganas de arrastrar a Shannon a los campos. Pero en lugar de eso, se concentró en mantener el paso al mismo ritmo que el de ella.

—Debí haber traído la camioneta.

—Pero si no es tan lejos —respondió ella, sin aliento.

—En este momento sí lo es. ¿Pesa esa caja? Déjame llevarla.

—No. —Quitó la caja del alcance de Murphy. No era liviana, pero quería llevarla ella—. Podrías adivinar de qué se trata.

—No tenías que comprarme nada. Tu regreso es suficiente regalo —dijo, y le pasó un brazo por la cintura y la levantó con facilidad sobre el muro—. Te he echado de menos cada segundo. No sabía que un hombre puede pensar en una mujer tantas veces al día. —Se obligó a sí mismo a respirar calmadamente tres veces—. Rogan me ha dicho que has firmado el contrato con él. ¿Estás contenta?

—Una parte de mí lo está; otra está aterrorizada.

—El miedo sólo puede ser un motivo para que hagas tu mejor esfuerzo. Vas a ser famosa, Shannon, y rica.

—Ya soy rica.

Disminuyó la velocidad de su paso.

—¿Lo eres?

—Comparativamente.

—Oh...

Tendría que reflexionar sobre eso, decidió Murphy, considerarlo en detalle. Pero en ese momento, su mente se veía una y otra vez asaltada por imágenes de él quitándole esa bonita chaqueta hecha a medida que llevaba puesta.

Cuando llegaron a la granja, Murphy le abrió la puerta de la cocina para que entrara. Puso el plato sobre la encimera y la habría abrazado, de no ser porque Shannon se le anticipó y se acomodó al otro lado de la mesa.

—Quisiera que abrieras el regalo —dijo, y puso la caja sobre la mesa, entre ellos.

—Quiero tenerte arriba, en las escaleras. Aquí, en el suelo.

A Shannon la sangre empezó a hervirle debajo de la piel.

—Por cómo me siento ahora mismo, podrías tenerme arriba, en las escaleras *y* aquí, en el suelo. —Levantó una mano cuando a Murphy los ojos le ardieron—. Pero de verdad quisiera que primero vieras lo que te he traído de Dublín.

A Murphy le importaba un comino si le había traído una horca de oro o una reja para el arado recubierta de diamantes, pero la queda petición de ella lo contuvo de saltar sobre la mesa. En lugar de hacer lo que deseaba, levantó la tapa de la caja y buscó dentro.

Shannon apreció el instante mismo en el que Murphy se dio cuenta de qué se trataba. La alegría sorprendida se apoderó de su rostro. De repente, se le veía tan joven y tan obnubilado como cualquier chico que ha encontrado lo que su corazón más anhelaba bajo el árbol en la mañana de Navidad.

Con reverencia, Murphy sacó el salterio de la caja y pasó los dedos sobre la madera.

—Nunca había visto nada más bello.

—Maggie me dijo que una vez hiciste uno igual de bonito y lo regalaste.

Encantado, Murphy sólo negó con la cabeza.

—No, no era tan hermoso como éste. —Entonces levantó la mirada y Shannon pudo ver en ella placer y maravilla—. ¿Qué te hizo comprarme algo así?

—Lo vi en el escaparate y de pronto pude imaginarte tocándolo. ¿Lo tocarías para mí, Murphy?

—No he tocado un salterio desde hace años —dijo, pero desató los macillos y los acarició como habría hecho con la pelusa de un pollito recién nacido—. Me sé una melodía.

Y cuando la tocó, Shannon notó que estaba en lo cierto. Murphy tenía una media sonrisa en el rostro y una expresión remota en los ojos. La melodía resultó ser antigua y dulce, como un delicioso vino apenas decantado. Llenó la cocina e hizo que a Shannon los ojos se le aguaran y que el corazón se le esponjara.

—Es el mejor regalo que me han hecho —le dijo Murphy poniendo cuidadosamente los macillos a un lado—. Será como un tesoro. —La bestia impaciente que se había abierto paso dentro de él estaba calmada ahora. Rodeó la mesa y tomó las manos de ella entre las suyas con toda delicadeza—. Te amo, Shannon.

—Ya lo sé —replicó ella, levantando sus manos entrelazadas y acariciándolas contra su mejilla—. Sé que me amas.

—Ayer me llamaste y me dijiste que me amabas. ¿Me lo dirías de nuevo ahora?

—No debí haberte llamado estando borracha. —Shannon habló deprisa, sintiendo que los nervios le subían por los dedos de las manos—. No estaba pensando con claridad y... —Murphy le besó esos dedos intranquilos y la miró pacientemente sin separar los labios de ellos—. Sí te amo, Murphy, pero...

Murphy sólo posó sus labios sobre los de ella, silenciando el resto.

—Desde que te escuché decírmelo, la primera vez, he estado deseándote. ¿Irías conmigo arriba, Shannon?

—Sí. —Se inclinó hacia él, atrapando sus manos entrelazadas—. Iré contigo arriba —afirmó, y sonrió, dejándose envolver por el romanticismo del momento mientras él la cogía en brazos.

La luz estaba bellísima, se colaba por las ventanas y se derramaba sobre las escaleras mientras la subía en brazos escaleras arriba; en la habitación, fluía pálidamente sobre la cama cuando Murphy la acostó sobre ella.

Era tan fácil sumergirse en esa luz, en la fortaleza delicada de esos brazos que la abrazaban, en la promesa cálida de la boca del hombre...

A Shannon se le ocurrió pensar que era la primera vez que se amaban teniendo un techo sobre la cabeza y una cama bajo el cuerpo. Habría echado de menos las estrellas y el aroma de la hierba si no hubiera sido por la dulzura que Murphy le ofrecía a cambio.

Murphy había puesto flores en la habitación. Se la había imaginado allí y había querido que hubiera flores. Pudo percibir el leve perfume de las flores mientras bajaba los labios para dibujar caminos sobre la garganta de ella.

También había dispuesto velas para más tarde, para reemplazar la luz. Había hecho la cama con sábanas suaves, como sustitutas de la manta de lana y el pasto. Extendió el pelo de Shannon sobre la almohada, sabiendo que el olor de ella se quedaría impregnado allí.

Shannon sonrió cuando Murphy empezó a desvestirla. Había comprado otras cosas en Dublín y supo, cuando él descubrió las primeras insinuaciones de seda rosa, que había escogido bien.

Con concentración queda, Murphy le quitó la chaqueta, la blusa y los pantalones, para después pasar un dedo sobre el encaje marfil entre los senos.

—¿Por qué será que este tipo de cosas debilitan a los hombres? —se preguntó Murphy en voz alta. Shannon sonrió ampliamente.

—Lo vi en un escaparate y después te vi a ti, tocándome.

Murphy levantó los ojos y los clavó en los de ella. Con suma lentitud, bajó el dedo sobre la curva de un seno, después por debajo y otra vez hacia arriba, para tomar entre los dedos el pezón.

—¿Así?

—Sí —contestó, cerrando los ojos—. Justo así.

Con pericia, Murphy siguió la seda hacia abajo, hasta donde terminaba en una cinta del mismo encaje más abajo de la cintura. Las braguitas eran un trozo mínimo de seda de la misma calidad. Puso una mano sobre el triángulo y vio a Shannon arquearse. Y se retorció cuando el hombre reemplazó la mano con la boca.

Para complacerse a sí mismo, exploró cada milímetro de seda antes de pasar a la piel que había debajo. Sabía que Shannon había perdido ya la razón cuando terminó. Y mientras ella se arqueaba debajo de su cuerpo, y se aferraba a él, Murphy trató de no perder la suya, puesto que quería un último regalo.

—Dímelo ahora, Shannon… —El aire le abrasó los pulmones, y los puños se le pusieron tan blancos como el hueso—. Dime ahora que me amas, ahora que estás ardiendo por mí, que estás desesperada por que entre en ti, que te llene, que te monte.

Shannon estaba luchando por respirar, deseaba frenéticamente que Murphy la llevara hasta el último y angosto límite.

—Te amo. —Los ojos se le llenaron de lágrimas, las emociones se le mezclaron con la necesidad—. Te amo, Murphy.

Murphy la penetró finalmente y ambos gimieron. Cada estocada era una exigencia y una gloria.

—Dímelo otra vez. —La voz le sonó fiera, ambos se balanceaban sobre el borde—. Dímelo otra vez.

—Te amo... —Casi llorando, Shannon hundió la cara en la garganta de él y le permitió que la zarandeara.

Más tarde, después de prender las velas, Murphy arrastró a Shannon hasta el baño, que quedaba al final del corredor, donde jugaron como niños en agua demasiado caliente en una bañera demasiado llena.

En lugar de cenar, se deleitaron con la tarta de Brianna y la regaron con cerveza, en una combinación que Shannon sabía que debía de ser desagradable, pero que les supo a ambrosía.

Mientras se lamía los dedos, Shannon notó la expresión en los ojos de Murphy. En cuestión de un segundo se encontraron asaltándose el uno al otro e hicieron el amor como animales irracionales en el suelo de la cocina.

Shannon habría dormido allí mismo, extenuada como estaba, pero Murphy hizo que se pusiera de pie. Como borrachos, se tambalearon por el corredor hasta el salón, en donde la poseyó de nuevo sobre la alfombra.

Cuando por fin pudo sentarse, Shannon tenía el pelo revuelto, los ojos vidriosos y le dolía el cuerpo.

—¿Cuántas habitaciones tiene esta casa?

Murphy se rio y le mordió un hombro.

—Estás a punto de descubrirlo.

—Murphy, vamos a matarnos —dijo, pero cuando la mano de él le reptó por las costillas hasta posarse sobre

uno de sus senos, dejó escapar un suspiro tembloroso—.
Estoy dispuesta a arriesgarme si tú también lo estás.

—Ésa es mi chica.

Había quince habitaciones, pensó Shannon antes
de derrumbarse en las sábanas revueltas de la cama un
poco antes del amanecer. Quince habitaciones en la
enorme casa de piedra, y no por falta de deseo habían sido incapaces de bautizarlas todas. En algún punto a lo
largo de la línea sus cuerpos sencillamente los habían
traicionado. Entonces cayeron en la cama con el único
pensamiento de dormir.

Mientras Shannon flotaba hacia el sueño, bajo el
peso del brazo de Murphy, se recordó a sí misma que
tendrían que hablar seriamente pronto. Tenía que explicarle cosas. Tenía que hacerle ver que el futuro se vis-
lumbraba mucho más complejo que el presente. Y aunque trató de formular las palabras en la mente, sólo pudo
sumirse más profundamente en la inconsciencia.

Y vio a un hombre, a su guerrero, a su amante, sobre el caballo blanco. Vio el destello de la armadura, el
ondear de la capa al viento. Pero esa vez, el hombre no
estaba cabalgando hacia ella a través de los campos.

Estaba alejándose.

21

Murphy supuso que era el amor lo que hacía que un hombre pudiera estar tan enérgico tras sólo una hora de sueño. Ordeñó, alimentó a los animales, llevó las vacas a pastar, y todo con una canción a flor de labios y un baile a cada paso, lo que hizo que el joven Feeney le sonriera.

Como siempre, había una docena de tareas que hacer antes del desayuno. Agradecido de que le tocara al vecino transportar la leche, Murphy recogió los huevos, revisó a una de las damas más viejas, a quien pronto le tocaría su turno en la olla, y se dirigió de vuelta a la casa.

Iba cambiando de opinión en cuanto a su idea de dejar que Shannon durmiera mientras él tomaba un té y una galleta antes de salir a cortar leña. Ahora le parecía mucho más atractiva la idea de subir el té y la galleta a la habitación y hacerle el amor a Shannon mientras todavía estuviera tibia y suave por el sueño.

Nunca esperó encontrársela en su cocina, de pie frente al fuego y con el delantal que usaba su madre cuando lo visitaba amarrado a la cintura.

—Pensaba que todavía estarías durmiendo.

Shannon se volvió para mirarlo y sonrió ante la manera en que Murphy se quitó la gorra en cuanto entró en la casa.

—Te he oído reir con el chico que te ayuda a ordeñar.

—No pretendía despertarte. —La cocina olía gloriosamente, como las mañanas de su infancia—. ¿Qué estás preparando?

—He encontrado tocino y algunas salchichas en la nevera. —Las señaló con el tenedor—. Es la feria del colesterol, pero después de lo de anoche, creo que te lo mereces.

Una sonrisa tontorrona se le dibujó en el rostro.

—Me estás preparando el desayuno.

—Pensé que estarías hambriento después de hacer lo que has hecho de madrugada, así que… ¡Murphy! —chilló Shannon cuando él la tomó entre los brazos, haciéndola soltar el tenedor, que se estrelló contra el suelo estruendosamente, y la hizo girar por la cocina—. ¿Qué estás haciendo?

Murphy la soltó, pero no pudo evitar la sonrisa cuando ella empezó a refunfuñar mientras lavaba el tenedor.

—Ni siquiera se me ocurrió que supieras cocinar.

—Por supuesto que sé cocinar. Puede que no sea la artista culinaria que es Brie, pero soy bastante buena. ¿Qué es esto? —preguntó, señalando el balde que Murphy había dejado en la puerta cuando había entrado—. Ahí debe de haber como tres docenas de huevos. ¿Qué vas a hacer con tantos?

—Me quedo con los que necesito y los que sobran los vendo o los canjeo.

Shannon arrugó la nariz.

—Están sucísimos. ¿Por qué están tan sucios?

Murphy la miró estupefacto por un momento, y después estalló en carcajadas.

—Eres una mujer encantadora, Shannon Bodine.

—Entiendo que ésa ha sido una pregunta estúpida. Pero entonces lávalos, porque no los voy a tocar en ese estado.

Murphy levantó el balde, lo puso junto al fregadero y empezó a lavar cada huevo, mientras Shannon tomaba conciencia de dónde vienen los huevos.

—¡Basta! —exclamó arrugando la nariz mientras le daba una vuelta al tocino—. Es suficiente para hacerte una tortilla. ¿Cómo sabes que son sólo huevos y que no hay pollito dentro?

Murphy la miró para asegurarse de que no estaba bromeando. Se mordió la lengua y lavó otra cáscara.

—Si no pían, estás a salvo.

—Muy chistoso —le dijo al tiempo que decidía que estaba mejor en la ignorancia. Realmente prefería pensar que los huevos eran algo que venía en cajas limpias que se apilaban ordenadamente en los supermercados—. ¿Cómo te gusta?

—Como tú prefieras. No doy la lata con la comida. ¡Has preparado té! —dijo, y Murphy sintió deseos de arrodillarse ante ella.

—No he encontrado café.

—Puedo comprar la próxima vez que vaya al pueblo. Huele delicioso, Shannon. —La mesa ya estaba puesta, notó él, para dos. Sirvió dos tazas de té, deseando haberle traído a Shannon algunas de las flores silvestres que crecían por el granero. Se sentó cuando ella llevó una bandeja a la mesa—. Gracias.

La voz de Murphy sonó con una humildad que hizo que Shannon sintiera tanto culpa como placer.

—Pues con mucho gusto. Nunca como salchichas —comentó mientras se sentaba—, pero éstas tienen muy buena pinta.

—Pues sí, porque la señora Feeney las hizo unos días atrás.

—¿Las hizo?

—Sí —respondió, y le ofreció la bandeja primero—. Sacrificaron un cerdo que habían estado engordando. —Frunció el ceño, preocupado, cuando Shannon se puso pálida—. ¿Te sientes mal?

—No. —Con un movimiento rápido de la mano alejó la bandeja—. Es sólo que hay algunas cosas que sencillamente no quiero imaginarme.

—Ah… —Murphy le lanzó una sonrisa a manera de disculpa—. No se me había ocurrido.

—Debería acostumbrarme. El otro día entré en la cocina justo cuando Brianna y un tipo estaban discutiendo sobre los corderos que sacrifican en primavera —dijo, y se estremeció, sabiendo ya lo que les pasaba a los lindos corderitos en la primavera.

—Sé que puede parecerte duro, pero es el ciclo natural de las cosas. Ése era uno de los problemas de Tom.

—¿Sí? —Shannon decidió que el pan que había tostado era seguro, y entonces levantó los ojos y miró a Murphy.

—No podía soportar criar a un animal para después comérselo, ya fuera él u otra persona. Cuando tuvo gallinas, recogía los huevos y le iba bien, pero la mayoría de las veces se murieron de viejas. Era un hombre de gran corazón.

—Dejó que los conejos se escaparan —murmuró Shannon.

—Ah, ya has oído esa historia… —Murphy sonrió al recordarla—. Iba a hacer una fortuna con ellos, sí, señor, hasta que llegó al punto complicado. Siempre estaba intentando hacer fortuna.

—Lo querías de verdad, ¿no?

—Así es. No fue un sustituto de mi padre, ni trató de serlo. Tampoco fue el modelo masculino que dicen los especialistas que un chico necesita. Pero fue un padre para mí desde mis quince años hasta que murió, tanto como lo fue el mío propio hasta ese momento. Siempre estuvo pendiente de mí. Cuando mi padre se murió, iba a veces a por mí para llevarme a los acantilados, o a Galway con las chicas. Me sostuvo la cabeza la primera vez que vomité después de tomar whisky, aunque no debí haberlo hecho. Y cuando estuve con una mujer por primera vez… —Se interrumpió y repentinamente desarrolló un intenso interés en su desayuno. Shannon sólo levantó una ceja.

—No te detengas. ¿Qué pasó cuando estuviste con una mujer por primera vez?

—Lo que normalmente sucede, supongo. Has preparado un desayuno muy bueno, Shannon.

—No me cambies de tema, Murphy. ¿Cuántos años tenías?

Murphy la miró dolorosamente.

—Creo que no es bueno discutir estos temas con la mujer con la que se comparte el desayuno en el presente.

—Cobarde.

—Sí. —Murphy lo reconoció sinceramente, y se llenó la boca de huevo.

—Estás a salvo, Murphy. —La risa de Shannon se desvaneció—. En serio, me gustaría saber qué te dijo.

Y puesto que era evidente que era importante para ella, Murphy reptó sobre su propio bochorno y continuó:

—Tenía... Creo que debía de tener...

—No tienes que decirme esa parte. —Sonrió tranquilizadoramente—. No ahora, por lo menos.

—Después me sentí orgulloso, varonilmente hablando, se podría decir, supongo. —Murphy se sintió aliviado de poder obviar esa primera parte—. Y tan confundido como un mono con tres colas. Culpable, aterrorizado de pensar que había podido embarazar a la chica por haber estado demasiado excitado..., por ser tan joven y estúpido —se corrigió— y no haber pensado en eso antes del asunto. Así que estaba sentado en un muro, y una parte de mí pensaba cuándo debía volver y hacerlo otra vez, mientras la otra parte estaba esperando que Dios me mandara un rayo para fulminarme por haberlo hecho. O que mi madre lo notara e hiciera lo mismo que Dios, pero más rápido y menos misericordiosamente.

—Murphy, eres tan dulce... —dijo Shannon, olvidándose de todo y mordiendo una tira de tocino.

—Yo diría que es un momento tan importante en la vida de un hombre como lo es en la de una mujer. En cualquier caso, estaba sentado allí, pensando en lo que podrás imaginarte, y entonces llegó Tom. Se sentó junto a mí y guardó silencio un rato. Sencillamente se quedó allí a mi lado, mirando los campos. Pero creo que se me debía de notar en la cara. Me puso un brazo sobre los hombros y me dijo: «Te has hecho un hombre, y estás orgulloso por ello. Pero se requiere más que perder la virginidad con una muchacha dispuesta para ser un hombre. Se requiere responsabilidad». —Murphy sacudió la cabeza y levantó su taza de té—. Pero entonces me mareé al pensar que me iba a tocar casarme con ella, y yo apenas con diecisiete años y tan poco enamorado de ella como ella de mí. De modo que se lo dije. Y Tom asintió con la cabeza y no trató ni de reprenderme ni de sermonearme, sólo me dijo que si Dios y el destino eran benévolos conmigo, él sabía que yo lo recordaría y tendría más cuidado la próxima vez. Dijo: «Va a haber una próxima vez, porque ningún hombre renuncia a transitar por un camino tan hermoso una vez que ha pasado por ahí. Porque abrazar y tener a una mujer es una experiencia gloriosa. La mujer correcta, una vez que la encuentres, es mejor que la luz del sol. Espérala, Murphy, y mientras tanto huele las preciosas flores que hay en los márgenes del camino, pero trátalas con afecto y cuidado, y no les maltrates los pétalos. Si amas con dulzura, incluso si no logras amar con constancia, serás digno de la que te está esperando al final del camino».

A Shannon le costó un momento poder hablar.

—Todo el mundo me ha dicho que quería ser poeta, pero que no tenía las palabras —apretó los labios—. Sin embargo, por lo que me cuentas me parece que sí las tenía.

—Las tenía cuando era importante —respondió Murphy quedamente—. Con frecuencia le hacían falta para sí mismo. Tom escondía una gran tristeza en los ojos que se hacía evidente cuando pensaba que uno no estaba observándolo.

Shannon bajó la mirada hacia sus manos. Eran las manos de su madre: estrechas, de dedos largos. Y tenía los ojos de Tom Concannon. ¿Qué más, se preguntó a sí misma, le habrían dado sus padres?

—¿Harías algo por mí, Murphy?

—Haría cualquier cosa por ti, Shannon.

Shannon lo sabía, pero en ese instante no se pudo permitir pensar en ello.

—¿Me llevarías a Loop Head?

Murphy se puso de pie y llevó los platos vacíos al fregadero.

—Vas a necesitar tu chaquetón, cariño, porque allí el viento sopla con fuerza.

Shannon se preguntó cuántas veces habría hecho ese viaje Tom Concannon, cuántas veces habría tomado esos angostos y sinuosos caminos que atravesaban los campos montañosos. Vio pocos cobertizos de piedra sin techo y una cabra que estaba atada con una cuerda y comía en un pastizal. Vio un letrero que estaba pintado a un lado de una edificación blanca que advertía que era la última parada antes de Nueva York para tomarse una cerveza. Casi la hizo sonreír.

Cuando Murphy aparcó la camioneta, Shannon sintió alivio al mirar a su alrededor y comprobar que nadie había decidido ir a ver los acantilados y el océano esa mañana. Estaban solos con el aullido del viento, las piedras dentadas y el sonido de las olas que golpeaban la roca constantemente. Y los susurros de los fantasmas.

Caminaron juntos por el sendero de tierra que atravesaba el alto pastizal y que conducía al borde de Irlanda. El viento la azotó, como un brazo poderoso que barrió las aguas oscuras y la salpicó de espuma. El sonido como de trueno era maravilloso. Al Norte podían verse los acantilados de Mohr y las todavía brumosas islas Aran.

—Aquí se conocieron. —Shannon entrelazó sus dedos con los de Murphy cuando él la tomó de la mano—. Mi madre me lo contó el día que entró en coma, me contó cómo se conocieron aquí. Hacía frío y llovía, y él estaba solo aquí. Se enamoró de él en este mismo lugar. Sabía que estaba casado y que tenía hijas. Sabía que estaba mal. Estuvo mal, Murphy. No puedo obligarme a sentir de otra forma.

—¿No te parece que ambos pagaron por el error?

—Sí, creo que ambos pagaron, una y otra vez. Pero eso no… —Se interrumpió, tranquilizó la voz—. Era más fácil cuando creía que él no la había amado realmente. Entonces no podía considerarlo un buen hombre, un padre que me habría amado si las cosas hubieran sido diferentes. Tuve uno que me amó —dijo con fiereza—. Y nunca me voy a olvidar de eso.

—El hecho de abrirle un poquito tu corazón al otro no implica amar menos al que te crió.

—Hace que me sienta desleal. —Shannon sacudió la cabeza antes de que Murphy pudiera decir nada y continuó hablando—. No importa que no sea lógico que piense así, porque así lo siento. No quiero los ojos de

Tom Concannon, no quiero su sangre, no quiero… —Se llevó una mano a la boca y permitió que las lágrimas rodaran libremente por sus mejillas—. Perdí algo el día que mi madre me confesó todo, Murphy. Perdí la imagen, la ilusión, el tranquilo y suave espejo que reflejaba a mi familia. Se ha hecho añicos, y ahora no tengo más que fragmentos y capas que se superponen cuando trato de poner las piezas juntas.

—¿Y ahora cómo te ves en él?

—Con trocitos sobre el todo, y con conexiones a las cuales no puedo darles la espalda. Y temo no poder volver a tener lo que tuve. —Con una expresión desolada en los ojos, Shannon se volvió para mirar a Murphy—. Mi madre perdió a su familia por mi culpa y tuvo que afrontar la vergüenza y el miedo de estar sola. Y por mi culpa se casó con un hombre al que no amaba. —Se secó las lágrimas con la palma de la mano—. Sé que con el tiempo se enamoró de él; un hijo sabe cuándo sus padres se quieren, es algo que se nota en el aire, de la misma manera que puede adivinar una discusión que los adultos piensan que le han escondido. Pero la verdad es que nunca olvidó a Tom Concannon, nunca lo sacó de su corazón, así como tampoco olvidó cómo se sintió cuando vino a estos acantilados y lo vio de pie bajo la lluvia.

—Y tú desearías que lo hubiera olvidado.

—Sí, desearía que lo hubiera olvidado. Y me odio a mí misma por ello. Porque sé que cuando lo deseo no estoy pensando en ella, ni en mi padre, sino en mí.

—Eres demasiado dura contigo misma, Shannon. Me duele que lo seas.

—No creo estar siéndolo. No te imaginas la vida tan fácil, tan casi perfecta que tenía antes. —Volvió a mirar de nuevo hacia el océano, y el viento le retiró el pelo de la cara—. Tuve unos padres que me dieron gusto en prácticamente todo lo que quise, que confiaban en mí y que me respetaban exactamente en el mismo grado en que me amaban. Querían que yo tuviera lo mejor y se encargaron de que lo consiguiera. Tuve siempre un buen hogar en un buen barrio y siempre fui a buenos colegios. Nunca tuve necesidad de anhelar nada, ni material ni emocionalmente. Me dieron unos cimientos sólidos y me permitieron hacer mis propias elecciones. Y ahora estoy enfadada porque hay un fallo que subyace a esos cimientos. Y la ira que siento es como despreciar todo lo que ambos hicieron por mí.

—Eso es una tontería, y ya es hora de que dejes de pensarlo. —La tomó con firmeza de los hombros—. ¿Acaso fue la ira la que te hizo venir aquí, adonde todo empezó, sabiendo que tendrías que afrontarlo? Sabes que Tom murió aquí, y sin embargo has venido a afrontar eso también, ¿no es cierto?

—Sí. Y duele.

—Ya lo sé, cariño. —La abrazó—. Sé que te duele. El corazón tiene que partirse un poquito para hacer espacio.

—Quiero entender. —Era tan reconfortante descansar la cabeza sobre el hombro de Murphy… Así, las lágrimas no la quemaban y la punzada de dolor que sentía en el corazón perdía intensidad—. Sería más fácil de aceptar si pudiera entender por qué todos escogieron como escogieron.

—Creo que entiendes más de lo que piensas. —Murphy se giró de tal manera que ambos quedaron mirando el océano de nuevo, el estruendo y la eterna sinfonía de las olas contra las rocas—. Esto es tan hermoso… El borde del mundo. —Le dio un beso en la cabeza—. Un día vendrás hasta aquí con tus óleos y pintarás lo que ves, lo que sientes.

—No sé si podré. Hay tantos fantasmas…

—Pintaste las piedras. Allí también hay fantasmas, y están tan cerca de ti como los que habitan este lugar.

Si ése era un día para ser valiente, Shannon se valdría por sí misma cuando le preguntara a Murphy. Entonces dio un paso atrás.

—El hombre y el caballo blanco. La mujer en el campo. Tú también los ves.

—Así es. Muy vagamente cuando era niño, más claramente después de encontrar el broche. Y todavía con mayor claridad después de verte en la cocina de Brianna y me miraras con esos ojos que yo ya conocía.

—Los ojos de Tom Concannon.

—Sabes a lo que me refiero, Shannon. Entonces eran fríos. Ya los había visto con esa expresión. Y también los había visto ardiendo de ira, y de lujuria. Y también llorando y riendo. Y nadando en visiones.

—Creo —empezó Shannon con cautela— que la gente puede ser susceptible a un lugar, a una atmósfera. Hay un montón de estudios… —Se interrumpió cuando Murphy le lanzó una mirada centelleante—. Está bien, está bien, dejemos la lógica a un lado por ahora. Sentí, siento, algo en el círculo de piedras. Algo extraño y familiar. Y he tenido sueños… Desde la primera noche que pasé en Irlanda.

—Lo que te desconcierta. A mí me pasó lo mismo durante un tiempo.

—Sí. Me desconcierta.

—Hay una tormenta —comentó Murphy, tratando de no apremiar a Shannon.

—Algunas veces. El rayo es frío, como una lanza de hielo arrojada contra el cielo, y el suelo está casi congelado por la escarcha; entonces se oyen los cascos del caballo galopando antes de que puedan verse él y el jinete.

—Y el viento hace ondear el pelo de la mujer mientras está esperando. Él la ve y su corazón empieza a latir con tanta fuerza como los cascos del caballo golpean contra el suelo.

Shannon cruzó los brazos y se volvió a mirar hacia el océano, pues era más fácil.

—Otras veces hay un fuego pequeño en una habitación oscura. Ella le está lavando la cara con un trapo. Él está delirando, ardiendo en una fiebre causada por sus heridas.

—Él sabe que está agonizando —continuó Murphy quedamente—, y lo único que lo une con la vida es la mano de ella y su olor, y el sonido de su voz mientras le susurra palabras de consuelo.

—Pero el hombre no muere. —Shannon respiró profundamente—. Los he visto haciendo el amor junto al fuego, en el círculo. Es como ver y ser poseída al mismo tiempo. Me levanto ardiendo, temblorosa y anhelándote. —Entonces se giró para mirarlo y Murphy vio en sus ojos una expresión que ya había visto antes, la furia ardiente—. No quiero esto.

—Dime qué he hecho para que tu corazón se vuelva contra mí.

—No es contra ti.

Pero Murphy la tomó de los brazos y la miró con insistencia.

—Dime qué he hecho.

—¡No sé! —le gritó Shannon; después, sorprendida por la amargura de su voz, lo abrazó con fuerza—. No sé. Y si de alguna manera lo sé, no te lo puedo decir. Éste no es mi mundo, Murphy. Para mí no es real.

—Pero estás temblando.

—No puedo hablar de esto. No quiero pensar en esto. Hace que todo sea incluso más absurdo e imposible de lo que ya es.

—Shannon…

—No —dijo, y lo besó con desesperación.

—Esto no siempre bastará para tranquilizarnos.

—Pero basta por ahora. Llévame de regreso, Murphy. Llévame de regreso y haremos que baste.

Las exigencias no la convencerían, Murphy lo sabía. No cuando estaba tan cerca de sus miedos. Impotente, le puso el brazo sobre los hombros y la guió de vuelta a la camioneta.

Gray vio la camioneta aproximarse cuando caminaba de regreso hacia el hotel, de modo que les hizo señas para que se detuvieran. En cuanto estuvo a la altura de la ventanilla de Shannon pudo sentir la tensión. Y pudo ver también, con toda facilidad y a pesar de que Shannon había hecho su mejor esfuerzo por disimularlo, que ella había estado llorando. Entonces le lanzó a Murphy una mirada severa, exactamente como la que un hermano le lanzaría a cualquiera que hubiera hecho infeliz a su hermana.

—Vengo de tu casa. Brianna empezó a preocuparse cuando os llamó pero nadie respondió.

—Hemos ido a dar un paseo —le dijo Shannon—. Le he pedido a Murphy que me lleve a Loop Head.

—Ah… —Eso explicaba un poco las cosas—. Brie tenía la esperanza de que pudiéramos ir a la galería. Todos juntos.

—Eso me gustaría. —Shannon pensó que el viaje le dispersaría los ánimos depresivos que amenazaban con apoderarse de ella—. ¿Podrías venir con nosotros? —le preguntó a Murphy.

—Tengo algunas cosas que hacer. —Sabía que la decepcionaría si inventaba excusas, y que de todas maneras era probable que ella no quisiera hablar con él en ese momento—. ¿Podríais esperarme una o dos horas?

—Por supuesto. Rogan ya está allí, así que vamos con Maggie y el monstruo. Ven cuando estés listo.

—Necesito cambiarme —dijo Shannon con rapidez. Ya estaba abriendo la puerta cuando se volvió a mirar a Murphy—. Te espero en el hotel, ¿te parece bien?

—Sí, está bien. Estaré allí en menos de dos horas —dijo, y asintió hacia Gray y continuó la marcha.

—¿Una mañana difícil? —preguntó Gray en un murmullo.

—En varios aspectos. No he sido capaz de hablarle de lo que va a pasar después. —O lo que había pasado antes, admitió para sí misma.

—¿Y qué va a pasar después?

—Tengo que volver, Gray. Debí haberme marchado hace una semana. —Shannon se inclinó hacia Gray cuando éste le pasó un brazo sobre los hombros y miró hacia el valle—. Mi trabajo no espera.

—Estás entre la espada y la pared. Yo mismo he estado así varias veces. No hay manera de escabullirse sin desgarrarse un poquito. —Le abrió la puerta del jardín y siguieron juntos por el camino hasta las escaleras que daban a la casa—. Si te preguntara qué quieres de la vida, de por vida, ¿serías capaz de responderme?

—No con tanta facilidad como lo habría hecho hace un mes. —Se sentó junto a Gray y examinó la dedalera y la aguileña, que se balanceaban al viento—. ¿Crees en visiones, Gray?

—Vaya, ése sí que es un cambio de tema.

—Sí, supongo que sí, y es una pregunta que nunca pensé hacerle a nadie. —Se giró y lo observó con atención—. Te lo pregunto porque eres norteamericano. —Cuando Gray sonrió, ella también lo hizo—. Sé cómo suena, pero déjame explicarte: has construido tu hogar aquí, en Irlanda, pero sigues siendo un yanqui. Te ganas la vida creando mundos ficticios, contando historias, pero lo haces con aparatos modernos. Tienes un fax en tu despacho.

—Sí, y es lo que marca la diferencia.

—Significa que eres un hombre actual, un hombre que mira hacia el futuro, que entiende la tecnología y la usa.

—Murphy tiene una ordeñadora de tecnología punta —anotó Gray—. Y su tractor nuevo también es de lo mejor que la última tecnología ha diseñado.

—Y todavía corta leña —terminó Shannon, sonriendo—. Y su sangre está llena de misticismo celta. No puedes decirme que una parte de él no cree todavía en hadas y duendes.

—Está bien: yo diría que Murphy es una fascinante combinación de la Irlanda antigua y la moderna. Entonces la pregunta que me quieres hacer es si yo creo en visiones... —Esperó un segundo—. Pues tengo que decir que sí, absolutamente.

—Ay, Grayson... —Frustrada, se levantó y bajó dos pasos hacia el camino, se dio la vuelta y regresó hacia Gray—. ¿Cómo puedes quedarte ahí sentado, con tus Nike y tu Rolex, y decirme que crees en visiones?

Gray se miró las deportivas.

—Me gustan las Nike y el reloj me da la hora bastante bien.

—Sabes perfectamente a qué me refiero. No vas a tener ningún problema al avanzar hacia el futuro, y, sin embargo, te quedas ahí tan tranquilo mientras me dices que crees en tonterías del siglo XV.

—No creo que sean tonterías, y no creo tampoco que sean asuntos exclusivos del siglo quince. Creo que toman sus raíces mucho antes, incluso, y que se van a seguir perpetuando muchos milenios más.

—Y probablemente también crees en fantasmas, en la reencarnación y en ranas que se convierten en príncipes.

—Pues sí. —Sonrió, la tomó de la mano y tiró de ella hasta hacer que se sentara de nuevo—. No deberías preguntar si la respuesta te va a enfadar. —Cuando ella refunfuñó, Gray empezó a jugar con sus dedos—. ¿Sabes?, cuando vine a esta parte de Irlanda no tenía intención de quedarme. Seis meses, tal vez, escribir el libro, hacer las maletas y adiós. Así trabajaba y vivía. Obviamente, Brianna es la razón primordial de haber cambiado ese estilo de vida. Pero también hubo otras razones. Reconocí este lugar.

—Ay, Gray —exclamó otra vez Shannon.

—Una mañana atravesé los campos y vi el círculo de piedras. Me fascinó y sentí un estremecimiento, un poder que no me sorprendió en lo más mínimo.

La mano de Shannon se tensionó en la de él.

—Estás hablando en serio…

—Así es. Cada vez que bajaba por ese camino, o conducía hasta los acantilados, atravesaba el pueblo o vagaba entre las ruinas y los cementerios, siempre me sentía conectado. Y nunca había sentido esa conexión con nadie ni con nada. No tuve visiones, pero supe que había estado aquí antes y que era mi destino regresar.

—¿Y esa sensación no te ponía la piel de gallina?

—Me asustaba hasta decir basta —contestó él alegremente—, tanto como me asustaba enamorarme de Brianna. ¿Qué te asusta a ti más, preciosa?

—No sé. He estado teniendo sueños.

—Eso nos dijiste hace un tiempo. ¿Esta vez sí me los vas a contar?

—Tengo que hablar con alguien —murmuró—. Cada vez que empiezo a hablarlo con Murphy me… aterrorizo, como si algo me atenazara. No soy una histérica, Gray, o una soñadora. Pero no he podido superar esto. —Empezó a describirle lentamente el primer sueño que tuvo, los detalles, las sensaciones, los sentimientos. Las palabras le salieron con facilidad, sin la opresión ardiente que sentía en la garganta y que se intensificaba cada vez que trataba de discutirlo con Murphy. Sin embargo, sabía que había más, alguna pieza, algún vínculo final que una parte de sí estaba bloqueando—. Murphy tiene el broche —concluyó—, el mismo que vi en sueños. Lo encontró en el círculo de piedras cuando era un niño, y me dijo que desde ese momento empezó a tener los mismos sueños.

Fascinado, y con una parte de su cerebro organizando los hechos y las imágenes fríamente para tejer la historia, Gray silbó.

—Caramba, qué fuerte.

—Ni que lo digas. Siento como si tuviera el peso de un hacha de cincuenta kilos sobre la nuca.

Gray entrecerró los ojos.

—He dicho fuerte, no aterrador. Y ciertamente no amenazante.

—Pues yo sí me siento amenazada, y no me gusta. No me gusta sentir que se me están entrometiendo en el inconsciente. Y esta espantosa sensación de que tengo que arreglar lo que haya ido mal entre ellos no concuerda mucho con la persona que soy. Gray, cuando veo a un mago desvanecerse entre una nube de humo, sé que es un truco. Puede que lo disfrute, que me entretenga lo que ha hecho, si ha estado bien, pero todo el tiempo soy completamente consciente de que hay una trampilla en el suelo y de que todo es una puesta en escena.

—Otra vez la espada y la pared, amiga mía. Lo lógico contra lo ilógico. La razón enfrentada a la emoción. ¿Has considerado sencillamente la posibilidad de relajarte y ver qué lado gana?

—He considerado buscar un terapeuta —murmuró Shannon—. Y me estoy diciendo que los sueños me abandonarán una vez que vuelva a Nueva York, una vez que regrese a la rutina a la cual estoy acostumbrada.

—Pero temes que no sea así.

—Sí, me asusta pensar que voy a seguir soñando lo mismo allí. Y me asusta mucho que Murphy no entienda por qué tengo que irme.

—¿Y tú lo entiendes? —le preguntó Gray quedamente.

—Lógicamente, sí. Y todavía lógicamente puedo entender mi conexión con este lugar. Con Murphy, con todos vosotros. Sé que voy a tener que volver aquí, que nunca voy a romper los lazos, ni quiero hacerlo. Y que la vida a la que voy a retornar nunca va a volver a ser ni remotamente parecida a la que tenía antes de venir. Pero no puedo arreglar los sueños, Gray, y no puedo quedarme aquí y dejar que mi vida naufrague. Ni siquiera por Murphy.

—¿Quieres un consejo?

Shannon levantó las manos y luego las dejó volver a caer, en señal de impotencia.

—Demonios, si me sirve, lo aceptaré.

—Considera con detenimiento aquello a lo que vas a volver y lo que estás dejando atrás. Haz una lista, si le ayuda a tu parte lógica. Y después de haber estudiado ambas listas, la una contra la otra, decide cuál de las dos pesa más.

—Es un consejo bastante corriente —reflexionó ella—. Pero no del todo malo. Gracias.

—Espera a que te mande la factura.

Shannon se rio y puso la cabeza sobre el hombro de Gray.

—De veras que te quiero.

—Igualmente —contestó él, azarado y complacido, y le dio un beso en la cabeza.

22

Shannon no habría podido estar más encantada con la galería Worldwide de Clare. Su estilo solariego era tanto impactante como digno. Los jardines, le contó Murphy a Shannon cuando se apeó de la camioneta para apreciarlos, los había diseñado Brianna.

—No los sembró ella —continuó él—, puesto que no había suficiente tiempo como para que viniera todos los días con su pala y sus macetas, pero dibujó la ubicación de hasta la última dalia y el último rosal.

—Otro proyecto familiar.

—Sí, así es. Rogan y Maggie trabajaron con el arquitecto en el diseño de la casa, y estuvieron al tanto de hasta el último detalle, por nimio que fuera. A veces se oían discusiones acaloradas —recordó mientras tomaba a Shannon de la mano y Gray aparcaba junto a la camioneta—. Es un trabajo de amor para ellos.

Shannon observó los coches que estaban aparcados en el parking.

—Parece que les va bastante bien.

—El presidente de Irlanda ha estado aquí. —Se adivinaba asombro en su voz, igual que orgullo—. Dos veces. Y compró una de las piezas de Maggie, y también otras cosas. No es cualquier cosa coger un sueño y convertirlo en una realidad que se sostiene firmemente.

—No. —Shannon entendió lo que subyacía a las palabras de Murphy, así que se sintió agradecida cuando Brianna y los demás se les unieron.

—Mantén las manos dentro de tus bolsillos, Liam Sweeney —le advirtió Maggie a su hijo—, o de lo contrario te voy a esposar a una mesa. —Sin confiar en la eficacia de la amenaza, Maggie prefirió cargar al niño—. ¿Qué te parece, Shannon?

—Creo que es una hermosura, y tan imponente como la de Nueva York o la de Dublín.

—Éste es un hogar —dijo sencillamente Maggie, y llevó a Liam hacia la entrada.

Shannon percibió la fragancia de las rosas, el perfume embriagador de las peonías, el olor a césped recién cortado, tan espeso como el terciopelo. Cuando entró, se dio cuenta de que, verdaderamente, era un hogar. Estaba amueblada con cuidado y tenía la gracia acogedora de la elegancia.

De una de las paredes del vestíbulo principal colgaban hábiles retratos a lápiz que celebraban el rostro y los estados de ánimo de la gente de Irlanda. En la sala delantera se encontraban acuarelas de ensueño que combinaban a la perfección con el diván curvo y los tonos sosegados del recinto. También había esculturas, el incomparable vidrio de Maggie, un busto de una mujer joven tallado en alabastro y pequeños elfos sabios representados en madera lustrosa. Una alfombra tejida a mano en tonos azules decoraba el suelo y un cubrecama grueso se extendía por el respaldo del sofá. Y como último detalle, varias vasijas de vidrio brillante y cerámica cocida estaban dispersas por el lugar, llenas de flores frescas, cortadas esa misma mañana.

A Shannon el corazón le dio un vuelco cuando vio una de sus pinturas colgada en la pared. Pasmada, caminó hacia la acuarela de Brianna sin quitarle los ojos de encima.

—Estoy tan orgullosa de que esté aquí —le dijo Brianna, que se paró junto a ella—. Maggie me dijo que Rogan había colgado tres, pero no que éste había sido uno de los escogidos.

—¿Tres? —Algo empezó a dispersarse por el pecho de Shannon, haciendo que el corazón le latiera tan rápido que era incómodo.

Maggie se les acercó mientras luchaba con Liam, que quería bajarse.

—Primero había decidido colgar sólo *El baile*, pero finalmente cambió de opinión y colgó las otras dos pinturas; las va a dejar unos días, para tentar a los clientes. Así empezarán a imaginarse cómo será tu exposición de otoño y comenzará el cuchicheo. Incluso ya tiene una oferta por *El baile*.

—¿Una oferta? —En ese instante, lo que estuviera extendiéndosele por dentro empezó a reptarle garganta arriba—. ¿Alguien quiere comprarlo?

—Creo que dijo dos mil libras. O tal vez tres mil. —Se encogió de hombros cuando Shannon se quedó mirándola fijamente—. Por supuesto, él quiere el doble.

—¿El doble?…. —Se atragantó, y después, casi segura de que había entendido la broma, sacudió la cabeza—. Casi me engañas.

—Rogan es codicioso —dijo Maggie con una sonrisa—. Le repito una y otra vez que pide unos precios estrafalarios y a él le encanta demostrar que me equivoco cuando logra que le paguen lo que pide. Si quiere seis mil libras, seguro que las consigue, te lo prometo. —La parte lógica de Shannon hizo la conversión a dólares y consignó la cifra en su cuenta bancaria. La artista que había en ella estaba de duelo y azorada—. Muy bien, chico —le dijo Maggie a su hijo, que se retorcía entre sus brazos—, es el turno de tu padre —afirmó, y salió a buscar a Rogan dejando a Shannon mirando el cuadro.

—Cuando vendí el potro —empezó Murphy en tono quedo—, se me partió el corazón. Verás, era mío. —Sonrió cuando Shannon se volvió a mirarlo—. Estuve en su nacimiento y lo cuidé hasta que amamantó por primera vez, lo entrené para que caminara y me preocupé cuando se lastimó la rodilla. Pero tenía que venderlo, y desde el principio lo sabía. Uno no puede estar en el negocio de los caballos sin hacer negocios. Sin embargo, se me partió el corazón.

—Nunca he vendido nada de lo que he pintado. He regalado algunos de mis cuadros, pero no es lo mismo. —Suspiró profundamente—. No sabía que podía sentirme de esta manera. Emocionada, abrumada e increíblemente triste.

—Puede que te ayude saber que Gray ya le advirtió a Rogan que lo desollaría vivo si le vende tu *Brianna* a alguien que no sea él.

—Se lo habría regalado.

Murphy se inclinó muy cerca de ella y le susurró al oído:

—Habla más bajo, porque no es bueno que Rogan te escuche.

Entonces Shannon se rio y permitió que Murphy la tomara de la mano y la llevara a la siguiente sala.

Les costó más de una hora persuadir a Shannon de que subiera al segundo piso. Había demasiadas cosas para ver, para admirar y para desear. Lo primero que vio en la primera sala de arriba fue un largo y sinuoso fluido de vidrio que recordaba la forma de un dragón. Shannon vio las alas desplegadas, su brillo iridiscente, la curva del cuello, el giro fiero de la cabeza y el movimiento de la cola.

—Lo necesito. —Con un gesto posesivo, Shannon pasó un dedo a lo largo del cuerpo serpentino. Era una obra de Maggie, por supuesto. No tuvo que ver las iniciales M. M. talladas bajo la base de la cola para saberlo.

—Déjame que te lo compre.

—No. —Shannon contestó con firmeza mientras se volvía a mirar a Murphy—. Durante más de un año he querido tener una pieza suya y sé exactamente lo que Rogan pide por su obra. Ahora puedo comprarle una. Bueno, a duras penas. Pero es en serio, Murphy.

—Pero aceptaste los pendientes. —Y los llevaba puestos, notó él con placer.

—Ya lo sé, y es muy dulce por tu parte que te hayas ofrecido a comprármela. Pero esto es importante para mí, comprar algo de mi hermana por mis propios medios.

La expresión testaruda que se había posado en los ojos de Murphy se desvaneció.

—Si así es la cosa, me alegra.

—A mí también. Me alegra mucho —dijo, y curvó los labios cuando él se inclinó para besarla.

—Perdón —dijo Rogan desde el umbral de la puerta—. ¿Os interrumpo?

—No. —Shannon se dirigió hacia él con los brazos extendidos—. No puedo expresarte cómo me siento al ver mi trabajo aquí. Es algo que nunca se me cruzó por la cabeza. Algo que mi madre siempre quiso. Gracias. —Shannon mantuvo las manos de Rogan entre las suyas mientras le daba un beso—. Gracias por hacer realidad el sueño de mi madre.

—Es más que un placer para mí. Y estoy seguro de que seguirá siendo así, para los dos, durante muchos años más. —Al ver la vacilación de Shannon, Rogan la contrarrestó—. Brianna está en la cocina. Es casi imposible sacarla de allí. ¿Queréis tomar el té con nosotros?

—Apenas acabo de empezar esta planta, y, de hecho, quisiera hablar contigo un momento.

—Aquí estás, Rogan. —Con una sonrisa engreída dibujada en el rostro, Maggie entró en la sala—. He dejado a Liam con Gray. Le he dicho que es una buena práctica para cuando Kayla aprenda a caminar y no deje de correr de un lado al otro. —Enganchó el brazo con el de su marido—. Brianna ya ha terminado de preparar el té y, Dios la bendiga, se le ha ocurrido traer de casa una lata de galletas horneadas por ella.

—Ya vamos —repuso, dándole una palmada ausente en la mano—. ¿Quieres que hablemos en mi oficina, Shannon?

—No, no es necesario. Quisiera hablar sobre el dragón.

Rogan no necesitó que Shannon señalara la escultura.

—Es el *Aliento de fuego* de Maggie —dijo asintiendo con la cabeza—. Una pieza excepcional.

—Por supuesto que lo es —resopló Maggie—. Trabajé como una mula en ella. La empecé tres veces antes de que finalmente saliera bien.

—La quiero comprar. —Shannon era una excelente negociadora, había regateado con los mejores comerciantes en el distrito de los diamantes, en las pequeñas galerías del Soho. Pero, en este caso, sus habilidades no tenían posibilidades frente al deseo craso—. Quisiera comprarla y que hicieras los arreglos necesarios para que me la manden a casa, a Nueva York.

Nadie, salvo Maggie, notó que de repente Murphy se había quedado paralizado.

—Ya veo… —Considerando la proposición, Rogan no le quitó los ojos de la cara a Shannon—. Es uno de sus trabajos más especiales.

—Sin discusión. Te puedo extender el cheque ya mismo.

Maggie dejó de mirar a Murphy y dispuso sus hombros para la batalla.

—Rogan, no voy a permitir que…

A Shannon le divirtió ver a Maggie guardar silencio cuando Rogan levantó una mano.

—Los artistas tienden a sentir apego sentimental hacia su obra —dijo tranquilamente mientras su esposa lo miraba fijamente—. Y ésa es la razón por la cual necesitan un socio, alguien que tenga cabeza para los negocios.

—Cabeza de chorlito —murmuró Maggie—. Sanguijuela. Malditos contratos. Me hace firmar contratos como si no le hubiera dado un hijo y llevara otro en el vientre.

Rogan le lanzó una corta mirada.

—¿Has terminado? —le preguntó, pero continuó antes de que Maggie pudiera insultarlo—. Como socio de Maggie hablo en su nombre cuando te digo que nos encantaría que la recibieras como un regalo.

Y mientras Shannon empezaba a protestar, Maggie empezó a balbucear por el asombro.

—Rogan Sweeney, nunca jamás esperé oír tales palabras salir de tu boca. —Y después de una explosión de risa, tomó la cara de su marido entre sus dos manos y lo besó largamente y con fuerza—. Te amo. —Todavía sonriendo, se dirigió a Shannon—. No te atrevas a discutir —le ordenó—. Éste es un momento de gran orgullo y perplejidad para mí por el hombre con el que me casé. Así que daos un apretón de manos para cerrar el trato antes de que vuelva a su habitual y codicioso estado mental.

Atrapada por la bondad, Shannon obedeció.

—Es muy generoso de vuestra parte, gracias. Supongo que ahora sí puedo tomarme ese té y regodearme, antes de terminar la visita a la galería.

—Te acompaño abajo. ¿Maggie, Murphy?

—Nosotros bajamos en un momento. —Maggie le lanzó a Murphy una señal rápida y silenciosa y después esperó a que el sonido de los pasos se hubiera desvanecido. Pensó que lo mejor era no decir nada por un instante y sencillamente abrazar con fuerza a su amigo—. Shannon no se dio cuenta de lo que estaba diciendo —dijo ella finalmente—, sobre lo de mandar la pieza a Nueva York.

Ésa era la peor parte, pensó él, y cerró los ojos, tratando de absorber el dolor sordo y abrumador.

—Porque es automático en ella. Pensar en la partida.

—Tú quieres que se quede. Entonces tienes que luchar por ella.

Murphy empuñó las manos tras la espalda de Maggie. Podría luchar si el adversario fuera de carne y hueso. Pero era intangible, y tan elusivo como los fantasmas. Un lugar, una perspectiva, una vida que no podía ni siquiera imaginarse.

—No he terminado todavía —dijo Murphy quedamente, pero con un ardor subyacente que le dio esperanza a Maggie—. Y por Dios que ella tampoco.

Murphy no le preguntó a Shannon si quería volver a la granja con él, simplemente condujo hasta allá. Cuando se apearon de la camioneta, no la llevó a la casa, sino que la rodeó.

—Tienes que hacer algo con los animales.

Shannon bajó la mirada hacia sus zapatos. No llevaba puestas las botas, sino los zapatos que ella sabía que usaba sólo cuando iba a la iglesia o al pueblo.

—Después.

Murphy estaba distraído. Shannon lo había percibido durante el regreso desde Ennistymon. Le preocupaba que él estuviera todavía rumiando las palabras que se habían dicho en Loop Head. Había un reflejo testarudo bajo esas aguas mansas, así como había una intensa onda de pasión que ardía siempre bajo la superficie. El pánico estaba ya abriéndose paso dentro de ella ante la idea de que Murphy insistiera en que hablaran de los sueños otra vez.

—Murphy, es evidente que estás molesto. ¿No podemos dejar de lado todo esto?

—Ya he apartado esto durante demasiado tiempo —contestó, observando a sus caballos pastar.

Tenía un cliente para el potro zaino, que estaba erguido tan orgullosamente en ese momento. Y sabía que tenía que renunciar a él.

Pero hay cosas a las cuales un hombre nunca puede renunciar.

Murphy sintió los nervios en la mano de Shannon, la tensión que hacía que toda ella se pusiera rígida mientras él la llevaba hacia el círculo de piedras. Al llegar, la soltó y la miró de frente sin tocarla.

—Tenía que ser aquí. Lo sabes.

Aunque el corazón le estaba temblando, Shannon le sostuvo la mirada.

—No entiendo qué quieres decir.

Murphy no tenía un anillo. Sabía lo que quería para ella: un anillo de Claddagh, con las dos manos agarrando un corazón con una corona sobre él. Pero, por ahora, sólo se tenía a sí mismo.

—Te amo, Shannon, tanto como un hombre puede amar. Te lo digo aquí, sobre tierra santa, mientras el sol resplandece entre las piedras. —En ese instante, el corazón de Shannon se estremeció, tanto por amor como por nervios. Pudo ver lo que reflejaban los ojos del hombre y sacudió la cabeza, sabiendo de antemano que nada podría detenerlo—. Te estoy pidiendo que te cases conmigo. Que me permitas compartir mi vida y que compartas la tuya. Y te lo pido aquí, sobre tierra santa, mientras el sol resplandece entre las piedras.

Las emociones fluyeron dentro de ella, de tal manera que pensó que podría ahogarse dentro de ellas.

—No me lo pidas, Murphy.

—Ya te lo he pedido. Y no me has contestado.

—No puedo. No puedo hacer lo que me pides.

Los ojos de él centellearon, la ira y el dolor, como hermanos gemelos, se abrieron paso dentro de su cuerpo.

—Puedes hacer cualquier cosa que escojas hacer. Di más bien que no lo harás, y sé honesta.

—Está bien: no lo haré. Y he sido honesta contigo, desde el principio.

—No más conmigo de lo que lo has sido contigo —le espetó él. Estaba sangrando por cien heridas y no podía hacer nada para evitarlo.

—Lo he sido. —Shannon sólo podía afrontar ira con ira y dolor con dolor—. Te he dicho todo el tiempo que no había cortejo, que no había futuro, y nunca pretendí que fuera al contrario. Dormí contigo —dijo, con la voz subiendo de tono por el pánico— porque te deseaba, pero eso no significa que vaya a cambiar todo por ti.

—Me dijiste que me amabas.

—Y te amo —respondió llena de furia—. Nunca he amado a nadie como te amo a ti, pero no es suficiente.

—Para mí es más que suficiente.

—Pues no para mí. No soy como tú, Murphy. No soy como Brianna, ni como Maggie. —Se dio la vuelta, luchando contra la necesidad de golpear las piedras hasta que le sangraran los puños—. Voy a recuperar lo que me quitaron cuando mi madre me dijo la verdad sobre mí. Voy a retomarlo todo. Tengo una vida. —Con los ojos oscuros y agitados volvió a mirarlo—. ¿Acaso crees que no sé lo que quieres? Vi la expresión de tu rostro cuando entraste esta mañana en la cocina y descubriste que te estaba preparando el desayuno. Eso es lo que quieres, Murphy, una mujer que cuide de tu casa, que te reciba en su cama, que te dé hijos y siga contenta año tras año con los jardines y la vista del valle con sus árboles.

Shannon lo hirió en lo más profundo de lo que era él.

—¿Y ese tipo de cosas están por debajo de las mujeres como tú?

—No son para mí —contestó ella, rehusando permitir que las palabras amargas de Murphy la hirieran—. Tengo una carrera que he abandonado ya durante demasiado tiempo. Tengo un país, una ciudad, un hogar al cual regresar.

—Tienes un hogar aquí.

—Tengo familia aquí —le contestó ella con cautela—. Tengo personas aquí que significan muchísimo para mí, pero eso no significa que tenga un hogar en Irlanda.

—¿Qué lo impide? —le preguntó Murphy en tono exigente—. ¿Qué te lo impide? ¿Crees que te quiero para que me cocines todos los días y me laves las camisas sucias? Déjame decirte que llevo años haciéndolo yo mismo y me ha ido bastante bien, y puedo seguir haciéndolo sin problema. Me importa un bledo si nunca levantas una mano para ayudar. Puedo contratar a una empleada para que haga las labores domésticas, si de eso se trata. No soy un hombre pobre. Tienes una carrera, ¿quién te está pidiendo que la abandones? Podrías pintar desde el amanecer hasta el anochecer y yo sólo podría estar orgulloso de ti.

—No me estás entendiendo.

—No, no te estoy entendiendo. No entiendo cómo puedes decir que me amas, saber que yo te amo a ti y, sin embargo, decidir marcharte lejos de mí. ¿Qué acuerdos quieres que hagamos? Sólo tienes que decírmelo.

—¿Qué acuerdos? —Shannon gritó, porque la fuerza de su necesidad le estaba estrujando el corazón—. No hay ningún acuerdo, Murphy. No estamos hablando de hacer algunos ajustes, no es cuestión de mudarnos a una casa nueva, o mudarnos a otra ciudad. Estamos hablando de continentes diferentes, de mundos diferentes. Y de la inmensidad del espacio que hay entre el tuyo y el mío. No se trata de organizar las agendas para compartir las tareas. Es renunciar a un estilo de vida por algo totalmente diferente. Nada cambia para ti, en cambio todo cambia para mí. Es pedirme demasiado.

—Estamos destinados el uno al otro, Shannon. Te estás cegando ante esa realidad.

—Me importan un comino los sueños, los fantasmas y los espíritus que no pueden descansar en paz. Ésta soy yo, en carne y hueso —repuso ella, desesperada por convencerlo a él y por convencerse a sí misma—. Estamos en el aquí y el ahora. Te doy todo lo que puedo, y no quiero lastimarte, pero cuando me pides más, es la única opción que tengo.

—La única opción que ves. —Dio un paso atrás. La expresión de sus ojos era gélida, aunque se adivinaba la tormenta que se había desatado detrás del azul glacial—. Me estás diciendo que te vas a ir, aun sabiendo que al fin nos hemos encontrado, aun sabiendo lo que sientes por mí. A pesar de todo, ¿te vas a Nueva York y crees que vas a vivir feliz sin lo que se te presenta aquí?

—Voy a vivir como tenga que hacerlo, como sé hacerlo.

—Estás conteniendo tu corazón, alejándolo de mí, y es cruel de tu parte.

—¿Estoy siendo cruel? ¿Acaso crees que tú no me haces daño al ponerte frente a mí y exigirme que escoja entre mi mano derecha y mi mano izquierda? —De repente, Shannon se sintió congelada, y entonces se abrazó a sí misma—. Es tan fácil para ti, Murphy, maldito seas... No tienes que arriesgar nada y no tienes nada que perder. Maldito —repitió, y sus ojos reflejaron una expresión amarga y lanzaron chispas, y no parecían del todo ser sus ojos—. Tú tampoco vas a encontrar la paz, igual que yo.

Con las palabras picándole todavía en la lengua, Shannon se dio la vuelta y empezó a correr. El zumbido que escuchaba en los oídos era ira, estaba segura de ello. El mareo intensificaba las emociones. Y el dolor de su corazón era la combinación de ambas cosas. Shannon sintió como si alguien estuviera corriendo con ella, dentro de ella, alguien tan desesperadamente infeliz como ella, igual de amargamente desilusionada.

Corrió como nunca a través de los campos y no se detuvo ni siquiera cuando llegó al jardín del hotel y el perro, adormilado, dio un salto para saludarla, ni siquiera cuando entró como una tromba en la cocina y una anonadada Brianna la llamó por su nombre. No detuvo su carrera sino hasta que estuvo dentro de su habitación, sola, sin tener adónde más correr.

Brianna esperó una hora antes de llamar suavemente a la puerta de Shannon. Esperaba encontrarla llorando, o durmiendo después de haber llorado amargamente. El fugaz instante en que había podido verle la cara cuando había entrado y salido de la cocina había sido suficiente para adivinar en ella ira y tristeza profundas.

Pero cuando abrió la puerta no encontró a Shannon llorando. La encontró pintando.

—Se está yendo la luz. —Shannon no se molestó en apartar la mirada del lienzo. Los movimientos de su pincel eran apasionados, frenéticos—. Necesito lámparas. Necesito tener luz.

—Por supuesto. Ya te traigo unas. —Brianna se detuvo un momento junto a su hermana. No fue un rostro de dolor lo que vio, sino el de alguien a punto de perder la razón—. Shannon…

—No puedo hablar ahora. Tengo que hacer esto, tengo que quitármelo de encima de una vez por todas. Necesito más luz, Brie.

—Está bien. Ya me encargo —dijo, y cerró la puerta con rapidez detrás de sí.

Shannon pintó toda la noche. Nunca había hecho algo así. Nunca había necesitado hacerlo, ni le había importado lo suficiente. Pero ahora lo necesitaba. Era bien entrada la mañana cuando se detuvo; tenía las manos acalambradas y en blanco la mente, y le ardían los ojos. No había tocado la bandeja que Brianna le había llevado en algún momento de la noche, ni le interesaba la comida en ese momento.

Sin mirar el óleo finalizado, metió los pinceles en un frasco con trementina y después se tumbó en la cama todavía completamente vestida.

Y era casi de noche de nuevo cuando se despertó, todavía un poco aturdida. Esta vez no había soñado nada, o por lo menos nada que pudiera recordar. Sólo se había adentrado en un sueño profundo y exhausto que la dejó reseca y débil. Mecánicamente, se quitó la ropa, se dio un baño y se vistió con ropa limpia. Ni una vez se volvió a mirar el cuadro que la había obligado a pintarlo en una sola noche desesperada. En cambio, levantó la bandeja intacta y salió de la habitación.

Vio a Brianna en el vestíbulo, despidiéndose con la mano de unos huéspedes que acababan de salir. Pasó junto a ella sin decir nada y se dirigió a la cocina, donde dejó la bandeja sobre la mesa y se dispuso a calentar el café que Brianna le había preparado hacía horas.

—Deja. Mejor te preparo otro café —le ofreció Brianna cuando entró en la cocina.

—No te preocupes, éste está bien. —Con una mueca parecida a una sonrisa, Shannon levantó la taza—. En serio. Lamento haber desperdiciado la comida.

—No importa. Pero ven, te preparo algo, Shannon. No has comido nada desde ayer. Y estás pálida.

—Creo que me vendría bien —dijo, y puesto que no tenía energía para hacer nada más, se dirigió a la mesa y se sentó en una de las sillas.

—¿Tuviste un altercado con Murphy?

—Sí y no. No quiero hablar al respecto por ahora.

Brianna se dio la vuelta y prendió la cocina para calentar el guiso antes de dirigirse al refrigerador.

—Entonces no te voy a presionar. ¿Has terminado tu cuadro?

—Sí. —Shannon cerró los ojos. Pero había más cosas que debía terminar—. Brie, me gustaría ver las cartas ahora. Necesito verlas.

—Después de que comas —le contestó Brianna mientras cortaba un par de rebanadas de pan para hacerle un sándwich—. Si no te importa, quisiera llamar a Maggie. Creo que debemos hacer esto las tres juntas.

—Sí. —Shannon puso a un lado la taza—. Debemos hacer esto juntas.

23

Fue difícil ver las tres finas cartas amarradas con una cinta roja desteñida. Sólo un hombre sentimental, reflexionó Shannon, ataría las cartas de una mujer, tan pocas cartas, con una cinta a la que el tiempo le quitaría el color.

Shannon no pidió brandy, pero agradeció que Brianna le pusiera una copa junto al codo. Estaban sentadas en la sala del hotel, las tres, y Gray se había llevado a Kayla a casa de Maggie.

Todo estaba muy silencioso.

Junto a la lámpara encendida, puesto que el sol se estaba poniendo, Shannon hizo acopio de todo su valor y abrió la primera carta.

La letra de su madre no había cambiado. Lo notó de inmediato. Siempre había sido ordenada, femenina y, de alguna manera, ahorrativa.

Mi querido Tommy.

«Tommy», pensó Shannon, mirando la línea. Lo había llamado Tommy cuando le había escrito, y Tommy cuando le había hablado de él a su hija por primera y última vez.

Pero Shannon pensó en él como Tom. Tom Concannon, que le había dejado los ojos verdes y algo de su color de pelo. Tom Concannon, que no había sido un buen granjero, pero sí un buen padre. Un hombre que había traicionado sus votos y a su esposa al amar a otra mujer…, a quien le había permitido marcharse. Que había querido ser un poeta y hacer una fortuna, pero que había muerto sin haber conseguido ninguna de las dos cosas.

Siguió leyendo, y no tuvo otra opción que escuchar la voz de su madre, y el amor y la bondad que se desprendía de ella. Sin arrepentimientos. Shannon no pudo encontrar ningún arrepentimiento en las palabras, que hablaban de amor y de deber y de la complejidad de las elecciones. Estaban llenas de anhelo, sí, y de recuerdos, pero sin disculpas.

Siempre tuya, la había terminado. *Siempre tuya, Amanda.*

Con todo el cuidado, Shannon volvió a doblar la primera carta.

—Mi madre me dijo que él le había escrito, pero no pude encontrar ninguna carta entre sus cosas.

—Seguramente no las conservó —murmuró Brianna—, por respeto a su marido. Su lealtad y su amor eran para él.

—Sí.

Shannon quería creer que así había sido. Cuando un hombre ha dado todo de sí durante más de veinticinco años, no merece nada menos.

Abrió la segunda carta. Empezaba y terminaba de la misma manera que la primera carta, pero entre líneas había pistas de algo más que recuerdos de un amor prohibido y fugaz.

—Sabía que estaba embarazada —pudo decir Shannon con esfuerzo—. Cuando mi madre escribió esta carta, ya lo sabía. Había estado asustada, incluso desesperada. Tenía que haberlo estado. Pero escribió con calma, no quería que él se diera cuenta, ni siquiera que adivinara.

Maggie cogió la carta después de que Shannon la hubiera doblado de nuevo.

—Tal vez necesitaba tiempo para pensar sobre lo que haría, sobre lo que podía hacer. Su familia, según lo que descubrió el detective que contrató Rogan, no la apoyó.

—No. Cuando se lo contó, insistieron en que se fuera y me diera en adopción después del parto, para evitar el escándalo. Pero ella no quiso.

—Quería tenerte.

—Sí, me quería.

Shannon abrió la última carta, y le partió el corazón leerla. ¿Cómo podía haber alegría en tal situación?, se preguntó. Sin importar cuánta ansiedad y cuánto miedo pudiera leer entre líneas, era indudable que las palabras estaban cargadas de felicidad. Incluso más: había un rechazo a la vergüenza, a lo que se esperaba para una mujer soltera que llevaba en el vientre el hijo de un hombre casado.

Era evidente que su madre ya había hecho una elección cuando escribió la carta. Su familia la había amenazado con desheredarla, pero no le había importado. Había arriesgado eso y todo lo que había conocido hasta el momento por una oportunidad, por el hijo que llevaba en su seno.

—Le dijo que no estaba sola —a Shannon le tembló la voz—, pero era mentira. Sí estaba sola. Mi madre tuvo que irse al Norte y buscar trabajo, porque su familia le retiró los afectos y le quitó el dinero que tenía. Se quedó sin nada.

—Te tenía a ti —la corrigió Brianna—. Y eso era lo que ella más quería. Eso fue lo que escogió.

—Pero nunca le pidió a Tom que fuera a buscarla, ni le pidió que le permitiera volver a él. Nunca le dio una posibilidad, simplemente le dijo que estaba embarazada y que lo amaba y que se iba lejos.

—Sí le dio una posibilidad. —Maggie le puso una mano sobre el hombro a Shannon—. Le dio la posibilidad de ser un padre para las hijas que ya tenía, y de saber que tendría otra a quien amarían y cuidarían. Tal vez le quitó de las manos la posibilidad de tomar la decisión, una decisión que lo iba a dividir en dos, sin importar qué escogiera. Yo creo que lo hizo por él, por ti e, incluso, por ella misma.

—Nunca dejó de amarlo. —De nuevo, dobló la última carta—. Incluso a pesar de todo lo que amó a mi padre, nunca dejó de amarlo a él también. Estuvo presente en su corazón antes de morir, de la misma manera que ella estaba en el de él en el momento de su muerte. Ambos perdieron lo que muchas personas nunca encuentran.

—No podemos saber lo que habría podido ser. —Brianna ató de nuevo el lazo con ternura alrededor de las cartas—. O cambiar lo que se perdió o lo que se encontró. Pero ¿no crees, Shannon, que hemos hecho lo mejor que podemos por ellos? Estar aquí, construyendo una familia con su familia. Convirtiéndonos en hermanas al ser sus hijas.

—Me gustaría pensar que mi madre sabe que no estoy enfadada. Y que estoy empezando a entender. —Se sentía tanta paz, notó Shannon, al comprender—. Si Tom hubiera estado vivo cuando vine aquí, habría tratado de encariñarme con él.

—Puedes estar segura de ello. —Maggie le dio un apretón en el hombro a Shannon.

—Lo estoy —comprendió Shannon—. En este momento es de lo único de lo que estoy segura.

Un creciente desánimo empezó a embargarla en cuanto se puso de pie. Brianna la imitó enseguida, y le extendió las cartas.

—Estas cartas son tuyas. Tu madre habría querido que tú las tuvieras.

—Gracias. —El papel se notaba tan fino entre sus manos, tan frágil. Y tan preciado—. Las voy a guardar yo, pero son de las tres. Necesito pensar.

—Toma tu brandy. —Brianna levantó la copa y se la ofreció—. Y date un baño caliente. Ambas cosas te apaciguarán el cuerpo, la mente y el espíritu.

Era un buen consejo, y Shannon tenía la intención de seguirlo al pie de la letra. Pero cuando entró en su habitación, hizo la copa a un lado. El cuadro le llamó poderosamente la atención, y encendió las lámparas antes de dirigirse a él.

Examinó al hombre que estaba montado sobre el caballo blanco, a la mujer. El destello del cobre y una espada. Una capa ondeando, un azote de pelo castaño al viento.

Pero en el cuadro había más, mucho más. Suficiente como para que Shannon sintiera la necesidad de sentarse con cuidado en el borde de la cama mientras su mirada quedaba adherida fijamente al lienzo. Sabía que cada pincelada había salido de su interior. Sin embargo, le parecía imposible que hubiera sido capaz de hacer un trabajo como aquél.

Había convertido en realidad una visión. Estaba destinada a hacerlo desde siempre. Con un suspiro tembloroso, cerró los ojos y espero hasta que estuvo segura, hasta que pudo ver dentro de ella con tanta claridad como había visto a las personas a las que les había dado la vida a base de pincel y óleo.

Era tan fácil, se dijo. No era nada complicado. Había sido la lógica la que lo había complicado todo. Pero ahora, incluso con lógica, todo era muy sencillo.

Tenía que hacer varias llamadas, pensó, de modo que levantó el auricular del teléfono para terminar lo que había empezado cuando había puesto por primera vez un pie en Irlanda.

Shannon esperó a que fuera de mañana para ir a ver a Murphy. El guerrero había abandonado a la sabia mujer por la mañana, así que lo correcto era que el círculo se cerrara en el mismo momento del día.

Nunca se le cruzó por la mente que no estaría cuando lo fuera a buscar y que en cambio estuviera en el círculo de piedras, con el broche en la mano y la neblina flotando a su alrededor como el aliento de los fantasmas sobre el pasto.

Murphy levantó la cabeza cuando la oyó acercarse. Ella pudo ver la expresión de sorpresa reflejada en su rostro, el anhelo, antes de que se cerrara a ella... Una faceta que Shannon no conocía de él.

—Pensé que era posible que vinieras. —La voz de Murphy no sonó fría, no pudo lograrlo—. Iba a dejarte el broche en este lugar, pero ya que estás aquí, te lo puedo dar personalmente. Y después quiero preguntarte si escucharías lo que tengo que decirte.

Shannon tomó el broche y ya no la sorprendió ni le dio miedo cuando pareció vibrar en la palma de su mano.

—Te he traído algo. —Le ofreció el cuadro, que estaba envuelto en papel grueso, pero Murphy no intentó cogerlo—. Una vez me preguntaste si te pintaría algo, algo que me recordara a ti. Pues bien: lo he hecho.

—¿Como regalo de despedida? —Finalmente cogió el paquete, pero dio dos pasos atrás y lo recostó contra una piedra, sin abrirlo—. No servirá de nada, Shannon.

—Deberías verlo.

—Ya tendré tiempo después de que te diga lo que tengo en mente.

—Estás enojado, Murphy. Me gustaría...

—Pues claro que estoy enojado. Enojado contigo y conmigo mismo. Somos unos completos idiotas. Ahora guarda silencio —le ordenó— y déjame decir esto a mi manera. Tenías razón con respecto a algunas cosas, y yo estaba equivocado con respecto a otras. Pero no me equivoqué cuando dije que nos amamos y que estamos destinados el uno al otro. He estado pensado sobre esto casi las dos noches pasadas completas y me he dado cuenta de que te pedí más de lo que tengo derecho a pedirte. Hay otra manera que no había considerado, que no había querido ver de frente, porque era más fácil obviarla.

—Yo también he estado pensando. —Se le acercó, pero él se alejó hacia atrás sin dudarlo.

—¿Podrías esperar un maldito minuto y dejarme terminar? Me voy contigo.

—¿Qué?

—Me voy contigo a Nueva York. Si necesitas más tiempo de cortejo… o como te dé la gana llamarlo, pues te lo doy. Pero al final te vas a casar conmigo, y no vas a cometer un error. No voy a transigir en ese acuerdo.

—¿Acuerdo? —Asombrada, Shannon se pasó una mano por el pelo—. ¿Esto es un acuerdo?

—Tú no te puedes quedar, así que yo voy contigo.

—Pero la granja…

—Que se vaya al diablo la maldita granja. ¿Crees que significa más para mí que tú? Soy bueno con las manos, así que puedo trabajar en cualquier parte.

—No es cuestión de un trabajo.

—Es importante para mí no vivir de mi mujer. —Casi le escupió las palabras, como desafiándola a que se atreviera a discutir con él—. Puedes calificarme de sexista y de tonto o de cualquier cosa que se te ocurra, pero no cambia el asunto. No me importa si tienes una montaña de dinero o si no tienes ni un centavo, o si escoges gastártelo en una casa enorme y coches elegantes, o si lo ahorras con avaricia o si lo derrochas a manos llenas. Lo que es un problema para mí no es si te mantengo a ti, sino si puedo mantenerme a mí mismo.

Shannon no dijo nada por un momento y trató de calmarse.

—Difícilmente podría considerarte un tonto por esgrimir un argumento perfectamente razonable, pero sí puedo decirte que eres un tonto por pensar siquiera en renunciar a la granja.

—La voy a vender. No soy un imbécil. Nadie en mi familia está interesado en ella, así que voy a hablar con el señor McNee, con Feeney y con algunos más. Es una buena tierra. —Recorrió con la mirada parte de las colinas, más allá de ella, y se adivinó el dolor en sus ojos—. Es una buena tierra —repitió—. Y ellos la valorarán.

—Ah, entonces todo está muy bien. —Shannon subió el tono de la voz, y habló con pasión—. Deshazte de tu herencia, de tu hogar. Y ya de paso, ¿por qué no ofreces sacarte el corazón del pecho?

—No puedo vivir sin ti —dijo él sencillamente—. Y no lo haré. Esto es sólo tierra y piedras.

—No quiero oírte nunca más hablar así —le espetó ella, en un relámpago—. Esto lo es todo para ti. Ah, claro que sabes cómo hacerme sentir pusilánime y egoísta. Pues no lo voy a tolerar. —Se dio la vuelta y cerró los puños mientras caminaba de piedra en piedra. Entonces se recostó pesadamente contra una cuando la realidad la sacudió, y la sacudió con fuerza, diciéndole que ése era el momento de la verdad. Desde el principio, los sucesos habían estado desenvolviéndose para llegar hasta allí. Se tranquilizó y se volvió de nuevo, para mirarlo a la cara. Qué extraño, pensó, que de repente se sintiera tan calmada, tan segura—. Renunciarías a ella por mí, a lo que más te hace ser lo que eres. —Movió la cabeza antes de que él pudiera responderle—. Esto es muy gracioso. Verdaderamente gracioso. Anoche busqué en mi alma, y la noche anterior. Y la desgarré en parte al hacer esa pintura. Y cuando finalmente pude mirarla largamente, supe que no me iba a ir a ninguna parte.

Shannon vio cómo la luz volvía a los ojos de Murphy antes de que él pudiera controlarla cautelosamente.

—¿Me estás diciendo que te vas a quedar? ¿Que vas a renunciar a lo que quieres? ¿Se supone que eso debe hacerme sentir mejor: saber que te quedas pero que eres infeliz?

—Estoy renunciando a un montón de cosas. Realmente estoy haciendo un enorme sacrificio. —Riéndose a medias, se pasó las dos manos por el pelo—. Finalmente también yo me he dado cuenta. Voy a dejar Nueva York, donde no se puede oler la hierba, ni se pueden ver caballos pastando en las praderas. Tampoco se ve allí cómo los rayos iluminan los campos de una manera que encoge el corazón. Estoy cambiando el sonido del tráfico por el sonido de los ruiseñores y las alondras. Va a ser realmente difícil vivir así. —Se metió las manos en los bolsillos y empezó a caminar de una manera que le advirtió a Murphy que no la tocara—. Mis amigos, más conocidos que otra cosa, pensarán en mí de vez en cuando y negarán con la cabeza cuando lo hagan. Tal vez algunos vengan a visitarme para ver por qué cambié de ritmo de vida. Estoy cambiando ese ritmo por una familia, por personas que siento más cercanas que casi todas las que conozco. Por supuesto, es un negocio malísimo. —Se detuvo, miró entre las rocas mientras el sol iba calentando el ambiente y desvaneciendo la neblina—. Y también hay que considerar mi carrera, esa escalera más importante que cualquier otra cosa. En cinco años más, puedo garantizarte que tendría esa llave metafórica que abre el lavabo ejecutivo. Sin duda. Shannon Bodine tiene el empuje, tiene el talento, tiene la ambición y ni pestañea ante las semanas de sesenta horas de trabajo. He tenido muchas de esas semanas, Murphy, y se me ocurrió que ni siquiera una de ellas me ha dado la satisfacción o la alegría que he sentido desde la primera vez que tomé un pincel entre los dedos aquí, en Irlanda. Así que supongo que va a ser realmente difícil para mí dejar colgada en el armario mi chaqueta Armani y usar en cambio un blusón. —Se dio la vuelta—. Así las cosas, sólo me resta una por considerar: estoy de vuelta en Nueva York, matándome para seguir subiendo por esa escalera hacia el éxito, pero estoy sola mientras el hombre que me ama está a más de tres mil kilómetros de distancia. —Levantó las manos—. No parece que haya ningún concurso. No estoy renunciando a nada, porque allí no hay nada para mí. Ésa es la revelación que tuve anoche. Allí no tengo nada que necesite, quiera o ame. Todo está aquí, aquí contigo. Pero tenías que interrumpirme, ¿no? —le dijo cuando por fin él pudo acercársele—. Ahora, cuando tengamos una pelea, no voy a poder echarte en cara todo lo que he hecho por ti. Porque la verdad es que no he hecho nada, y lo sé bien. Tú lo has hecho todo.

Murphy no estaba seguro de poder hablar, y cuando finalmente pudo musitar, de sus labios sólo salió una oración temblorosa:

—Te vas a quedar conmigo.

Shannon se dirigió hacia la piedra contra la cual Murphy había recostado el cuadro. Rasgó el papel con impaciencia y lo dejó caer.

—Échale un vistazo al óleo y dime qué ves.

Un hombre y una mujer sobre un caballo blanco, dos rostros tan conocidos para Murphy como el suyo propio, en un paisaje bañado de luz. En el fondo se veía el círculo de piedras sin que ninguna se hubiera caído todavía, cada una estaba en su lugar. El broche de cobre sujetaba la capa ondeante.

Pero lo que más llamó su atención fue que el hombre tenía aferradas en una mano las riendas del caballo para evitar que se desbocara y con la otra tenía abrazada muy cerca de sí a la mujer. Y la mujer lo abrazaba a él.

—Están juntos.

—No fue mi intención pintarlos así. Se suponía que él debía estar alejándose, yéndose, como lo hizo, abandonándola a pesar de que ella le rogó que se quedara. A pesar de que le suplicó e hizo a un lado hasta el más mínimo rastro de orgullo y lloró. —Shannon respiró con cautela y terminó de contarle a Murphy lo que había visto en su mente y en su corazón cuando había pintando el cuadro—. Él la dejó porque era un soldado y su vida eran las batallas. Supongo que las guerras exigen que les presten atención, igual que la tierra. Él quería casarse con ella, pero no podía quedarse, y ella necesitaba más que se quedara a su lado de lo que necesitaba que se casaran, aunque estaba embarazada.

La mirada de Murphy se quedó fija en el rostro de ella.

—Estaba embarazada de su hijo.

—Ella nunca se lo dijo. Puede que hubiera marcado una diferencia, y aun así nunca se lo dijo. Quería que se quedara por ella, que dejara descansar su espada porque la amaba más que a su propia naturaleza. Cuando él le dijo que no podía quedarse, pelearon aquí. Justo aquí. Y se dijeron cosas para herirse, porque ambos estaban heridos. Él, lleno de ira, le devolvió el broche, pero no como recuerdo, como sugiere la leyenda, y se marchó, siempre creyendo que ella lo esperaría. Ella lo maldijo mientras lo veía alejarse y le gritó que, igual que ella misma, nunca tendría paz, nunca encontraría el sosiego, hasta que la amara lo suficiente como para renunciar a todo lo demás por ella. —Shannon presionó el broche contra la palma de Murphy y puso su mano encima—. Ella vio en el fuego cuándo lo hirieron en la batalla, cuándo se desangró y murió. Y tuvo a su hijo sola. Y ha estado esperando eternamente que él la ame lo suficiente.

—Durante mucho tiempo me he preguntado cómo sería; traté de verlo, pero nunca pude.

—Saber las respuestas echa a perder la magia. —Shannon puso el lienzo en el suelo, para que no se interpusiera más entre ellos—. Ahora están juntos. Me quiero quedar, Murphy. No por decisión de la mujer, ni por decisión de mi madre, sino por decisión mía. Sólo mía. Quiero construir una vida aquí contigo. Te juro que te amo lo suficiente.

Murphy tomó la mano de Shannon y se la llevó a los labios con fiereza.

—¿Por fin vas a permitir que te corteje, Shannon?

—No —la respuesta le salió en una risa quebrada—, pero voy a permitir que te cases conmigo, Murphy.

—Me puedo conformar con eso —dijo, y la tomó entre sus brazos y enterró el rostro entre el pelo de ella—. Tú eres mi mujer, Shannon. Eres mi único y verdadero amor.

—Ya lo sé. —Shannon cerró los ojos y descansó la cabeza sobre el corazón de Murphy, que latía fuerte y establemente, como era él mismo. El amor, pensó ella, cierra todos los círculos—. Vamos a casa, Murphy —murmuró—. Para prepararte el desayuno.

El papel utilizado para la impresión de este libro
ha sido fabricado a partir de madera
procedente de bosques y plantaciones
gestionados con los más altos estándares ambientales,
garantizando una explotación de los recursos
sostenible con el medio ambiente
y beneficiosa para las personas.
Por este motivo, Greenpeace acredita que
este libro cumple los requisitos ambientales y sociales
necesarios para ser considerado
un libro «amigo de los bosques».
El proyecto «Libros amigos de los bosques» promueve
la conservación y el uso sostenible de los bosques,
en especial de los Bosques Primarios,
los últimos bosques vírgenes del planeta.

Papel certificado por el Forest Stewardship Council®